吉本隆明全集

2

1948−1950

晶文社

吉本隆明全集2　目次

V

日時計篇（上）

凡例

一、本全集は、著者の書いたものを断簡零墨にいたるまですべて収録の対象とし、ほぼ発表年代順に巻を構成した。

一、一つの巻に複数の著作が収録される場合、詩と散文は部立てを別とした。散文は、長編の著作や作家論、書評、あとがき類など形がそろうものは、さらに部立てを別にしたが、おおむね主題や長短の別にかかわらず、発表年代順に配列した。

一、巻ごとに、収録された著作の発表年代を表示した。

一、語ったものをもとに手を加えたものも、書いたものに準じて収録の対象としたが、構成者や聞き手の名前が表示されているものは収録しなかった。

一、原則として、講演、談話、インタヴュー、対談は収録の対象としなかったが、一部のものは収録した。

一、収録作品は、『吉本隆明全著作集』に収められた著作については『全著作集』を底本とし、そのうち『吉本隆明全集撰』に再録されたもの、あるいはのちに改稿がなされた著作は、『全集撰』あるいは最新の刊本を底本とした。また『全著作集』以後に刊行された著作については最新の刊本を底本とした。それぞれ他の刊本および初出を必要に応じて校合し本文を定めた。また単行本に未収録のものは初出によった。

一、漢字については、原則として新字体を用いた。芥川龍之介など一部の人名について旧字に統一したものもあるが、人名その他の固有名詞は当時の表記を底本ごとに踏襲した。また一般的には誤字、誤用であっても、著者特有の用字、特有の誤用とみなされる場合は、改めなかったものもある。

一、仮名遣いについては、原則として底本を尊重したが、新仮名遣いのなかにまれに旧仮名遣いが混用されるような場合、詩以外の著作ではおおむね新仮名遣いに統一した。

一、新聞・雑誌・書籍名の引用符は、二重鉤括弧『 』で統一したが、作品名などの表示は底本ごとの表記を踏襲した。

一、独立した引用文は、引用符の一重鉤括弧「 」を外し前後一行空けの形にして統一した。

吉本隆明全集2

1948
|
1950

表紙カバー＝「佃んべえ」より
本扉＝「都市はなぜ都市であるか」より

I

詩稿X

挽歌

遠くから
丘や樹々の騒ぎが告げてゐた
ふたつない爽やかな風が
誘なつていつたのだと――

ふかく果てしない空の色が
つつどりの鳴くやうにせはしく移り
さまざまな形の雲が
すべて極まれる形に至つたとき

しるべするひともない
痛手の旅をいつたのだと――

緑の色や日のきらめきに浴したかつたのに
枯れたものみなが
つめたい音のひびきを送つたのだと

窓からは夜が
冬の苹果や薬瓶をつややかに灯してゐるとき

遠くから
丘や樹々の騒ぎが告げてゐた
ふたつない爽やかな風が
誘つていつたのだと――

亡き骸のほそい面に
薄い化粧のいろに
わたしはその夜の氷雨のひびきを
ゆえしらず爽やかな風のおとに変へてゐた
あまりに美しい亡き骸がすべてを変へてゐた

惑はしい形から形へ旅するとき
あんなにも父母の心を恋しがり
さだめないひとを欲し

挽歌

青磁の空の涯て
炎が燃えたつ夕べのなか
巨きな巨きな清明の夢に蝕まれていつた肉身の
ついに至りついた夜明けに
眠つてゐた遠い影絵のやうに小さく
冬の苹果と薬の瓶がつややかに在る

挽歌

冬のりんごの二つが
二うつの炎のやうに燃えてゐた

優しき祈り

きめられてしまつたのだから
夕日よ
ふたたびは赤い屋根の
変つた住人のために
あたらしい色でおとづれておくれ
すでにとほくの丘や樹々のほうに
移つていつた姉上のながい留守居なのだから

氷霧や樹々のはてに
晴れあがつていつた夕日のいろ
鋼いろの連丘から燃えつきて吐かれた
幾つかの雲に残つてゐた

亡き骸が影絵のやうに小さく眠つて
もう誰も起しにこなかつた
冬の苹果がふたつ

まもつてゐた
最後のかなしみの色どりを
それから描かれた輪廓は動かなかつた
非情な画家のため
つめたくされてゐたから

過去

氷霧がうづめてゐた
丘や樹々の連なりの涯てを
燃えつきた夕べのなかで
烟りのやうに冷たく
ひとりの死がおかれた
悲しみの赤い屋根を

視るかげもない亡き骸となつた
それのみのうつし身を
極められた方向から
神のやうに連れさつていつたものに
わたしはもう
過去のやうに対ひあつて
疑ひの眼を喪つてゐる

馬車曳きのとほる小路が

はてしなく遠くつづいてゐて
馬車曳きのとほらない夕べに
なんの不思議もかんじてゐない

わたしが喪つたものの代りに
冬の芽立ちを噴いて
油のやうに黠くかたまつてゐる樹々たち

暗い樹々

眠つてゐた
とほくから射す日かげが
いちどきに影絵のやうに刻み出した樹々の
まどらかな夕ぐれであつたから

陰地

キン柑の匂ひがして
かたむいた軒端から
風邪がいちどきにせきはじめた

風の決定

論の当否は別ですからな
防風林が枯れはじめたのは
即ち樹齢と風の強度の間の
平衡状態が破れたのだ

これを救済するために
大陸からやつてきた
非情の技師を膺徴して
あてにならぬ協約でも結ばねばならぬ
〈やむを得ぬのだ〉

高度の抽象的立場から言つても
われわれ労働階級が
神と団体交渉権を獲ることは
一致した理想の究極である
先づ彼の最初の走狗である

風の決定をくつがへすことは
宇宙における共産制の確立のため
為すべきことの第一である

老ぼれ共が何を言はうと
太陽のものは太陽にかへせ
円環無限の空間のうち
共産すべきものの私有物は
銀河の大約中央に位する
太陽系において革新されねばならぬ

夕べのなかの
微塵の乱反射を称して
風がほのかに燃えるとなし
やさしい女性を連想しては
惰眠のたのしみを盗まうとする
詩的階級を打倒せよ

即ち精かんなゾチヤリストは
この時キン柑入りの湯を喫し
はげしく辛く咳き込んで

流行のインフルエンザに
燃えて赤い眼をつむつた

冬の夜

狐が唱ふのであつた
氷よ氷よつめたい氷よ
喉までしめつけにくるので
おれは炎に焼かれる夢をみたい

三郎である狐が嘆くのであつた
おれは夜まで働いて
神経をむだに使つてしまふ
星やちかちかする風の音など
思つても見なくなつた
地面をむいてあるいてゐるから

籠ぬけの巧みな女狐が言ふのであつた
冬の夜は
男たちも化かされないで
みんな目覚めてゐる

辛い重たいかつこうをしてゐる

風の地

よりどない心の
やがてかへりゆく丘など
地よりわきあがる風のいろに
ふたつない決定をみる
ときさだめない生の放浪の

樹々よ
むらぎものさすらふ心もえて
夕ぐれは炎のさまに
騒ぎと悔恨の氷霧をながす
うつりゆく村落
陰りゆく馬車など
ありどもしらぬ存在に
ゆくりなくかけた錘鉛の静止

いつよりか

風立つ都会に
ほのかなるひびきの丘をえがき
うす雲のはしる高架の上
樹々のいろなどに
不毛の霊をおき
荒涼の日日を定めてゐる

檜原峠

まだ見ぬ雲のはて
入日のきらめく山々の頂きのあたり
どこかに通じそうであつた
檜や杉や灌木群のあたり
たれかに会ひそうであつた

冬のなかの春

疲れが焦げた匂ひを伴ひ
日々の落日が赤くもえ
夜が苦しくおりてくる時
おれは古びた焦点にゐて
うなだれた寝床にはゐる

せんなくて疲れがくるゆえ
消耗によつて
あたらしい明日をあがなふゆえ
もえよ　もえよ
夕映えのいろは森に
たづねられて耳もたぬ群れにゐて
唯一に高く蒼く且つ暗き空のしたゆえ

冬の枯樹はたかく
身に一物を残さず

あれは原始のままの生活で
うつ然と充足してゐる
もえよ　もえよ
夕映えは裸形の樹々に
洗はれて昂ぶる魂のために

せめて其れを野に
都塵のうちに
凝然と視て癒やすおれのために

すべなし
疲れに肉体を
苦痛に骨を
侵させつつ侵させつつ
日月めぐり
透明なる病ひは
しづか　春にすすむ

地の夕映え

この地は鋼のやうに堅い
建築の黒い影に
街路の枯れた枝つづきに
とほく背後をみせる人の去るときに
鋼のやうに冷たく
せんかたない虚構の固塊である
都会よ
永遠につづく鋼の街や群生する
かの陰悪なる人情よ
しかして某月某日
マルキシストやリベラリストの
偽善なる会話を創らしめたる
反吐のごとき喫茶房の薄青きカアテンよ
風が死灰のごとく吹き
爽やかな反映がすべてさけてゆく
暗い映画館は馬鹿のごとく

痴呆のごとく賑ふべきである
ああ
力無くて無理に虚無を装へる
貧しく且つ噴りたる者たちは
荒野にあつて其れを見るがごとく
孤独なる橋上にして
物寂しき火圏の造る
かの夕映えを見るべきである

地獄

切り豆腐の好きさうな僧侶が
おれたちの世話をするのだ
断乎として伎楽の鐘を打ち鳴らし
以て更に深淵のほとりを踏みすすめ
などと他愛なく意気まいてゐた

わたしの親しい友人なども
あぐらをかいて意気まいてゐた

天の雁

きつかりと区切られた
空の蒼蠟のなかに
流された悲しみのやうに
それら帰北の群れは亘つた

地球はすでに南北から冷却し
おれは蒼白な病気のため
いちどきに咳いて
モールスの符号のごとく
血のさびしい鼓をきいた

今夜あたりから
天候がくづれはじめるといふ頃
それらは矢張り
古今時代の詩人がしたやうに
翼ある物質として

はつきりわたしのかなしみからは
区別されて唱ふべきであり
空などもやはり乱れをきらゐ
静かな相のパラフインだつた

病獣

すべては時のむかふに在つた
散りしく花が変つて
雪が吹き晒し

みがかれた月のひかりに
獣らは病みつかれ

のべられた過去の花園には
圭々たる草が群らがつた

奥羽街道の幻想

一列に檜が歩みさる
黙々たる雪をばらまいて
奥羽の街道すぢに
不知の面貌を晒らす
わたしは商人のやうに痩せてゐた

頼りなく浮きあがつた
己れの影が侘しかつた
頑固な子供たちの眼から
歪んだ夕映えが射した
老もうした農夫たちが
ぼんやり異国のやうに見送つた
軒端から掛井戸から

一列の檜は長くつづき
幕末戦争の頃のやうに

あたりの野づらが造形され
いつか鉄砲商人はわたしであつた
青い白々しい空から
モニユーメンタルが一直線に降つて
ゲヘナの谷のやうに山ぎはが烟つてゐた
〈空々しい商売をやめよ
風雲の御維新だぞ〉
ひそかにひそかにわたしは計量する風だつた
商才　洋学の知識　加ふるに政略
いづれも可能性の幻覚を拡大した
だが見よ
ところどころ雲を被いた山脈のいろ
蛇のやうにくねつた稜角のつづきに
夕映えた岩塊が眠つてゐる
畏ろしいことだ
鉄砲商人は罰せられる
たれのために人を殺ろすのだ
おういまこそ逃れよ
どこか遠いくにでは
あの空の蒼白や山々の夕映えの極彩を
愛するだけの商売がある

わたしは暮れなづんだ峠を越えて
もう老松もと絶えた街道を
苦しい空白を念じながら
矢吹の駅へ逃げてゐた

春の労働

寒風のひびきが在る
汚れた油槽のうへに
乱れた秩序の物品の列に
一点の火を焚き
あたためる液態のうへに

遠き正統の思想が　いま僕らの晨の労働に
曇りない眼を据えることを祈る
裸になつた青桐の幹に
陰然と春がきてゐる

愚鈍

一定の生命量内において聡明度と個的生存時限量とは
互に反比例する
但し聡明度とは萌芽的状態をも含む
すべての人間は確率的には同一の生命量に限定された生存の状態を持つ
以上の事より愚鈍とは平衡状態を失はずに一系より他系に至る状態であることが近似的には断定される即ち個的生命量を外部の場に失ふことなく生存する完全状態に近似する状態と言ひ得る

〈要訂〉

曠野

銀いろの光彩を
草木がきらきらとうけて
とほくから風の走りぐ合ひが
はつきりと渦まいてくる

たしかではない
なつかしい女性のかげが
三本ほどの灌木のあひだから
ひねもす歩んでくるのだ

いつかわたしがそのやうにむかへ
そのやうに並んで去つてゆく
いまは幻想ばかりが
陸離たる形であるが
きつと曠野のなかを
ふたりして歩んでゆくときがくる

まはりには青い気相が
炎のやうに樹々をつくり
遠雲が横ざまにつづき
清澄な鳥などが
過去のやうに一点になつて亘る
そんな曠野のなかを
不当な生の場として
とほくまでゆくときがある

孤独な風の貌など

日本の哀れな冬のなかで
見なれない鈴懸の列が
清潔な街路を造形して
微塵に燃えた夕映えのいろを
黙い影のうちに吸収してゐた

孤独な風が
いまこそ尖つた蒼白の貌で
すべもないひびきを吹き鳴らし
渇した咽喉を天にむけて訴へてゐた

遠いメルヘン

地に生えた童話のなかの草たち
木枯のなかできらきらした

習作

ゆきたふれてはまたかへる
ゆきたふれてはまたかへる
さびしきたびのみちすがら
ひとにあふてはまたかへる

静かな日かげ

静かな冬の日かげのなかを歩いてゐる
枯枝の黒や鳥の相がみえがくれして
野のやうなひろい大気のうちで
わびしげに思つてゐる
歩みゆくときの自分のかげが
少しも歩みゆくかたちにふさはしくないことを
わたしのかげが地上の場所を喪つて
冬の日かげが一点のやうにさだまつたところに
いつもの蒼白をうかべてじつとうごかないでゐるやうな
あゝ天上こそすべてであると
何人が説いて残したのだらう
すべてのひとが自ら形造つたものに
自ら苦しまされてゆくとき
結因があつて
冬の日かげのなかに生の形態が
ふと思つてゐる

父母のやうないこひの場所を

貪婪なる樹々

白い風の遊牧場で
逆さになつた木柵が
登りかけた月の方へ訴へてゐた

かかはりもなく貪婪な灌木の群れが
躰中にしたたる脂肪のかがやきで
奇怪な夜の水浴をしてゐた

〈もう何遍もやつてきたことだ〉
それらは僕の非難をはねかへすやうに
裸の枝を鳴らして
ぜいたくな風のふるまひを享けてゐた

ニツケルの幻想

膨大な加圧槽のなかの
蝕まれてゆく肉体であつた
それらは一つの幻想が
一つの幻想にうつりゆくときのやうに
叫びすら上げなかつたが

喪はれた時のかなたに
僕は僕の炎が死すべき夢を持続する音をきいた
不確定なる行為のうちに
一つの生がおへるのをきいた

油槽は沸々と充たされ
乳白の固塊が決定されるとき
もう亡骸のやうに汚れたニツケルが在つた
在つたといふことの外何の値も残さなかつた

不眠の労働

空には青白い星たちが
最後のひかりを決定して
木枯しが一帯の睡眠をゆすぶつてゆくとき
わたしは冷たい鉄製器械を
あやまたず操作しなくてはならなかつた
影のやうにおびえては
あたらしい宿命を生きなくてはならなかつた

レオナルドの歌

純一な部分と部分の結合が
透明に空や人間や動物たちをみてゐた
秘められたる片々はなかつたが
秘められたる綜体が薔薇いろの炎のなかに燃えてゐた

挽歌

赤い屋根のしたで
蒼白く痩せて保たれてゐた灯のやうに
ふとした氷雨の夜
うつくしい魂は消えていつた
消えてゆくことが
あんなにもさびしい個体の冷たさを残して
かけがへのない代償を支払つて
一つの住居から他の住居のほうへ
いつか移つていつた

オレンヂ色の夕映えのとき
わたしは見なくてはならなかつた
二つの冬リンゴを枕もとにして
わづかな蛍光だけで燃えてゐる一つの灯りを
へだてられたなかに灯つてゐるか細いランプのともりを

やさしい声で祈らなくては
神のやうに小さな眠りのなかに
安らかにしてゐるものに届かないだらう
やさしい祈りでおもはなくては

赤い屋根のしたで
もう不在になつたひとのために
一つのなげきがのこされてゐる
言葉から言葉にはつたへられない
すべてはもとのままであると
すべてはもとのままであると
丘や樹々のさはぎが告げてゐた

提琴

顎にこすりつけて愛撫してゐる
小鳥のやうな美しい歌のかづかづを

褐色の樹々

骨ばかりになつた亡骸のうへを
蝶のやふにひらひらと
風はおのれを蝎蛇の眷族として
誇りかに吹き晒していつた
褐色の樹々のほとりを

即ちボンネットのちらちらとした
女ばかりの都のなかを
冬がきてゐたので
ボンネットはうすらさむくふるへて視えた

限りない愛執の通過のやうに
燃えて褐色な樹々のほとりを
炎のやうに構成して
夕映えは造形の巨匠のやうに視えた

女は待つてゐるときが
いちばん美しく
独創的な苦しみの表状があつた

岸壁

不毛の歩みが炎でかこまれた海を視てゐる
赤いぐみの実のつめたいかがやきを外に
ゆききする波の無限律動のあひだ
未だ満ちてゐない暗黙のつらい幻の起原を
夕映えた雲がひきづり
とほく消えやうとする船の腹背の
いつはりない失落のひびきを

いやよ
幼稚な壁にあまれた埠頭の尖端に
捨てられた土管のむれが乱々して
こほろぎは暗色の草をひそみ
陰湿は塩びた百足虫を殖やす
幼年は斯くて海を視ては
つらい陰鬱を育ててゐた

女子らこの幼い蒼白の児を愛し
ときに皮肉をつく鋭さを憎んだ
もとほりつく掌を払ひ
海の暗い鈍いろを視にと
各々に潮の陰り香を吸つた
高くあざ嗤ひが反響して
ゲヘナの児の耳を打つとき
がらがらと音して荷を積みおろす
貨物船のクレインが
とほい獄舎のやうにおびへさせた

清楚な風のひびきが
海の芥をまき流して
ちらちらと岸壁にうちよせる
そこはかとない夕べのいろに

飢雁

確く不抜のむれをなして
ぎりぎりの遠くへ亘つた
もはや霊園のうへの樹木を超へて
炎の海を飢えていつた
スキンセリテの三番
ローゼンガモンの幼鳥など
際立つて高く高く訴へるやうに翔んでゐた

おう地上のひとびとよ
極圏にちかい寒冷の風のなかで
忠実な婚約者がまつてゐるのだ
飢眼は夕映えの海の上で底びかりを示した

二月の挽歌

ふきたまる風のよどに
しんしんと眼をこらして立つてゐた
忘れてしまつた算術のやうに
一片の雲もとどめぬ二月の空のしたに

姉上よ
あなたは清楚な洋服を
樹々やしづかな夕の微塵にかへて
あまねく半球面の
しみわたる冷気に変つてゐた

さればわたしの蒼い疲れのうちに
暗やかなかなしみを寄来したのだ

緑の慕情

透きとほつた天日の冬に
きらきらと氷が張られ
もんどりうつておちてくる枯葉たちは
驚いた風の動揺で
緑を慕ふ樹々にゆりおとされて
二眼とみられぬ亡骸になつたりする

夕霧

三本木立のかたまりから
よろよろと夕日があらはれて
もうすつかり眠たさうな野原になつてゐる

古式の恋慕

二つの眼がおたがひをさけて
はつとした瞬間が
巨きな持続を規定する

どちらからともなく歩みはじめれば
プラットフオームは夕映えて
暗いサンダルの音がつづいてゐる

夕映えの様式

倉庫の白い壁つづき
天然の通風洞を形成するあたり
時間はとほくの冬に在るので
並べられた慰安の緑素
すべすべとした青桐たちも
恥辱の裸形をつらねてゐた
このとき夕映は限定された色彩を
直方形の天郭に沿つて発散させた

すなはち超現実派好むところのコンストラクシオンアプストレエの様式化であつた

雪映え

みんながそう思はないのに
暗いＧ線上のアリアがきこえ
のこされた空虚もまた
うすい紅いろの雪の反射のうちに
歴々としてうもれてゐた
そこらいつぱいの微塵のなかに
危ふく立つた幻想のわくが
さびしく杳くきえてゆく
旋律のなかこそ清潔であつた

暁の卑屈

ふたつ巴えのせはしいこころが
暁のせまい工場のなかで
ばつも悪くさびしく苛立てば
枯木のうへにかざされた
掌はうすく卑屈にかじかんだ

華幻

レンズのやうな玲瓏のかんざし
すつかり出来上つた
氷のうへの花冠を幻想してゐる

風のおちたおとや
ひとたちのとほい語らひのこえなど
みしらぬ世界のひびきが
冬の午前を飾つてゐる
まどかな教へのやうに
けれどちよつと冷たい嫉心をまぢへて

落葉のうきあがる氷のおもてを
暗い質と量とでおりなす大気の圏
盲人の髭のやうに
失はれた追憶などが
ひとりでに形づくるさびしいくるめき

烟りのやうなとほい果てから
きらめき立つ女人が
氷のおもてをすべつてくる
まるで一枚の贈り物のやうに自然に
あとからあとからすべつてくる

打鐘の時

まがひのプラチナ
あのうすくながれた雲の昼すぎ
瞋怒は過去に投げられ
影ははるばる山脈をうつすとき
突然点鐘が鳴り出し
影ははるばる過去を投げて

芥河

暗いみぞれ空が
逆さまに宇宙塵のやうなやつを
流してゐるのだ
地球のやうにまはつてゐるわたしの幻想の外で
さびしく途惑ふ正統のかなしみ
歩きつつ　歩きつつ　忘れてゐる星宿のほとり
かすかに変幻する昨日の場所

河舟
失神した橇の胴
粗にあまれた河岸の防雪林としての並木
天女のやうに確かでない歩行の女

〈ハレルヤ　ハレルヤ〉
フラモンガ神父のゐない寺院が聳え
冬の星がばらまかれるため

塗りかへられつつある夕ぐれの虚空
巨大な映画館

回帰の幻想

橇のやうにすべつてくるもの
立ち訣れた心理のイメージのなかに
淡く透明な気泡のやうにつぎつぎに
もはや樹々や風立ちの空にむかはぬ
貧しい持続のなかにうつむいてゐる影

さらば果てなき過誤の風景よ
夕ぐれ鳥は立ち
春がすすんでゆく西のはうの山々の映え
とほくとほく行つてしまふ風の偏向

何故にして見送るものの
つらい充溢が占めるのか
いまこそわたしは病みおとろへ
帰つてくる帰つてくる
巨きな群れのなかに

林間の春

しづくに充ちた樹々のあひだの
円やかなひそかな日ざし　あきらかな影のたはむれ
三月のいぢめられた苦しみが
茫んやりと散らかすものの思ひ

すみやかに立ちゆく鳥かげが
さびしい軌跡を残こして
あやまたぬ時のゆくへが
いくたびもいくたびも繰返へす
巨きな反響のやうに

〈おまへはどうしたの
かぎられた力のうちでいつぱいにふるまふの〉

日々の偏奇

麦場の青から風が鳴り
いろいろの寒冷をふくんでくる
さまでにつらいことばかり
あるものかと独りして
見なれの路を通ふのだが
あたりは幾分暗い夕映えから
しめつた土色のエピキユリアンの嘆きが立つて
偏奇につかれた想念が
陰気な夜の花々を幻想する

討ち合ふ火花
死の

少年期

明るすぎる庭先の土の色
さまで暗くなる夕ぐれに
赤とんぼの尻子を抜いて
また空に放つ時

さまで明るすぎるとほい日の諸作
いまは踊り出さう
陰気な鬱心をまきちらして

もう見えないから
遠い日の夕映えの色は
この世の終りのやうに
冷たかつた海の凪は

すべては段階のひとこまであり
もうすべてが視えなくなつたかはりに

すべてがみえるやうになつたから

青桐

うす雲が眼上で形造つてゐる
烟りのやうな噴火のうごきを
知らされない鳥たちの
はるかな夢のやうに
もううれはしい兆をふくんで

裸になつた青桐のあひまを
風がつぎつぎにつたへる
おのおののささやきのうちに
何が秘められてゐるのかを
ゆるがない枝のほうには
すくなすぎる揺れをあたへ
昔からそのやうであつた
ひわいろの夕べのうちに
とぢられた現在がおはつて

ひとよ
辛いおもひのなかから見上げるがいい
なめらかな蛇紋のついた枝々のゆくてを
もはやのがれられない観念がつたはつてゆくのを

時がふたりを訣れさせる
白い路のほとりに
一列に並んでゐるその喪失の姿勢を

荒天

とほくから燃えてゐる
薔薇いろの季節がはげしく
かまへられた予定のなかに
風や裸木の暗いかげをともなつて
いくつかの渦のうごきに
捨てられた透明のいかりのやうに

天はいま荒れる
訣れ路で低くたれこめた雲のしたに
辛い勾配のうちを
なだれる心象の持続
天はいま荒れる
荒涼たる岩塊のほとりを

蟻台上に飢えて……
ああ

訣れ路をひとがとほる
すべての激動は内部になくてはならぬ
たちまち閃光する夕雲にむかつて
いまひとがあゆむ
びゆうびゆうと荒れてゐる

雪崩

清冽な風が歩む
三月はじめの屋根のつづきに
わたしこそ
死よりも辛い思考を投げて
雪の夕映えをとらへて見たい
その冷たい爽やかな水銀を
服毒する幸ひを得たい

すなはち女性からは絶望を宣告され
高邁なヒユマニズムの医師からは
ありつたけの力で逃げてきた
ひん死の病者こそわたしだから

道心

遠い山から
流れるやうに旅してきた
風はいまこそ安逸の都の
女体よりも艶めかしい地下鉄の洞をくぐつてゐた

冬の炎

悲しみから愁ひにいたる
すべてのゆるやかな段階において
心象はさびしくさびしく
炎の冬を構成する

告訣

君は愛する女性を想つて黙つてゐた
わたしは水車のやうに廻つて訣れてゐた

時計

ことことゝあくまでも刻んでゐた
またの日の訣れを知らせやうとして
いそいで刻んでゐた

不遇の使節

ぼんやりと訪れてきたものは
夢のやうにはかなくありました
はかなくてなほもとほく
なだれゆく雲のごとくありました

函橇にのつた
たつたひとりのお嬢さんが
わたしをたづねてきたのです
褐色の薬瓶と白いハンカチーフをもつて
わたしに何をせよといふのでせう
その日からこの人生に
わたしは場所を喪つたのです

うす桃色の靄につつまれて
空はあくまでも愉しくありました
昨日までの友たちはみんなそのやうに視え

昨日までのすべてはそのままでした

わたしは薬瓶の透明な薬をのんだのです
みなさんわたしは変りました
港のちかくのアカシア並木で
ひねもすぼんやりしては
遠くの船をみてゐたのです

おお
みちゆくひとが今日からは
けげんな面持でわたしをみたのです
わたしは変つてゐたのですから

雨烟のなかにて

雲のなかの薄い蒸気の層を
流れるやうに歩いてゐる
わたしは影さへもない
たつたひとりの行人として

屋根屋根は他界のやうに
灰色の澱に沈み
烟りのなかから
冷たい樹々があらはれる

みんなから離れて
いそいでゐる
せはしくせはしく歩いてゐる
行ひやうもない空の上を
もう沈まないだらう　沈まないだらう

習作

野ゆき山ゆきはるかゆき
かへらぬわれは
涙して

もう諸々は閉されて
われを容るる拒めれば

さすがに潔き者などと
呼ばれんこともはかなけれ

エピキユルの園

花々はこぼれて落ちて
たまらぬ日とてなけれども
見事なる夢にひかれて
われはまた今日よりも堕つ

放浪

すばらしい眼光とみがかれた心意を作り
それでこそ
不遇の旅はゆくべきである

反徒の学校

黄色人種のうちの
不遇な学徒たちが
あてもなく学校の門をくぐつてゐる

暗い晨富士を遥かにして
茫洋とした不安のまつただなかを
そうしてそれが一日のすべての業なのだ

習作

いまにきつと来るぞ
しづかでかがやく晨が
暗い日輪を後背にして
僕はあゆんでゐる
僕のかげが
さびしい蒼を構成してゐる

習作

敗失の歴史のなかに
僕があゆむ
僕は夢想の化身であつて
いつかは……
空は擬製のガラス色

緋の夕映え

寺院のいらかのしたを
ゆつくりと散策する
ルツソーに似たかんしやくもちの
さびしい姿である

いま緋色の夕映えが
其奴のほほを明るくして
それからいつそう青黒い
疲れのいろをあばきたてた

地主

いろいろの夕べに
いつかはきつと雨になる
空の夕映えを眺めてゐれば
そうそうと風はかなたから
つきない冷気を寄せてくる

小麦は緑のまんま
どつこいどつこいそよいでゐる
息子から娘の末にいたるまで
あれらの未来はどうなるのか
おもへば幾年もおなじような
さびしい春さきである

X嬢に

少くなかつた好意のまにまに
わたしはいまも一本立ちで
さびしい春に立つてゐます

たくさんの道のあるなかで
このひとすぢをゆくことを

あなたははげましてくれた
わたしの出会つた唯ひとりにふさはしく
真実の
わたしの友にふさはしく

暗像

たまゆらのうちに消えてゆく
苦痛の過程こそ尊くて
おのおのの瞬間を静止せしめ
わたしの変りゆく面を見まもらうとする
果てない徒労につかれては
ここ春の暗い燈下に
一匹の翅虫もおらぬさびしさに在る！

わたしこそ
唯一無二なるわたしこそ
なくてはならぬ――
かづしれぬひとびとの
陰微にして不遇なる転々の苦しさのため
わたしこそ無形のものを注視して
ささやかな瞬間にかへすものゆえ
（中絶）

呼び子

見極はめきつた眼のひかりで
つきあたつてきた
それではもう訣れであるのか
恋しい恋しいアリアよ
すべては極限まで追つめられ
いまは予感にふさはしい準備だけなのか

鈴樹のたちならぶ歩路にして
ふたりはふたりの己れを決定しようと
うす暗い空のしたで
もう雪など落ちてきそうだ
春の芽ぶきをひかえて
こんなにも裸のまんま立つてゐる
樹々の持続のうちに
ふたりは尚更ふかくおちてゆくのか

いまこそだんまりしたわたしの虚無を
かきおこしかきおこし
最後の清潔を灯さねばならぬ

絵画館

愚盲の市のひとたちが
きらびやかなきらびやかな
色彩のなかでうごめいてゐる
一点の青をこそ望んでゐた
わたしの見てきたのは
悪趣味なる画商のもたらした
舶来の虚画であつた
ドガ　ルオー　ブラツク　パスキン………
名声によつてあがなはれた
不幸なる真実の画家が
いま日本の春のしたで
さびしく顔を固定してゐた

祈り

貧しいひとの
顔が訴へてゐる
とほい遥かなものにむかつて

おお
貧しいものたち
おまへの願ひは決してきかれない
鋭敏な革命家によつても
神によつても

わたしは知つてゐる
蒼い吐息のかづかづを
それから
不幸な食卓の会話を
もはやわたしがわたしに祈るよりほか
術がないことも

生れ出る嬰児たちのため
わたしは蒼空に祈るのであつた
ただ過ぎゆくのみなるこの世のなかに
どうしても生きるのだから
すべて無量なる沈黙でもつて
わたしは祈るのであつた

峠

いちまいの紙のやうに
訣れ難くあつた
決定的な決裂のあともなほ

心に蔵したつづらおりのやうな心理のため
ここは風のふかない峠であつた

梅花

ビロウド灰色のそらのしたに
眼だけは見開いてゐた
とほくから雨を呼ぶ雲にむかひ
ああ　見開いてゐた

冷たい曇り日の陰

日にはえて芽ぐむ青桐の並み樹たち
ぼろぼろと美しくしたたる雨滴の
危ふい冷気のなかに
チンチヨウ花よろしく匂つてゐた
祈らうとして疲れてゐた

反響

すべての時がきめられてゐる
深い谷間の反響のやうに
峠から吹きおろす風のなかで
うす紫のあぢさゐがこぼれるとき

みちを直くして
やがてゆくだらう
すべてが失はれたのちも
持続する時のながれに
たゆみなくみがかれた音律をもつて
わたしはわたしの心をつらぬく

あゝそのひびきをうけねばならぬ
神よりして人にいたる
罰のごとき清潔な
しかして夢のごとき訣れ路を

ふたりがひそかにあゆむおり
おどろしくつたへられるそのひびきを

沈丁花の幻想

水のやうに蒼く澄んだ
三月いまはの空気のなかで
かすかなひとの匂ひがした

いまだ消えない雪の峠で
もうすべてがさびしくなつたとき
わたしが遥かおもひつづけた
そのひとの匂ひだつた

失はれた離失のこころで
すべなくあれば
南寄の風が吹き灯もす
ランプのやうにも
いろいろのひかりを反射した

（中断）

花の色

己れよりさきにかけつけて
夕日に石油を燃やした奴が
いまこそ夜叉の形相をして
夜をつづけて吹きとばした

そのとき花は薄桃いろから
蜂蜜いろに酸えて
いかにも苦く散つてゐた

告訣

——宮内喜美江ちゃんに——

暗い思想で大学の送別の会にのぞんでゐた　粗末なテーブルや窓かけや種々の皿などが雑然と列んでゐて、いつも愚かな事を喋言つた教授たちが座つてゐる　苦々しいかぎりでコーヒーを飲みながら、ふと窓の外を眺めると　Mといふ可愛らしい少女がゐる　奇麗な声で「荒城の月」を唱ひ、わたしの苦しい心を助けてくれたあの少女が、わたしは外へとび出した　十五夜月のまへである　薄の束をもつた少女は、わたしを視て耻かしそうに微笑した〈痩せたね〉いいのだ　わたしは訣れだから少女にやさしく問かけた　もう学校を去るのだよ　十五夜だねわたしは無意味に喋りつづけた　うれしかつた　わたしにも経験がある　この少女のやうに季節の移り変りに敏感であつたことを　いまは苦しいのだ　少女よ　わたしがわかるか、わたしのさびしい顔が、少女は少し怖そうにわたしの口元を視てゐた　少女よ　わたしにも覚えがある　秋の野原で怖い小父さんに話かけられた頃を　けれどわたしはそんなに歳たけてゐないのだ　わたしはおまへと同じ心のまんま大人になつただけだ　わたしは陰鬱な少年なのだ　いまでも　少女はやつと言ふ〈部屋の内に知つてゐるひとが居るやうな気がしてゐたの〉〈こんどどこの学校へゆくの〉　いやもう学校などは捨てたのだ　少女よ　何処へ行つてわたしにあの愚劣な講義を聴けといふのか　わたしは何も教へられなかつたのだよ　〈Kちやんはもう女学校だね〉〈勉強しなさい　もうお訣れだから〉　そうだ　勉強しなさい　わたしのやうにならないため　こんな苦しい青春を、少女よ　おまへは決して送つてはならぬ　いいからいつまでも

十五夜のときは薄を見つけに出るのだ　忘れてはいけない　六つに六つを加へたら十二になる
これが世の中でいちばん清潔な計算だそれを勉強せよ　〈こんどうするの〉　いや判らないの
だよわたしはすべてがだめなのだ　部屋の中では賑やかな会話がすすんでゐた　わたしは窓の
外で黙つて少女と佇つてゐた　もう何も言へないのだ　少女は薄をさがしに築土を降りてゆく
〈元気でね〉　少女は〈えゝ〉と応へて何か言ひたそうにしたけれど何も言へないのだ　わたし
にはわかる　いいのだ　わたしはおまへを忘れはしない　わたしはいつまでも少年だ　綺麗な
ことは忘れては恥なのだ　わたしの最後のランプが消えるまでは　少女よ　わたしは唱ふだら
う　わたしはおまへのやうな少女を主題にした〈祈りの歌〉の歌創りだ

また少女に

遠くのほうで人が追駈けてゐる
見事な夕映やその周囲のふかい青のいろを
樹立ちが燃えはじめ
いつさんにすべてが騒ぎを形づくりはじめる
夢がいつか終つてゐるのを
もう知つてゐるのだらうか
暗い世界のさまが
誰かあの人を追駈けてゆく

ごらん
すべては静かになつてしまつた
夜のランプのしたで
みんなが祈つてゐる優しい調べで
眠りにつくまへに
こんなしづかな時があつたのを

忘れてしまつたものたちが
いまこそ生々とかへつてくる
手にした旧い聖の書物が
うたのやうにひびきをつたへる
夜空はすべて歌つてゐたのだと
少女らは知るだらう
優しいものみなが
獣のやうに怖ろしくなつてゆく時を
逃げておいで
その時こそ
いちばん醜くかつたわたしが
とことはにいこひのひとであるのだから

さすらひ

白い路べに在つて
夕もやの青いさまが流れ
岸べから刻みつけた
千の岩塊の
しづかな持続のうちに
わりなくて旅をわたる
ひとむれの雁のかづ
明らかに地を見すてて
とほく遥かをわたるのだと

もはや時はない
鳥たちのはばたきのうちに
わすれてしまつた爽やかさが
一列のうごきを形造る

ひとりしておくれるな

帰北のむれたちよ
よべより待てど
わたしはみなかつた
さまざまのさだめのうちに
わたしのさだめがかがやくのを

むらさきの海のけむり
横ざまの遠い雲
なみがしらが旋律する
さすらひのしらべ
すでに黒子のやうになつた
それらを見おくれど
港べのアカシヤの並木によつて
わたしはきいてゐた
ただ風のかるい響き。

〔遥かなる雲にありても〕

遥かなる雲にありても
ひねもすを
冷たき青に浴みしては
辛きかなしき夢をみん

歩行者

怪しい夢に嚙まれて
ゆえもなく伴つてゐる
たつたひとつの影

遅雪

ぼんやり沈んだ玩具のまちの
玩具の家にふりつもる
夜がきて
しづかな憩ひのランプがともり
みんなが語りあつてゐるとき

風がたよりなく吹きとばし
雪がぽつりぽつり落ちるかと思へば
また風がたよりなく吹きとばし
少女がのんきさうに書物を誦んでゐる
はやくすべてが崩れてしまへ
みんなのこころも
屋根のはるかなうへの
灰色の雲たちも

春がきてゐるのに

変つたものが落ちてくるので
すべてが冷たくなる
食器や家具の色までも

あゝ遠いくにでは
さぞかしつらいだらう
みんながみんな
さびしそうな顔をして
真剣に話し合つてゐる
戦争について人の死ぬことについて

狼のやうにおそろしい
自然や人工の機械や
もつとおそろしい
魂の不安について

少女はつと書物の上から面をあげる
風がたよりなく吹きとばし
変つたものが落ちてくるので

島影

燃える樹々がはらむ
風のいななくひびき
つたへる海の温みを
波がしづかにわたしてゐる

うつりゆく季節が忘れずにおとづれて
鳥や花々の気嫌をひらく
きらめくひかり
地底からしみわたる湿度を調節し
としつきの持続をたえてゐる

雲やまがひの貝殻の白いつや
もしも住居とするとき
街路を形造る柔軟の水のうへ
ひそやかにわたる鷗どり
眼は忘れてしまつて

自在な歩みを慣つてゐる

颪よ
心から心へわたる魔の影を
しかしそのままにつたへてはならぬ
漁どりの魚夫にまじり
疲れた都会の女たちが
独り真裸の体を投げて憩ふだらうから
知られない海の夢のなかで

春の枯樹

しろじろすべすべ燃えてゐる
空の際から
烟りのやうに分裂する

春の炎

小麦の穂さきがぼうぼう燃えて
いつしゅんのうちにわたしを囲む
わたしは視てゐるだけなのに
緑はたちまち移駐する

銀の樹木

とほくから走つてくる
すべるやうに落ちくぼんだ夕べのほうへ
母たちは疲れはて
また子供たちは見知らぬ方向から
珍らしいせきこみのなかに
何かしらをふくらまして
夕べ
銀いろにふち取られた樹々が
ひかつてゐる
か黙かつた幹がなまめかしく
烟のやうに枝々をさしだして
空が調べをとりはじめる
するとすべての樹たちが
動き出していちばん調和したところへ
おかれはじめてゐる
そのやうに次第になつてゆくのだと

夢がわたしに告げる
わたしが銀いろの樹木たちを視てゐるとき

魚紋

うつりゆく夕のいろに
寺院は鐘をうち出すとき
ごおうんかいんとひびく
空のきめ檜の樹々に
うちゆする風のさなか

疲れ果て
魚紋のごとくはがれてゆく
いちまいのいちまいづつの
さびさびとする喪失の
いまこそはきらめけと
青くして移りゆく空のした
わたしはとどろく歩みをする

風はやみ
ものなど未だつめたき街にあり

しのび寄るつらき春
擬態してあざめけば
墓標のごときうらぶれの
建築のかげはかさなりて
あてどなくおよぎゆく
深き海の
奇怪なるかなしみおののく
わたしは魚族

氷のうへ

みづみづしい面影が
あちらこちらのきらめく氷のうへに
それがいつも訣れのときであるかのやうにさびしく
花々のやうに清潔にうかんでゐた

影との対話

——若し誇るべくんば、わが弱きところにつきて誇らん（聖パウロ）——

鈴懸の並木である　わたしはわたしの影に話しかける
〈わたしたちはどうしていつも斯んなに悲しいのだらう〉　みんな閉されてゐる
わたしは明らかに孤独だ　それなのに生きてゆかなくてはならない　不遇の季節のあひだを、
影とたつた二人で　〈いつも斯うなんですね〉　影がわたしにこたへる　今日また悲しいことが
あつたのだ　誇りをたかくして誰にも屈しないで、そうだ　不器用な　術のない人生の劣等生
の最後の誇りを抱きしめて
〈いつも斯うなんだねえ　わたしたちは〉　影と二人で貧しい裏通りの喫茶室でコーヒーを飲む
わたしは寂しい声になつてゐる　〈ふたりはいつも斯うなんですねえ〉　影は涙ぐんでゐる　わ
たしはいつか寂しい恋人とコーヒーをのんでゐるやうな幻想にかられてゐる　不遇の片隅で、
尚一片の誇りと温かさがよみがへつてくるのを待ちながら　いいのだ　わたしたちの星宿を大
切にしよう　神のまへで言へることだけを守つてゆかう　〈わたしたちはいつも悲しいんだね〉
わたしはかすかなかがやきの底でいふ　〈ええ　そう　いつも斯うなのね〉　影は寄りそつて歩
みはじめる　また鈴懸の並木である
神よ　二人を知つてくれるだらう　仮令すべてが閉されてゐやうとも、二人は歩み切るだら
う　ながいながい不遇の生のあひだを　それが終るまでは

雀

夕ぐれを鳴いてゐる
もつれた舌をうごかして
いつからか
それは幼子のすがたのやうに
だんだんと円くなつてゆく
生毛のしたに
何か秘められてゐるやうに

禱歌

わたしは死んではならぬ
つめたい氷のうへを
ぎらぎらとわたつてきた
風こそは正しい風ゆえ
いたましい苦しさを
いたましきままそよぐゆえ

習作

いまこそは風うつくしく
地はあまた暗きかげ在り
ただならぬ時をさだめて
わが祈りひとに知らせじ

梨原

〈ハレルヤ〉
みなもとは花々盛り
塵土これさびしき果実
めぐりこし幻のくるまを
つまはじき死なんとせしを
〈ハレルヤ〉
いつよりか罪びとありて
あたらしき梨など生ひて
珍らしき雲わきあがり
つひにせし空しき快楽
〈ハレルヤ〉
ここよりは人びと容れじ
ここよりは苦しき世界
衰弱の智度をたのみて
あゝわれはあやまちしけり

少女

最後の瞬間には二元的であつた一方に一人の少年を迎へ一方には他の少年をむかへてすこしも困惑なく己れの全重量を使ひわけた心から心へわたる風がトンネルのやうに通じてゐるのだからもはや言ふべきことは易易として吐かれ
さびしさはしゆゆにしてやんだ誰でも女と神とがけじめのつかない時期がきつとあるその時こそ少女は二元的であるのだ少年はいちばん清潔であり少女はいちばん不潔な時である

寂しい化粧

いろいろの苦しみにむかつて
己れを化粧する
手慣れた道具はうばひとられ
それでも生きてゐるかぎり
寂しい化粧をする

神よ

こんなに苦しんでゐるのに通じないのか
神よ
わたしのゆくてをさへぎるのか
どうしてわたしの星宿をいぢめぬくのか

悔悟

不安は一時のものでなかつた不安は生涯のことである
いたづらに過ぎてゆく日々の空しさをかこたず
唯見失はないことを願ふのである己れの宿命のすがたを
去りゆくものはすべて明らかに
恋しきものはすべてつまびらかに
己れに知らしめること
くぢけてゆく己れを救ふ唯一つの支へである

願ひ

暗愚な魂のために
うつくしいものをあたへよ
幼ない少女のビロウドのやうな眼で覗かれること
わたしの心の汚穢の
ふるへながら欣求するところである！

反吐

見事な絵だつてふとした折に反吐が出さうに嫌になるときがある
美しい女性だつてたまらなく嫌な時がある
わがままなのである　己といふ奴が
出来そこなつたのである　神よ！
どんなにつらくても生きなくてはならぬ　どんなに死にたくなつても

（いつまでも消えなかつた）

いつまでも消えなかつた
その夜のランプや夢のさまざまが
いつか失はれたすべてにかはつて
またひとがおとづれてくれよう

渦動

またも夜のうちにある空白の時
刻然としてあたかも渦動のやうに時針があつた

（苦しい夜がある）

苦しい夜がある
苦しい朝のつぎに
わたしはあふむき
じつとしてゐる
わたしのなかから
つめたい響きがつたはつてゆく
とほいむかふへ
くるしげな気配をのこして

訣別

——深尾修に——

己れもすなはち君のごとく寂しく
きみのごとくすねてゐる
花びらの五月よ
まぢかにしてきみはゆくのか
諸々は閉されて暗く
ふたりは死にさうな病ひをもつてゐる
はるかに風ふき
花びら散るおとよ
いづくに求めてきみはきくのか
過失して生れた世に
もう住むところをたずねつくした
わづかに甘いく年
あゝ余りにはやくそれは来てしまつた！

いま椿も過ぎた
己れの心に贈るべき花は咲かぬ

不遇の季節のほとり
きみは寂しくゆくのだ
ただひとりで
出来るだけとほくゆけ
わたしの冷たさをゆるせよ

それではもう
す早く
不潔な世を過ぎよう
あの病ひは重く
ふたりは絶え絶えの息である

どちらか取のこされて

（苦しくても己れの歌を唱へ）

苦しくても己れの歌を唱へ
己れのほかに悲しきものはない
つれられて視てきた
もろもろの風景よ
わが友ら知り人らに
すべてを返済し
わが空しさを購はう

薄明

きりきり固い青のなか
流れてゆくは風のおと
ふかぶかとして頼りなく
わが生来のかなしさは
放たんとして掌にありぬ
アカシヤのいろ
街のいろ
やがて倦んずる生きの世に
わがかげ薄く明けそめよ

春の内部

眠りのうちに花がひらいて
茫んやり誇つてゐる
わたしのいくつかの苦しさが
むかしから
生れない前からあつたわたしの影が

もしかしたら
わたしはまちがつてゐる
いつか異つたひとの内に住んで
わたしはとうに眠つてゐる
膨れあがつた額のあたりに
さびしいものがおかれてゐる
女のひとだ　女のひとのなかに
わたしは住んでゐる
〈たつたひとりだ　わたしは孤りだ〉

（とほい昔のひとが住んでゐる）

とほい昔のひとが住んでゐる
わたしのなかに
わたしはすこしも新しくなんかない
怠惰と驕慢と無頼とが
みんなありのままに住んでゐる
千年まへのひとのやうに女のひとを恋ひ
あゝしまつた！　などとつぶやいて
ざん愧に身もだえする
誇りかに生きんとして
弱きところをすくはれ
反吐のやうに生きることに執着し
あーもうたくさんだ！　などと
友にうちあけては酔つてゐる

さようなら
世界のすみずみにゐる人！

もうわたしからは何も生れません
そうして春の夕ぐれ
電車などといふ野ばんなものの窓から
さびしい雲をまねいて
くりかへしてゐる
お丶これからはどうしよう！

詩稿X　抹消詩

挽歌

冬のりんご
青磁の空に燃えあがる炎の夕べ
清明の夢に蝕まれて
眠つてゐた　遠い影絵のやうに小さく仰向いて

小さな影絵

薄い化粧と
投げられた髪の束ねが
丘や樹々の騒ぎ

（それら苹果の二つが）

それら苹果の二つが
氷霧や林の騒ぎをくぐつて届けられた夕べの日に
燃えてゐたとて何だといふのか
何がほめられたといふのか
異様につめたい終年の床で
姉が影絵のやうに小さく眠つて
もう目覚めることもないのに
急いでその面影を刻まうとして
白い布を外した
わたしのやくざな美学が
遠近法を無視して潔められた
この肉体をどうして描くのか
もはや入り込めない輪廓が
神によつて描かれてゐた　描かれてゐたのだ

（氷霧と風の底に連丘の涯てが）

氷霧と風の底に連丘の涯てが　燃えつきた夕日をのんで　血のやうに吐いてゐた　鋼のやうに堅いサナトリウムの霊安所で　無量寿経の一節が軍楽のやうに響いた　わたしの硬直した悲嘆の奥部で　壁は影絵のやうに小さく眠つてゐた　枕もとに二つの冬の苹果を置い

て　誰も起こしに来ないだらう〈
わたしは急いで面影を刻みこもうとし白い布を外し
た　出来れば永生において描きたかつたのだ　だが止
めよ、すでにわたしの美学の届かない先で、誰かが描
いてゐた　神のやうに描いてゐた　決定された背景の
前で　〉

海辺

遠い□□□のとどろき
赤いぐみの実の風おとが
そのまま海の固有の匂ひになつて
深くなく浅くなく
わたしのすべてに滲み透る

ああ冬の冷寒な水脈から
おのれを知るのは難いかな
黒い防波島のかげに
もぎとられて凍る残杭のやうに
ああつめたいかな
連々たる
あちらから眠りがくる

眠りの反応

一成分系化合物が
とほくから毒触媒を獲て
つひに春の雲のやうに
たふれてしまふのだ

孤独な風の貌など

あざやかにすべるとき
樹々の肌にある冷たい触覚から
りんりんとひびきがこたえた
冬の日本の哀れな街路のほとりで
うしなはれた幻想をさがして
遠い旅から来た風の誘ひが
うす雲のよるべない夕映えのとき
影絵のやうに遠い鈴樹の列に邂逅した

呪詛のやうに憎しみに燃えた鈴懸よ
粟粒を肌にうかべて

格渇がとほい日からつづいてゐた

二つある樹

烟霧のなかで
抱きあつてゐる二つの樹

諦められた花のかげに

青みがかつた空のいろ
白くとがつた建築のあひだの
錯乱した稜線の狭いひたひ
ぼろぼろになつた廃杭のつらなり
街は粛々として
葬列のやうな群れが歩み
やけになつた計画に似て
不可思儀なさはぎが透る

広場のまへの石段のあたりで
しきりに説く予言者の老ひた愁ひ
花々はいまだ冬のなかに

じつとしてゐる

幻なり挽歌

赤い屋根が死にそうなひとを
どこに抱いてゐるのだらう
もくもくとわく雲居
おどろく風のおと

頌

夕べ
丘や樹々の騒ぎが告げてゐた
ふたつない爽やかな風が——誘なつていつたのだと
遠くの雪映えのほうから
見知らぬ季節が——おとづれてくれるのだと

（おまへを呼ばうとするのに）

おまへを呼ばうとするのに

すべては視えないまんま
かなしい冬の蒼にかくれて

(至らぬ技をなすなかれ)

至らぬ技をなすなかれ
己れを販りて微笑するとき
空は網のやうにこまかく
微動する

群鶏の歌

微塵もない空のけはいに
うら枯れた蘆がざはめき
人などかよふみちの辺の
あはれな処に群をなす鶏
白や灰いろやうす汚ない斑点をまぜて
土くれをついばんでゐる
項をひくく地につけて
かがやく日だまりにうつむいてゐる

おう嘆け
群なす無心の鳥獣のものよ
あまたのひとのうちに唯ひとり
わたしはしづんでゐるのだ

生きたいと念じながら
力なくあゆんでゐる
もののひとりとして——

夢夜

ふかぶかと匂へることの
暗き夜の路傍にありて
ふさはしく白くある丁花しいて
くるしきことのかづかづを
さびしくなりて温むる

歴程の日より

淡青い冷気のなかの
亀裂のやうに延びた枝々は

晨と夕べの頃に
うす黙く燃えはじめる

静かなる春

ひかりよ
いちどきにふみこえてゆく
すべての空間を

地獄の天使

天職が失はれたのであります

天使

いつまでも居られはしない

残照篇

善

遠い遠いちひさな善だつたころの
ひとつの所作をおもひ出してゐる
汽車にのつて
えんえんとつづく防雪林のあひだを
迅速にしかも重たくあえいでいつた頃をおもひだしてゐる
そのころ
ぼくは烏のやうな黒いマントを愛用し
マントはついに飲み代となつて卒業の日をかざつた、

革まる季節

革まる季節　しゆう雨の光束のやうなすばやいきらめきとともに、はく奪される衣裳
娘たちは　獣たちのつひに目覚めようとはしない習性のなかにゐる
ばらばらになつた街樹の芽ぐみは、恍惚と毒気とを吐いてゐる
ある日　ぼくは小さな革命者だ　二三の仲間といつしよに　牢獄だ牢獄だとわめきながら、道路工夫ののつたりした仕事場へ触れてあるく、何が牢獄なのか、彼らは理解しないが、ぼくが苦がい呼吸を吐きだしながら夢みる喜劇のかずかずをさまたげはしない
世界は賭博者のむれで満ち充ち、サイコロは群衆を挑発する
サイコロの嫌いな人種は穴ぐらのやうな思想にふけつて、何処か窓の光線をしめだした仕事場にゐる
まちたまへ、素朴な忠告者の言葉を聴かう　〈諸君はあらゆる上昇を忌むでゐる　諸君は世界が広いと思つてゐる　世界は深いのだ！〉
黙れ、老ぼれ奴！　仲間のひとりが瞋り出してわめく　ぼくは寂かになだめながら得意になつて説教することにしよう
〈世界が深いと考へる御身たちは幸せのなかにゐる　御身たちの世界は改革を生まないだらう
ぼくはかの精神の制作者たちの深淵な制作におどろかないものであるが、かの飢餓の人々の表情と、殺りく者の兇貌におどろくものだ　もはや世界は沈積した泥沼を渫ひ出してぶちまける

だらう　熔岩のやうに流れ出す御身たちの深刻さをば、この干割れた土塊として御身たちは見ることになるだらう〉

午前

花のやうにゆれる午前の光線
そのまんなかに在るひとつの貌が
きらきら　とかがやきをましてくる
清廉　潔白　地蔵のやうに端正な形をしたまゆ
あれはぼくの何にあたるひとなのか
ぼくはしきりにぼくの心理をえぐりはじめる
清廉　潔白　端正な形の眉
ああそいつはぼくの心理のいづれのはしくれをも占めてゐない
汚濁　反抗　忿瞋と泥沼
まるでどうにもならないやりきれなさで充ちてゐるんだ
花のやうにゆれる初夏の午前の光線
そのまんなかにきらきらかがやく貌の娘さん
それは無縁といふわけか
ぼくは急に身仕度をして
ビル街の喧噪のなかに出かけようか
疲労と混雑にまぎれこんだ時間が

あそこの建物の陰やここのストアーの窓で
正しい言ひ振りが使へるとしたら
消費社会の甘酸ぱい怠惰の蔭で
奇怪な風景に仕組まれてゆく

ぼくはいつたいこのぼくを
如何にしても飢えさせまいとするけれど
原因しだいによつては
この午前のちひさな休暇を暗い思想で充たしかねない、

理神の独白

観念と物との、例へばこぼれおちる花とその匂ひとの交錯する世界よ
ぼくは脱落して、みしらぬ街路にほうり出される　水とパンと乞食や少女がうようよして、柵のうちがはの高い土管のうへでいま叫けんでゐる革命家、ぞろぞろついてゆく信奉者、さてまたつぎの街角では、神のヘゲモニイに動かされた伊達者の神学士、その下卑た口調、ぞろぞろついてゐる有閑女子の群、
ぼくは　何ごとも出来《デカ》すことは、禁じられてゐる　ぼくは視るだけで飢餓を充たさねばならない　オルガニズムの欠損にようて瞋ることとわめくこと、わけても従属といふ人間性を失つてゐるのだから、
あらゆる生存はひとつの関連である、くもの巣である　ぼくは生存の条件を何か他の要素でおきかへたため、脱落して路頭にある
煙草と噴水の飲み水、ちよろちよろセルロイドの風車をまはしながらわめいてゐる少年の販売員　生存はひとつの形式をもつてゐる
ぼくは苦々しく反すうするに、それは賭博の形式である　かかるものがひとつの世界であるか！
ぼくはいつたい何であるか　路頭にあてもなく歩いてゐるひとであるか
生存はぼくと反撥し、ぼくはほうり出される　自由はぼくの路頭における歩行の形式だ　ぞろ

ぞろぼくのあとから歩んでくるものはぼくに無縁のものたちだ
太陽は花のうへに落ちる花は街路の栗の並木にくつついてゐる
匂ひが剝がれておちる　匂ひはぼくの脳髄におちる。

通信

かき集められる幸せの数と種類

少年たちよ
その幸せを敢て偽はりであるとは言はない
けれどその善はいつはりである
穴ぐらのやうに暗いそして甘いところで
その善は値価をはり出してゐるのだ
すべての少年たちよ
きみらが巨きな重工業や集団農業をまきおこし
可愛いい娘さんと工場の清潔な休憩室やみごとに光つてゐる農原で
しあはせでたのしい語ひをしたり楽器を奏したり
あるひは眼と眼でがつちりわかり合ふ恋をしたりする日を信じてゐる

けれど少年たちよ
その日がくるまでは、ほんとうの善や真実は
みな虐げられた瞋りや暗い反抗となつてあらはれ

あるときは自殺のやうなさびしい孤独となつて
たくさんのひとびとの行為と胸のまんなかにあらはれるかも知れないことを
知つてほしいとおもふのだ
たくさんの勉強とわけても骨をかむ生活でもつて
じぶんのほんとうの判断をほり出さなくてはならない

回帰

風が吹きくるどこまでも黄ナ色の風が
吹いてくる
寂しさはもう棚おろしで
ぼくは貪らん無慈悲の仕事を見つけだし
どうにかしてやろうとおもふけれど
風が吹きくるどこまでも黄ナ色の風が
あはれぼくは
鳥打帽のかぶりかたも知らず
中折帽のつまみかたもしらず
しだいに骨折り損を苦にしだした

めくらめつぽうの
寂しさをまたとり出して
これをさあみなさん！
さあこれをどうしてくれるのかと
さもしいことを言ひながら歩くことにはならないか

残照

たくさんの憤死をぞろぞろ引具してくる普遍《アルゲマイネ》。いまなにが明らかであるか、
ぼくは哀愁を喪ひ、野卑な形体をとつて、暗い穴蔵から湧きあがる歓呼を、精神を、どうあつ
かはねばならないか　索莫としてごつたがへす地上、そのなかでぼくはまねかれざる、しかも
慾念多い収奪者のひとりと無二の親を結んでいる　やがてぼくは喰ひつくされ、投げだされ
る　そのときひとすぢのこる残照、こうこうとしてああまでもかがやくものかとおもはれる
赤い残照、何人も残れるものを蔑むことはできない　仮令へそれが悪しき秩序のなかの悪しき
財貨であらうとも、
そうしてぼくは啖はれるよりほかない道を、何故に歩まうとするか
たくさんの憤死をぞろぞろ引具してくる普遍《アルゲマイネ》、ぼくは激突する
いづれ死ぬのはぼくなんだが、ぼくは思ひおこすのだ　かかる道化の一芝居をうつて、たくさ
んの観客をせしめようと、たくらむことのたのしさを。
ああぼくにとつておきの帽子や上衣を投げてくれる奴はゐないか
すでに燃えつくしたぼくの精神にかはつて、ぼくはひとすぢの残照だ
少女も年増女も売女も乾ききつたぼくの肉体に、いや肉体の光輝に銭を投げる奴はいないか

悪の童話

みじめな生活をいつまでもつづけてゆくことにも
別にかなしみをかんじなくなつてしまつた
それでは沢山の子供たちよ
つくり話や異国のことばでないことをうたつてみることだ

ひとつの海峡をこえて
そのさきに雪が吹きつけるところで
たくさんの反抗が、
うたをつくりだした

そうして大人たちはじぶんの穴ぐらから出て
悠々とした大河をさかのぼつた
大人たちはどうなつたか
国境をこえて行方不明のまま
いつまでももどつてはこなかつた

いま四方の海が瞋りや悲しみをさまたげてゐると
大人たちのあるものはほんたうにそう考へる、

列島の民のための歌

従属がひとつの倫理であつた
貧しい土壌と剛腹をしらない民よ
いまは垂下した胃袋のやうなその島には
ひとつの平和もなくなつてしまつた

天もそれから地上の悲惨さへも
たくさんの反抗をゆるしてゐるときに
いつまでも愚かなくり言と痛ましくも
じぶんの精神をひらかうとしない民よ

やがて疲労と窮乏とが刻々と迫つてきても
それを甘んじてうけるように準備してゐるひとたちよ

そこではいまも
あはれなすさびが火花のやうにひとたちを遊戯させ
支配は神権と結びついてとけそうもないのだ

人間のうちのもつとも卑わいな部分が
首部をしめてゐる古怪な獣のやうに
いつまでもそこに在るのだ

海はこの島の民に魚類を提供し
この島の精神を循環と空しい跛行に陥しいれた

大凡ありとあらゆる地上の愚劣と卑小とは
この島を占有してゐる
いまも眠つてゐる太古のままの民たちよ、

重工業

地のはてにはなにがあるか
とほい昔　人間はそれを知つてはいなかつた
それから
地球がまはりながら太陽をめぐつてゆくことも
ついこのあひだまでは知らなかつた
それを知らなかつたことはひとつの科学の問題であるか
それとも人間の精神の問題であるか
ぼくにはわからない
そして人間はずゐぶんむかしから愉しむことが出来てゐたのに
苦しむことが出来るようになつたのは
ついこのあひだのことだ
ましてひとのことで苦しむようになつたのは
ほんとうにこのあひだのことであつた
そして重工業がひとびとの労働を正しく吸収して
収奪のない生産を行ふやうになることは
それは間近なことにおもはれる

暁

そろそろ　それだ　そのうたが
きれぎれになつた記憶の底から
戦車が鋪装路をのしてゆく響きの記憶から
蘇へつてくるころだ

友たちは死んだ
たくさんの家はやかれ、
まるで人間は根たえさうにさへおもはれた
一九四三年ころのこと
充分に孤独であつたし反抗であつたりした
ぼくがうたつたのは軍楽にあはせた
卑怯　卑劣な殺人のうたであつた、
がまんのならない虚ろな声で
ときどきは道化の調子で半畳を入れながら
高らかに嘲けりうたつたのは殺人のうたであつた、

ああ人間よ　ぼくの孤独な仲間よ
あんまり自己反省したり涙を流したりするのは
禁物だ
とぐろをまいて酒を飲んでゐた連中は
いまも健在で忙がしさうだ

いつたい何日?が暁の日であるのだ
もうこれで反抗のかぎりも近づいたし
たいへんな疲労もやつてきた
いつまでも生きてゆくかぎり禁じられてゐるやうにも思はれる
時間のなかでうたふ精神のうた
秩序をはねのける暁のうた
ぼくのバトンは晨まだきの天にあづけようか、

堀割

都会はこんな日に
規則ただしい堀割をいくすぢも黝く流し
運河べりのビルデングからは汚灰のたぐひが
破れた食器のたぐひが
バケツからぶちまけられてゐる

都会はこんな日に
とほい場末の町落で祭りをやつてゐる
裸やハツピ姿や鉢巻などが
やりきれない風景をくりひろげてゐる

あまりのことに
濠割の水はますます黝く
そのうへをくん製になつた太陽の光がきらめき
経木のたぐひも流れてゐるだらう

やがて化学工業がおこりはじめると
濠割の水は色をかへ
パイプから石垣づたひに黄色のガスが吹き出したりして
あらゆるものの寂しい裏かはを
濠割は流れくだることになる

斯かる日
ぼくはひとつのいきいきとした触手をたずさへて
都会の路をあゆむのだ

昔の歌

Simōnidēs のむかしから軍さのうたは
かけ値のない暗い死とのとりかへつこで
世界のはてにうたはれた

この島ぐにのむかしにも
父だらうが母だらうが眷族そろつて海辺へきて
このわしを鼓舞してくれたので
思ひ残こすこともあるまいから
出陣するといふような
うたがあつたもので
それは尋常の心境ではあるまいことが
言葉のうしろや物象のかげから
暗い峡間を感覚させて
いまもかはらずぼくらのこころをむかへ撃つてゐる

たくさんの諌めをふりきつて

おれは反抗するのだと
まことに損な役割をひとにかくれてなしながら
うたをうたひ
動揺をひとびとに伝へ
悪しき秩序のすみずみにある悲惨を抽象し
畢竟われら人間の価値判断はすべて顚覆されねばならぬと
うたひまくり
バトンをぼくにうけついで死んだうた人は
いまもむくひられず
そのうたはいまもそこにある

ぼくもまたうたをうたふからは
たしかに人間の集積してきた巨大な精神を
すべて忌みきらひ反抗するのであつて
妥協の余地はないのである

むかしのうたは湿気の多い天上にあづけわたし
ぼくのうたは湿気のない地上のかたすみに
それでも細々生きつづけ妥協はおことはりしようと考へる、

出発

乞食小屋のやうなあばらやで
賑やかな兄や姉や親類縁者にかこまれて
生きるともなく生きることになり
出で立つのは
異類の旅ときめられた

どこかで午笛がボオッと響き
干乾の目刺魚が軒につるしあげられて
ゆくともなくゆくのは何処の小舟の機関の音だつたらう

親類縁者は昔の家運の盛りをおもひおこし
ほめそやすのは祖先のことばかり
何が何といつたところで
おれの知つたことかと嘯ぶいて
唯一の故里は都会のしみつたれたビル街だときめた

優しいことはあるものか
優しいひとはあるものか
あんまりひどい孤独では胡桃のやうに乾いた固いこころが
昂然として言ふのである

学問してもとりわけ科学といふものは
幸せで阿呆な人種にまかせておけ
おつき合ひはごめんだよ
とにかくこの道をまつ直ぐゆけば幸福と栄光うたがひなしと
御せん託のところにきて
くるりと曲るのは異類の旅のしわざであつた
しわざであつた！

触手

ぼろ布《きれ》がとんでゆくのは
虫干しの日の夕ぐれ方
たくさんの雨臭におほはれたあばら家の軒場であつた
母と娘がそれを拾ひあつめ
また干しにかかるのは虫干しの日の夕ぐれ方であつた

都会はふたつの世界にわかれ
河むかふの病院の尖塔には十字架が映え
こちらがはの街は侘しげなアセチレン燈の夜店と市場

岩乗な骨格の労働者の着物姿は
あんまり力もなく
ぞろぞろ仲通りをあるいてゐる

ひとつの奇蹟が慾しいのだ
ひとつの奇蹟が慾しいのだ

あんまり働きすぎると頭脳が悪くなるといつて
学校をせがむ子供たち
それをうけながす着物姿の労働者の父親

時はあまたの奇蹟をしでかすであらうと
ぼくは悲惨にうたれたそして幾分かはユーモラスも解する
ぼくの触手を
生れ故郷の街にきていつまでも動かしてゐる、

夜の国

夜の国では
ぞろぞろ余計な人種を引具して
軍艦やら飛行機やらあまたの品目が集まつてくる
勲章とか何とか総長とか
大へんな賑ひだ

すべてに抜目のない連中は
あちらこちら仕事の話し合ひで忙しさうだ

しかしまつてくれたまへ
骨ある歴史家が物申すときだ
擬物のごつたがへした夜の国で
ひとつの由所ある演説をぶつときだ

諸君！
あらゆる支配はひとつの目的なしにおこなはれるものではない

かの巧利と正義とは奇妙にも結合する力をもつものであつて
支配は常に納得を伴つて滲透するものである
歴史の証するところによれば
すべての革新は反抗の倫理的な実践によつて行はれ
社会構造の転換期に伴はれて生起するものである！

夜の国のひとびとは
眼をむいて反感を示す

諸君！
あらゆる同情は下卑てゐる
諸君の人情も下卑てゐる
諸君の女々しい根性に至つては古今東西にその従属の類
を視ざるところのものである！

夜の国のひとびとは
おまへはおれに食を与へるかと憤慨する

ああ　度し難し夜の国、

日の終末

大きな日はビルデングの角でくるくる廻り、
炎をはげしく放つてゐる
並木も窓も高架線のきわどい曲線も
すべて湧きあがり半陰となり
ぞろぞろ果てしないほどビルデングを吐き出されてくる群衆は
駅口のほうへ流れてゐる

生産性のあるかないかはわからないが
いまいちにちの労働を終つてゆくのは
たれからも見はなされそうな市民たちで
大きな日の終末を背にうけてゐる者も
それをまともに視ながら歩いてゆく者も
角をまがるときは何だか曲りにくさうにしてゐる
あの健康な労働を夢みてゐる歴史哲学者や社会思想家は
いま穴ぐらのやうな書斎から出て

気狂ひ病院のまはりやふ頭のふちを
ぶらぶら歩いてゐるだらう
あるひは忙がしく講義することもあるのであらう

騒音がはげしくなると
まるで名残りおしむやうにひときははげしくなると
誰がどうしたといふこともなしに
日は没しはじめて
そこには空になつたビルデングが建つてゐるばかりだ

長駆

それはそれは長駆といふべき逃亡であつた
感情や優しさといふものを
いつさい剝奪されて
残されそしてじぶんに許したのは極北をさす論理と拒峻する
虚無とであつた

あらゆるものはみな失つた
かれら微笑をみせる人種をさけてとほり
かれら朗笑と舞踏とをことゝとする人種を黙殺し
かれら健康なる思想を革命の倫理におく人種を痴呆の
如く罵しり
たゆたふことなく論理は心理の影像を帯びはじめた
冬すぎ春がき、
そして毒気と加里臭との強烈な栗の花が咲く初夏がきた
たれも自らを救済しうるものはなく
現実を覆滅することをしなくなつた

夜は世界のいたるところにあり、絶望せしめることができた
この処をわすれるな
長駆はこの処にとまつた、

前夜

息付きはじめたのは都会のまんなかの
ぼさぼさした街路樹と雲の移動
まい日
晨雲は西の方から追ひはらはれ
きまつて午後になりはじめるころには取かたづけられ
きらきらした陽がいつぱいになる
街路樹も濃い緑におもたくされ
湿つた風に裏かへる
こんなこと
とにかく見事な自然の移動だけれど
安心してよろしいか
株式恐慌がうちつづき
そんなものどうでもいいと考へてゐるひとたちにも
ひとつの危機の尺度は提供されるわけだ
失業倒産、公金濫費
あらゆる暴圧やそのはねかへし

とりわけて憂うつに陰にこもつて苦しいのは
あいつとのくされ縁だ
この先いつまでそういふことになるのか
嫌つて嫌いぬいてもまだ離れない
感覚錯誤の恋人のやうに
どうしたらよいのかわからなくなるほどだ
一九五〇年夏のはじめ
ぼくはそれを前夜の徴候のやうに思ひなしたい
ぼくらくらげのやうな青年たちも
さすがに骨ばかりに干上がつてがまんがならなくなつてきた

夢

一瞬のうちに結ばれて消えていつたのは火事の夢だ
あまりに疲れきつた夜のこと
ぼくに多彩な色どりなく
思考はおほむね暗く頑固に近いので
いらいらすることは眠りのなかにも滲入して
焼け跡のやうな感覚ばかりが火事の夢のあとに
残つてゐる

この原因は何であるか
伝説によらずともそれはあんまり良い方の夢ではない
後味の嫌さは比類もなく
したがつて目覚めてゐる間の生活感情と全く同じものなのだ
世界は谷間のやうにぼくらの土地になだれこみ
威しもならずすかしもならず、
とにかく対手は正に夢のやうに善意とか何とか
おべんちやらで手に負へる代物ではなく

さればとて時間は果してぼくらに味方するものかどうか
刻々息ぐるしく絞め殺されそうな抑圧は
神経症状にきはめて近似する暗うつを感じさせる

はたしてすべての人間は
あまりにはやく軍鶏のやうにしめられることを待ちのぞむか
精神はますます底のほうにうづき
あたりはごまんと擬和された甘さや暗さ軽い狂燥
ひもじい欲望などの乳濁のなかに沈みこみ
もう脳髄が行はうとすることは
惨憺とした悪夢ばかり

これがぼくの火炎の原因だ

凱歌

あんまり長く
時は空白をあたへすぎた

測量機をすえつけて空には引くともなし引かれた直線
ぼくは且て何をのぞいてゐたか
すべての実在よりもほんの少しさびしくなつた
ぼくのこころをのぞいてゐた
由所あるもののやうに
そこにはすべての歴史から切離されたぼくの空虚な
骨格だけがあつた
なにびとも誠実だけが残されてゐると考へよう
誠実は現在はげしい反抗となり
またやや弱いものを虚無と沈うつにさそひ
ときとして暗い夜の森で女たちと出遇はしめた

何ごとかおこなはれ

しかも何をうみ出すことができたらう
ぼくら
すべてを奪はれたのちも
なほ時は刻々とぼくらをまもるであらうことを
鋤やくわや機械とともに
あの機構のなかに滲透する反抗がなにかを生むことに
転ずるであらうことを

いまは暗い夜のときだ
ひとりひとり若し愛する者があればそれを大切にして
ゆくべきときだ
たれもやがてむかふべき瘴れいのうちで何が行はれるか
知ることができない
そしてぼくらの凱歌はどのやうな星の下でうたはれるか
知り得る者はない

固くひきしめた忍辱は
ぼくらをして決して死なしめないだらう

雨期

はたして人間はいま自然のなかに在るか
湿気や霧雨にうたれて街をあるいてゐるのは
ぼくやほかの人間であるのか
感じようとしなければぼくらは一様に鋪装路やビルデングに
かこまれてたれも空に囲まれるものではない
まして空の下に人間が住んでゐるのでもない
人間はいちように
ひしめきあふ精神の質量のなかに在り
そうして何ものか負ふべき由所をもちながら
悪縁と歴史のなかにある
長々しい時間はいつまでもぼくらに暗く重たく
どうすることもゆるされてゐない

はたしてこの長雨はぼくらのうへに降りかかるか

眼の夏の時

眼は青い魚鱗のやうにとぎすまされ
栗の並木のしたで
花ぶさが匂ひを放つころとなつた

ゆくりなくも
地上はいま決闘のさなかであり
ぼくらは兇器所持者のまへにあつて
精神の無限の深さと忿瞋とたえまない屈辱と
やりきれない沈黙を嗜めてゐる

いつたいぼくらは地上において何をなしうるか
すべての寂寥は鋭利な眼をともなつてやつてくる
あの強烈な栗の花の臭ひは
暗い脳髄にくびきをかける

ぼくらはこんな日

地獄のやうな青春の宿題を解かねばならぬ
且て黒板であつたものが
いまは激動する歴史にかはり
救済はしかもぼくらに何の保証もいたさない
ぞくぞくと飢餓と搾取のほう向に行列する群集たちよ
何びとか兇器を奥ふかく秘して
腹背から追立ててゐる

ぼくの眼は青い魚鱗のやうにとぎすまされ
颪のなかできらきらする

地の果て

安山岩の岩のつづきに
刻まれたような路がひとすぢ
たれのために
どうしてそこに在つたのか
そのはてに城塁の跡のやうなわづかな人工のペトン塞が
きらきらする日のなかに残されてゐた
ぼくはどうして
その光景を視たか
過ぎる日も過ぎる日も息苦しくて
何かなさねばならないと考へながら何を為さうとはせず
辛い目にたくさん出会つて
訪ねゆくひともないときであつた
ビルデングの間のひつそりとした裏路から
三十間堀りの埋立作業の現場をぬけて
ぼくは地下室のやうな映画館の狭い通路に佇つて
それを視た、

あたかもぼくのやうな（とその時感じた）男たちが
城塁に拠つて　つぎつぎに渇え　死にたえていつた
きらきらと陽は灼熱し
自然は恐ろしい場所を有つてゐるなと考へてゐた

かかる想念ははたして何を意味するか
一九四三年　戦乱のさなか
人性の危機と迫りつつあつた現実の危機との重たい二重の構造を
ぼくは渇えた地獄のなかで
耐えてゐた

忍耐

息づまるほどの苦しい夏がきて
どこかでとんぼ返りをうつてゐるであらう劇場の道化師は
それが一生の仕事であるならば
仕方なしにそれを愉しい仕事のひとつとしなければ
ならない
そのやうに
ぼくら何もとりたてて為すこともなく
しかも疲れきつた脳髄の日も
生きねばならないことの空しさよ
夏がきても秋がきても
愉しさといふものがぼくらの外にあるならば
ぼくらはそれを得ることがないであらう

街

あはれなものは遠くで並んでゐるビルデングだ
あんなに小さく模型のやうにきちんとして
いたづらに日は遠く空はたかく
その下で限りもなく線路や電柱や街路樹を流し
かすかに生棲を感覚させるものと言へば
汚埃や煙や音響をあげて烟つてゐるたたづまひ！
街は海や湾港のマストや郊外の丘陵から隔離されて
ビルデングはばかに寂しく
自動車や電車のたぐひは音もなく走り
人つ子ひとり視えることもない！

この遠景は不幸である
限りなくそして幾分かは道化てもみえる不幸である
人間たちはビルデングのなかに蔵はれたり
歩行の最中でもまるで小さく視えはしない
つぎつぎに行はれてゐる手形や証券や帳簿の速算と集計

どこか異つた地方にある工場の生産指数
なにもかも結果ばかりを寄せ集めてゐる街
あらゆる不幸のうちで
いちばんみじめな不幸である

ここで生きてゆく人間たちの
重たい装飾のかずかずを変へることは出来ない
それでは不幸こそは
安手の悦愉にかへられて
しかもそれは結構愉しいことでもあるのだ

傷手

安らかさのひとつかけらも
ぼくの生活からはしめ出され
しきりに忙がしがりまた空虚をかこち
世界がぜんぶ疑惑のなかで熟してゐるさまを
苦しい思索のなかで耐えてゐる
ひとはそれぞれの表情をもち
それぞれに世界の顔を割らうと考へる
しづかな電燈の下であるひはまた小さな工場の機械のまへで
さなきだに狭くまた暗い青春の谷間で
閉ぢこめられ傷められた精神の限界のなかで
はたして
ぼくらの深い傷手はさはやかな夏の風のやうに
また少女らのくちずさむ軽い小唄のやうに
たくさんのロマンチケルの好んで描いた夢のやうに
やうするに且て考へられた精神のすべての機能によつて
癒されるのか

ぼくは考へる
栗の花の匂ひが強くやつてくる並木の下で
もう夏なんだらうが、ぼくの好きな少女からは
何の通信もやつてこないと
神はまた且てのやうに基底に触れる独白でもつて
ぼくを畏れさせることをしなくなつたと
だいたいぼくはすべての人間と歴史の跡をまるで
信ずることが出来なくなつたと

みたまへ
ぼくはこんな風に自分自身を抱えこんで
ぼんやり栗の木の根つこに座りこむ
冷たく惨酷な眼をして
兇器所持者のまへで
ひとはだれでもこんな心理になり果てるのか
限りなく内攻する忿瞋と屈辱と空転する自恃と
どうすることも出来ない弱者の心理になり果てるのか

こんな日
ぼくは地獄のやうな青春の宿題を解かねばならぬ

且て黒板であつたものが
いまは激動する歴史であり
救済はしかも何の保証も致さない

ばくは信ずる
鋭利な眼をともなつたぼくの寂寥だけを
栗の木の根つこでぼくを抱えこんでゐる寂寥だけを

そうして
飢餓と搾取と
青葉の奥ふかく秘された兇器を感じるとき
ぼくの寂寥は
風のなかできらきらする

地の果て

輝安山岩
路がひとすぢ
たれのためなにゆえに其処にあつたか
城塞のくづれた壁がありところどころ銃眼が
きらきらする日のなかに残されてゐた

ぼくはどうして
そんな光景をみたか
過ぎる日も過ぎる日も息苦しく
何かなすべきだと焦慮しながら何もなし得ず
辛い目にたくさん出遇つて
訪ねてゆくひともないときであつた
ビルデングの間の裏路をそつとぬけ
三十間堀の埋立工事の現場をとほつて
地下室のやうな映画館の暗い通路に佇つて
そんな光景を観てゐた

あたかもぼくのやうな（とその時感じた）男たちが
城塁に拠つて　つぎつぎに渇え　死に絶えていつた
きらきらと日は灼熱し
自然は恐ろしい場所をもつてゐるなとぼくは想つてゐた

かかる想念ははたして何をいみしたか
一九四三年　戦乱のさなか
人性の危機と迫りつつあつた現実の危機との暗い二重の構造を
ぼくは渇えた地獄のなかで
耐えてゐた

忍辱

息づまるやうな苦しい夏がやつてきて
どこかの劇場でとんぼ返りをうつてゐるであらう道化師は
それが一生の仕事であるならば
仕方なしに愉しい仕事としなければならない
そのやうに
ぼくら強迫と兇器のまへに
且てなかつた苦しい忿瞋の夏をむかへたとならば
なほかつそこにおいて
ちひさな愛する者も愛さねばならないとならば
何といふ脳髄のくびきであらう

秋がきても冬がきても
愉しさはぼくらの内にこしらへなければ
永遠に愉しさはぼくらを訪れないとするならば
何といふ暗い夜の国であらう

こんな日
ぼくらは地獄のやうな青春の宿題を解かねばならぬ
且て黒板であつたものが
いまは占有せられた歴史であり
しかもぼくらは何らの利器も有たない

ぼくら
すべてを奪はれたのちも
なほ時は刻々とぼくらを守るであらうことを
暗い夜のなかで
なほなつかしい少女と出遇ふこともあるであらうことを

そうして
寂寥と反抗とにとぎすまされた眼と眼とが
きらきらと凱歌の下で出遇ふであらうことを

残照篇　抹消詩

しづかな林で

ひとりでに光りだすのは空と風
あんなにひとりでに光りだすのは
ぼくよりほかにたれも視てゐない
空と風
ぼくはしづかな林を出て
兎の皮や干草のうちしほれた農家の傍から
とほいとほい
あれらちひさな善だつた頃の
ぼくにあつたひとつの所作をおもひ出してゐる
林は榛のまばらな林だ
それから
ぼくはいま忿怒か怒に類した暗いかげぼうしだ

朱天

ぼくは諦めてしまつたか　諦めて
しまつたのか
そうか
ほんたうにそうか　それでいいのか
いいやそれでいいといふのか
明日からは
怠惰をしのぶしるしのひとつだつた
ぼくの暗さは消えるのか
ほんたうに消えるのか
迷惑さうなひとの貌を
みないふりをして
ちつぽけな悪のひとつもできるといふのか
朱天のしたの
ぼくはいま何か仕度に忙しそうな
まじめな生徒だ

善の小人《コビト》

まづちひさな企画を考て
いちばん意地の悪さうな
あのひとりの先達をたづねてゆき
よろしくたのむといふならば

彼の意地の悪さうな
五十がらみの先達はいつもの善の小人がきたとおもひ
長年慣れて固定した
笑をぼくに提供した
代償はあとでといふにきまつてゐる

それから
知らぬうちに巧みな危略におちこんでゐるといふのが
先づ世間一般の例だらうし
かの先達のひそかに期待してゐるところでもある

しかるにぼくが
陰暗の表情をもつて
反抗を正しくつよく燃やすとき
あはれ善の小人に視えるのは
あの意地の悪さうな先達の貌なのだ

ぼくは何かにむかつて瞋らうとはするけれど
あの意地悪の先達を苦しめようとはおもはない

そのとき

そのときぼくはなにをしたか
いつもの岩乗な靴をはいて、まともなネクタイをつけて
底だけはすりきれて口のあきさうなのを気にしながら
もうひとつ
靴下は左右で異つたのを余儀なくはきこみ
街をあるいてゐた

ある初夏の盛り場である
朝はうす膜のかかつた脳髄のやうに
烟りと炎をまひ上げ
三分の一の群集は有給サラリイマン
三分の二の群集はぼくのやうな人間らしく
用意ありそうで欲なしといふ人間らしく
実直に流れてゐる
ぼくはそこで何をしたか
ぼくはそこで何を感じてゐたか
あの孤独といふことばを
ぼくは群集に対して用ひることをやめて
不安のやうにかげもない歴史といふのに用ひてゐた、

遺産

ひとつには貧しいひとのため
ふたつには才あつても薄弱な精神のひとの
むくひられない反抗のため
みつには婦女のいたましい労働と出産のため

要するにすべての疎外された物とひとのために
公平にして且つすみやかに分配せられたし

この遺産は
忿怒と静寂と美とを織りまぜたアジアの国、古代の
無名の作者による仮面である

値あるものと信じてゐる

ぼくも
ある夏の燃えさかる炎天のしたで
この仗面をかぶつてみたことがある

あたかも名状しがたい瞋りがのりうつり
あやふく革命の挙に出ようとしたが
傍の頑是ない恋人におしとどめられ
思ひとどまつたことがある

値あるものと信じてゐる

購ふものがあれば骨董の一種としてこれを販り
前記のものとひとのため
分配せられたし、

あの道は

あの道は
坂のしたにある朝のうす白い街の道だ

蜜柑と苹果の新鮮な山が
店先に並べられてゐる
おつぎは洋裁店だ
ウキンドウのうちでは流行の洋服が飾られてゐる
といつた案配だ

いきいきとして

ゆきたまへ

獄

倫理にはひとつの魔性があつて、がらんと明るい
初夏の午後でも獄吏の足音がきこえてゐる
○
ひとつのアルゲマイネ
たくさんの噴死をぞろぞろ引具してやつてくる
あるアルゲマイネ
○
表ばかりのひとびとに裏ばかりのひとりがゐる、
○
さめても酔つてもそれは関係のないこと
あれは確かにある
あの獄舎、

明るい炎

空蟬だ　空蟬だ
あかるい炎のもえたつ街のはずれ
ひとりの人がずんずん行つてしまふ路のとほり
土管のかけらやきれつのある埋立地の灌木のうへ
あきれるほかはない
ぼくののんき！
のんきのんき
そのはてに不遇の眼をぎろぎろさせて
ゐるのんき！
しづかに算術の復習をしながら
また　あすも生きてゆくのかと
ほんたうにうつとおしくてならないけれど
い志ごさしてゐるひとたちは
女はしないけれどさぞや愉しいことであらうと
うらやましくなつてくるけれど
明るい炎のもえたつ街のはずれ
たつた二円の飴玉を千万無量の顔でのみこむとき
あきれるほかない
ぼくののんき！
さてそのさきのさびしい不安！

疑惑

□□のが動き

世界はたくさんのひとだかりがしてゐる
いつたい何があるのだらうか

凱歌

泡立つてゐる海のおもてに
三隻の船がとまつてゐて
くさりにつながれて

夜の歌

忿怒と自虐との果てに描かれるひとつの夜よ
くだかれた生存をいま何ものか
はるかな憎悪のなかに残す

ほんたうにおれはそれを知つてゐる
夜は精神のうちがはにあり
夜は世界のなかにあり
あらゆる無理と無体とが精神の自由にくびきをかけ
神の眼や価値の擬眼や
有価証券　手形　貨幣　ありとあらゆる粉飾となつて
おれたちを召し上げてゐることを
夜は世界を暗くすることが出来る
夜は精神を絶望させることが出来る
おれは嗤はうとしてゆがみ
瞋らうとして燃える
もしひとよ
こんな夜でもちひさな幸せがおまへをとりまいたら
それは大切にしてよいものだ
こんな夜でも美しい光線がさしこんできたら
おまへの窓は幸ひにみちてゐるのだ
そうしてならずものの小娘が
路をよぎつてゆくときは
何かいたいたしいことが世界のどこかにあることを想ひ出さう

望みの歌

ビル街の窓といふ窓には四角なガラスがはめこんである
そうして窓のひとつひとつに娘が首をつき出してゐるといふのは
流行歌的な夢であるのだ！

雪が暗く襲ひかかり
ビル街全体は恐慌のやうにうち沈み
高架のうへを電車がごうごう音をたてて疾走する
窓には真昼間だといふのに電燈がともり
ぼくは想像する！
こんなところにぼくの望みがあるだらうか
帳簿の複式法も手形の取引法も知らないぼくは
あの窓のうちで動いてゐるわい小な人物の影と
それから机によりかかつた姿勢を眼に浮べる
あれが人生といふものであらうがなからうが
ぼくの知つたことではないけれど
大変な奴がどこか暗灰色のビル街のまんまんなかで
道具のやうにかれら収奪全納者のちひさな望みを動か
　してゐる！

荒廃の詩

際限もなく荒れはてる
ぼくのこころ　ひとの影
やがて組立てられてゆくであらう都会は
歪んだままに組立てられ
毒気と色彩にまみれた街の風物をなぞつてゆくであら
　う
ぼくのこころ　ひとの影
際限もなく荒れはてる

ぼくは何かひとつの反抗をもつてゐるか
虐げられた胸のうちに
きらきらひかるやつをもつてゐるか
病みあがりの精神病患者の
ナイーヴで青く澄んだ眼の玉をもつてゐるか

ぼくのもつてゐるのは
際限もなく疲れはてた　蜻蛉の複眼
くるめく夕日の炎やイルミナシオンはては乞食の足と
　腰
映るわ映るわ
まがひ物ばかりがめまぐるしく映るわ映るわ
やがてひとりの病理学者がぴたりとぼくの眩惑をとめ
　る
そうして荒廃もとまる、

死の座

刻明なビルデイングの角と影
時計の針にしめされてゐるのは憂慮すべき荒涼
さめてもひとはかかる深夜
栗の並木の落ちまた加里臭をさすみちを
黙つてゆく、

黙つてゐても知つてゐる
荒涼とした死の——、

惰眠の時

眠りは栗の花のやうに
どくどく　どくどく　ふりかかる
それはちようどはじめて出会つたゴロツキのやうな
あつけない重たい感じだ

そのうへ怠惰がおそひかかつて
またそのうへに荒涼と熱くるしい瞋りとが
ぞろぞろぞろぞろつづいてくる
はてもない惰眠のたびよ

いよいよ世界はやかましくなり
ひとびとがみんな眠りについた真夜中に
目覚めてしなくてはならぬこと
何とも言へない重たい現実に
あがらふのもさびしい仕事だ
はてもない惰眠のたびよ
それではここらで肩替りして
愛しくもまた苦々しい覚醒の喜劇に役割しよう、

初夏

何処からか夏がやつてきた
世界はまるで自動対立機だ
数すくなく夢想を制限されたひとびとは
赤熱のやうにとけあひへしあひいちやうに未来への
絶望と救済とを予望する

このとき何がわれらをして納得せしめるか
且て解放であつたものは

この小人の国の卑屈で汚れてゐる
そうして金慾は数世紀このかたの空しい道話を提供し
　てゐる

こんなとき何処からか夏がやつてきた
栗の花の強い臭ひといつしよに
むかつくような嫌悪を人間に投げつけながら
しづしづと風にのつて夏がやつてきた
裏かへる樹々の若葉はおなじ倦怠を感じさせ
愁毒は脳髄を占有してゐる
危ふいかな
ひとびとは飢餓と業務の構造の壊滅を予感して
街や郊外電車や歩道のうへにあふれ
額をよせてガマ口をひらき
紅茶の一喫をたのしむでゐる
こんなとき何処からか夏がやつてきた

落ちてゆく時

プロシヤ青の空のまんなかに
ひとところばかに暗い個処がある
ぼくはそれを知つてゐる
たくさんの練獄ゆきのひとつの口であることを
さかしまになつた地上は
おほぜいの業務をなくしたひとびとが
つまり有である場所をうしなつたひとびとが
まんえんし
ビル街の正午ごろ、郊外電車の夕刻をごつたがへし
まんえんし
こころは遠くの練獄ゆきにおののいてゐる

これはしづかな空のまんなかに
ばかに暗い個処があつて
それを暗いと感じるこころはどこまでもはてしなく存
　在してゐる

あきらめは湿気の多い家にもちかへり
三度の食のお菜になるのかと考へると
地上は珍らしく瞋りに充ちて

ああなぜにひとは
暗い反抗のかはりにじいんとするやうなあきらめを得
　てしまつたか
神々の差別は神々に投げかへし
地上の苦悩を地上の構造に投げかへし

たくさんのたくさんの重工業の夢をみることをしなかつたか
プロシヤ青の空のまんなかに
ひとところばかに暗い個処がある

転身

いく人もいく人もそうしてきた
少年たちは

哀愁

きらきら舞ひながらどこまでもあがつてゆくのだ
このぼくの哀愁といふのは
あるじをなくして独りであがつてゆくのだ
騒がしく塵にまみれたビルデングの真上の
水上学校の河べりの窓のあたりや
色とりどりの安つぽいイルミナシオンやネオン管のうへ
どうすることもできない暗い破片や音楽のうへ
あるじをなくして
そのうへきびしい想念につらぬかれて
独りであがつてゆくのだ
地上はいま泥掘り工事の盛りで
壕のやうな労働とおべんちやらな休暇で
ごまんといるごつたがえし
ぼくはべつになごりおしくもなささうに変化する
ぼくのこころをどうしようといふのでないけれど
やつぱり何かが欠けてゐる
欠けてゐるものをべつにほしくはないけれど
先づ病みあがりといつたやうな
ぼんやりした
地上はいま何かが欠けてゐる

重工業

小さな者たちよ
夢ではない　ほんとうの話だ

或る擬歌

沈黙がいまこそ
その基底のなかに
沈黙はいま　ひとつひとつの現象をとりわけて
すべてのものの底ふかく
なによりもかたくそこにある
ゆるされない世界で

眼の夏の時

眼は青い魚鱗のやうにとぎすまされ
栗の花ぶさがゆれるころ

忘却

忘却はひとつの撰択であつた
音楽の音色をたいへん好んでゐるひとたちは
いまも絶えない
死に果て焦焼とくすぶる火とのあひだに転んでゐた屍

信号

いまひとつの色の信号が
高く高く空にあり
疑惑にうたれた信号が
いつまでもそこにある

□歌

時はあんまり長く
ぼくにとつてしづかであつた

測量機をすえつけて
空にはひくともなしに引かれた曲線の群
且てぼくは何をのぞいたか
すべての実在よりもほんのすこしさびしくなつた
由所あるもののやうに

都会

遠くで並んでいるビルデイングの屋根
あんなに小さく模型のやうにきちんとして
日は遠く空はたかく
線路や電柱や街路樹や
ほんとうに生棲してゐるやうな感覚

地の果て

輝安山岩の岩つづき
とりのこされたやうな路がひとすぢ
たれのために
どうして其処に在つたのか
その果てに城砦の跡のやうな人工の銃眼が
きらきらする日のなかに残されてゐた

夏の時

会釈もなく夏がやつてきて
苦味や青くささや湿気とともに
昔はそうも思はなかつた時間といふものが気になりだして
自転のうしろには公転
残酷のあとにはかならずひどい空虚と
ぼくの精神は唱ひ出し

II

（海の風に）

暗い時のうしろに
乱れてゐる花々の匂ひ
わずかにすてられた我執のため
ゆかなくてはならないのか
ひろびろとした持続のうちで
わたしはすでに従属しない
いつさいの生きてゐるものに
河石のみどりの底に
うづくまるひとかげ――
すべてが救はない
清澄なかげのひとを
風がとほりすぎるとき
卑しいうたのひびきを
くぐりさるひとときをみつける

あたへられた形
盲目のさまでみてゐる
空や樹々のうつろつてゆく色どりを
すべてはしづかに
ひびきはかげをおとさないで
まるくたひらかな地のはてを
なにものか正しくそよぐ
すでに死にたへたいのちが
いまだ無用に呼吸するおり
かがやきは暗く
ときはおとたてず
いつかあゆんでゐる
ひとにあはないみちを
すぎてゆくものに
手をふりながら
ひとりに決められて
海べはとほく匂ひ
花々はむなしく乱れ
ひかりは照し出さない
一枚のそらの雲さへ
つらなる山々のさびしささへ

あゆみが描き
せめてかたくなの地図のうへ
わたしは終焉をくりかへす

風がおこつてくる
たれか老ひついて眉をふかく
とほくみてゐる
むらがつてくる茫漠の
あのいちまつのなごりを
やがて来るだらうか
ひとつの言葉ひとつのおもひが
たよりない祈りが
すべてを領するとき
あざむかれてあゆんだ
この生のおはりが――
あをざめた空をよぎる
小さな鳥たちの翔羽に
さりげない樹木の列に
かがやきがまつはり
はるかな海の記憶が
ゆゆしげに風をまねくとき

あたらしい生誕が
こころをときめかし
骨枯れたひびきが
老ひらくの祝ひをうたふだらう
わたしがみてゐるとき
風の影絵のうちから
眠りのやうに置いて逃げる
海からはほのぼの香りが立ち
わたしはわたしを捨てて
円い軽やかな海の面に
風がすこしもいろどりをかへない
ひとすぢの水脈が微かにさはぎ
流漂する——
舟のように吐息と
渦泡をのこして夜になる

あぢさゐのやうにひらく波
それからあぢさゐのやうにわかれる
いつの季節がまたの季節につがれる
とほい由来のむかふから
赤肌の夕陽——風の目覚めから

眠つてゐる岬と雲との裾に
衣裳のやうにかがやき
また暗くたひらかになる青い布紗――
わたしには視える
魚族が骨になつてつまれ
巨きな夢のやうに
灰色に積まれてゆくさまが
不変の住居をつくつて
わたしは聾のやうにきいてゐる

あきらめと宿命とが
とほい水平線の果てに浮べる
耻らふ夕雲の群れを
いつかすべてがうつくしくなつて
雪がおちてゐる
ひそひそと海のなかに
視えない絵巻のやうに
暗い夜のうちに
海は眼をつむつてしまふ
背骨のやうに白い
雪はつもつてしまふ

ひろい海のそこにかくれて
風が岩かげにつげる
あのなげきや瞋り
たれも聴かないうたごえ
千年が手易くすぎ
わたしは骨を晒すのだ
脈絡もなく
一つの生体が感じるだらう
あたらしい季節の生誕を
おかれた孤独のなかで

いためられた孤立
おかれた均衡のいただきで燃える
炎のまた炎——
いつからか不安がなくなつて
すべては他界のやうになる
暁の雲にかんじ
夕べの茜にのこしてきた
山脈や神のやうな反映
ふりきられた鈴のやうに
幼い日は鳴り出さない

あのみづみづしいひびきを
〈鶏や小牛の行列〉
〈絵あそびや積木など〉
〈平安のいらかや寺院〉
〈銅色の扉〉
日ざしが織つてゐた
蟻のやうな静かないとなみ
さまざまのあそびを
よるべない虚無がかはつた
わたしのうしろに
暗い魔法の建物のやうに
わたしにもつてきた
とりどりの眠りを
おそろしい紡ぎ糸を
わたしは窓から放す
痛々しい幻覚をのせて
糸はくり出され
いつまでもつないでゐる
わたしの渇きのやうに
幾日かは風のひびき
氷雨のつめたさ

眼に見えないうごきにつれて
いはれない堅固さがつづく
わたしは虫をたべる
くものやうに
もはや眠りから
とほいさびしい作業をつづける

脱ぎすてる形がまさしく
人をかたどる
うちくだいた夢のあとが
はるかな季節から
おそれをよんでくる
且て気づかれないで在つた
わたしの坐が
いまは廃れはててしまふ
花々や雑草のしげりを
墳土から生れた骨のやうに
わたしはつめたく視てゐる
おそれがおそれを生んで
夢がまたつよく夢みる
すべてが次第に沈んで

わたしは亡びようとする
たへがたい空虚のうへに
身を横へて眠る

わたしの魂がとほく呼ばれる
風のやうに暗いむかしから
たれのためにひびくのか
わすれてしまつたひとのやうに
いまも痛んでゐる
ひびきがしみわたるとき
思考が旗のやうにうらかへり
たくさんの過失がみえる
懸涯にかかつた
むなしいわたしの位置が――
春のやうな日差しがうづめる
わたしのかげを
ひきづつてゐる大地を
まはりがすべて動き去る
わたしだけをのこして
季節が歩んでくれる
わたしの静止にむかつて

暗い歳月のうしろに
わたしがかげのやうにかくれる

さらさらと音たててふり積る
清らかな羽毛のやうに
かすかな意識のそこひに
わたしは予望する
眠りの海のそこで
わたしのうちがはには
うららかな変化があつたのかと
蕾のやうにひらきはじめる
しづかな安堵のおもひが
夕べ　紅いろの鱒が
夢のやうにあらはれる
わたしは他界のやうに
ぼんやりとして
かすかな匂ひをきいてゐる
すべてが解かれないままに
愉しくかろやかに眺められる
たすけられたらうか
つめたい沼地から

わたしのかげが目覚めたらうか

死の陰に泌みた風が
あかるいおどろきをうち消してゆく
季節の春からうまれた
虚無の変態にすぎないと
あのなごやかさをうばつて
わたしから
つめたい悔いをおぼえさせる
かすかな音や匂ひ
安堵がもつてきた
炎のやうな夕べの夢——
わたしの意識が焼かれる
緋色の心象のなかの
日覚めない怠惰がさめる
うまれ出るおりからの
宿命のかたちをして
異様につらく引づつてゐる
老ひらくのときまで
わたしはそのやうに歩むだらう
いつかわたしにあたへられた

恋歌がとどいてゆく
さだかならぬひとにむかつて
風のやうに軽く
夕べのやうに充ちて
祈りはかへつて来る
とほい道のりのむかふから
わたしは少女のやうに
描かなくてはならぬ
さまざまの自刻を
舞踊が宿命をなぞるときの
少女の青ざめた肢体のやうに

形が持続する——
すでに消えるべきものが
いくたの暗惨にうたれたあとも
かすかにつづく唱ごえのやうに
残りの匂ひがしめる
ひそやかな終焉のひびきをのこして
たれか歩んでゐる
わたしの歩みを模して
いつかわたしになつてゐる

杉の風おとがさはやかに鳴り
わらひがしづんで
きびしいおもてにかくれたとき
異つたおもひが
今日もわたしのうちに住む
ふる雪のひとひらのやうに
変らずとしつきがつみかさなる

老ひたるひと〈父よ〉
いくらかの風が頭上を超へる
としつき岸壁を歩みつづけるとき
暗くしてはるかな海から
あなたはなにもみない
あなたはすべてをみてきたおりも
屈辱であり瞋りであり
あなたはきたへられた
ほろびる相になぞらへて……
今日あたらしい季節がひらく
かろやかに転身しながら
あなたの歩むその前から
あなたのたどりついたそのさきから

樹々は揺れ日がこぼれる
あたたかな風のあとに
不当にしてさびしいいのち
だがやがてくるだらう
すぎゆくものは何ものでもない
変らない千年の生きかたが
子らをとらへる日が……

嘆きはそれていつた
とほい雲のささやきのほうへ
すぎていつた
ひとの一生のすがたが
眼のまへがなにも識られずに
ゆきついたところ
花はひらいていた〈季節よ〉
刻々に疲れとやつれが
面を古りさした
ふきたえない風が
暗くしていつた
いくすぢかのみちが曲りくねつて
あなたはたどつていつた

みちに沿つてたどたどしく
ゆきつかなかつたのに――
冬の夜ふけ
古仏のやうな無表情が
ほころびてわらつた
かすかな風の音のやうに
それから語りつづけた
虫のひびきのやうに
一瞬のあひだ
すべての重さから脱れて
夕明りのやうなさはやかさが
あなたを照し出した
かはらぬ色とかたちとで
あなたのわらひがすぎていつた……

嘆きは架空の凮
そのきらめきのうち
悲しみはむなしいうつくしさのなか
かはらない真実は
能面のやうに
寺院のしづかさにすはつてゐる

つみかさなる業に
おどろきを刻みながら
すぎてゆく季節のあかりに
うきあがつて語りつづける
その緘黙のつよさでもつて

老ひたるひと〈父よ〉
わたしが類似する
あなたの悲しみや宿命をままに
わたしが歩むさま
風景がおもたくたどたどしい
秋の花々のやうに
とびかふ鳥たちもゐない
空をしづかに視てゐるとき
ひとりでかげが語る
とほい天上のすがたを
ひとあしをのこして
死に面しながらゆくとき
これが若年のあゆみであるのか
さびしい虚無に語りかけて
旅びとのさまをしてゐる

装ひはあなたがつくつてくれた
とほい幼い日に
ひとたちが
軽ろやかに愛する
明るい樹々や家々のしたで
宿業のやうな思考から
いつしゆんでも解かれたい
花々や鳥や雲の形態
風や樹々のうごくさまが
苦しくゆがんでゐる
なにげない嬰児のあそびが
こよなくわたしをとほくして

異聞に属する祈りのうた
風がもつてきた偏奇のおもひ
とりわけて夜
わたしは諸々のすてがたいひとびとを
思つた
しばらくは異国の服をきて
異国の言葉など口にしながら
わたしは

空につられたランプのやうに
いつさいの存在と消えてゆく
宿駅から宿駅に
ひとすぢのみちがとほり
糸杉や檜のあひだに
呪咀のうたや異教の聖たちが
わたしをみつけとらへる

あやまられた夜語りのなかで
老婆の唇がつげる
すでにかへらないゆめを
いつか偶像化をとほして
むだなく枯れた骨ばかりが
うつくしい幻のやうに残される
雪や木枯しの窓からは
見知らぬ人形のやうな
人や獣の声がしてくる
それからときおり
老婆のしはぶく声がまじる
わたしが目覚めるやうにと——

とほくから時が追つてくる
夜ガラス窓がはげしく叩かれ
嵐がすぎてゆく
あたへられた恐怖の座で
わたしはさまざまに描きつづける
とほい暗い業のかずかずを
朝きららかなひかりがさめる
はにかみがわたしをうつむかせ
晴れわたつた空が
緑いろの雲を残してくれる
樹木が裸になつて垂れ
いろいろなこはれ物が散らかつてゐる
わたしはたとへやうもなく
大人になつた気がしてゐる
たくさんな秘かな夜語り
おそらくはほかにたれも知らない
そのつづきをその終末を……
ひとたちは聴いてゐる
歳月がすすめてゆく物語りを
幼児が眠りについたあひだに……
夜な夜なおもひつづける

蛾や夜の虫にまじつて
真昼の花々が描かれ
明るい灯がお伽のランプに変り
現実が夢に代られる
幼児はこのやうな夜大人になる
〈誰も知らない〉とつぶやきながら

閉ぢられたあはれな世界——
煙突や野鳩や学校が視え
ひとたちは忙はしげに往つてしまつた
幼児はへだてられる
すべてはかへりみないので
とほい昔からつづいてゐるあの世界に
夜や風の音だけの世界に
幼児は降りてきた魔法使ひのやうに
呪文をうたふ
〈はやく大人になるな〉

夕ぐれは鐘の音のやうに
屡ましくおとづれる
旗をなびかせた河舟のやうに

とほいひびきが絶え絶えにする
はかないおもひつきが
ひとたちのいこひをつなぐ
ふたたびは
あのおそろしい風の予感のやうに
販られてゆく文具のやうに
たれかの手に移されてゆくのかわからずに
その夜どこかさびしい灯のしたで
幼児は病にかかる
肺がひゆうひゆうと鳴つて
ふとしたことで笑つたりしながら
西のくにのふしぎな絃楽に誘はれ
そのままはかなくなつてゆく
いつしんに星を視つめながら
しぜんにあゆむやうな風で
もう世界が途切れてしまふ
身ごとに
夜や風の音など
非情のともたちとあそんでゐるやうに

ひとつの季節があつた

ひそかな宿命のほとりに
ひとよりも少ない生命を長らへるため
さびしくほそいところをとほり
青白く弱いものを燃やした
わらひはとほく
沈黙が自衛してゐた
ふたつない宝のやうに
かずかずの夢のつづきを
とうとうここまでやつてきた

幼ないとき
海はしぜんの霊廟であつた
わたしは壁画のやうに描いた
風寒い夕べ
蘆の枯れ枝をわけて
ひとりのぼんやりした少女と出会つて
ほとりをあゆんでゐた
描かれた水のいろそらのきらめき
わたしの夢のままに彩どられ
風さへ夢の方向から吹き
きらめいてゐる夕べの陽も

緑や青まで矢のやうにそそいで
わたしは幼くして青年であつた
あやふかつた〈!〉
そして海が冬になるとき
もう寒く火を抱きながら
陰絵のやうな異国のうちに
マンダラの飾り画のなかに
のがれてゆかねばならなかつた

たくさんの夢がうしなはれ
風や夜がこころをしづめない
在りし日のかはらぬうたごえのなかで
面かげはやつれ
ふかいみぞがきざまれる
海べは形をかへられ
白壁の倉庫が立ち並んで
異国のマストがとまつてゐる
岸壁は堅く石垣でくまれる
自由な鷗が沖のほうに移つて
水が鉛いろにくすんでしまふ
且て砂地がはるばるとつづき

蟹などが穴に住んでゐた
少女は小さく愁ひてゐた
いま
白いみちのつづきに
並木が風にふかれてゐる
海の風に
とりどりの姿勢で
いつまでも孤立しながら

わたしがひとに変り
うれひが忘れられて
うれひにならないとき
海はかはらぬ色で
折々の壁をつくる
いれかはり去りゆくものに
挽歌をつづける
波がしらと風との交はりで
大地がふち取られ
水平線がまるくなり
あはれ天球のほうに
つらい孤独をつげる

もはやわたしのゐない冬の色で――

すでに海辺をはなれ
海をうしなつた
うつくしいうしをのうたを
こころがうたひつづける
鳥のやうにそらを翔びつつ
枯れたおもひはもうきかないのに
わたしにかはつて
海辺に佇むものに
せめて壁をつくり
わたしが祝ひ
なつかしむひとかげが
影のやうに風のなかの
くらい砂丘に面してゐる
かはらず
すでにわたしがそのため失つた
かずかずのものを失つて
あたかもわたしのやうに
うちかへす波を確める
かはらぬ音としぶきのかずとを――

もはやおとづれて
わたしの身代りを知り
わたしの歳月を告げられない
疲れうしなはれたゆたかさが
わたしをひきとめる
すでに夜が
灰色のとばりのやうにあり
わたしは断たれてしまふ
わたしを模倣し
わたしを想ひ起させるものから——
どのやうな宿命が
わたしの身代りをおとづれても
きんいろの夕べ
わたしは視る
わたしが亡びるさまを
あたかもすでにわたしが亡びたとほりに——

炎がもつれてゐる
すでに燃えつきやうとする相から
巨きく変つてゆく季節

そのなかの樹木や風たち
無用のうたをよせる鳥など
わたしはかへりみない
いくらかはあいすることに
いくらかは生きることに
ふりわけられて
もはやうつろになる

青い並木の列にそひて

——其処には僕の光と花とがあつた（サント・ブウヴ）——

音楽の冷たい持続のなかを
現し世の夢から夢にわたる
わたしの影よ
影からまたわき出る遥かな色彩よ
わたしは唇に短かいパイプをふくみ
青い並木の列を歩んでゆく

風が緑の底に触れあふとき
樹々はわたしに繰返してつたへる
ヴイオラの鈍い響きで
〈もう死にたいのかね！〉

だがわたしは
パイプから流れる紫の烟りを
しみじみと愛してゐる

最後の一服を味はおうとして
それから少し気取つたふりをして
懐かしい少女をたづねつづける
〈わたしは今日は機嫌がいいんだ
おまへは何処に居るの?
少女よ!〉

あゝ
わたしが暗い死の影から解かれて
さわやかな胸をあげて歩んでゆく
そんなやさしい季節が
何処の青い並木の列に潜んでゐるのか!

影の少女よ!
御覧!
わたしは暗い時間のほとりを歩んでゐるよ

幻想的習作

——マラルメ宗匠に——

海よ！
落日はおまへの境界に達し
拡散する！
もはや沈むことをしない夢のやうに！

〈青ざめた落魄！〉
わたしは北碧の氷花に憬れ
おまへの純粋な境を歩む！

あの水脈を焦慮し！
あの女的魚族を焦燥し！

苦い海汁を浴みて
選ばれた死角を潜るとき
わたしの髪は幾筋も流れ去る！

夕の死者

Il dort dans le soleil, la main
sur sa poitrine Tranquille. Il a deux
trous rouges au côté droit.
A. RIMBAUD

樹隠れに光が集まる！
暮靄より暮靄に流れるか弱い夕の時よ！

幼なく哀しげな心をつえにして
おまへは何処までゆくの？

すさんだ巷の廃家や崩れた壁のうちに
わたしは死者たちの数をさがしてゐる
その手や肢や華やかな衣裳のかたちを！

いつかわたしが
そのやうに見出されようとして
〈かならずすべては美しかつたのだと！〉

問はずに語り出される

物語りの旗をあこがれて
　　あの数数のもの思ひ
耐えてゆく――

だが
おまへは何処までゆくの?
もう誰にも遇はなかつたのだから
やすらかな眠りの時だよ
この夕べ!

暁の死者

En effet, ils furent rois toute une matinée ——
A. RIMBAUD

耐え難いもの想ひよ！
おまへはいつか沈んでいつた
建築たちの不思議な瞳孔の影に

其処でおまへは出あつたのだ
もう死ぬばかりであつた
孤独な魂のひとりに！

おまへは聴かなかつたかね？
風のやうなまた何処かのチヤルメラのやうな響き……
〈暁は蒼白い色をして
死者を迎へにやつてくるのだ〉
ひとりがそんなことを呟いてゐるのを！

たしか死ぬばかりであつた

孤独な魂のひとりが
街角で寂かに時間を数へてゐた

〈憧れなんかもういらない
それから数数の物語よ！
おまへももういらなくなつた

薄い衣裳のひと重ねと
清潔なシヤツポのひとつと
ああ
わたしは人の世で
たつたそれだけをさがしてきたのに！〉

けれど死ぬばかりであつた
孤独な魂のひとりは
貧しい衣裳とシヤツポとを
夢のなかで脱ぎすてた

それから暁！
恍惚として眠つてゐた
もはや目覚めることもしないように！

エリアンの詩

——〈エリアンは生きてゐたら廿五歳になつたはずだ〉——

I

忘れてしまつた！
幼い夢はどんな形をしてゐたか……
青い魚たちが歪んで観えた
或る冬さがりの街角で
ぼんやりと空を眺めてゐた時——

空いつぱいの微塵を流して
蒼い水脈がとほつてゐた
歪んだ魚たちが泳ぎまはつた
その日
独楽のやうに澄んでゐた記憶が
果して倒れていつた！

エリアンよ
おまへは何を知つたのか
数々の愁ひが
孤独な魂になつてとび去つたとき
もうおまへは知ることもいらないだらう！

青い魚たちはどうなつたか
いちまいの風は何処を通つていつたか

Ⅱ

海べの船よ！
それから賑やかな岸の橋の上よ！
雑多な響きにまぎれて
わたしは喪くしてきた
幼い夢のつづきを……

煙突の陰から鳩の群れが散らばり
午砲が告げてゐた……
もうそれからは
幼い世界に畏れがやつてきた！

〈エリアンよ！
歌を忘れろ！
それから
長いズボンの洋服を着ろ！〉

わたしは大人になつた
幼い心のまんまで
この世の坐席を喪つた
数々の諍ひの夜……

わたしは旅立つた！
遠い北の国の学校へ——
そうして灰色の吹雪の夜……
孤独な歌の歌創りに変つてゐた！

Ⅲ

孤独な夜よ！
もういちど暁がやつて来るのかしら
独りぽつちの城郭のなかに

青磁色の光が差しこんでくるのかしら

そうすれば
変つた夜具の色彩や
捨てられた憧れなど
わたしの処へ還つてくる！

孤独な夜よ！
暗い電灯の影の下で
数々の物語を編み出してゐた
わたしの夜よ！

いつか虫などが鳴き出して
それからは
眠るよりほか術がなかつた！

〈エリアンよ！
可哀そうなエリアン！
閉ぢろ！　おまへの瞼を
そうしておまへの心を！〉

Ⅳ

風の響きよ！
乾いた空の色を触れまはつて
いつか落ちたようだ

建築たちは忘れたように眠りかける
夢の奴がひとつ抜け出して
風の後の寂かさを駈けめぐる
それから数へきれない
犬の遠吠えがしたものだ！

エリアンよ！
今宵もまた歩くのか
おまへの道はひとりの道……
陶器色の光が差してきて
酔客たちに出遇ふこともない！

久しかつた鬱陶しさの果て
未知らぬ通行者になりたかつたのか
ひと並の外套を被いで

ネオン・シグナルの下に佇ちどまる
あ、思つても胸がおどるようだ！

痛んできた季節のあひだ
あんまりひどかつたのだ
少しはおまへの魂をいたはつておあげ！

そうして
無頼者のやうな自由なこころで
逸楽の夢など追はうよ！

V

外光のなかの建築たちよ！
冷たい夕べがきて
おまへはよるべない仮象を被いでゐる！

もはや
死者のやうに
純粋な陶器色の肌をして……

おまへの窓は
風の匂ひに冷たくなつて
赤い雲の影を映してゐる
〈悲しい眼のやうに！〉

わたしは黙りこくつて
おまへの稜角のあひだを
ひそやかに過ぎてゆくのだ！

〈建築の奴らは
夜になると眠つてしまふのだよ！〉
子供たちに抑へるように囁きながら……

エリアンの手記と詩

――もし誇るべくんば我が弱き所につきて誇らん（コリント後書十一の三〇）――

I　死者の時から（I）

海よ！
おまへは御神楽の笛のやうだ
ひよろひよろと
ひるがへり
寂しい秋の手のほうへ惹かれてゆく

海よ！
おまへはそれ以後
わたしから遠く離れていつた
わたしは畏ろしかつた
おまへが！　そうして生きることが！

《エリアンよ、おまへが十六歳の時の詩だ　覚えておくがいい　丁度おまへが商店の混み合つ

た下街で、そうだイザベル・オト先生の処で、あのミリカを秘かに恋してゐた時だ》
秋であつた！　蒼空が馬の瞳のやうに、優しかつた　窓の傍でイザベル・オト先生は詩を教へてくれた　クルト・ハイニツケの詩　僕は閉されてゐた　心が問ふ者を見出さない遥かな海辺を彷徨つてゐた　オト先生は僕の瞳を怖れて外らした　僕は生きる価値を怖れてゐた　如何に細い計算をしても意識は死の方へ流れていつた　オト先生は矢張りミリカを恋してゐたのだ〈僕は知つた！〉オト先生はそつと潤つた瞳を僕に向けた　そうしてまた外らした

――〈ミリカは早く嫁いで子供を生みたいと言つてゐたよ〉――

――〈そう、あのミリカが……〉――

様々な祈りが僕を呼んでゐた　形が無かつた　僕には名付けられなかつた　晨の寝醒めの時、体が浮き上るように物愁《さび》しかつた　そして軽かつた　僕は死ねると思つた　今こそ僕の時間を覆つてゐる雲を払つてしまへるのだ　見知らぬ青春が怖ろしかつた　灰色の成年、暗い老年……もはや閉されてゐる　僕は机の中から小刀を取出した

――〈何故死ななくてはいけないの！〉――

――〈わからない〉――

――〈おそろしいの？　遠い時間の海が〉――

――〈そう、あの時間が魔物のようにおびやかす〉――

或日オト先生は僕に告げたのだ　僕は声をあげて泣きたかつたが、ミリカに教へられた聖句を噛んで忍んだ〈わが家は祈りの家と呼ばれんに……〉

――〈エリアンおまへは此の世に生きられない　おまへはあんまり暗い〉――

――〈エリアンおまへは此の世に生きられない　おまへは他人を喜ばすことが出来ない〉

――

——〈エリアンおまへは此の世に生きられない　おまへの言葉は熊の毛のやうに傷つける〉

——〈エリアンおまへは此の世に生きられない　おまへは醜く愛せられないから〉——

——〈エリアンおまへは此の世に生きられない　おまへは平和が堪えられないのだから〉

——

僕はミリカを信じられなくなつた　オト先生の言葉は暗示した　翌る晨の寝醒め僕は机の中から小刀を取出したのだ　秋であつた！

Ⅱ　死者の時から（Ⅱ）

薄ら氷の触れるような風の触覚に僕は目覚めた　僕は生きてゐた！　窓——見知らぬ洋風の窓……風の匂ひ、白いカーテン、壁……寝台……僕はやつと知つた　病院……

僕は咽喉の真中を傷つけたのだ　渇きと痛みが縫帯に巻かれた咽喉を締めつけた　ママンの相《すがた》が見える

僕は何故生きられないのだらうか　イザベル先生の暗示は真実なのだ　僕はその様な相でしか人達の間に現はれない　〈暗い孤立〉　如何して人間は大勢でなくては生きられないのだらう　そうして僕はたつた十六歳になつたばかりなのに、どうしてこんな沢山の重荷に耐えなくてはならないのか　どうして斯んな弱い心で唯ひとり皆の生き方を怖れて、自分の咽喉を傷つけて死なうとしなければならないのか　〈神よ！〉

やがて看護婦に導かれて、イザベル・オト先生の悲しい面が、そうしてオト先生の蔭にかくれるように、ミリカが入つてきた　ああミリカ、オト先生！
僕はくらくらと眩暈がして、一瞬何も視えなくなつた　風が白いカーテンを揺する音を立てた〈エリアンおまへは此の世に生きられない　おまへはあんまり暗い〉どうして僕は死ぬことに失敗したのか

ミリカの声が耳もとで囁くようだつた
――〈エリアンしつかりして〉――
僕は力なく眼を開いた　真昼の光が踊つてゐた　ミリカの外には誰もゐなかつた　ママンとオト先生は何時か視えなかつた
――〈エリアンどうして死なうとしたの、お馬鹿さん！〉――
ミリカは涙ぐんでゐた〈だつてミリカはオト先生が愛してゐるのだ〉僕はミリカに告げた
――〈ミリカ僕はおまへの知らない沢山の重荷を負つてゐるんだ　とても苦しくて生きていけない〉――
――〈わたしの知らない重荷つて？〉――
――〈遠い海の方から来るものさ　それは丁度神さまが落してゆかれたとき、僕の肩の上に当つてしまつたんだ〉――
――〈神さまつて、エホバの神さま？〉――
――〈そう、ミリカにはエホバの神さま、僕には僕の神さま〉――

ミリカよ　おまへには人生が広い野原のやうにしか視えない　おまへは花や草たちや小鳥の唱を感じるだけだ　僕には人生が深い峡のやうにしか視えない　誰も僕のまはりには居ない

暗い岩石の淵があるだけだ

Ⅲ　死者の時から（Ⅲ）

同じ秋であつた　僕は病院の窓からミリカへの便りを送つた

〈ミリカよ　おまへは何処にでも神さまを見付け出す　明るい陽の光も、鳥たちの唱も、おまへには神さまと同じなのだ　おまへは何時でも愉しさを見付け出す　何といふ幸せだらう　それに比べて僕は苦しさの底や死なうとする瞬間にしか神を見出さない　何といふ不幸だらう

僕の咽喉の傷はだんだん癒えてゆくけれど、僕はまた死ぬのかも知れない　もう僕には神さまはゐないのだ　あんな行いをしない前のやうに僕はいまでも苦しいのだ

ミリカよ　おまへは判つてくれないだらう　けれど僕は苦しみを止める術を知らないのだ　おまへが居てくれると愉しい心になるが、おまへが行つてしまへば、またもとのままなのだ　神さまは僕をすててしまつた　生れた時にはもう遅かつた　何日か愉しい季節が来るだらうと、僕はそれだけを頼りにしてゐた　けれど神さまはどうも頼つて行く人間を邪慳に振払つてしまふようだ　おまへの晨夕のお祈りはきつと《神さまお守り下さい》だらう　だがおまへは守つて戴くことを心の底から必要とした日は無かつたらう　僕はよく知つてゐる

僕は反対なのだ　《若しお守りがなければ今にも死んでしまひます　神さま》　僕の祈りは何時もこんなに苦しかつた　けれど一度だつて僕は救はれたらうか　たつた十六歳　僕は自分を考へるといつも世界中で一番不幸な星の下に生れたように思はれる　僕は外の少年たちのやうに無邪気なことは一度も考へられなくなつた　何時も死なうとばかりしてゐる

ミリカよ　僕はおまへを愛してゐる　イザベル先生よりももつと――

けれどもう駄目なのかも知れない　傷が癒えたら旅人のやうに都を離れるだらう　暗い雲の下や見も知らぬ海辺に佇つて、僕は何時までも居たいのだ　何か苦い想ひが僕を駆立てる　それはとどめる術さへない

ミリカの居る都の雲よ！
どうしてそんな歪んでゐるのか
橋の上や河辺の木蔭からは
魚たちのきらめきも見えない

盲ひてしまつた！
すべての街角や建築の窓も
暗い夜のなかに！

わたしは行く！
わたしの心の中に
その建築のなかに……

また日がめぐつて来たら
遇ふだらう！
底ふかい悲しみをたずさえて！
戻るだらう！

お城の中　ミリカの居る都へ！

ミリカよ左様なら　もう傷はいいのだから、おまへは尋ねて来てはいけない〉

Ⅳ　旅立ち

一つの物語が終つたのだ　僕はたつた独りにならなくてはいけない　全ては真新らしい気がした　病院の門口に出たときのあの冷んやりした空の蒼さ　首すぢや掌に弾むような光の輪浮き上るように軽々と地を踏む肢　何となく清らかに寂しくなつた心の中　僕は多分蒼白く痩せて、咽喉にガーゼを当てて佇つてゐる　そんな相《すがた》であつた　ミリカもイザベル先生も遥か白い追憶のなかに遠退《の》いていつたように思はれた　ママンと二人病院を後にした

やがて旅立ちの用意をしなくてはならない

遥かな北の山国　僕を待つてゐる新らしい山河　そうして新らしい学問　どんな人達が居るのかも知れない青空の下……

翌る年の三月、もう旅立ちも間近かな或る夕べであつた　ミリカとオト先生に訣れの便りをしたためると、もう独りで遠い国へ行けるように思はれた　誰にも乱されないしづかな孤立それは長い間憧れてゐた僕の生きる哀しみの底に触れ得たような感じであつた　賑やかな人の世の表皮の遥か底を流れる哀しみの泉

僕は温和なヨハネの清水のバプテスマを享けてゐるようだつた　夕べの唱

夕ぐれは哀しかつたが

華やかな夜の会話に背をむけて
おまへは甲虫のやうに黙つてゐる

可哀そうなママンが
いつも変らぬ支度をしてくれようとも
食卓は見知らぬ家の夕餉のやう
慰めはしなかつた
この重たい心を！

夕ぐれは遥かな祈りを想ふのか
おまへは漂浪ひ人の眼のやうに
何も視てはゐなかつた！

心のうちに映つてゐる
ひわ色の夕べの国に
もしかして幸せはあるのか
もしかして……

果して現在の僕の安らぎは真実の安らぎなのだらうか　僕の暗い歩みはもう過ぎ去つたのだらうか　いや思ふまい　たとへ仮の安らぎであつても、たつた一瞬の平安も大切にすべきだ
僕はだんだん寂かになつてゆく　あの咽喉を傷つけて死なうとした倦怠、そうしてやりきれな

い夕日の匂ひ、はげしい排反心理、すべては遠い夢のやうだ　いまはイザベル先生やミリカの幸せを祈れる時だ　たとへ僕の宿命が何処の海辺で独り佇まうとも、よるべない風が暗い冬の時を吹雪かせようとも、それが人達に何の関りがあらう　ただ旅立てばよいのだ
　折れて古びた帽子、僧侶のやうな制服……もし僕に心の余裕があれば、寂かな微笑みを、あんなに当りの悪かつた人達に施して行くべきだ……

V　暗い風信

　ミリカよ、矢張り僕はおまへに便らねばならなくなつた　現在の僕について、それから僕の居る街について　僕は急に成長した　成長とは不思議な訪れ方をして遣つて来る　見知らぬ世界が何時の間にか僕の全てを取囲んでゐる　僕は必死になつて全てを知らうとした　僕の性来にある倫理性は随分悲しい思ひをしたものだ　僕は大変汚れてしまつた　でもミリカよ、僕はおまへの知つてゐる都のエリアンと少しも変らなかつたよ　やがて僕の貧しい触手は僕の周囲の未知の世界をすべて掌の中におさめることが出来た　そうして僕には又言ひ知れぬ寂寥がやつて来たのだ　ミリカよ僕が大変悪く変つてしまつたと思はないでおくれ　僕は色々な仕種を覚えたが矢張り昔のままなのだ
　僕の居る盆地の街は東北と西南の方位に街を両断する大路が走つてゐる　その一つの片隅に駅があるのだ　貧弱なプラットフオームは白昼がらんとして夜になると異様に充されていつた　友はシグナルのせいだと称へたが、僕はそれを郷愁のためだと思ふのだつた　夜汽車がプランタニイ峠を越えてこの山峡の小さな駅に忍び入ると、型どほりの人達が吐き出されたが、もう先の大路にかかる頃、人影は陰画《ネガテイブ》のやうに消えていつた

僕は言ひようもない寂寥に打ちのめされて、大路を幾度となく彷徨した　ミリカよ試みに想像してごらん　僕がマントを引被つて吹雪の夜更けをあてもなく彷徨してゐる様を　暗い夜から舞ひ落ちる雪の群塊は、風のあふりをうける毎に灰色に光つた　灰色？　そうなのだミリカよ　都にあるおまへには想像も出来ない　十間も先は何も視えない夜の吹雪は灰色なのだよ　それは眼の中や頰にべつとりと凍みついてくる　僕は幼い頃たまさかの雪を嬉しがつて躍り歩いた自分を想ひ出して、暗憺とした心になつた　僕のいい加減な遊びを充してくれるものなど人の世には何もないのだと思つたのだ

　僕はあてもない残酷な寂しさのため、とうとうお酒を飲むことを覚えた　ミリカ　おまへは僕を弱虫と思ふだらうか　けれど人間には真実どうすることも出来ない苦しさがあるものだ　藁一すぢにすがつて慰むより仕方のない時が　虚偽の救ひ！　ああ神よ　それがどうしていけないだらうか　僕は居酒屋とか、それから少し異つた世界の陰気なくせに寂しい女たちのゐる料理屋だのの味を知つた　〈ミリカよ瞋つてはいけない　そうして軽蔑しないでおくれ　そんな僕やそれからそんな世界の女たちを〉

　実際世間の眼などいい加減なものだ　そんな世界の女たちは、彼等より少しばかり人生を真面目にそして深刻に考へてゐる　みんな不幸で、そのくせ屈たくのない人たちだ　僕はそこでだけは何だか不思議な安らぎも覚えたものだ　ミリカ　そんな安らぎはすべて都にゐた時の僕の泉のやうな暁のやうな安らぎと違つて少し暗い夜の安らぎだつた　僕はそれだけ汚れて大人になつたのかも知れない　だが僕の心の奥底を流れてゐる細い一すぢのもの、それは幼い頃から遥かに繫つてゐた　僕はどんな時でも錘車のやうにそれを手繰りよせると、幼い僕に立還ることが出来た　未知の世界は実は僕を益々孤独にし、気弱く閉していつただけだつた　ミリカ　僕にはこの便りを読みながら、次第に沈んでゆくおまへが眼に見えるやうだ

もつと違ふ愁ひを語らう
或る夕ぐれ、僕はあの大路の四辻に立ちどまつた　東の山襞が、かつて見たこともない不思儀な色彩を映してゐた　その曲りくねつた稜面の色！　斜平原の深さ！　薄桃や灰色や青や銀なましを織りまぜた底深い美しさ！　ああ僕はあまりのことにしばらくは茫然と佇ちすくんでしまつた！　やがてふと気が付くと僕の影は長く長く路に横はつてゐる
僕は急に独りで遠い他郷にゐる自分が不思儀におもはれ、見る見る体が疑はしく崩れてゆくような錯覚におそはれた　都のママンがひ弱な僕を想つてゐるだらう　精神の病弱な僕を！　ああミリカ　けれど僕は其日からあの山並が日に三遍も色彩を変へることを知つたのだよ　僕は度々学校の庭を抜け出して　裏のお寺の廊下に寝ころんで風の音を聴いたり、山裾の道を歩んだりした　或時は小さな丘の中腹で女の童たちが踊りを踊つてくれたりした　耻しそうな手振りや身のこなしで　ミリカ　僕は充分楽しく豊かな季節を持つてゐるし、真冬の裏山のゲレンデで無邪気にスキーに興ずる時だつてあるのだから、どうか心配しないでおくれ
昨日街でミリカに似た都風の少女に出遇つた
少女は緋色のスエーターを着けて、この山峡の街とは不似合な面立ちをしてゐた　僕は急におまへを想ひ出した　西南の大路を街外れまで歩むとすすきの峠がある　峠の切通しからは盆地の街が一望に眺められる　また丁度反対の山並を見渡すとゲガン峠のあたりが遠く蔭つてゐる　そのむかふにミリカの居る都があるのだ　僕は哀しい日にはすすきの峠に立つ　するとどんな懐しい人たちの面影にも出遇ふことが出来るように思はれるのだつた　或る時寂しい巡礼者がこの切通しを越えていつたはずだが……
三年の歳月もた易く過ぎるかも知れない　ミリカに約束したように底深い哀しみを提げて又都へ戻れることだらう

Ⅵ　エリアンの詩（Ⅰ）

夕べの風信よ！
軒端に忘れられた掛ひもに
そつと掛けられてゐた冬の象よ！

わたしは想ひおこした
雪の夜更けに
祖父《おほちち》の瞋りが溶けていつたことを
二人は掌をかざして
巨きな火鉢を囲んでゐた
それから
祖母《おほはは》の雪娘の物語が
硝子戸を揺すぶつていつた

数々の物語のうち
とりわけ関はりもないことが
いつも愉しませた
〈森の木が伐り倒され
河を流れ下つた

とある日桃がぽとんと落ちこんで
幾月も流れていつた……〉

夕べの風信よ！
歪められた追憶のなかを
微かに運ばれてきた
誇りかにさては辛く閉ぢられて

いまは忘れられたひとつの物音のやうに

＊

微かなおののきが
絶え間なく響いてゐる
夜更けの底のほうから

エリアン！
おまへは不安なのか
目覚めもしなかつた幼い日に
既におかれてゐたおまへの宿命《さだめ》が
夜見世の茫んやりした灯が
河向ふの空を染めてゐた

河風が海の匂ひをはこんで
おまへを故もなく湿らせた

さすらひ人の影よ！
祖父《おほちち》や父の懐ろに匂つてゐた
鋼いろの悲しみよ！
ひ弱なおまへは苦しかつた
あの重たい魂の響きが……

夜ごと
おまへは彷徨ひ歩いた
人たちの雑沓のなかを
〈おまへは売占者の暗い言葉を
そつと人蔭で聴いてゐた
それから薄寒い将棋さしの腕組を
真似てみたものだ！〉

すべては過ぎ去つた
おまへの孤独を除いては
すべては変つていつた
〈屈たくのない不幸〉のほうへ……

＊

夕べの風が落ちた
沼地では目高魚の群たちが沈みかけた
澱んだ水が鋼のやうに光つてゐた

遠く遠くいつてしまふ夕べよ！
わたしは追駈けていつた
あの遥かなひわ色のほうへ！

ママンがわたしを叱つた……
胸にいつぱい哀しみをこめて
わたしは橋のほうへ走つていつた

迎へ火が烟り立ち
いくつもの燈籠が流れていつた
きつと舟の下で溺れた子が
抱いて還るのだ……

ママンの夢は破れた……
その夜

わたしは黙つて戻つてきたが
もうママンの知らぬもの想ひを秘してゐた

Ⅶ　エリアンの詩（Ⅱ）

ひそやかな海よ！
泡立つ時の水脈のなかに
波が花のやうにひらいてゐる

空の涯てには
冷たい氷片が流れ
ぼんやり幻晶が浮んでゐる

おまへは体を清潔にして
あの遥かな海べを歩む

風の偏向や
異様な汽笛の響きを
おまへは幼児のやうに哀しむか
瞳が青く染みついて
あどけないもの想ひをしてゐるよ

ひそやかな海べよ！
滑石や土管の破片や
檜皮造りの仮小屋の跡に
おまへが独り佇つてゐると
港は幼い日のやうに
はるかな異郷をおもはせる！

＊

冷たい風よ！
見なれない響きの訪問者よ！
戸の隙間から
わたしは視た
おまへの孤独な貌かたちを！

おまへには耳がなかつた
蒼ざめて鋭くなつた眼だけがあつた

小さな炭火のやうに
燃えてゐるわたしの心よ
脅しかけるおまへの影から

たつたひとつの温かさを守らうとして

家々は喚いてゐた
鋼の森は凍りかけた
おまへは素早く刺していつた
さまざまの温かい憩ひを
まるで
いたいけな嬰児の眠りも赦さぬように！

果して守れるか
微かな魂の温かさを
やがて遠い季節に見ひらかれる
わたしの愛のおののきを！

Ⅷ　エリアンの詩（Ⅲ）

夕べのひとよ！
おまへは言ひしれない疲れを浴みて
それから
咽喉を鳴らすように
空の微塵を仰いでゐた！

暗がりには寂かな囁きがもれ
大切そうな影があつた
風がもう
建築たちの窓にかかずらつて
寂しいふるへを用意した
濠割の鋼いろの水に
おまへは持てなかつたか
遠い追憶に過ぎられたおまへの影を！

たしかにゆく道があつた！
おまへの悲しい歩みが
街々の裏道をこしらへてゆくだらう
そこには不平ばかりがあつたのだと……

＊

しづかな風の色彩
飾画の影がうすれかかつた
不遇な瞳をあげて視てゐる
夕べのひとよ！

河水はすでに暗かつた
もの影から人があらはれて
何ごともおこらなかつた
不思儀なこころが
あてもない予望を探してゐた

芽ぐみかけた並木や
茫んやり垂れた暖簾や
手品の種のやうな犬たちの喧嘩や
ひどく小さくなつた物象が
おまへの前を通りすぎた

夕べのひとよ！
おまへだけが不幸だつたのか
それとも
おまへは夢をみてゐるのか
見かへると
おまへだけが其処に在つた
道はありふれた塵をあげてゐた

＊

軒場の燕の掛巣などを
珍らしげに確かめてゐたおまへの影よ！

おまへは何かを忘れてきたように
視えたものだ！
抱えこむような手振りで
けれど何も持つてはゐなかつた
あずけるような瞳で
けれど何も視てはゐなかつた
それから
亀甲模様の敷石によろめいたりして
おまへの肢は重たそうだつた

誰も知らなかつたらう
あふれるもの想ひが
おまへの影を浸してゐることなんか
風が思ひがけない色彩をして
おまへを除けていつたことなんか……

IX　イザベル・オト先生の風信と誡め

或る雪解けの晨であつた　おまへは見知らぬ巡礼者の影を見送つて街外れの郵便局の前に佇んでゐた　家々は雪除けの最中だつた　そして長い冬の忍耐から解かれる喜びで、人達は何となくそわそわと感じられた　そんな人達の間で、おまへと巡礼者だけが深い苦しみを抱きしめてゐるように思はれた　確かにそれはおまへが学校へゆく道すがらだつたらう　おまへは巡礼者に、たつた独りの好意ある道連れであることを告げたかつたそうだ　きつと巡礼者はすすきの峠を越えてゆくのだらう　そうして秋におまへが立つた峠の切通しの辺で、刻み煙草を喫する巡礼者の相《すがた》がはつきりとおまへの眼に浮んだ　おまへは馬鹿に寂しそうに、錫杖の音に連れられてゆくその後相《うしろすがた》を見送りながら、何故恋人や妻子をおいて未だ雪も溶けないすすきの峠を越えるのか、哀しく思つたのだ

そうして丁度おまへが都で暗い死の蔭の谷に落ちてゐた頃を想ひ出し、やはり巡礼者の過去の陰を臆測したりすることが、悲しくもあり、又醜いことであると思ひ直した　所詮おまへも巡礼者も智度論に説かれてゐる〈善悪ふたつながら行ふことの出来ない〉しがない旅人に過ぎないのだ　そうしておまへは今日も学校へゆき、憎しみや迷ひがあるとまるで理解出来ない化学といふのをやらなくてはならない　おまへは一緒にあのすすきの峠の切通しに立ちたい心を抑へて、巡礼者が街外れの小さな民家の陰に消えてゆくのを見届けると、想ひ返すように学校の道へ歩み去つた……

エリアン　おまへは大そう成長した　都に在つた頃はせまい死の蔭の峡にあつて随分ひどい自分の虐め方をしたものだが、其頃のおまへは唯傍でおろおろ視てゐるより外に術のない程険しい眼の色をしてゐたものだ　おまへは精いつぱい考へ込んだ　何も視えないのに果てまでつ

きつめて考へていつた　おぼろ気になりと人の世の彼方が視えることもないうちに、魂の内側を滑り落ちていつた　おまへは自分の醜さの影を自ら創出して苦しんでゐる風に視えたものだ　だがおまへも既に成長した　この上どんな苦しみがあつても、拡げられたおまへの世界は、おまへの寂しさや苦しさに、ひとすぢの爽やかな風の通り道を遺してくれるだらう

エリアン　だがおまへは痛ましい性だ　そして人の世の死の蔭は唯一つではない　おまへはやがて新しい懸崖に差かかるだらう　おまへはもつと醜いおまへを形造らなくてはならないおまへが又その苦しみを死に代えやしないかと思ふと心配な気がする　だがわたしはもうおまへに告げることもない　おまへはたつた独りで行ける筈だ

エリアン　おまへはミリカを愛してゐると、病院の窓辺から便つたそうだ　ミリカがそれを受取つた時は、おまへはもう北国に旅立つてゐたと思ふ　ミリカはあの時既に胸を病んでゐたのだから、おまへとは反対の南の保養地に直ぐ移された　エリアン　おまへは私がミリカの方へ傾くのを大そう痛んでゐたようだ　それは真実だし、私も否みはしない　だが病んでゐた妻を抱えての、私の様々な迷ひや辛さは如何ばかりであつたか、それは幼いおまへやミリカには判らぬことであつた　私はミリカの疑ふことを知らない無邪気さに救はれてゐたのだよ　ただそれだけの事だ

おまへもミリカも唯夢のやうな美しい愛を考へてゐるようだ　私はそれを祝福し、又限りなく尊くも思ふのだ　だがおまへにもミリカにも生きることの現実が如何なものか判つてゐないおまへの知つてゐるのは魂の出来事だけだ　試みにおまへはママンの生涯を、おまへの幼なかつた日から、今までの間を思ひ浮べて御覧　二人の相違ふ性が、相寄つて長い歳月を歩むといふことは、そんなに美しくもなく愉しくもなく、又そんなに醜いことでもない平凡なことだ

そして平凡な小さな嫌悪をしづかに耐えてゆかなくてはならないのだ
エリアンおまへは痛ましい性だ　おまへは誰よりも鋭敏に、哀しさの底から美を抽き出してくる　そしておまへはそれを現実におし拡げるのではなく地上から離して、果てしなく昇華してしまふのだ　それは痛ましいことなのだよ　おまへは吃度人の世から死ぬ程の苦しみを強ひられる　誰でもが人の世の現実はその様なものだときめてゐる、その醜さ、馴れ合ひ、それから利害に結ばれた絆――そんなものがおまへには陥し穴のやうに作用する　何故陥されるのかも知らない間に陥ちて傷つくだらう　おまへはきつと更めて人の世を疑ひ直す　そうして如何にもならなくなつた時、又死を考へはしないかと寂しくおもふのだ　おまへはイエスの悲しみを知つてゐるだらう　そしておまへが自分の純粋さを守りつづけようと思ふのなら、イエスのやうに生きてはならないよ　〈それは死ぬより外に術のない道だから〉　おまへは聖パウロのやうに生きるがよい　コリント後書にあつたね　〈我ら若し心狂へるならば神のためなり、心たしかならば汝らの為なり〉　エリアンおまへは若しかするとパウロのやうに人間の弱さに則しながら、あの純粋さをたどつて行けるのかも知れない　若しかしておまへにはそんな生い立ちの匂ひがするように思ふのだ　だが予言は卑しいことだ　おまへのまんまにゆくがよい
エリアンおまへはミリカを愛してゐるだらうが、色々な事は考へない方がよい　心の状態だけを大切にしなさい　おまへがミリカと結ばれるかどうか、それはおまへの考える程、簡単には決められない　運命がそれを結べば結ばれようし、結ばなければそれまでだ　人の世はそのやうに出来ている

誡め

お聴きよ！
おまへの微かな魂の唱……
夜更けの風の響きにつれて
さだかならぬ不安を呼び寄せてゐる

〈エリアン！〉
みしらぬ愛の戦きをいつ覚えた？
未だ言葉も識らないのに
どうやつて伝へる？

さりげない物語が
異様なおまへの重たさを運んで
いつたどり着くのか

なりわいも苦しさも知らぬ
ひとりの少女のところへ！

〈エリアン！〉
おまへは未だわからないのだ
おまへの求めてゐるものが
天上のものか地にあるものか

それから
おまへの想ふひとりのひとが
はたして
そのやうに美しい魂なのか……

〈エリアンの歌から〉

X　ミリカの風信

エリアン　貴方は遠い北の国の街のなかで、一人の少女と出遭ひました　緋色のスエーターを着けた都風の少女でした　何となく家並の低く傾いた山峡の街で、そのやうな少女と出遭ふことは珍らしいことなのです　貴方はきつと佇ち止つて視てゐたの　若しかして呼び止めようとさへなさつたのです　貴方は翌る日もその翌る日も同じ時刻に街へ出てゆかれたのです　その少女に出遭ふために　けれど二度と少女に出遭ふことはなかつたの　きつとそうですわ　貴方は何時もそうなんです　物陰にかくれてしまふ幸せを、皆が奪ひ合つてしまつたあとから、悲しそうに探して居るのです

エリアン　私も大そう大人になりました　殊に病みついてからの私はそうなつたのです　随分長い間、緋色のスエーターを着けて、日の光のなかを躍るように駈歩くこともしなくなりました　病むといふことは大そう怖ろしく又透きとほつた感じですのね　窓辺から差込んで来る日差しにわたくしの掌は哀しい程蒼くそして艶のない光を照りかへしてゐます　沢山のことを想ひました　そして沢山のことを諦めました　いまはじつとしてゐるだけなのです　都に

ゐたミリカは何も知らない子供でしたが、いまは沢山の哀しみを知つたやうな気がいたします　貴方のやうに自由な肢で彷徨ひ歩くことも出来ませんが、この小さなお部屋の中にも数々の悔いや嘆きがございます

体の浮き出るような物憂さ、それからお食事をする元気もない朝――みんな私の世界です　それから明け方悪い夢をみてとび起きたり、なだめることもならない寂しさで茫んやり床の上に座つてゐたり、都のミリカはそんな所作も知らない、溢れるようなミリカだつたのですけれど、いまは死なうとなさつたエリアンの心の重たさも、微かにわたしの心を叩いたりいたします　神さまがそつと落してゆかれた重荷――エリアン　わたくしにもはつきり解るのですけれど何故か私にはつきつめて思ふことが出来ません　ひとつの悲しみが、思はぬ処で別の悲しみに移つてしまひ、それからは次々に色々な空想に移り変つてまゐります

ミリカの病気は快くならないのではないかしら

余り長い間病んでゐると、もう生きることに自信をなくしてしまひます　この間からジヨルジユ・サンドお祖母さんの〈祖母の物語〉を読みつづけて居りますが、サンドが小さな孫娘にこんなことを書いてゐますの

〈誰からもたすけて貰はなくて二人とも完全にこのお話を理解出来るようになる頃には、お祖母さんはもう多分この世に居ないでしよう　その時はあなた方を大好きだつたお祖母さんのことを思ひ出して下さい〉

エリアン　貴方が都へ戻るまへに、若しも私が死んでしまつたら　そんなことを考へたり致しました　いけないことです　私は未だ生きて居たいのです　エリアンの折れた古い帽子……ぼろぼろになつた僧侶のやうな制服……それからもつと寂しく暗い眼になつてゐる筈の貴方の

哀しみ、ミリカはこんどこそみんな理解出来るはずです　イエス様の〈わが心いたく憂ひて死ぬばかりなり〉という御言葉もいまは私の世界のお友達になつて参りましたもの

今お母様がお部屋へ入つて来られました　私がこのお手紙を書いてゐるのを御覧になつて、〈何？〉とお訊ねになりました　私が〈お手紙、エリアンへのよ〉とお答へすると微笑して出てゆかれました　お母様はエリアンが都にゐる頃エリアンの詩を御覧になつたことがあつたのだそうです　イザベル先生に見せて戴いたので、〈故郷〉といふ詩が良かつたと仰言つてゐました　もう遠い昔のことのやうですのね

エリアンは今頃何をしてゐるのでしよう　まぶしい午後です　随分遠いところ！　チーレルのお山のまだ向ふのお山のエリアンへ！

錯倒

Ⅰ

時よ！　季節よ！
ままならぬ妖精の唱声よ！

わたつみには遥かな放浪を……
雲には暗い凱歌を……
そうしておまへにゆるされた
宿無しの娘たち！

不具な魂は祈るのであつた
み空の森に訴へるのであつた
〈暗いよう！　暗いよう！〉

Ⅱ

髪を振り乱した女が三人ばかり
夕餉を掻き込んでゐた
まるで異国の巷で出遇つた風景だ！

風景のなかの辛い食卓だ
何を想つて病みつかれたのか
そんな女が最ひとり在りそうだつた！

〈こしらへた造作もない悲しみたち！〉
僕を抜け出して……

Ⅲ

蒼ざめて時間は泡立つた
心はふつふつと噴きあげた
何処までも行かうよ
綺麗な風のなかをね！

いまこそ
そうだ　いまこそ

自然は女のやうに優しくはじまり
想ひ出は遥かに眼をあけた
真赤に澄んだ建築の奴らも
おれから外らさず眼を燃した

さらば　自縛の時よ！
しけこんだ外套を引被り
破れくさつた靴を曳きづり
もういちど
そうだ　もういちど
遣りかけた縊死を解かうよ！

懐ろは無一文……
もとでは辛い飢渇の旋律だけさ！

緑の聖餐

よるべない緑の氾濫の底に
身を横へて臥つてゐるわたし！
窓辺からいろいろな形をした
わたしの陰翳《かげ》がたち去つてゆく

不具の魂をたずさへて
深い季節の香りに充ちた
甍のうへ野のうへなどを
夢のやうに漂ひながら……

〈もういい　はなしておくれ！〉
愛する者たちに
寂しい断絶を名告《なの》つて
生贄の山羊のやうに気弱く
緑のはてを漂浪する……

やがて
遥か水べの匂ひにちかく
緑の底に触れあふ音楽を聴きながら
しづかな風の聖餐を考へてゐる

わたしの陰翳《かげ》たち！

一九四九年冬

荒涼と過誤。
とりかへしのつかない道がここに在る
しだいに明らかに視えてくるひとつの
過誤の風景
ぼくは悔悟をやめて
しづかに荒涼の座に堕ちこんでゆく
むかし覚えた
妙なこころ騒ぎもなくなつてゐる
たとへばこのやうに
ひとと訣れすべきものであらうか

一九四五年頃の冬
あたりは餓莩地帯であつた
いまはぼくのほか誰もゐない
ひとびとのくらしがゆたかになつたと

たれが信じよう
それぞれの荒涼の座に
若者たちは堕ちてしまつてゐる

夜。
頭から蒲団をひつ被つて
フリードリッヒ・リスト政治経済学上の遺書を読む
〈我々の弱い視力で見得る限りでは、次の世紀の中頃には二つの巨大国しか存在しないだらう
(F・リスト)〉
ぼくはここに
だがひとつの過誤をみつけ出す
諦らめて
ぼくの解き得るちいさな謎にかへらう
一九四九年冬。

深夜。
そつと部屋をぬけだしていつものやうに
父の枕元から煙草を盗み出して
喫する
あいつもこいつも
賑やかな奴はみんな信じられない

どうして
思想は期望や憧憬や牧歌をもつて
また
絶望はみみつちい救済に繫がれて提出されねばならないか

ほんたうにそう考へてゐるのか
だがあいつもこいつもみんなこたへない
いいやあんまり虐めるな
一九四三年ころでさへ
誰もこたへてはくれなかつた
その時から
ぼくもそれからほかの若者たちも
いちやうに暗さを愛してきた

遠くで。
常磐列車の響きがする
ぼくはぼくの時間のなかで
なんべんそれを聴いたらう
なんべんもそれを聴いてきた
軌道の継ぎ目が軋む音なのだと思ふ
寂しいかな

すべての思考はぼくにおいてネガテイヴである
一九四九年冬。

独り。
想ひおこしてゐる
一九四五年冬ころの
ひとつのへいわ。

ぼくの大好きだつた三人の少女たちは
その頃から前後して
いちやうに華やかな装ひをはじめた
ぼくは
たらひ廻しにあつてゐる徒刑囚のやうに
暗かつた
そんなに煙草をお喫みになると
いけませんわと言つていたつけ

道は。
ふたつに折れた
少女いまはふたり嫁し
ひとりは生きることが寂しいといふ

一九四九年冬。

青い帽子の詩

時間のかげを
青い冷たい帽を被いで
おそれとやけとを唱つて
どこまで行かうといふのか

いちまいの貼紙のやうな虚空《そら》に
がらんと暗い風がおこると
青い帽の庇が
おれの憂愁をかげらせる

X軸の方向から
さびしいふるへを担いでくるのは
もう独り
青い帽子のみしらぬおれだ

地底の夜の歌

――少年たちに――

ごらん！　追憶のなかにまだ幼ないときのすがしさをとどめてゐる者たちよ　まき雲はまるでぴあののかぎいたのやうにちかくからとほくのほうへ器楽の音いろをさそつてゆく　いくすぢもの脈をつくりながら　あを空のそがれた円味をそのとほりなぞりながら

けつして汚れちまつた者にはゆるされてゐない美しさについての感覚が夜に入るまのあのしだいに移つてゆく色どりのかわりめを茜から紫蘇色にかはつてゆく雲の色どりをこころにとどめておくにちがひない　ああ　それからほんのすこしでいいのだがみんなは世界をおほつてゐる疲労についいて思ひを立ちとまらせるがいい

《明日もわたしたちはここにあるかどうか》
《いいえわたしたちはもう信じきれなくなつた》

いま歌の影がどうかみんなのこころに忍びこむことのないように！　それにはたくさんの余儀ない寂しさのほかにじぶんの時間をつくりあげそれをまもることをいたさねばならない　たとへ憎しみや殺戮の影があたりを通りすぎることがあつてもじぶんの時間をまもりつづけねばな

らない

おきき！　わたしに言へるのはたつたそれだけだ　すべては判らなくなつて地の底にべつに狂信も祈りもないありふれた夜がおりてくる　そのなかでのみんなの場処！　とほくへだたつたわたしみづからの場処！　あらそひがわたしたちの間にさへ起らなかつたら寂かな時間のなかでうちうちの幸せだけはやつてくるだらうよ。

影の別離の歌

いく歳もいく歳も時は物の形態《かたち》に影をしづかにおいて過ぎていつた　わたしはいとまもなくこころを動かして影から影にひとつのしつかりした形態を探して歩いたものである　おう　形態のなかに時はもとのままのあのむごたらしい孤独、幼年の日の孤独を秘したまま蘇えるかどうか　既に恥辱によつて慣れきつてゐるので衰弱したこころが索してゐたのである　あのむごたらしい孤独、幼年の日の孤独がいまはどのやうな形態によつてたち現はれるかを　あたかも建物の影と影とのあひだにふと意想外にしづかな路や路のうへの街樹を見つけ出して盲ひてしまふやうに、もしかしてあの幼ないときの孤独が意外な寂かさでたち現はれることを願つてゐたのだ

物の影はすべてうしろがはに倒れ去る　わたしは知つてゐる　知つてゐる　影は何処へゆくかたくさんの光をはじいてゐるフランシス水車のやうに影は何処へ自らを持ち運ぶか　わたしはよろめきながら埋れきつた観念のそこを掻きわけて　這ひ出してくる　まさしく影のある処から！　砂のやうに把み、さらさらと落下し　またはしわを寄せるやうに思はれる時の形態を、影を構成するものをたとへば孤独といふ呼び名で代用することも、わたしは許してゐたのだ
何故なら抽象することに慣れてしまつたこころはむごたらしいといふことのかはりに　過ぎて

ゆくといふ言葉を用ひればあの時と孤独の流れとを継ぎあはせることが出来たから

斯くてわたしはいつも未来といふものが無いかのやうに街々の角を曲つたものである　ただ空洞のやうな個処へゆかうとしてゐるのだと自らに言ひきかせながら　たれもわたしを驚愕させなかつたし孤独は充分に塡められてゐて余計なことを思はせなかつた　其処此処に並んだ建物のあひだ　幼年の日の路上で　わたしはいまや抽象された不安をもつて自らの影に訣れねばならなかつた！

Ⅲ

詩と科学との問題

1

一九四五年であつた。当時僕は科学への不信と自らを決定し得ない為の衰弱的な自虐とで殆ど生きる方途を喪つてゐた。暗い図書室の中に虫のやうに閉ぢ籠つて数学の抽象的な世界に惑溺しながら、僅かに時間を空費してゐたのである。当時の僕には読むといふ操作と眺めるといふ操作と直感するといふ操作とは同時的なものであつた。それは決して理解するといふやうなものではない。僕は唯時間が停止して動かぬといふ焦燥にやられてゐたのである。そんな時であつた。偶然な機会が僕を或る教室に運ばせた。僕は其処で遠山啓氏に出会ふことが出来た。あの〈量子論の数学的基礎〉なる講義は僕に異様な興奮を強ひた。最早動かすものもありはしないと思はれた僕の虚無が光輝をあげた殆ど唯一度の瞬間であつた。今思へばあの劈頭に語られた非ユークリッド幾何学は何ら特殊な問題を含んでゐた訳ではない。驚きが将に壊滅しようとしてゐた僕の心の間歇をえぐつたのである。数学の認識的基礎を根底から脅威したと言はれるカントルの集合論に出会つたのは確か秋のことであつた。僕は今でも遠山氏の辛い面持ちと重たい口調を想ひ浮べることが出来る。氏はカントルが与へた集合の定義を静かに泌み入るやうに僕の心に叩き込んだ。未だ戦乱の直後で巷は不安と焦燥に充ちてゐた時である。

〈Eine Menge ist eine Zusammenfassung bestimmter, wohlunterschiedener Objekte unserer Anschauung oder unsers Denkens, welche die Elemente der menge genannt werden, zu einem Ganzen.〉

僕は数学といふ純粋科学の領域に〈直感〉と〈思惟〉とが導入される様を判つきりと知つた。思考の野を急に拡大されて途惑ひしたが、やがてそれは僕が応用の場から純粋理論の場へ歩み寄る門出の誘ひであつた。

カントル以後数学は単一な論理的階程による思考方法といふ楽園を失つた。古典数学の持つ確乎たる論理性は感覚的思惟といふ心理的要素に風穴を明けられ、果しない迷路に彷徨ひ始めたのである。斯くて近代数学は量的因子の論理的演算の学から領域と領域との間の作用の学に変革されたのである。数学的な対象の性質は最早問題でなくなり対象と対象との間の関係だけが数学の主題と変じ、論理が僕達に強ひる必然性や因果性は数学の領域でその特殊な位置を失つた。

言ふまでもなく近代科学の発達は厳密な論理性といふ殆ど唯一の根底によつて支へられて来たが、その発達の本質となると、明らかに単一な論理的階程を否定するといふ方向に進んで来た。そして恐らくこの方向が示唆する処は自然現象が次元の異つた多葉な事実によつて支へられてゐるといふ、その単純な理由の提示に帰するのではなからうか。即ち論理性といふ単葉な次元は最早自然現象の全てを覆ふに足りないといふことの意味ではなからうか。最近の量子物理学が直面してゐる、微視的自然現象の確率的概念の完成といふ難問題も、恐らく科学史が踏んで来た従来の単一な論理的階程に依存する思考方法を変革するといふ方向に解決せられるだらう。微視的自然現象における現象に固有な時間と空間の間の流動的な〈非因果律的な〉作用概念の確立——当時僕はそれを集合論との類推によつて夢みてゐた。勿論空想である。だが僕には結論の取るべき形は既に自明のやうに思はれたのであつた。

今日批評家達が不用意に用ひてゐる科学性といふ言葉の概念は実は単一な論理性といふ概念の代言に外ならないので、事実科学の領域が提示する科学性といふ言葉の意味は複雑多葉な問題を生起しながら、僕を果てしない迷路の方へ押し遣るやうである。

一般に〈科学は自然を変革してゆく〉といふ考へ方は何らの疑問もなく流通してゐるが、それは或はしに充ちた空しい考へ方である。何故なら科学は自然を模倣してゐるに過ぎないからである。さうして僕達は模倣といふ意味の生起する様々な問題を徹底して厳密に考へる必要がある。科学が無限に多くの自然現象を組合はせて新たな現象を獲得することは可能なのだが、それが且て自然が試みた現象以外の現象を得ることが出来ないといふことは不思議なことではあるまいか。事実僕達はその様な例を持たなかつたし、今後も持ち得るといふ確かな根拠を見出すことが出来ないのだ。科学は恐らく自然を模倣するといふ決定的な桎梏を逃れる期は永遠に有り得ないのである。

例へば原子核破壊による膨大なエネルギイの応用的獲得といふやうな問題もその結果が影響する処が重大であるにも拘らず、科学的には見掛け程の大事件ではない。科学変化の応用的新次元の開拓――正にそれに違ひないのだが、この意味する所を誇張なしに把握することは余り容易なことではない。それは全く新しい現象の出現といふものではなく、自然が悠久の以前から試みて来た現象の新たな模倣の一例に過ぎないのである。原子力の応用といふ問題が呈示する重要さは、実は科学的意味のうちにはなくて、むしろ倫理的意味のうちにあるといふことを徹底して考へるのは良いことだ。多くの人達の錯覚はここに在るに違ひないのだから。

高度の科学技術の発達による人間生活の簡便化といふやうなことがどうして自然の変革であり、人間の進歩を意味するだらうか。それが自然の変革といふ外観を与へるのは技術の複雑な組合はせが僕らに強ひる錯覚にすぎないので、その根底を貫く原理は幾つかの自然現象の単純な模倣に外ならない。そして高度の器械が与へる僕達の実生活の簡便化といふことも、人間の進歩と考へるより、むしろ僕らが着々と自らの智力の復讐を受けつつあると考へる方が正しいのだ。原子力の応用的実現といふことが僕らに提示した唯一の問題は恐らくこの人間的な余りに人間的な問題であつて人達が考へ勝ちな科学的意味の重大さでは断じてない。僕達の人間性が実生活の簡便化の極北で科学とぎりぎりの対決をしなければならない時がきつとやつて来るだらうし、それは人間存在の根本に繋がる深い問題を僕らに提示してやまないだらう。今日原子エネルギイの応用によつて巨大な破壊力を獲得したなどといふ奴隷科学者の自負など下らぬものである。

この辺りで僕には文学と科学との問題が共通の領域で立現はれるのだが、どうも解き明かす術もない複雑な感懐を伴つて来るやうである。何故に僕達は書くといふ単純な原始的な操作を保存しなくてはならないのか。これは幼稚な疑問だが、斯かる疑問に一度も出会したこともない様な詩人が、詩の社会性とか詩の科学性とかを論じてゐる様は僕には果敢ないことのやうに思はれる。

2

詩作行為とは外的な意味で、自然現象のやうに不安定な流動的な言葉の状態を瞬間的に固定化し意識化する操作である。この操作は直ちに内的な意味に照応する。詩作行為とは自然現象のやうに瞬間的に明滅する僕らの精神の状態を持続し恒久化しようとする希求に外ならない。僕らの個性的な思想の系列が詩作の上に現はれるといふ意味は、その思想の系列が意識の野を個性化し、それが更に言葉となつて現はれるといふ意味に外ならない。

斯かる時、詩の科学性とは言葉の科学性といふ意味に外ならず言葉の科学性とは意識の野の科学性の謂ひに外ならない。意識の野の科学性とは、僕らの意識作用の十全な同時的な触発といふこと以外の何

ものをも指さないのだ。（1項参照）

斯かるとき詩の表現上のリアリズムとロマンチシズムとが対立し抗争するとは滑稽な事ではないか。何故ならそれは意識の野における感性と理性といふやうな互に次元の異つた限定し得ない要素の多寡といふことに帰するからだ。僕は斯かる無意味な対立から何物かを生み出すであらうことを、信ずる事が出来ない。僕らに必要なことは表現上のリアリズムとロマンチシズムと言ふやうな問題を人間の社会意識との関連において思ひ描くことではなく、言葉の構造の曇りない解析を通して、人間存在の本質に思ひ到る道を行くことではあるまいか。

〈詩が言葉を創造し或は変革してゆく〉といふ考へは、あたかも科学が自然を変革するといふ考へと同じく空しい惑はしに過ぎない。言葉といふ意味をあれこれの詩句（Vers）といふ事ではなく意識作用の外延的な表象と解すれば、言葉は且て人間が意識を持つに到つた時から少しも豊富になつたり、変革されたりしてはゐないのである。僕らは依然として原始的人間と同じ量の思想範囲と可能とを持ち合はせてゐるだけだ。この意味の提示するところは徹底して考へる必要がある。人間の思想が時代を追ふて進歩してゆくと考へるのは僕らの架空な自慰に過ぎない。それが進歩の外観を呈するのは、僕らの思想表現の組合はせの方法が複雑化したための錯覚に外ならないのだから。換言すれば言葉といふ意識作用の表象の、複雑な組合はせを僕たちは視てゐるだけなのだ。

例へばヴアレリイの思想をヴヰヨンといふ十五世紀の詩人の思想と対比して、より進歩的であり且つ豊富であるといふ結論を引出すことは断じて不可能である。言葉の表現方法の複雑な外観を捨象し、更に両者の思想の骨格を抽象するとき、僕らは唯、個性に依存する質の差異の外に、何ら時代の変移が、人間の思想を変革してゐないといふことをまざまざと知るだらう。要するに人間は神と虚無との極北の間を振幅し得たに過ぎなかつたのである。

且てランボオといふ神秘的な野人が文学との異様に辛い訣別に際して〈地獄の季節〉といふ散文詩を遺して行つた。果してランボオはその〈季節〉を書いたのであるか。恐らく事実は全く逆な印象を僕に与へる。ランボオの辛い沈黙の上を言葉は、あたかも自然のやうに豊饒に、多彩に、しかも自然のやうに無秩序に、唐突的に、暴圧的に通り過ぎて行つたのではあるまいか。その移りゆく〈季節〉が地獄のやうに辛かつたからである。僕はランボオが天才であるといふ意味をあれこれの詩才の圧倒的な触発といふ風には考へない。それは言葉といふ人間の第二の自然が、全き相貌で、一人の人間と邂逅した稀有な事件だつたのである。彼にとつて詩とは言葉といふ自然現象を組合はせて新たな現象を得る科学（彼は錬金術と呼んだ）であつた。そして科学が当然自然現象を模倣する以外のものであり得ない様に、彼の詩も又言葉を模倣するといふ決定的な桎梏を逃れることは出来なかつた。如何に多彩な言葉の組合はせを装ほふとも彼が描いたものは正しく且て古代人が描いたあの根元的な祈りに外ならなかつたのである。

僕らは言葉の無数な組合はせの発見によつて無数の詩を創造することが可能である。そしてその組合はせは、自然界に生起するあらゆる現象がエントロピー増大の原理に従ふやうに〈意味〉といふ原理を喪失することが出来ない。且て海の外で起つたシユール・レアリズムの運動も、続いて起つた日本のシユール・レアリズムの詩の運動も、極めて単純な意味で〈意味〉といふ原理を喪失することがなかつた。ランボオがシユール・レアリスト達に依存せられたことがあつたのは、そのサンタツクスの外観上の扱ひ方に如上のやうな共通な部分があつたからである。だが彼らの抱いた地獄はランボオの地獄とは全く異質のものであつた。見掛け上はともあれ、ランボオにとり着いた地獄は根元的な、それ故古めかしい人間的飢渇なのであつて、近代生活の末梢に足を払はれた脆弱な詩人の錯乱ではない。

あたかも科学がその発達の過程で、様々な倫理的な問題を喚起するやうに、詩が今後多くの詩派を派生し、如何に進歩的な装ひを凝らさうとも〈果して書くに価することが書かれてゐるか〉といふギリシヤ、ラテン以来の、万葉以来の、古めかしい、本質的な問題を避けて過ぎゆくことは出来ないのである。
僕は明瞭な二元論者だから、思想は人間的な問題、詩は言葉の表現上のオオトマチズムの問題だとして、詩の技術者と化してしまつた詩人をも又、尊重することが出来る。だが僕は明瞭な古典主義者だから己れの辛い飢渇や夢を紛失し、あの〈未知なるものへの祈り〉を放棄した詩人を許すことが出来ない。

如何なる詩人も表現上の方法論が己れの思想を制約し、思想が方法論を空しいものだと観ぜしめる、あの人間的な余りに人間的な苦い重圧を逃れる期はないのだ――といふことは僕には自明の事のやうに思はれるのだが。

ラムボオ若くはカール・マルクスの方法に就ての諸註

註　I

マルクスの経済学批判としての資本論は、商品の分析を以て始まるのではない。斯の不世出の名著は科学である。経済解析の後背に無類の形式を持つた確信と情熱とを秘めてゐる。併して粉飾されない精神のみが自ら最適の理解の方法を編み出すだらう。僕の資本論への理解は、マルクスの情熱と方法との相関の場に対する僕の解析から始まる。併して斯かる分析からあらゆる詩的思想と非詩的思想との一般的逆立の形式を定立する処に終る。斯様な僕の理解方式は直ちにマルクスが資本論の序文に引用したダンテの格言、汝の道を進め、而して人々を彼等の言ふに任せよ！　に僕を導くものだ。恐らくここに資本論といふ彼の経済学批判の方法的出発点がある。勿論斯かる格言は、而してそれを引用してゐるマルクスの精神は少しも理論としての性格を有たない。彼の不動の確信に貫かれた唯物弁証法なる方法論を、彼が最後までたどる忍耐を惜んだならば、唯の空虚な放言に過ぎなくなるのである。だがあらゆる真正の思想の根底には常に理論の形式を取らない斯様な勇躍の表象を見出すことが出来る。

歴史の唯物弁証法的な理解方式は、マルクスの言ふやうに人類の始原と共に古い、一つの現実理解の原則的真理である。だが原則的真理なるものは真理である限りに於て、人を納得せしめるだらうが、決して人を動かすことは出来ない。真理は唯情熱の形式を以て貫かれたとき始めて人を動かすのである。

斯かる事情は大凡思想と人間との間に例外なく存在する公理であつて、マルクスにおける方法と情熱との相関も決してこの公理の外に立つものではない。ダンテの格言を以て始まる資本論は次に恐らく第三巻第七編第五十章の最終に近い一節に移る。即ち剰余価値学説史を除いた資本論の終末の部分に移る。即ち労銀を労働者自身の個人的消費となる、彼の労働生産部分に帰着せしめ、この部分を資本制的制限から解放して、これを彼自身の労働の社会的生産が許す、しかも個性の十分な発展に必要な消費範囲にまで拡大する。而して更に余剰労働と余剰生産物を、保険基金並に準備金を生み出すためと、社会的欲望を充たすに充分な程度の再生産の拡大に必要なところに切り詰める。最後に必要労働と余剰労働との差間に、幼少者と老年者たちのために為さねばならない労働を包含させる。換言すれば労銀からも余剰価値からもその特殊資本的な性質を剝脱する。然る場合には、此等の諸形態はもはや存在しなくなり、ただ凡ゆる社会的生産方法に共通したその基礎だけが残るのである。即ちマルクスが資本論なる膨大なる著述を為すに当つて、彼の資本制社会変革に対する情熱と、その方法的帰結とは自明の前提として存在したのである。斯くして彼は唯この方法と情熱とを以て、社会の表層を流通する経済現象を分析すれば足りたのであつた。彼は既に確乎として把握してゐた唯物弁証法的な方法形式の上に出来る限り現実の流通形態に近似な形態から彼の解析を進めるのである。先づ地代、利子付資本商人資本利潤総じて流通形態に最も近い行程が捉へられ、資本の流通行程、余剰価値の生産工程、余剰価値そのものの解析を経て、最後に商品なる神秘的な抽象体の分析に到達する。斯様な思考過程は僕達が思考作用の行程において常に行つてゐる一般的形式である。それ故マルクスは彼の資本論に着手する以前に斯かる思考過程を完結してゐなければならなかつた筈だ。斯くてマルクスは資本制生産方法が専ら行はれる社会の富は、膨大な商品の集積として現はれ、個々の商品はその成素形態として現はれる。故に我々の研究は商品の分析を以て始まるといふ有名な起句を以て彼の資本論に着手する。だが商品の分析に至つたとき彼の資本論は事実終了してゐたことを僕は疑はない。それ故経験的な僕の思考操作は資本論を逆からたどることを教へるのである。マルクスはこのやうな思考過程を彼の資本論に於て逆倒する。そして恐らくここに彼の方法の本質的な価値が存在するのである。

註Ⅱ

マルクスによれば、商品体はこれを使用価値から離れて見るとき、ただ労働生産物たる性質のみを残すに至る。かかる操作は商品体に作用された労働の有用的性質と具体的形態とを抽象し、商品はすべて等一な抽象的人間労働に、置換される。即ち商品の交換関係に現はれる抽象的価値は、使用価値中に含まれる社会的に必要な労働の量によつて秤量される。この推論は可成り明晰な断乎としたもので、人類史を一の生産手段交通史と観た彼の透徹した史眼の帰結と言ふべきである。商品はありの儘の姿で交換行程に入るや、商品と貨幣とに分化され商品に於ける使用価値と交換価値との内在的対立を表現するところの外部的対立が生じて来る。この対立に於て、使用価値としての商品と交換価値としての貨幣とが相対峙するのである。単純な流通の下においては、商品の価値は上述のやうに使用価値に対立して高々貨幣といふ独立した形態を受けるに過ぎないのであるが、一度貨幣の資本化が起るや商品は突如として、商品並に貨幣を単なる形態とする進行しつつある自己運動の実体として表現されることになる。マルクスは斯かる動態としての商品集積体の解析を通して資本制社会の内部分裂の法則とこれが必然的な崩壊の帰結の発見に導かれるのである。

一方労働力の所有者は自己の労働の対象化されたる商品を販売することが出来ず、寧ろ彼の生きた現身中にのみ存在する所の労働力そのものを商品として売物にせねばならぬといふ結果となる。併るに労働力は絶えず再生産せられねばならない。即ち人間は生存しなければならない。労働力の生産に必要な労働時間とは、生活資料の生産に必要な労働時間である。換言すれば労働力の価値とは、労働力の所有者の生存維持に必要な生活資料の価値である。
　資本家が等価交換を前提としても、尚依然として余剰価値を増殖し得る所縁は何か。換言すれば余剰価値は如何にして生産されるか。これは労働者の自己の労働力の生産に必要な労働量、即ち自己の生存に必要な労働量以上の労働に依つて生産せられるものである。マルクスは斯かる余剰価値率を以て労働の搾取率を定義する。併して斯かる考察の背後には労働力といふ特殊な商品の性格、換言すれば生産体としての人間の構造に対する彼の深い洞察が含まれてゐる。資本家が労働力に期待する特殊な奉仕とは価値而も自身が有してゐるよりも以上の価値を生み得る構造を内部に持つといふ労働力の独特な使用価値である。

　資本論を構成するマルクスの方法論的単位は僕の解析からは以上のことに要約される。斯かるマルクスの思考過程には無用の観念の跳梁する余地は存在しない。即ち彼の唯物史観の方法的帰結たる一の前提と、それより導かれる結論の間は必然の契機によつて連結されてゐる。併して斯かる契機を媒介するものは弁証法的な現実斫断の方法である。彼において実在と意識との間のデイアレクテイクは単純なる理論ではなかつた。この現実を二極に斫断する方法を彼はヘーゲルとフオイエルバツハから学んだのである。

註　Ⅲ

　思想は言語といふ意識作用の表象によつてのみ媒介される。実践行為は実在の場における単純なる自己運動によつて表現される。故に思想は実践行為の原動としてこれを媒介することはない。如何なる実践思想といへども永遠にさうである。思想と実践とを媒介するものは意志と情熱とに外ならない。

意志と情熱といふ不明瞭な概念体は、一方において意識作用に連結し、一方には神経組織の原動として自己運動に連結する。斯かる意志と情熱との特性が思想と実践とを媒介するのである。マルクスの方法と思想との本来的性格は実践思想としての性格である。実践思想とは実践出来得る思想ではなく、実践を表現してゐる思想だ。故に斯かる思想を実践するためにも自己自身と闘ふに要すると等価な苦痛が必要なのだ。即ちこのやうな苦痛は意志と情熱との行使において生ぜねばならぬ筈だ。

僕はあらゆる思想の評価原理をそれが如何に人間性との必然的相関において存在するかといふことの外に求めようとは思はぬ。様々な思想はそれが人間を離れて商品の如く横行する限りは観念に過ぎないのだ。僕が不得手な経済学の諸概念を通じて獲たかつたものはマルクスにおける方法と情熱との相関、換言すれば思想と人間との相関と両者の明晰な分離とに外ならなかつた。資本制社会の機構を分析するマルクスの方法は弁証法的力学に外ならないが彼の着眼を規定するものは生々潑剌たる愛憎の原理である。（例、資本制蓄積の一般的法則、本来的な蓄積の秘密）斯かる人間と思想との本来的な相関原理を紛失する時、彼の方法は商品たる一の衣裳として横行するに到る。人達は労働の（精神における）忍苦を忘れる。併して既成の商品を購買するのである。果敢ない滑稽な話ではないか。

註 Ⅳ

懐疑は単に懐疑としてとどまる限り、何ら積極的な生存の原理とはならぬ。だがこれを歴史と現実とに対する不信の表現と解するならば孤独のうちに闘はれる宿命の理論の形式に外ならぬ。斯かる形式が所有する苦痛と困難とは、虚無といふ一つの場を得て止揚される。それ故虚無とは確信の困難な持続を指すので、断じて敗北の意味を成さぬ。あらゆる思想は虚無を脱出する所に始まるのかも知れない。だが虚無の場からする抵抗の終る所に宿命の理論はやむのである。宿命の理論のやむ所に、芸術の思想もまた終るのである。斯かる芸術の本来的意味は、マルクスの所謂唯物史観なるものの本質的原理と激突する。この激突の意味の解析のうちに、僕はあらゆる詩的思想と非詩的思想との一般的逆立の形式を明らかにしたいのだ。

大凡真正の思想は、立脚する基礎に次元の差を含むとして一の思想が一の思想を思想的根拠の上に立つて放逐するといふことは、滑稽事に過ぎない。思想が思想を放逐するのは情熱が情熱を放逐するといふ、人間性相互の一般的原則に外ならないので、真理が非真理を放逐する形式ではない。況んや進歩の仮構が反進歩の仮構を放逐するなどとは、嗤ふべき愚劣事に過ぎない。(例へば僕の内部には現在アルチユル・ランボオなる詩人とカール・マルクスなる思想家とが別に奇妙な感じもなく同在してゐるが、ランボオなる詩人はマルクスをマルクスが人間であるといふ単純な理由で、あの孤独な痛烈な罵言を以て一束にして嘲弄することをやめないだらう。マルクスはランボオが詩人といふ愚劣な空想家であるといふ理由で、ランボオの考へても見なかつた生産とか交通とかいふ諸概念を以て極めつけることをやめないだらう。何れの思想が真理であるか、そんな問ひはナンセンスだ。

ただが今日日本の政治詩人諸君は斯かるナンセンスを遣らうとしてゐるのではないか。諸君が斯かるナンセンスを強行する限り、諸君も又一の真正なる思想から嘲弄されることを免れないのである。)

註 V

マルクスはフオイエルバツハ論の中で幽霊、結縁、より高い存在、概念、不安などが孤立せしめられたる個人の観念論的な憎侶的表現、明らかにそれの表象たるに過ぎず、生活の生産様式並にこれと関連する交通形態を動かしてゐるこの極めて経験的な桎梏や制限に就いての表象たるに過ぎないといふことも言を俟たずして明らかなことであると述べてゐる。正しく偉才の堂々たる確信であり、思想ではないか。

これは偏狭なる見解などと言ふものではない。又真理などと言ふものではない。あらゆる真正な思想の根底に存在する精神の勇躍の一形式である。斯かる確信は幾多の誤解と猜疑の中に忍辱しなければならなかつたらうし、今後もそれを免れない筈だ。真正の思想は常に普遍妥当性なる冠を戴くには少しばかり荷が過ぎるのである。マルクスの所謂唯物弁証法なるものの基盤を彼の言ふ処によつて言はしむれば、人間史の第一次的な前提は、生きた人間としての諸個人の生存である。従つて確認さるべき第一次的な事態はこれらの個人の肉体組織と、これによつて与へられた残余の自然に対する人間の関係とである。斯かる彼の前提は人間が生活を表現する仕方が、即ち存在する仕方であるといふ確固たる決定に導かれるのである。彼は該博な知識と透徹した史観を以て人口の増加と個人相互の交通と生産手段との発展様式の追及のうちに人間史への方法を確立するのである。此のやうな彼の歴史的現実への把握過程が次のやうな彼の革命への決意となつて表現されるのは必然である。即ちかくて意識の一切の形態と所産とは、精神的批判によつてではなく、これらの観念論的愚論が生み出される源たる実在的な社会的諸関係を実践的に顚覆することによつてのみ解消され得るといふ結論に到達するのである。確かな結論だ。マルクスにおいては存在と意識との間に何の夾雑物をも含んではない。存在即ち人間が生活を表現する方法は即ち意識そのものであり、これ以外の何ものでもない。ここに唯物弁証法の思想的方法は定著されなければならない。人間は歴史的現実の表現体であるが故に歴史的現実に対して積極的意慾を持たねばならぬなどと、毒にも薬にもならぬことを言つて恥じない日本の亜流とは雲泥の相違である。今日、日本のマルクス主義者諸君は何故に自らの意識のうちに、社会の意識を即ち社会の生存機構を探求するといふ苦痛を放棄してしまふのか。何故に単なる楽天家と化してしまふのか、僕には解せない処である。マルクスは自らの意識の苦悩から社会変革の実践的原理を一つの思想として導出した。而して已れの意識のうちに人間史の実在的諸条件を探求する困難を生涯に亘つて放棄しなかつた。彼の亜流が思想的白痴と化してしまふとは、悲しい事実ではないか。諸君の脳髄の中にマルクスの方法と実践思想とが、マルクスの最も忌んだ処の観念として存在するのでなければ幸ひである。真正な思想は常に尺度を以て規劃されるには余りに微妙なものだ。斯かる尺度を以てマルクスの思想的体系を測定するとき形骸だけが諸君の脳髄に落ちるのは自明である。マルクスにおける情熱と方法、換言すれば人間と思想との微妙な色合ひは尺度を洩れるだろう。科学的なる名のもとに斯かる色合ひを抹殺することは断じて許されないのである。

註 Ⅵ

詩的思想においてマルクスの方法は逆立する。詩作過程を意識とそれの表象としての言語との相関の場として考へれば、詩作行為は意識が言語を限定する心的状態にはじまり逆に言語が意識を限定する心的状態に終る。斯かる過程において表象たる言語が実在たる言語に化する操作が完了されてゐなければならない。あらゆる芸術は常に個人の個性的思想によつて、個的な苦痛によつて、単純な個的な手段の媒介によつて闘はれて来た。これは可成り不思議な事実である。恐らく芸術の本質的な問題はこの事実のうちに包摂されるのではあるまいか。

言語をマルクスの言ふやうに人間の社会的交通の所産として解する限り、芸術としての詩作なる実践行為は、その動機を喪失するのである。（結果ではない動機である。）ここに本質的な意味におけるリアリズムの諸問題が発生する。併してここに詩を（或は芸術を）人間の社会的交通の手段として利用しようとする政治詩人の希求の根拠がある。

詩において意識の表象としての言語は、一の実在と化して存在しなければならない。詩作行為とは正に、何らかの手段によつて表象たる言語を実在たる言語に化する行為に外ならない。優れた詩作品が芸術として僕たちを納得せしめる所縁は斯かる操作が全き相で完了されてゐるからに外ならない。僕は少しも事新しいことを言つては居らぬ。かかる操作は最上の詩人たちが黙々と成就しつつある事実である。書くといふ単純な操作を媒介として、如何なる手段によつて表象たる言語を実在たる言語に化するか。けだしここに創造の秘機がある。如何なる精緻な意識家も恐らくこの解析を完了して居まい。僕にも勿論判る由がない。唯作品といふ実践のうちに僕たちはそれを積み重ねて解決するより外ないのだ。唯僕たちは原則的事実として斯かる言語の性格の変革の過程は意識の実在化の過程であることを指摘し得るのみだ。併して意識の実在化を成遂げるには、意識の実在状態が詩人の内部において信じられてゐなければならぬ。

マルクスがあらゆる芸術を彼の思想から放逐した所縁は実在としての意識などは彼にとつて嗤ふべき愚劣事に過ぎなかつたからだ。意識とは意識的存在以外の何ものでも断じてあり得ない。そして人間の存在とは彼等の現実的な生活過程のことである（フオイエルバツハ論）。斯様なマルクスの思想の根本図式のうちには芸術の、詩の成立し得る余地は存在せぬ。

詩的思想とは正に意識の実在を、あたかも樹木があり建築があると同じ意味で確信する処にのみ成立するのである。斯かる確信は何ら理論的根拠を有しないかも知れぬ。だが斯かる確信は最上の詩人たちが生涯を通じて失はなかつた例外なき真実の措定である。意識は意識的存在以外の何ものでもないといふマルクスの措定は存在は意識がなければ意識的存在であり得ないといふ逆措定を含む。このやうな措定の逆立の当否は唯確信の深さと、実践によつて決せられねばならぬ。ここに至つて詩的思想はマルクスの所謂非詩的思想と対峙するに至るのだ。

だが事実は矛盾するのではなく逆立するのみである。若し望むのならば僕たちはあらゆる真正な思想の根底に存在する共鳴の響きを斯かる両極に捨象された二つの思想から感ずることが出来るのかも知れない。

僕たちは如何にして意識の実在化、従つて言語の実在化を成立せしめるかの、原則的真理を導くといふ最後の問題を残すのみとなつた。僕はしかとした経験的真実を、確信を以て語ることは出来ない。だが僕が詩を書き続けるとしたら次のやうな少し馬鹿気た、だがそれ以外には仕方のない真理を信じなければならぬ。意識作用の無限の連続的な重用によつて意識の野は実在の野と化し、表象たる言語は実在たる詩作品に転化される。斯かる原則的真理を前提として承認する限り詩における真のリアリズムの問題は、例へば感覚の無限の乱用によつて自然の影像を掠奪したアルチユル・ランボオの詩の中に、又感覚の瞬間的な明滅を利して、自然の歴史に推参した宮沢賢治氏の詩の中に、更に少しく誇張して言ふならば、ジエラル・ド・ネルヴアルの〈夢の中〉に存在するのではなからうか。僕は今日日本の詩壇に行はれてゐる詩のリアリズムに関する論議が如何なる必然と如何なる歴史と如何なる規模によつて行はれてゐるのかを詳らかにしないが、若しそれらの議論が科学の方法論の採用や、歴史の変革意識に関する唯物史観の採用や、言語を人間の社会的交通の所産として解するマルクス主義の方法論との関連において行はれてゐるとすれば、それは外的物象を以て内的物象に置換せんとする誤謬を含むものであることを原則的に指摘したい。

今日詩人とは歴史的現実の諸相を自己の意識の中に探究するといふ断乎たる滅亡者としての光栄を守る者を指すのではあるまいか。

〈註の後記〉

一八七三年カール・マルクスは資本論第二版の序文に観念世界なるものは畢竟するところ人類の頭脳の内で変更され翻訳された物質世界に外ならぬものであると記した。

同じ年一八七三年僕の愛するジャン・アルチュル・ランボオは煌めく大熊星座の下で次のやうな辛い詩神との訣れを完うした。

Cependant c'est la veille. Recevons tous les influx de vigueur et de tendresse réelle. Et à l'aurore, armés d'une ardente patience, nous entrerons aux splendides villes.（Adieu）
まだまだ夜だ夜だ、流れ入る生気とまことの温情とは、すべて受けよう、暁が来たら俺達は燃え上る忍辱の鎧を着て、光り輝やく街々に這入らう（小林氏の訳を借用する）

けだし偶然の暗合などといふものではない。一詩徒の内部における真正の思想の逆立せる一形式である。

方法的思想の一問題

――反ヴアレリイ論――

ポオル・ヴアレリイと呼ばれる方法的思想の一事件に何らかの結論を与へようと思ひ立つたのは一年程前のことである。当時、僕は怠惰を弁護する二つ程の理由を設けて敢て手がけやうとしなかつたのであつた。出遇の当初からこの人物が何者かであるといふよりも何者でもないと思ふことにより多くの興味を覚えてゐたので、彼の方法こそ彼の思想であるといふことを固く信じてゐた。即ちポオル・ヴアレリイとは方法の名だ……

途切れがちではあつたが僕の脳裏には時折デカルトとパスカルといふ十七世紀前半における二人の天才の名が蘇つた。両者における〈ヴアレリイの反応〉とも言ふべきものが、ヴァレリイの方法を解くに相異ない……といふことは疑ひないものに思はれた。零細な余暇を捉へて両者における最も著名な著作の一つを手にして少しづつ考へつづけようとしたが、それは断続的であることを免れなかつた……。やがて僕は世のイデオロオグよりもより精神的に且つより現実的に組合運動を推進した事由を以て職を追はれねばならなかつたのであつた……それで現在やや自由な立場で古い実験と新しい理論とを結合出来るかも知れないといふ化学上の試みをする機会を与へられたのである。今や僕は若干の時間も持つてゐる。

戦争中における集団のロマンチシズムは僕に異常な不信を強ひたのであつた。純粋自我の完閉体にとぢこもつて、それら半ば強圧的な半ば無意識的な圧力に対して、僅かに武装した。あらゆることに易々として従属したが、自我の内部世界が侵されるや昂然として反撥した。今や傷は深く思へば傷むことばかりである。僕は自我以外のものを何も信じなかつた。単純さ――単純な人物――これらは僕に極度の畏怖と極度の侮蔑との奇妙な混合意識を強ひた。明らかに僕自身が精神病理学上の或る症状に該当するかと思はれる程であつた。人間は勿論、建築達も内部構造の配位において僕に不安を強ひる程であつた。冷たい石造りの階段、牢獄のやうな研究室……丁度その時期、正面の時計が正確に十二時を以て停つてゐたことがあつた。僕はそれを日毎に眺めることにより精神を或る清々しい純粋度に導くといふ、果敢ない愉楽を案出せねばならなかつた……

やがて集団のロマンチシズムは集団のリアリズムに替る。僕は少しも平和の感懐を持つことが無かつたのである。その上経済上の世界恐慌の余波を大きな深刻度を以て間接的に受けながら、しかも世界経済の場から取残されるといふ不当な立場が僕たちを強ひてゐるやうに思はれる。或る種の勢力に助長されて集団のロマンチシズムは蘇りつつある……

このやうな理由のなかで僕は常識――つまり人々が無意識のうちに結んでゐる連帯性を決定的に疑ふといふ極度の性癖を獲たのである。僕はポオル・ヴアレリイを常識の範疇に叩き込んで扼殺してしまつた。この巧まざる政治家、精緻な常識家……

だが今や幾分かの成熟が僕に均衡を取戻させつつあるやうに思はれる。このささやかな独白も何らかの雑説と結合されなければならない……

当時（戦末から戦直後に亘つて）僕は暗黒の実験室で若干の精神の幾何学を試みてゐた。一二の定義及び定理はヴアレリイの方法への導入部に該当するであらうことを信じてここに述べようと思ふ。

〈定義〉生きてゐる状態とは疑はしい状態である。これは信ずるに易く、且つ説明するに困難な定義である。この定義を得るために僕は純粋に内部的な意味で（勿論外部の場の歪みのためではあらうが）殆ど死と等価な代償を支払はねばならなかつた。だがどうやら僕は疑はしい状態を生きつづけて来たわけだ……この疑はしい状態の又の名は虚無と呼ぶにふさはしいやうに思はれる。悔恨と嫌悪は深く、僕はこれ以上この定義を説明しようとは思はない。

〈定理〉驚きは将に驚かうとしてゐる心の状態だけを訪れる。この定理は純粋虚無の場で僕が仮死状態にあつたときに得られたものであつた。この定理は僕自身をも他人をも傷ませない方法で、幾分厳密さは欠くとしても証明することが出来る。即ち精神物理学の方法で……（註1）

虚無とは意識の野における単純意識状態束の一定の部分が如何なる感覚又は感情の強度の変化によつても変化を受けない状態である。この原因は全く個別的であり得るとして全てこのやうな状態を以て説明される。今任意の原因の漸次的な蓄積によつて意識の単純状態束は漸次的に大なる強度の同じ色合に充される。併してこれは虚無領域における変化を受けない単純状態束と平衡してゐるわけである。原因の蓄積量が、虚無状態束の強度を超えるや突如として未変化単純束は同じ色合の他の状態束と同一状態となる。即ち意識状態の変化は連続的であるにもかかはらず漸次的原因の蓄積は外部的には何らの変化をも印しない故、驚きは突如として僕らの精神を打つやうに感覚されるのである。何時も見なれた自然も突如として新しくおもはれ何時も見なれた友も突如として疑はしくなる。ここでは単なる生理的変動を問題としてゐない。あくまでも精神の幾何学の問題である。

〈定理〉理解することと把握することとは全く異つた精神の状態である。

この定理によつて僕たちはヴアレリイの方法の或る本質的な問題に相遇する。これは実在の場と意識の場との相違及び相関を移入することによつて容易に証明されるがここでは行はれない。小論の進行につれてこの問題は極めて自然に解決される。ヴアレリイはこの意味をやや現実的な言葉で次のやうに語る。

〈発見は何物でもない。困難は発見したものを血肉化するにある。〉（テスト氏）

人は訣別の意を蔵して相語ることが出来る。今日僕は後向きになつてヴアレリイと出遇ふわけだ。レオナルド・ダ・ヴインチにおける多角的知性の操作と限定、飽くなき厳密を以てする情熱の滲透力……デカルトとパスカルにおける相逆立する極限への方法、その成果……エドガア・ポオにおける宇宙感覚と神秘との奇妙な、そして調和された化学……ステフアン・マラルメにおける言語の力学の究極への努力、その諸影像……

これら一連の方法的思想は確かに一つ又はそれ以上の抽象作用を強ひずにはおかないやうに思はれる。数学者達の行ふ特殊化と普遍化との相互操作による法則の導入に対応して、一つの普遍文学とも称すべきものの映像が容易にこの天才達の系譜を流れるのを覚えるのである。科学は理知性のうちに、哲学は方法のなかに諸般の芸術及び文学は心理とその諸影像のなかに、その具象的領域を失ひ、一つの普遍文学の方法的単位として溶解されるのである……

斯くて朧気ではあるが、僕たちは普遍文学の定義の入口に自らが佇つてゐるのを見出す。その方法は如何なる有り得べき具体的な形式を持つだらうか。

科学の方法の最も本質的な部分は、すべて対象を可分である限りの微細な本体論的単位に分割し、それら等質的なものの不規則な反応を、一つの作用として考究するところにある。然るに対象は、これを微細な本体論的単位の基本反応の一次的結合として解するとき、或る不確定性の制限を免れないのである。即ち斯かる本体論的単位は共軛なる二量において因果律的論理といふ科学の主要な方法の範囲を逸脱するのである……

僕達は普遍文学の方法を意識作用の領域において幾分かこれらの場合に類推して作像することが出来るやうに思はれる。

科学、哲学、文学……は理知性、方法性、心理性となつて抽象され、単に位相差を以て一つの意識の方法のなかに結合されるのみとなる。普遍文学が意識的計量の所産であるとき、これを推進するものは論理的思考に突如として移入される心理的影像或は論理的階程による思考の間に必然的に招来される不確定性を心理的跳躍によつて充塡する操作でなければならぬ。

記憶と言語の発音学的形態とが苦もなく連結される。一制作の影響は他の制作における差異と合致する。美は絶望と合致する……等々。

総じてこれらは普遍文学の特性として数へられる。斯かる唐突な強制的結合は科学の方法における不確定性原理と深い類似及び同時に抜き難い差異とを生じさせる。僕達はそれが一方は実在の諸条件を探究するのに反し、一方が意識の野の諸条件を探究するものであることに起因するのを知ることが出来るのである。即ち両者は実在と意識とが相関連する程度に類似し、相異する程度に相異するのである。

実在は可視的な限りにおいて、即ち僕たちをめぐる自然である限りにおいて合論理的である。少しく厳密な省察において高々弁証法的に合論理的である。意識はこれに反して必ずしも合論理的に作用しない。人間の組織は人間が自然体である限り合理的であり、すべて科学的に可解決的である。それ故意識作用が必ずしも合論理的でないことの由因は、それが多様な不確定性原理に従ふ単位体の多様な結合反応であるからだと解するより外ないのである。即ち意識の野は微視的現象の野であらねばならない。

僕達が自然（自然的自然、人為的自然）を対象とするとき、それは微視的な野が巨視的な野に対してゐるといふ明瞭な位相差を含むものである。これが文学及び諸般の芸術が当面してゐる、最も本質的な最も困難な場に外ならないのである。あらゆる方法、あらゆる多岐な流派によつて芸術そのものが武装せざるを得ない所以である。

ここに仮定した普遍文学の方法は、最も根源的な部分で、意識とその影像としての実在との位相差を意識的に充塡せんとすることに帰する訳だ。僕はこの普遍文学に対して、矢張り詩（ポエジイ）の名を冠することが妥当であるやうに思はれる。

斯くて僕はポオル・ヴアレリイの方法の概括的な綜合を完了したわけである。ヴアレリイをして普遍文学の方法が科学の方法と異る本質的な部分を最も適切に最も美しい表現を以て言はしめようではないか。

〈意外でないやうな脈絡や血縁関係は現実的ではない……〉（スタンダール論）

実在と意識の間の実験と抽象作用との喚起作用の反復の方法においてヴアレリイは抜き難い特質を持つてゐる。僕は〈実験〉のカテゴリイにパスカルを〈抽象作用〉のカテゴリイにデカルトを対応せしめ、ここに一つの特殊な〈ヴアレリイの反応〉を検出し解析しようとする。レオナルド、ポオ、マラルメ論はこの基本反応の適用とその指向する願望との完備例として解される。ゲエテ、ボオドレエル、ヴイヨン、ヴエルレエヌ、スタンダール、リルケ、プルースト……論、これらは才能の濫費だ。精神の危機、方法的制覇……テスト氏、ユウパリノス、わがファウスト……総じてヴアレリイの方法と思想との分裂点に発揮される燐光とも解されよう……

解析は何らかの分岐点で僕と分離され、それは自からヴアレリイへの批判を形成することになる。経験とは常に個性的な発見を伴ふものだ。如何なる精緻な意識作用も実在に相遇するときの僕達の個性的な発見を純粋な意識の内部作用のみによつて類推することは不可能である。

何故であるのか僕には明らかではないので、同時にその可能性に対する希望をも失ふことが出来ない。ヴアレリイはその詩論において若干これらの問題を提示してゐるかに思はれる。（これら実在と意識との間の問題はテスト氏においてヴアレリイの方法的思想の本質的な問題となつてゐる。これは後に論ぜられる）

最初にあらゆる言語は同じ捕獲確率を以て浮動状態にある。一度制作の意企が制作者の意識の野を限定するや否や突如として言語は異つた捕獲確率状態の部分群に分離する。斯くて制作が開始されるや特定の言語のみが何らかの原因で固定されて詩作品を形成するのである。制作といふ実験を通して作品形成に至る意識作用の変化の過程を厳密に分割し解析することは出来ないか。これを成すことによつて僕達は終に全く加成的意識的に詩を形成することが出来ないか。僕の詩に対する願望からこの種の途方もない夢を抜き去ることは不可能だ。けだしこれは意識と実在との間の深淵が存在してゐるのであらう。今日、詩とは偶然と職人的修練と若干の精神の深度との確率的結合の所産である。優れた詩人とはこの結合のより大きな確率を有するものを指すにすぎない。併も痛烈な精神の受難者が、又精神の師父達がよく詩人の名を冠せられて出現した、あの懐しい時代は永遠に去つたのである。……

以上のささやかな一問題はあらゆる思想家が実生活を尊重し拡張することに謙虚であつたといふ事実に解答を与へてゐる。実生活だけが、いつまでも思想の源泉だ。僕たちが経験に伴ふ個性的な発見に驚かされる限りは……

ルネ・デカルトの生涯はこのやうな問題の中枢を最も極限まで追ひつめた者の異常な成果と過誤との典型のやうに思はれる。

経験は彼の理性による分析を通して一つの法則を教へる。彼は一法則を抱いて実生活を歩むのである。実生活は常に個性的な発見を伴つて彼の法則に修正乃至は肯定を加へるのである。彼は修正乃至肯定によつて押し進められた法則を抱いて又実生活を歩むのである。彼の生涯はこの極限までの反復だ。これが〈デカルトの生涯は最も単純なものである〉といふことの意味だ。方法叙説における〈…のために〉といふ語法の反復に注意しよう。デカルトはヴアレリイの尊重した唯一の哲学者だが、デカルトの誤謬をもヴアレリイは自らの方法のうちに所有したのである。

デカルトにとつて飛躍こそ不可解であつた。自然における遠隔作用の原理を信ずることが出来なかつた。理性による合理主義的機械主義こそ彼のすべてである。おそるべき忍耐と単純さを以て理性の階段的命令に従つたところに彼の天才のすべてが存在する。
〈我思ふ故に我あり〉といふデカルトの著名な措定は彼の方法的思想の極点に位置する訳だが、この限界を尚も超えて歩む彼の思考は痛ましい誤謬の域に踏み込むのである。私といふ一の実体の本質もしくは天性は考へるといふことである。このやうな結論を前提として出発する限り、私をして私たらしめるところの精神は身体と全く別個のものである。……更に完全無欠な存在としての神に到達する彼の観念の錯誤の積み重ね（三角形の内角の和が二直角であることが三角形の概念に含まれるやうに、或はそれ以上に実在の概念は完全な存在者としての神のうちに含まれる）……合理的思考は、一の前提を誤るときすべて誤謬に導かれてゆく。このやうなデカルトの思考は方法論的発展としては種々の美質を含むにもかかはらず何ものも与へないのである。

デカルトは彼の方法の適用として種々の自然現象を説明するが、それらは本質的に機械的誤謬を免れず、そして自然現象が合理的機械的であるその程度において正確さをもつてゐる。

デカルトの神に対するパスカルの批難を想起しよう。〈デカルトは神なしにも済ました筈だ〉

僕はデカルトの完全な存在者の概念が実は宇宙法則を抽象した概念といふ程のものに外ならないことを指摘してパスカルの感性的理解を一応郤けたいと思ふ。

今日解析幾何学の方法において、デカルトの最も見事な方法的結実の典型を見出すことが出来る。彼は数学が対象の間の関係或は比例を主題とするといふ共通性を法則において抽出する。この場合空間は〈対象を一つの連続する物体と考へ、長さ、広さ、高さ、深さ、において無限に延びひろがり、様々の形や大きさを取るところの、またあらゆる仕方で動かされ或は置きかへられるところの各部分に分たるべき一つの空間として考へ〉られる。斯くてデカルトは図形の諸関係……長さを代数学に抽象し、代数式の種々の数値をして種々の図形に対応し代数式の様々の操作を図形間の様々な動きに対応せしめるのである。今日様々の位相を含む幾何学は変換群の操作を以て多位相的に統一されてゐるが（註2）、デカルトの方法は、即ち実在から法則を抽出しその操作の結合を考へるといふ方法的原型は純粋抽象科学に関する限り不朽なものである。……

僕たちはヴアレリイの方法から様々な心理的影像を捨象することにより、デカルトの方法的原型と、飽くなき自意識の使駆によりデカルトの方法の誤謬を抑圧してゐるヴアレリイの方法を見出すことが出来るだらう。

知性による虚無の抑圧、酷使……虚無とは元来倫理的なものであるにもかかはらず、彼はこれを論理的なものに変へてしまふ。……殆ど功利的と思はれる理性による行為の適度な抑圧、制御がデカルトにおけると同様にヴアレリイにおいても存在する。……優れた方法的思想と世俗的常識がデカルトにおけると同様に、ヴアレリイにおいて矛盾なく結合する。……これらは殆ど僕を嫌悪せしめるに充分である。……

感傷とはどうしようもない精神の衰弱の形式だ。如何なる心理学とも全く無縁な、それ故制御するに困難な精神生理学の問題だ。決して幾何学とは結びつかない。憂愁のパスカル。如何にも空しい言葉だ。恐怖、脅かされた、怖ろしき永遠の沈黙、言葉なき宇宙。……

総じてヴアレリイの誇張するパスカルの本質は、不当な附会に充ちてゐる。パスカルの〈永遠の沈黙〉に対する、あの夜空も唱ふ星も唱ふといふ旧約やギリシヤ人の感懐を以てするヴアレリイの非難を想起しよう。彼はパスカルに溷濁と安易とを見ようとする。だが生まのままの明晰は溷濁以上の溷濁、安易以上の安易だ。〈私にはパスカルの手が見えすぎる〉ヴアレリイは我が不意を襲はんとするには描かんとする対象より先にその手の見えぬやうにせよと毒つくのである。だが一体何が見えたといふのか、パスカルの何が……

僕は今日〈パンセ〉と呼ばれてゐるパスカルのキリスト教弁護論の断片を神学的に弁護しようとは思はない。キリスト教については新約と呼ばれてゐるキリストのロギアとパウロの書簡とよりしか知らず且つ尊重してゐない僕にはその能力と意志とが欠けてゐる……僕の意企は別だ。全く別だ……僕は唯ここでパスカルのペシミズムが感傷とは無縁であることを指摘すれば足りるやうに思はれる。

例証する意力を持たぬ故、僕は大変大胆な言ひ方をするがそれは平衡と実験といふ二つの方法だ。〈パンセ〉を貫く原理、願はくば〈パンセ〉の任意の断章について僕の断定の当否を自ら検せられんことを……この解答は可成り複雑な方程式の中に秘されてゐるが解くことは可能である。僕は〈パンセ〉の人間的思想の中に、デカルトに見出すやうな安易を見出さない。複雑ではあるがその思想に溷濁を見出さない。ヴアレリイは〈パスカルは見出した、併しそれは疑ひもなく、彼がそれ以上探し求めなかつたからである。探求の停止及びこの停止の形式は発見の感じを与へ得る〉と非難する。だが、ヴアレリイの見た探求の停止とは、パスカルの平衡精神を指してゐるに過ぎない。デカルトにとつて、ヴアレリイにとつて平衡の概念こそ不可解であつた。飽くなき合理精神を根幹とする両者にはパスカルにおける方法の機能を理解する緒を持たなかつたのである。見給へ、パスカルの真空の実験、液体平衡の実験に対するデカルトの非難めいた無関心、そして〈パンセ〉に対するヴアレリイの不当な批難……〈パンセ〉は断じて冥想録などといふ生易しいものではない。実在に当面し、綜合して導いた断乎たる精神と肉体との経験の書だ。平衡とは実在を支配してゐるパスカルの神である。

デカルトは実在を抽象して法則を得る。法則が得られれば実在はもはや用をなさない。法則は理性の判断だけに依つて限りなく抽象作用を重ねるのである。この方法の幾分かはヴアレリイのものだ。

パスカルは実在を綜合して法則を得る。法則は再び実験によつて検せられる。法則は独りで歩み去ることはない。飽くまで実験と密着する。平衡とは斯かるパスカルの方法の見事な結実の結果である。今日物理学においてパスカルの名を冠せられた美しい原理が存在する。即ち〈流体の一部に加へられた圧力はあらゆる方向に等しい力を以て伝達される。〉この単純な、形而上学を匂はせる原理において僕はパスカルの平衡の見事な果実を見出す。

あらゆる事象は相互に関連しつつ、すべてに連結してゐるといふ〈パンセ〉を貫く思想原理の同型を見出すのである。

僕は平衡から確率に到るパスカルの方法の最後の道をたどらう。物理学の機能としての平衡と確率との概念は極めて容易に解明され得るが、これらは精神の機能として如何なる意味を有つだらうか。平衡の概念は意識の傾斜面に存在する点感覚を想起させて、斯かる点感覚は恐らく意識の野における単純状態束の不均一な分布に対応するであらう。ここで極めて単純に平衡と確率との概念は、少くとも精神機能的には解明される。即ち斯かる状態において存在する点感覚は原因的観点からは平衡の概念を与へ、結果的観点からは確率の概念を与へるのである。平衡と確率とは同一意識状態の因果的両面に外ならない……

斯くてパスカルの平衡の精神は必然的に確率の概念に導かれるのである。ヴアレリイはレオナルド・ダ・ヴインチの註及び雑説において明らかにパスカルと思はれる一人を批難する。〈彼がそこであらゆる巧緻と、あらゆる幾何学とを失つた賭の中に我々を引き込み……〉だがヴアレリイの方法は確率の概念に対つて全く無力なのである。パスカルの確率論の萌芽は遥かにコルモゴロフ（註3）等に到つて近代確率論と結合する。一方現代物理学は自然現象の一機能としての確率概念の存在を決定する。ブレイズ・パスカルの方法は一つの決定的意義を完了したのである……

且て自意識が僕にとつて怖るべきだが唯一の友である時期が存在した。極めて単純な無意味な言葉が大きな苦痛なしには僕の口から発せられなかつた。意識と表現との間に明瞭な時差が介在して無用な苦痛を強ひてゐたのである。あらゆる観念は表現される以前に意識内部で繰返されるとき、如何に陳腐な内容と成り終つてしまふものか……

少くとも僕は表現すべき意義を持つた、如何なる言語をも見出すことが出来なかつた。沈黙こそ為し得るすべてであつた。そんな時である。僕がテスト氏に出遇つたのは……ヴァレリイの名は見知らぬものであつたが、その内容は無類の衝動を強ひたのである。何故にテスト氏は存在し得ないか……この疑問こそ正しく僕が幾分かテスト氏であつた証拠だ。未だ幼く、外界から無用の重圧を感じてゐた時であつたので、この問ひは僕には苦もない単純な解答をこしらへさせたのである。僕たちは自分の愚劣さを用ひることによつてのみ、他人と交はることが出来る。即ち愚劣さだけが、実生活において自己保身術だ。僕は苦もなく愚かさを用ひる。他人は僕を愚かな奴だと安堵する有様である。（当時僕が一番軽蔑してゐたのはフロイドの精神分析学である。）僕が時々垣間見せる僕のテスト氏の面貌……人々は怖畏を感じてとび離れる。人々を自在に安堵させ或は怖畏させる術……これを知つて了ふとは何と辛いことだ……当時の僕の感懐はこんな事だつたやうに思はれる。

今や僕のヴァレリイに対する熱愛は喪はれる。僕は僕の過去を嫌悪する……こんな時ヴァレリイに就て何か書いてゐるのである……

ヴァレリイの方法的思想において、実生活の占める量は常に極小値である。換言すれば思想家たるの必要条件を人生の門出に際して紛失したのである。すべては知性の方面からのみ彼の興味を惹く。彼が暗黒の彼方から手に入れた虚無は論理的なものに変貌してしまふ。もつとも彼は彼にふさはしい偶像を叩き上げた。正確さの極限を指向する能力において曖昧さを嫌ふ極度の潔癖さにおいて彼は常識に或る積極的意義を与へた人物たるの光栄を所有するのである。偉大なるものはやや脆弱な出来だ！

ヴァレリイは今日僕に何物も与へない。何故ならば僕の欲するものは彼が曖昧さと呼ぶカテゴリイの中にこそ存在するからだ。且て僕らの国の所謂知識人たちは、彼らの脆弱な精神の錯乱を救済するものをヴァレリイの表現してゐる処にかけた。僕はヴァレリイの〈精神の危機〉を読む機会を持つたがそこに唯ヨーロッパ文明に対する限りない自讃の外、何物も見出すことが出来なかつた。唯飽くなき知性の操作によつて見事に解釈してゐる彼を見出しただけだ。不安な魂……そんなものは彼の何処にも存在しない。唯烈しい合理精神の格調を聴くだけだ。彼の名はヨオロッパだ。僕にはヴァレリイの手が見えすぎる。

一九二七年ヴァレリイはアカデミイ・フランセエズに入る。その席は且てアナトオル・フランスの占めてゐた空席だ。それらの諸席は且て（一八六一年）ボオドレエルを幻惑せしめた光栄の席だ。ヴァレリイはアカデミイへの謝辞の中で次のやうに述べるのである。

〈実に多くの第一流の人々が長らく望んだに違ひないやうな、又最も偉大な人の幾人かはあらゆる価値を具へながら一生涯待ち続けてゐたといふことも無くはないやうな、かくも名誉ある席〉

僕はそれが彼の批判精神と詩魂との美しい結実であるかどうか知らないのである。

註1　この考へ方の基盤はベルグソンに負つてゐる。
註2　Felix Klein: Vergleichende Betrachtungen über neuere geometrische Forschungen.
註3　A. Kolmogoroff: Grundbegriffe der Wahrscheinlichkeitsrechnung.

安西冬衛論

作品はつねに作者の人間が実生活で遇せられると全く同型に文学の世界で遇せられます。遇せられる世界とはかの誤解が理解の名をもつて語られる世界であり、嫌悪とともにまた多少の杞憂をもかけざるを得ない世界であります。僕たちは常にこの悲惨な杞憂の中にある、何故悲惨であるか、誰も遇せられるために制作する者ではないからであります。何故杞憂が存在せねばならないか、誰も遇せられることを無視して制作することが出来ないからであります。けだしここに一制作の、強ひては一制作者の内在的価値が喚起する宿命の諸問題が存在致します。僕は斯様な問題を展開する意企を持ちませぬ。唯、安西冬衛の昂然たる悲愁の面貌を垣間見たことがあります。その時すべてを理解しました。恐らくそれは氏の詩作する時の貌でありませう。賑やかな会話を好む氏とは無関係な貌だ、いや関係のある貌だと言つても同じ事です。僕が安西冬衛を論ずるとすれば、氏のこの悲愁の貌を手掛かりにするより外ありませぬ。あとは余計なことであります。

*

文字は形象であります。形象が一定の法則を以て配列されたとき意味を構成致します。言葉は意識作用の表象であり、空間化で行はれない限り形象とはなりませぬ。意識の持続の一状態を考へます、そこには表現は存在しない、だが意味を構成する表象は確然として存在します。どのように存在するか。それは意識状態のアクセントとして存在するのであります。

更に意識の純粋持続の状態を考へます。ここにも矢張り意味を構成する表象は存在すると考へられます。どのやうに存在するか。最早アクセントも喪はれ、或る色合ひに充たされた意識流が、意味の喚起する色合ひと対応して存在すると考へられるのであります。詩は言ふまでもなく意識の統応操作であります。

ここで僕たちは詩作行為を二つの過程に分離することが出来るのであります。その一つは意識状態の喚起であり、他の一つは文字への表現であります。一般に詩人はこの過程を同時的なものとして把握して居ります。併し明晰な分析はこの二つの過程の分離を強ひるのであります。安西冬衛の詩が提示する極限の意味は正しくここに存在致します。

意識の持続状態を文字に表現することは、あたかも無限に分割可能な実数列を不連続な自然数列に対応せしめる操作を想起せしめます。斯かる観点から、若し文字と呼ばれる形象が、直ちに連続せる表象の形象化に対応するならば、詩作そのものの問題は消滅し、僕たちは唯精神の操作の問題を残すのみとなるのであります。ギヨオム・アポリネエルが『カリグラム』を書きつつあつたとき、斯かる問題は何らかの形で彼の思考を通過したに相違ない、彼の奇怪な試みがそれを証明致します。或意味ではサムボリズムの言語の力学は、必ず意識の場と文字の形象との問題にすべき宿命にあつたと言ふべきでありませう。

*

『軍艦茉莉』は斯かる意識の諸問題を提示すべく出現した筈であります。然しながらここに結晶化された氏の天稟は鑑賞するに適するが、分析するに適しないやうに思はれます。氏が我知らず表現してゐる青春の意味は、唯遠い追憶のやうに僕を愉しくさせます。饒舌、ナルシスムス、あてのない憂愁、極度に凝縮された宿命への感傷、ミステイフイカシヨンの形で意識の盲点を流動する機智、これは何ものをも意味しようとはしないが、確かに歌はれてゐる見事な典型であります。

氏がここにおいて誘致した世界は日本の伝統的な短型心理詩の世界、その雰囲気と余白と方法であります。年譜によればこの詩集以前十年間短詩型によつて意識の機動法を研究したと書かれてあります。蕪村の心理詩が近代に向つて開いてゐる道こそ氏にとつて絶好の好餌であつたでせう。中世の連歌形式から分化した日本の短型詩は、その性質上決定的な理智を以て鍛冶させる時本質的な意識の諸問題を提示するのであります。一短詩は必ず意識の、一凝集反応を喚起しなければポエジイを構成しないのであります。加ふるに定型と韻律との規範はこの操作の厳正を強制致します。

最も原質化されたポエジイの問題がここに存在すると言はねばなりません。

ルネ・モオプラン、マクス・ジヤコブ、ルイ・アラゴン……等立体派以後の詩人を捉へた所以でありませう。

言ふまでもなく安西氏の出現の意味は、日本近代詩の解体期における旗手としての位置にあります。氏はこれを伝統の一拡張を以て遂行したと言はなくてはなりません。ジヤコブのスチイルと位置の理論は氏の詩形を動かしたかも知れない、だがジヤコブの意志と激動とは氏と遥かに隔絶するのであります。氏の世界は均衡と調和と静謐であります。氏の宿命を洗礼したものは、日本の短型詩の世界に外なりません。僕は影響をそのやうに理解致します。

やがて氏が青春の憂愁の上に描いた意識の絵画は、氏の着眼が外界の物その印象の上に旋回するとともに解体致します。感傷や抒情や憂愁や—要するに若年が醸し出し、成熟が連れ去るところのかの特異な情操が喪はれます。

歌は去りポエジイが原質化されて残るのであります。同時にこの歌の分離、は氏の詩法の本質的な問題を骨格のやうに明らかに露出するのであります。即ち言語のオオトマチズムと心理のオオトマチズムとの偏差がこれであります。例へば氏の中期の代表作「韃靼海峡と蝶」はこの典型を暗示するのでありませう。この作品において人々は意識の喚起作用が詩句と密着して生起せず、数瞬の時差を以て詩句に後続するのを感ずるでありませう。即ち言語の力学と意識の力学とは偏差を生ずるのであります。この意味は氏によって重要でありました。氏は恐らく潜在意識の呈示する限界、それのみに依存することの危機を自覚せねばならなかつたのであります。最早氏にとつて『軍艦茉莉』以来無意識に使駆してゐた自らの方法を明晰に分離することが必要であります。爾後この問題は何らかの形で氏の詩作の一課題と化します。如何程の時間がかけられたか、戦後僕の眼に触れた氏の手記類は明らかにこの課題を完了して出現します。この意義は重要であります。日本近代詩は氏においてはじめて自らの方法を意識的に分離した詩人を持つのであります。僕はそれが明治以後の日本の近代詩にとつて何日かは、そして何人かによつて、一度は、解答されねばならなかつた課題であつたと考へます。氏はここに所謂アポリネエルの超現実を意識的に実行する詩人となるのであります。換言すればシユルレアリズムの方法からの分離と独立とを完了するのであります。

*

読むといふ操作は対象への意識の移入であります。言ひかへれば文字によつて形象化された意識の状態を、再び形象を通して再現する操作であります。詩作品を通して詩人の精神の状態が感得されるのはこの時であります。僕たちは意識の移入を許さない単なる意味の配列を直観的に拒否致します。いや少くとも拒否する所に且ては詩の存在が置かれました。

今日では少数の孤独な詩人によつて維持されてゐるに過ぎない詩の力学であります。

安西冬衛の詩は正しく詩が在るべき最も単純な原型を提示致します。氏の詩が難解だと言はれる、これは明らかな錯覚でありませう。

氏の多彩な知識も衣裳に過ぎませぬ。若し欲するなら、流動する意識の持続の中に、時として生起する凝縮反応を想起することが出来ます。これが裸形に投影された氏の詩法であります。何故に氏の詩体は流動の感覚を与へるか。氏の詩の韻律が無限に可分なる韻律、ウイトルウイウスの所謂モヂユル・ゼロのシムナトリアの上を持続するからであります。対象と比喩とのあらゆる異質、不連続もこの流動をさまたげないやうに思はれます。氏の韻律が人を目覚ますのでなく眠らせるのもこのためであります。かかる氏の韻律の機構は、あたかもあらゆる女性が垂直性を感じさせないやうに、垂直性を感じさせない氏の詩体に対応致します。ロダンは言ひます「女山嶽馬これらは胚胎において同じ原則の上に築かれてゐる」と。これは実在の量構成の単元性についてのロダンの確信でありませう。安西氏は正に対蹠的であります。氏は実在の瞬間的印象が、意識の野に喚起する反応において単元的であることを洞察致します。この印象の単元性の法則換言すれば、同型と重ね合はせと連鎖の法則こそ氏が長い年月をかけて抽出した自らの方法に外なりません。氏は言ひます「海の痕跡が女のなかにある」（死語三）と。海と女との印象が氏の意識のうちで同じ連鎖を喚起するのであります。氏の詩体が垂直性を感じさせない所以は、氏の意識が実在の印象の上を瞬間的に転じ、決して固着されないからであります。この状態は再びあらゆる物からその内容を剝奪する氏の真眼に対応致します。氏は時として観念からさへその内容を剝奪致します。今日氏が未だ老ひざる所縁であり同時に又氏の弱点をも構成する所縁であります。「ビタ無一文の状態に於て『カフカの日記』を読む。」（死語二）「カフカの不安と孤独とはカフカの自意識のうちに完閉してゐたと僕は固く信じたい。」氏の意欲は正しく精悍と評すべきでありませう。僕はここで氏の精神の機構を解析したい誘惑を感じますがとどまりたいと思ひます。氏は自らをよく熟知して居ります。

フエンシングの剣が矢庭にわが胸元に突き刺さる。その時画かれる優婉な弧。

斯くありて、わが痛手は傷なきにさも似たり。（死語九）

ここに詩人といふ単純な宿命を果てまで歩むで来た者の自ら描く悲愁とナルシスムスがあります。僕は卒然として且て視た氏の悲愁の相貌を思ひ浮べます。僕は最早この小論を終るべきでありませう。批評が罰せられないのはここまでであります。

＊

時代は変ります。今や無数の観念的亡霊が革命精神の上を暗く彷徨致します。彼らは時代の新しい展開を推進する意企と能力とを持つものではありません。自らの観念の不定と飢渇の紛失とを実証的制覇の確定の中に移入しようとしてゐるに過ぎない。やがて新たな疾風怒濤はこの虚構を潰滅致すのでありませう。

だが氏はかかる争覇の上に隔絶して位置します。僕は氏が自らを新しい古典と化する唯一の道を歩むことを願つてやまない、斯かる願ひは今日尚ほ壮心を傾倒して日本現代詩の未来への基礎工事を敢行しつつあるこの優れた詩人に対する礼儀でもありませう。

現代詩における感性と現実の秩序

——詩人Aへの手紙——

現代詩が現代に生存する詩人の、感性による統応操作として在る限り、詩の表現形態と韻律に対応する感性の秩序を、現代の現実社会における人間精神の秩序と関連させることによって、また現実そのものの諸条件と照応させることによって論ずることが出来るように思われます。

僕がここで触れたいのは現代詩の発展方向としての詩の形態内容と韻律の問題だけであり、それを現代の諸条件から帰納することが出来ればこのお便りの目的は達せられるわけです。人間の感性の秩序が現実社会の秩序の写像として形成されていった歴史的な過程を想起して見るならば、現代の現実社会に於る秩序の認識の喪失は、われわれの感性の秩序の喪失に対応しているように思われます。僕はこの辺から直ぐに現代における人間精神の不安、絶望、生の無価値感の意識を思想形態に直して提出しようとすることを好まない。〈文明の荒廃の危機、伝統の喪失による精神的不安!〉大げさなことを言ってはいけない。戦争による政治経済機構の荒廃それの戦争による救済、こんな現代資本制度の巧まれた茶番劇が何で文明の危機だもんですか〈そんなことを苦悶する観念を持ち合わせるよりカマボコ小屋でも建てた方がましではないか〉。

又われわれを捉えている生の不安の意識が近代精神の歴史的終末感覚に血まみれているのではなく、単に戦後の経済機構の跛行による生活の意識の不安に過ぎないならば、そんな生の不安の意識は人類の文明の伝統にとって、何ら必要なものであるとは考えられません。要するに僕が言いたいことは現代の現実社会の秩序の喪失が戦後なるが故に存在するものであるか、或は資本制の世界的危機の徴候であるか、或は……であるかを規定しようとするまことしやかな試みから虚構の匂いを感ぜずには居られないこと、それからここでは現実の秩序の喪失ということを、われわれの感性の秩序に与えた影響の面でのみ問題に致したいということです。僕は嘗て貴方ではないBという詩人に現代における現実の構造は批評の構造であり、最早詩の成立する基盤は片鱗も存在していないということを、やや感傷的に批評だけがこの絶望的な暗夜の抉出に僅かに耐えるのだと語ったことがありました。何故なら詩というものをサンボリズム以後の感性の秩序の美によって捉えようとしても、或は立体派以後の人間疎外の均斉感覚によって捉えようとしても、現代はわれわれにひとつのイメージを構成する感性の秩序すら与えはしないし、現代そのものの有っている倫理性は激しく原質化された人間の投影を詩の上に要求せずには居ないからです。所謂戦後世代が詩の上に一種の古典主義《ユマニスム》の再生をもたらしたとき、現代詩は確かに新しい可能性の前に立ったと言えます。

併しながら彼等は最初から詩の表現形態や韻律に対する本質的な考察、またその変革という課題を放棄して出現したがために、僅かに人間精神の倫理的限界を詩の限界に擦り代えることで、観念的ユマニスムの典型を示すに留まりました。彼等に欠けていたものは感性による批判精神の機能でした。われわれの感性の秩序が混沌として方途を喪っているとき、しかもそれが現代における現実社会の秩序の認識の喪失に原因すると考えざるを得ないとき、われわれの生存の意識を永続的に支えてくれるものは感性による批判という形態で現実に対決することの外にはなかった筈です。若しわれわれが詩人という条件を固執するならば、だがこのような現実の構造は、詩人に対して〈閉じられたる方法者〉から〈開かれたる実践者〉へのメタモルフォーズを激しく要請しているのかも知れません。僕はこの問題に就いては故意に沈黙を守りたいと思います。貴方はよくそれを解いている筈ですから。僕は唯現代における現実の構造が、現代詩それ自体に感性による批判（これは詩の上では韻律の問題として現われる筈です）の機能を要請せざるを得ない点を指摘致したいと思います。そしていきおいわれわれは詩概念自体に変革を加えざるを得ないでありましょう。以上述べた点を僕の心証に従って要約すれば、この危機の現実（現実の危機ということは決してそのまま精神の危機ではない！）に対して、われわれの感性は退いて（或は進んで）自己集積と自己形成のなかに閉じられるか、或は進んで（或は退いて）現実に対する批判という形で再生するか、何れにせよわれわれはこの特異な現代における現実との対決を必ず濾過せねばならないということです。

僕はここいらで詩の韻律の問題に転じようと思います。詩における韻律は決して言語の持つ音韻の連象を意味するものではありますまい。言語が人間の意識作用の表象として存在するものであり、詩が何らか意識の持続状態の表現に対応するものであることを考えるならば、詩の韻律は実は意識状態のアクセントの表象であると考える外ありません。詩の音韻というのはこの意識状態のアクセントが最もプリミティヴに語音に托されて表象された場合に外ならないと思います。そしてわれわれの詩作操作を検討して見ますと、この意識状態のアクセントは詩人のその時における感性の判断の表象である筈です。僕が詩のなかで感性が演ずる批判的な機能を韻律に結びつけて考えているのは正しくこの点においてです。いま定型詩の定型韻というものによって詩の音韻の典型を代表させて見ますと、それは肯定韻または従属韻とも言うべきもので、感性はこの定型韻によっては断じて批判の形をとることが出来ません。更に詩の韻律が〈音楽〉と類推して考えられるあらゆる状態において、感性の判断は批判の形をとることが出来ません。詩人の感性が意識の深部において批判の形をとる場合（まったく！　詩人は主題によってではなく、意識の深部において批判せねばならない！）それは否定韻または否定の否定韻として表象されねばならず、このことは詩の韻律を換言すれば意識状態のアクセントの表象を、まるで音韻を構成しない錯綜した構造にせねばならない筈です。

即ち詩が感性による批判の機能によって現実の秩序に対決する限り、詩の韻律は〈音楽〉から決定的に訣別せねばなりません。現代詩の重要な問題のひとつがここにあります。われわれはどうやら一切のリズムの快感から別れねばならないらしいのです。丁度人間精神が現代において最早や神性を憧憬するあの従属感覚から別れねばならないように！　斯のように現代詩はその形態内容においても、且て批評が果してきた機能と内容とを自らの内部に包摂するに至るでしょう。このことが従来の詩概念を破壊し去るとしても、それは詩自体の衰弱を意味するものではありませんし、むしろ現代詩が現在の俳句や短歌（つまり短形定型詩）の運命をたどらないために、現代における現実への認識が提出したわれわれに対する課題であると考えたいと思います。

以上の論点は現実社会における人間精神の感性の秩序の変革という思想史上の課題からも裏付けることは可能でしょう。人間精神が歴史的に形成してきた感性の秩序にはひとつの定型があります。即ち不完全なものから完全なものへ、人性から神性のほうへ、現実の条件から完備された現実（理想）の条件へ――という言わば人間の感性が自らの欠如感覚を充塡しようとする上昇指向の定型です。ふと或時この感性の指向性の定型を僕が懐疑せざるを得なかったと考えて下さい。そして僕の懐疑に暗示を与えてくれたのは、僕のなかにある批判精神と、自己嫌悪でした。現代においては最早や人間の感性のなかにある欠如感覚はそれを批判し、深化することによってしか、人間の救いとはならないのです。われわれは精神の不安絶望の意識を神または絶対者に結びつけて考えるあらゆる思想を拒否せねばならない。僕の現代に対する言おうようもない孤独感がそれを教えたのです。

さてここまで来て、僕が所謂人性から神性の方へという、人間精神が歴史的に形成してきた感性の秩序の指向性を、詩における音韻と結びつけて考えていることはお判りになったと思います。言いかえると詩における音韻というものの発生基盤は、斯様な感性の上昇指向の定型、また斯かる定型を人間精神に強制した現実社会の支配の秩序に存在していたのです。

僕が現代詩に感性による批判の機能を考えざるを得なかったのもこの現代における現実の秩序に対す

る孤独な抵抗感覚に外なりませんでした。粗雑なお便りになりましたが僕が現代詩について考えているひとつの課題に触れたつもりです。何日か精密な論証を加えてみたいと思っています。貴方の詩集〈六月のみどりの夜わ〉は日本におけるはじめての本格的なレジスタンス詩の集成で許南麒の〈朝鮮冬物語〉と共に残るものでしょうが、僕の貴方の詩集に対する批評中、貴方の疑問とせられたところはこの便りによって解かれていることと信じます。われわれは最早ほんとうは歌うことも眠ることも許されてはいない、限りない覚醒と悪意によって詩人の名を支えねばなりますまい。

Ⅳ

覚書Ⅰ

一九四四年晩夏

七月＊日

僕は今日約束の場所であの老人を待つてゐた　丁度八年ぶりだ！　海の微風！　赤い甍のある例の館では風見の計測翼がめぐり出し、ときおりカタカタと機械の音がしてゐた　二粁の道。八つの横断路を越えて海の光る三号埋立地の突端に出る　寂しい海に対つて岸壁に腰をおろした……

老人は海面がか黠く沈む時刻までには現はれるはづだつたので、僕は傍らの道路工事の赤いカンテラの翳を目指しにした　丁度海が暗くなるころその翳は乱れて消えてしまふ！

久方ぶりの海は珍らしく、しかも昔のまんまだ　艀舟。貨物船や潟船のクレインの響、掛井戸の手繰りのやうな響き、何もかも昔のままだ！

僕は悲しい痕跡が蘇えつてくるのを感じた　老人の何とも言へない暗い胸のうちがまざまざと感じられたし、若しそんな連想がゆるされるとすれば、薄暗い街の裏屋で、僕の何人もの知り合ひが、いま一斉に、万遍なく繰返へす諍ひ、狂信の陰濃い暗い信仰、みじめな沈黙の晩餐を始めてゐる……やうに思はれた

限りない愛執を感じてゐる光景、そして限りない暗い光景！

僕の運命がどのやうな星めぐりに出遇ふとしても怖れないが、例へ神であつても　あの貧しい僕の友人たちに、おまへの宿命はそれだ！　と告げることは許されない！　僕は誰よりもあのひとたちを愛するから、そう心から　信じてゐる！

どうしたのだらう僕はそんな想ひばかりを繰返へしてゐた　海の面にしきりに遠い追憶を流してゐる、そして僕の凱歌は昔のやうに何もないのだ！　まるで真暗な重たい空孔を僕の心理はわけもなく滑つていつた　その空孔のなかで充填された嫌悪や、反抗や、悲しい瞋りや、ささやかな愛の交換や、無数の寂しさがつぎつぎと継続していつた……

老人は小一時間程して現はれた　まだ海面は茜いろのかがやきを残してゐたし　A放送所の鉄塔やその下の森並が残照を映しかへしてゐた　老人は少しも変つてゐなかつた　立ち上つた僕に〈よく来てくれたね〉と特別の優しさで言つた〈だけどおまへは随分成長した〉老人は　歳とると背丈けはだんだん縮まつて、もうそれ以下には小さくなれなくなると、死ぬものらしいと微笑しながら言つた　僕の丈長さに驚いてしまつたのだ……

僕たちは老人の家のほうへ独りでに足をむけてゐた　留美にも遇ひたかつたし　それとともに　老人の書斎と寝室を兼ねた部屋に還へりたいと思つた

老人は留美は明年S女子高等学校を卒業するのだと応へ、それから急にふつつりと黙つた

僕は疲れてゐたし推測する力を喪くしてゐた　黙りこくつて街のほうへ歩んでいつた　老人は最初の運河の水際で　突然　ひとりごとのやうに短かい言葉をもらした。

一九四四年晩夏［異稿］

七月＊日
海の方から微風がわたつてくると　例の赤い甍のある館では風見の計測球がめぐり出し、ときおりカタカタと機械の音がしてゐた　僕は二粁の路を歩き八個の横断路を越えて三号埋立地の尖端に出た　海に対つて岸壁に腰を下ろす……　例の老人は海がか黙く沈む頃までには現はれるはずである、僕は重り合った土管屑と道路工事の赤いカンテラの陰を目標しにした　丁度海の面が暗くなるころその陰は全く形をくずすはずである
港では艀舟がゆるく動きまはり、貨物船や干潟掘り船のクレインの響きがきこえ　煙やうす靄の奥で　どの船からとも判らぬ汽笛がボオッと鳴つてゐた
僕はある悲しい痕跡が蘇えつてくるのを感じて　ひどく怖ろしくなつた　といふのは　老人の何とも言はれない暗い胸のうちが浮んできたし、若しそんな連想がゆるされるとすれば、薄暗い街の裏長屋で、僕の何人もの知り人が、万遍なくやつてゐる諍ひ、暗い信仰、晩餐……それが一斉にはじめられる合図のやうに思はれたからであつた　僕は限りなくそこを愛執してゐたが、限りない暗さをそこから感じてゐた　僕の運命がどのやうな星めぐりに出遇ふとしても　僕は怖れなかつたが、例へ神であつても　あの貧しい僕の仲間たちに、おまへの宿命はそれだ！　と告げることは許されないと信じてゐた　希望にしろ絶望にしろ　それは能力あるひとにだけ許された言葉だ　僕の知り人はみな自分のゆくさきを知りつくしてゐるだけだ　自らを救へないひとたちだ　僕のほか　誰があのひとたちを愛するだらう……
汽笛はまた揺動してボオッと鳴つた　僕は海風に面してしきりに遠い記憶を追跡してゐた　まるで真

暗な重たい空孔をわけなく滑つてゆく僕の心理、そのなかで充填された嫌悪や、反抗や、悲しい瞋りや、ささやかな愛の交換や、無数の寂しさがつぎつぎに継続した……　僕はひどく疲労してゐた

老人は小一時間程して現はれた　未だ海面は茜色にきらきらしてゐたし、A放送所のアンテナの側を残照が染めてゐた、老人は少しも変つてゐなかつた　立ち上つた僕に〈よく来たね〉と優しく言つた、〈だけどおまへは随分大きくなつた〉

老人は歳老いると背丈けは小さくなつていつて、もうそれ以上縮まらなくなつたとき　死ぬものらしいと微笑しながら僕の顔を視た　いつたい何のことだらう！

僕たちは老人の家のほうへ独りでに足をむけてゐた　留美にも会ひたかつたし、それとともに　また老人の書斎と寝所を兼ねた小さな部屋を視たいと思つた　あれからもう　まる八年にもなつてゐる　僕は留美のことを訪ねると、老人はもうS女子高等学校を明年春に卒業するのだとこたへ、それから急にふつつりと黙つた

僕は疲れてゐたし心理を追ひかける力もなくてやはり黙りこくつて、プラタナスの並木を街のほうへ歩いていつた　老人は最初の運河の水際で突然ひとり言のやうに短かい言葉をもらした

七月*日

〈関心〉とは一体何であらう　僕は経済史で始めて spoliation〈搾取〉といふ定義を習つた時のやうに、或は論理的な或は心理的なもののすべてを充たすようなぴつたりとした言葉に訳してみたかつた　この頃の僕のひとつの演習のやうなものである　思考の体操のつもりなのだが　未だ準備操作にしかすぎないだらう　〈関心〉と言ふのは何かを与へるような状態にも思はれるし、反対に何かを奪ふような状態のやうにも思はれる決論又悪循環におち入つてしまふだらうか　こんな時はひとつの逃げ手といふものがある　〈交換〉といふものだ　これは物理学や経済学でも便利な定義のやうに思はれる　それは与へることや奪ふことを同時に包摂させることの出来る言葉だ　〈関心〉といふのは心情の〈交換〉のことだらうか　心情とは？　そして心情の〈交換〉とは？

いやここまでくればそれは思考の演習の主題ではない　それは特殊なひとつの体験であつたり痕跡であつたり、要するに内容だけの生き物になつてしまふ　僕は実は老人や留美との遥かな出遇ひ〈Begegnung〉とそれにつづく色々な出来事を想ひ起こしてゐたのだ　愉しく、貧しく、寂しく、といつたやうな波立たない交情の連続であつたけれど、あんな日々がなかつたら僕はどうなつてゐただらう　そして角貝は！　砂丘は！　神は！　ヴァイオリン弾きの労働者椎名は！　それから老人のランプは！　留美の算術やオハジキ玉は！

〈幼ない僕にはわからなかつたものだ　何故老人が僕に関心を示すのだらうかを、何故なら僕はその頃既に充分孤独であつたから、何が人間について唐突であり何が正常であるのか判断出来なかつたから僕には角貝も昆虫も四号埋立地の孤独な遊び場も、老人も又　自分に対するものとしては区別してゐなかつた、だから僕は交換する心情を何も持つてはゐなかつたのだ　老人はきつと僕にではなく、僕の宿命に対して心情の交換を遂げたに違ひなかつた　その後僕の精神の描いた軌道は絶えず死や暗い想念のほとりを、あたかも撰択する意志でもあるように追跡していつたのだから……　僕は老人が何か一種の占星術のやうなもので、僕の宿命を素早く捉へ、あの交換にもつていつた、としか考へられない……

僕は草いきれの強い葦原や、太陽のかんかん当る砂丘のうへで、まるで他界の夢を描くに忙がしかつた　誰も僕を愛しなかつたし僕もその方が苦しくなくて好きであつた　皆不思議なことに僕を視ると世にも悲しい表情をしてみせるのだつた　僕は漠然とそれが、自分の暗さや敏感な弱気の反映であるとは感じてゐたが、もう僕が人々の圏外に追ひやられてゐることは、はつきりと了解することが出来た

或日、海に面した砂丘が陽炎を燃やしてゐた時、老人は僕の眼の前に立つてゐた

老人は僕の角貝について訊ねた、僕は全身で知らないことを応へた、ほんたうに僕は竪溝のはいつた角笛のやうな貝の学名を知らなかつたから　それから老人にこはれるまま集めた角貝の半数を差出した　老人はすこし異つた、言はば労働者でない匂ひをもつてゐた　僕がそのとき感じたことの全てであつた、そして僕は再び乾いた砂を掘り出した……

僕の日課のやうになつてゐた四号埋立地への昆虫と角貝との採集。そして新しくはじめられた老人との奇怪な交換。老人は何時のまにか来てゐて、海や港の岸壁のほうを視つめてゐたり、砂の上にどつかり腰をおろした僕のまへに立ちあらはれたりしてゐた

老人の僕を視る眼には人たちがやる世にも悲しげな表情が、僕に対してなかつたので、僕も気が楽であつた、僕は老人には全く無関心で他界の夢に余念がなかつた

或日　老人はひとりの少女を伴つてきた　留美であつた　僕は老人に連れられてきた少女を視たとき〈あ、留美！〉と思はずつぶやいた

少女はつぶやきをあたかも聴きとつたように〈あ、穢里耶！〉とはつきりした声で言つた　留美は三年下の学級に在る生徒だつた、老人はちよつと意外なようにも視えたが、岩のやうな表情はそのままだつた〉

［異稿］

老人が何故僕に関心を示すのか幼ない僕にはわからなかつた　後年僕の精神はひとつの軌道を描いていつたのだが、その軌道は絶えず死や暗い想念のほとりを、あたかも撰択するように追跡してゐた　僕は老人が何か一種の占星術のやうなもので僕のすべてを測つてゐたのだと思ふより外なかつた　僕はもうその頃　人間が嫌いになつてゐたし、ひどく孤独になりたがつた　海辺の四号埋立地へ、昆虫や魚を採りにゆき、葦原の深くをくぐつてよしきりの巣を見つけて廻つた　草いきれか、かんかん当る日の下で、まるで他界のやうな夢を描くことは容易であつた

人間に対して素直でなかつた僕も、独りのときは無邪気で愛を持つてゐた

人たちは誰も僕を　愛しなかつたし、僕もそのほうが苦しくなくて好きであつた

皆不思議に僕を視ると世にも悲しい表情をしてみせるのだつた　僕は　漠然とそれが、僕の暗さや敏感な弱気の反映ではないかと思つてゐたが、もう僕が人々の圏外に追ひやられてゐることは、確つきりと了解することが出来た

四号埋立地の海に面したところに二米程に積み上げた砂丘があつて、僕はそこで角笛のやうな形の、しかも線条のある貝を集めることを好んだ　それは全く知らない種類の貝であつたし、誰もその称名を知るものはなかつた　老人に出遇つたのはその砂丘の上であつた

僕はこの孤独な遊び場で、幾度も散歩がてらの大人や、埋立工事の恐ろしい顔の工夫たちに呼びかけられたりしたことがあつたので、見知らぬ老人が、砂の上に坐り込んだ僕の眼の前に現はれたとしても

異様には感じなかつた　それに僕は充分孤独であつたので　何が唐突であり、何が正常であるのか、人間について知ることがなかつた　埋立工事の工夫も、又老人も、僕が集める角貝も、昆虫も僕には自分に対するものとして区別することは不可能であつた、

七月＊日

老人が最初の運河の水際で言つたのはほんたうに短かい一言であつた　しかも僕は長い年月の空白のあとで〈勿論　風信は交換されてゐた〉はじめて聴く老人の心情と言つてもよいものであつた、独り言のやうな、唯自分の考へを確認するために繰返へされたやうな調子で、僕は関心するのが悪い気がするほどであつた　だがそれは老人にとつては何か重たいものの促しであつたらうか……

運河の水は残りの微光がきらきらして、河岸の土管や石材屑が無意味に思はれるように置かれてゐた、僕はふと冷たいと思つたが、それが海風の落ちかかる冷えのためか、老人の鋼のやうな魂の匂ひが蘇えつたためか……

僕はやつぱり疲れてゐるなと感じた

〈留美は、いつかあゝいふ時の儂が耐えられないやうな年頃になる……〉

あゝいふ時？　あゝいふ時とは如何な時なのだらう　僕は空白であつた老人と留美との交換の時間を充塡するように素早く色々な条件を思い浮べてみた　留美は十八歳になつてゐる　これ以外に僕にはあの平穏な二人の生活が変つてゐる条件を見付けることは出来なかつたので、老人が自分の老いた精神や肉体をかき立てて、齢弱い孫娘の心の隅々を考へてゆくのがひどく困難になつてゐるのだと考へた

老人の精神が如何に変り、留美が如何な願望を秘めるようになつたか……これは判らない　それならば僕はどのやうに変つたことになるのだらう、それは少しも変つてゐないようにも思はれたし、又何か変化してゐるようでもあつた……

唯莫然と、この世に二人きりの老人と少女の生活も、何日かは岐れ路にやつてくるのか、といふ予感が僕を怖ろしい寂しさにむかはせた　僕は孤独だつたから出遇と訣れとは極めて強度な徴象として感じるように習慣かされてゐた、言はば心情の体操といつたやうに、或る感性の状態に或る事実が対応するといつたやうなものであつた、

夕ぐれと夜との独白（一九五〇年Ⅰ）

底深い静寂について、又茫漠として意識の遠くにある海について、あきらかに今沈まうとしてゐる人類の寂しい夕ぐれについて、あの不気味な地平線の色について　誰が僕のとほりに考へるか

叡智は僕を疲れさせ衰弱させるだけで、僕はもう数多くのことを為したり、数多くのことを思考したりすることが危ふくなつてゐる　例へば神への信仰は現在では権力への正当な奉仕にすぎなくなつたし、人性から神性のほうへ……といふ指向性の公理は少しも僕を納得させない　十九世紀までのあの虔ましい人間の演算法はいまでは滑稽な位だ　何がそれに代つて僕たちの問題となつてゐるだらう　人性からの下降。何処へ？　僕には莫然としかそれを解くことが出来ない、

聴きたまへ。貧しい僕の仲間たち、だが並外れた期待は禁じられてゐる　地上に存在するすべてのものは僕たちのために存在するのでなくて、僕たちがすべての存在のために存在してゐるだけだから……　すべての美や真実や正義を　神へ、それから権威へ、それから卑しい帝王へ与へてきた人類。空しくそれを習慣や儀式のなかに、保存してきたひと達。神権と王権との結合。

〈さらばカイザルの物はカイザルに、神の物は神に納めよ〉（マタイ伝二二の二二）

これは精神の受授の一般形式を物語つてゐる　そして人間のものは人間に納めよと言ふことを象徴してゐる

予望のやうに和やかな真昼の空の色。過去。いまは夕ぐれだ。

虚無は何も生むことをしない、僕はこれを熟知するために　どんなに長く滞つてゐただらう　僕は再び出発する　何かを為すために、この世には　為すに値する何物もないやうに　為すに値しない何物もない　それで僕は何かを為せばよいのだと考へる
実践はいつも動機だけに関与されてゐる　そして人間史は無数の動機の、しかも悲哀ある動機の連鎖のやうなものだ……と、これだけは僕の心情が、政治史や経済史から保存しておくべきだと思ふ唯一の痕跡だ、
それで僕は虚無の歴史の如きものを僕の精神史のなかにも持つてゐると言はう

風景は僕の精神のとほりに歪んでゐる　虚無は霧のやうに拡がつて、樹木がその間を棒杭のやうに林立してゐる　僕の嗤ひは何処を移動してゐるだらう
眼を覚ませ！
やがて赤い日が落ちこんでゆく　すぐそこの沼の上に、僕は雑林の出鼻を風のやうに走り出た　あばら家には兎の皮が干してあつた
眼を覚ませ！
僕は遥かの国の妖精たちに叫んだ　そして帽を深々とかぶり直した
するとあの榛の木立のうへが真赤な雲で覆はれ、いつの間にか陽は焼け落ちようとしてゐた
街々は亡霊でいつぱいだ　空は花びらのやうな亡霊の足跡でひかつてゐる
僕はひわ色の斜光の充ちた窓のうちがはにかへる　誰よりも　寂かに　不安を凝固させようとして

……

歌が沈む。少年の日　僕は何をしてゐただらう　街の片隅で　はつきりと幼ない孤独を思ひ起こすことが出来る　執念ある世界のやうに少年たちの間では事件があつた

精神は閉ぢられてゐて　誰に対しても開かない、そして秘やかな夜が来た　勿論三月の外気は少し荒いけれど、それはあたかも精神の外の出来事のやうだ　夜は精神の内側を滑つてくる　甍のつづき、白いモルタルの色、あゝ病ひははやく癒えないだらうか　僕は言ひきかせる〈精神を仕事に従はせること〉

怠惰といふのは漠然とした予望のことだ　そして明瞭な予望といふのは野心のことだ　僕は漠然とした予望のなかにゐた　そして時々は明瞭な忍耐のなかにゐた　理由もなく痛む脳髄、何ひとつ受感しない憂鬱な精神　死ぬよりもはるかにつらい……

……そうして神々の終つたところから僕のすべてを始めることにしよう……

不思議なのだ　ほんたうに不思議なことだ　夢はいつも僕の心のうちで破れる　彼らが無慈悲な仕打ちを加へたときでも。兎に角　夢といふ奴は出鱈目なものだ

〈三月＊日〉

夕ぐれが来た、見るかげもない悽惨な僕の心象、

だが理性は僕に尚いろいろの思考をやめるなと告げる　政治経済学のこと、革命のこと。それから大変困難な歴史的な現実の解析。ひとつとして他の誰も満足すべき役割を果してはくれない　僕は思はず

この国の学者や、芸術家たちへの非難を並べたくなつてしまふ　だが待ちたまへ、僕は想ひ起こす……

……生れ、婚姻し、子を生み、育て、老いた無数のひとたちを畏れよう　あのひとたちの貧しい食卓、暗い信仰、生活や嫉妬やの諍ひ、呑気な息子の鼻歌……

そんな夕ぐれにどうか幸ひがあつてくれるように……

それから学者やおあつらへ向きの芸術家や賑やかで饒舌な権威者たち、どうかこんな寂かな夕ぐれだけは　君達の胸くその悪いお喋言をやめてくれるように……

〈もう一つの光景〉

一日の出来事の浮沈に一憂一喜する父親が還つてくる　次に経済史や社会思想史を熟知してゐる息子が戻つてくる　息子の願ひはただ暗い自尊のうちに秘されてゐよう　彼はすべて貧しきものの存在する機構を知つてゐるのだ　息子は放棄の思想を血肉化しようとしてゐる……

あの遠くの家へ還つてしまひそうな貧しい少年や少女たち

僕はほんの短いノートを君達のために用意してあるのだ　幸せで富んだヨーロッパの少年や少女たちの精神の内面の出来事についての物語は、君達を慰めるかも知れない　けれどこれは大切なことだが君達は慰めによつて生きてゆくのではなく　君達の創造によつて生きてゆくのだ　そしてこの国の貧しさや立ち遅れは　君達の創造を歪めたり湿らせたりするし、君達は精神の内面よりも、外面のことで多くの創造をしなければならないかも知れない　これが君達の不幸であるのかどうか、知らないのだが、この国の風土や民衆のもつ不幸であることは間違ひのないことだ

悲しみは洗ひ、嫌悪はたまる、

〈三月＊日〉

春の嵐だ　窓の内側で何が愉しかつたらう　窓の外で風と雨とがつのつてゐる　僕は待たうとした期待のうちにかけられた運命は素早い速度でふるへてゐる　そして僕は何を不安のなかから追出すことが出来たらうか

僕の望んでゐた通り精神は飛翔をやめてしまつた　僕はじつとしてゐる

風は柔らかになつた　僕の心は険しいままくるまれてゐる
そして魔神は僕に告げるのだ
〈おまへは羽搏くことが出来る積りなの？〉
〈それではやつてごらん！〉
それは憐みと悲しみとの織り交ぜられた声だ　僕は炎のやうな眼でじつと視られてゐる
僕は未だはつきりと羽搏きの姿勢を覚えてゐた　翼を上下に搏つた
だが僕は飛翔しなかつたのだ……

友よ、僕はあの不かつ好な道標の前へ来たら訣れよう　君は右へ僕は左へゆけ　とそこに書いてある　ただひとつのことをむかへ入れたために僕の精神は　何かを喪つたのだらうか　精神は自衛の本能をもつてゐて、僕はネガテイヴの思考と行為とを注意ぶかく撰択してゐる

夢は破れる　あたかも一角からくずれてゆく意識なのだが、くづれてゆく部分ごとに悔恨に変じてい

った
そして愛は手易く憎悪に変る　僕は愛してゐる者が遠去つていつたのを知つてゐる　人間は誰もそうなのだが、遠ざかるとき　一様に残酷で冷淡なものである　その時憎悪を与へずに遠ざかるものは稀だ

奇怪な夢を見たあとは牛乳を飲めばいい

やがて痛手は何かを創造することだらう　自然と同じように人間は抑圧をエネルギーに化することが出来るものなのだから

〈三月＊日〉

久しぶりに形而上学的な演習を行つてみる　言はば夕ぐれのなかでの僕のデアレクテイクのすさびだ　思考は且てのやうな強度を喪してしまつたのを感じるが、僕はそれが一時的なものであることを信じてゐる

〈倫理・自由・存在についての註〉

現象を基本的な原理に還元する操作は言はば抽象化である

それ故原理的なものはすべて抽象的である

論理的な思考とは　抽象的なものから現実的なものへ向ふ操作である

現実的なものから抽象的なものへ向ふのは直覚である

直覚的なものを現実化するのは行為である

行為はそれ故予定を含まない

更に予定はあらゆる形而上学的な規定には含まれない

行為は無償である　何故ならそれ自体で集積作用を持たないから
集積されるのは行為の作用のみであり、しかも作用にはあらゆる人間性が疎外される

行為の自己写像のみが集積されて人間的となる

無償である自己写像を有償化するものは自覚である

自覚における自己写像は任意的である　つまり任意的なものだけが自己形成に関与する　人間の自由
といふのは原理的に語られるかぎり　この自己写像の任意性といふことに帰着するだらう

倫理といふのは言はば存在における核の如きもので、存在と共にあり、しかも規定され得ないものと

言ふことが出来る
上昇する倫理が道徳律であり、下降する倫理が僕によれば作用となれる自由である

上昇とか下降とか僕が言ふものは、それ自体倫理的な概念である　何故ならばそれは存在の作用化をも意味するからである

上昇とは存在からの上昇であり　言はば存在の有償化である
下降とは存在からの下降であり　言はば存在の意識的な無償化である

〈僕は再び自由の形而上学的な定義をはじめる〉
それで自由は倫理の意識的な無償化のうちにのみ存在すると、僕は規定したいのだ　別な表現で言へばそれは存在の意識的な無償化のうちに在るといふことが出来る

そうして倫理を無償化することは現実を無償化することによつて可能である

〈中絶〉

三月＊日

さて僕の精神はいま転機の感覚を体験してゐると言はう　それは且て僕において価値であつたものが消失し、しかも来たるべき別個の何かが、唯予感のうちにあるのみなのだ　僕は確かにそれを感じ、徐々に触手を拡げようとしてゐる　そして知つてゐる　その何かが外的な規定によつて捉へることが不

可能であることを！……　僕の生理は観念的な把握を注意深く拒否するのだ
僕はただ僕の存在を深化する　そして待つてゐる！

最後の温もりが僕の精神から消えてゆく　まるで死に瀕してゐるかのやうに
けれど僕はひとと共に歌ふことを拒否するだらう
あはれ感情の流れもとまりそうだ　そうして僕は何時も椅子を持つてゐない
誰か僕のところへ来なくてはならない……

遠くの方は海、海のおもてを渡る風、
ひとつの誘惑がやつてくる、僕は風のやうに死ぬことを慾する

いや僕はしばらく非情のことに逃れよう
〈秩序とは搾取の定立のことである〉
世には搾取といふ言葉を好まない人々がゐる　悲しいことにそれらの人々はこの純粋な政治経済学上の概念に対して、神を感じてゐるのだ　いや人間をと言ふべきだらうか
やがて機構としての搾取は排滅し、人類はほんとうの歴史に入るだらう
そうして僕たちは人類がまだ全く未開のうちにあることを納得する必要がある、しばしば自己の生涯と比較してゐる人々が人類史があたかも老成期にあるかのやうに錯覚してゐる
この点についてのオツペンハイマーの注意を書きとめておこう
〈正系主義が支配と搾取とを、人種学的および神学的論拠を以て理論づけることは、どこでも同じである〉、そうだ。そして現在でもといふ言葉をつけ加へよう

再び誘惑のこえを聴かう

青春とはやりきれないことの重なる地獄の一季節だ
僕はいま何よりもさきに、且て死を撰択することのなかつた幸福な人にお目にかかりたい　僕はいつも形而上学と詩法によつてそれを救つてきただけだ
そうして死はあらゆる撰択のうち最も確実であるから　誰でもそれをとつておきのものとなすだらう
死はこれを精神と肉体とにわけることは出来ない　それは自覚の普遍的な終局であるのだから　僕がそれに何かを加へることが出来るとするならば、すべてのひとにとつてそれが無であるとき僕にとつてそれが自然であると考へられるといふことだけだらう

三月＊日

〈墓掘人を憎む歌〉

無数のちがつた冷気が冬の風から剝れおちてくる
えんじゆに似た植込みを埋めた土のうへに暗い陰のやうに剝れおちてくる
身震ひしながら墓を掘る男がゐる
まるで明るい仕事であるように凍つた石材をはねのけてゐる男がある
彼の眼が視てゐるものは白い素焼の壺にはいつた恋人の面影　あの文明の骨片

《魂の死》《城》《理知の旅から》《擬眼の風景》
まるで潮の退くように　俺のなかですべての望みは退いていつた　その時俺の存在はどうなつてしまつたか判らない　それで俺は新らしくすべてのものを組み直していつた
何とも言はれぬ羞恥と隙間風のやうなものを感じながら　馬鹿馬鹿しいもぬけのからになつた悲惨よ、不幸よ

神権に拝跪した歴史

この野とそらのあらゆる相は
あなたのなかに複本をもち
それらの変化の方向や
その作物への影響は
たとへば風のことばのやうに
あなたののどにつぶやかれます（宮沢賢治　野の師父）

定型詩〈擬牧歌〉
〈擬牧歌〉
〈I―V〉

日本におけるイデアリスムは僅かに日本資本主義が集中的な恐慌期に入つてから漸く、消極的な影響（資本主義体制の永久化、神秘化による擁護）を与へてゐるに過ぎない（三枝博音　日本に於ける哲学的観念論の発達史）

ドイツイデアリズム移植前の明治の哲学
ベンサム　ミル　スペンサー
政治的観点から移入されたのが特色

明治初期の啓蒙哲学は、蘭学渡来以来の西洋学術の移入及び普及につながる思想運動とは同質的に連続するものである（三枝）

日清戦争の直後に公刊されてゐる清野勉の「韓図　純理批判解説」は大いに注目せられねばならない（三枝）

明治20年代から30年代の初めが、ドイツ、イデアリズムの移植の第一期である、（三枝）

日露戦争前後十数年は哲学者は、日本独特の哲学を樹立すべきであるといふ要求に駆られて述作してゐる（三枝）　又分野（論理学　心理学　社会学　美学）の拡張

日本における新カント派研究は、明治の終りから大正年間にかけてである、

註　新カント派　自然科学の認識論的基礎づけ
　桑木　カントと現代の哲学（大6）
　西田　思索と体験　大3

日本の新興ブルヂヨアジーのイデオロギー
（新カント派　現象学派）
ゲーベル（神秘主義哲学者）の日本ブル、インテリに対する影響

西田哲学　仏教　ヘラクレイトス　フイヒテ
　ヘーゲルの一面
　ゼームス
　ベルグソン
　ドイツロマンチカー　poet

朝永三十郎　近世に於ける我の自覚史　大4、

現代に於ける理想主義の哲学　大6　西田

日本が経済的上昇の時期にあつた当時の哲学の青年は西田博士と共にこの書の中で、ハインリツヒ、フオン、オフターデインゲンの「青き花」をロマンチイク哲学の中に求めたのである、

「カントによつてその足場を築かれたロマンチシスムとはフイヒテ、シエリング、ヘーゲルの哲学を生じ、同時にシユライエルマツヘルの宗教となり、一方に於ては浪漫派の詩人と結合して、ロマンチシズムは一時思想界を風靡した」

啓蒙の哲学者は自由主義に籠り、ロマンチイクの思索家は神の存在を証明する神秘的宗教哲学者になつていつた（三枝）

自覚に於ける直観と反省　大6　大戦終結の年

テレオロギー考察（大12）　左右田喜一郎（思想16号）

外国文学書中特に蒐集すべきもの〈一九五〇・八・〉

（アメリカ）
ソロー〈ウオルデン〉ホーソン　マーク・トウエイン　ロングフエロオ　トーマス・ペイヴ　トーマス・ジエフアーソン　メルヴイル　ホイツトマン　エマーソン

（イギリス）
シエクスピア　レイ・ハント〈自叙伝〉
アントニイ・トロロープ〈ウオドン〉シエリイ〈詩の擁護〉

（フランス）
モンテニユ　パスカル　ラ・ブリユイエール　ヴオルテル　デイドロ　ルソオ　モリエール　デカルト　フランソワ・ラブレエ　ヴヰヨン
ラ・フアイエツト〈クレエヴの奥方〉モンテスキユ
シヤトオブリアン〈墓のあなたの記〉スタンダアル　バルザツク
メリメ　ジヨルジユ・サンド　フロマンタン　テエヌ　ルナン　ドオデ　モオパツサン　フロオベル
アナトオル・フランス

アンドレ・ジイド　ポオル・ヴアレリイ　マルタン・デユ・ガール　カミユ　サルトル　ジヨルジユ・デユアメル　ジヤン・アヌイ　クロード・モルガン　ヴエルコール　アンドレ・マルロオ
ルヰ・アラゴン〈エルサの眼〉〈痛痕〉〈フランスの月神〉

アンドレ・シヤンソン〈奇蹟の井戸〉ガブリエル・マルセル
ジヤック・マリタン　ルネ・シユオヴ　ジユル・ロマン　モオリアツク

（ドイツ）
フイヒテ〈ドイツ国民に告ぐ〉ノヴアリス〈キリスト教又はヨーロツパの単一性〉フリードリツヒ・シユレーゲル　アダム・ミユラー　クレメンス　ブレンターノ　ヨーゼフ・ゲレ
アンネツテ・フオン・ドロステ＝ヒユルスホフ
アルダルベルト・シユテイフター
ルツター〈イサヤ書〉〈讃美歌〉〈雅歌と説教師サロモス〉
ゲーテ　ヘルダリン　クライスト　ハウプトマン　ゲオルグ　リルケ
マイスター・エツケハルト　ワルター・フオン・デア・フオーゲルワイデ
ウオルフラム・フオン・エツシエンバツハ
ゴツトフリード〈トリスタンとイゾルテ〉トオマス・マン

箴言 I

［序章］

○

僕は僕の歩みを決定する　だが他人にとつて僕の歩みだけが僕だ　これは魔法のやうに僕を怖ろしくさせる

○

表現はやめることが出来るが思考はやめることが出来ない

○

自由は必然性のなかにある。必然！　僕には無限に底ふかい言葉だ　僕はと或る日　その言葉をせつせと掘り下げてゐるのを感じる　現実が仮象のやうに遠のいたのはそんな時であつた

○

僕はその時々の苦悩や困憊を解かうとした　そして何日もひとつの信仰を捨てるわけにはいかなかつた　明日は苦しくなくなるだらうと！　いや少し言ひなほして書きとめておこう　明日は盲目の手さぐりではなくなるだらうと！

○

叡智はひとを疲れさせ衰弱させるだけだ　イグリノが青く澄んだ瞳をしてゐるとき、ああ　あれは無智のかがやき！　と敬慕した

○

終に開花しないかも知れない僕の青春

○

絶望はその冷酷度を増した。一九四八年から一九五〇年初頭におけるニポニカ。

○

アルダンとソルベエジユの対立の激化。アルダンに強制された経済政策。

○

エリアンの心は救ひがたいまでに虚無的になつてゐる

○

この日　エリアンはひとりの少女を喪なつた。夜。雲低くなり。雨がぽつぽつ降る

○

一九五〇年に入り自殺者相継ぐ。プロレタリアートの貧困、中産階級の窮迫は急。電産。全鉱連ストに入る

○

コミニスト、ファシスト共に民族の独立を主張す　エリアンこれに不信。

祖国のために決して立たず。人間のため、強ひて言へば人類における貧しいひとびとのため。

エリアンの感想の断片。

刻々と嵐の予感がやつて来る　どうなるのだらう　街々は勇ましいひと達と、虐げられて生きる元気もなくしたひと達と　アルダンの可笑しな兵士たちとでいつぱいだ

思想家は全くさびしく姿を消した　作家は貧困のため堕落した自嘲を　毎月の雑誌に書きなぐる　誰が芸術や人間の魂について正しく語れるだらう　もうひとりの先達もゐなくなつた　奥深い静寂につい

て、又茫漠たる海について、あきらかに今沈まうとする人類の寂しい夕暮について、あの不気味な地平線の色について誰が僕といつしよに考へてくれるか。

夜。フラビチエンコに会ふ　トルコ料理。ウエイトレス〈赤と黒〉を語る
何故に人間は不完全なものから完全なものへ、人性から神性のほうへ——といふ思考過程をたどらねばならないか　僕の精神のうち側に無数の嵐が荒れてゐる　それはみんな不完全な自己を完全な相に昇華しようとしてゐる沢山のナルシストたちがまきおこしてゐる嵐だ　若し僕たちの悔恨、虚偽、不完全……が　関係のあひだの歪みとして解されるならば嵐はやむだらう　そして僕はあの呑気さうなアルダンの兵士たちのやうにそれを視なくてもすむわけだ

神への信仰と従属。それはやがて権力と貪らんへの奉仕を人に教へるのではなからうか。

僕は沢山の書物の中から師を見付け出す　だがこの師は問ふただけのことについて応へてくれるだけだ　山彦のやうに。並外れた応へをしてくれることを期待することも出来ない　僕が並外れた問ひを用意してゐないかぎり。それから独りでに教へてくれることもない　僕が憂ひに沈みきつてゐるとき。何故なら僕はそんな時　書物に向ふこともしないで大方は夜の街々を歩いてゐたから　見慣れない家々の灯り。それは唯の灯りであつた　僕が様々の意味をつけようとしてもそれは唯の灯りであつた
結局　地上に存在するすべてのものは僕のために存在するのではなかつた　僕がすべてのもののために存在してゐるだけなのだ　可哀そうな僕！

あゝ貧しい人達！　君達は長い間、すべての美や真実や正義やを　神へ　それから権威へ　それから

卑しい帝王へ、あづけてきた　空しくそれを習慣のやうに行つてきた　今こそそれを君達の間に取かへすのだ　破れ切つた軒端や赤茶けた畳の上に　それから諍ひの好きだつた君達の同胞達のうへに。僕は血の通つた人達だけを好きなのだ

帝王はいまも神権につながれてゐる　あの壮厳で無稽な戴冠式や即位式、
それから支配者の位置につくものが僧侶の前で宣誓する風習。神権と王権。
立法と行政とが神と帝王から離れて　民衆の手に移されるのは何日のことか

あやまつてはならない　民衆のために！　それは疑ひもなく生きた具象的な個々の人々のために　といふことだ　祖国のために！　こんな空虚な言葉が存在するだらうか、僕らには祖国などといふものはないのだ　やはり個々の人々があるだけだ　支配者はいつもそのやうに人々を架空なもので釣り上げる

一八六四年　第一インターナショナル設立、
財（Güter）は占有せられた価値物である。（ロオドベルトウス・ヤゲッツオ）

暗い雪　僕はU駅の出口を走りぬけてガード下からビルデングに沿つてアルダンの図書館の方へ歩いた　路はもう一寸程もふりつもり大片の雪がもう走ることも無駄だと思はせるほど激しく吹きつけてきた　電車の道は立てつづけに走りぬけるアルダンの軍用軽装車のため充ちてゐて僕は立止らなければならなかつた　髪の毛が雪を滲み透し、払つても払つても外套の雪は落ちなかつた　北方から風に吹かれてビルデングの扶壁が斜めになつた雪にべつとりと抑へられてゐた　そして窓からは真昼間だといふのに灯りがともされてゐるのがわかつた　僕は貨幣や帳簿の概算があのなかで営まれてゐるのだと考へ

た　暗い都会。すべては無駄なのか　すべては無駄なのか　何のこともわからないつぶやきがもれて、ぼくは暗い空の中に大陸の戦野でたふれた親友ケリコのゴオストを視た　アルダンの軽装車が　僕の眼の前を疾走していつた

僕は常に孤立した少数者を信ずる

僕は睡眠剤を口に含んで床に就いたが眠れなかつた　効能書にはそれで眠れなかつたら更に飲んでも無駄だと書かれてあつた。

誤謬の訂正によつてただ後悔することが出来るだけだ

虚無からは何も生むことは出来ない　僕はこれを熟知するためにどんなに長く一所に滞つてゐたか！僕は再び生み出さねばならぬ　それは何かをすることだ

この世で成すに値しない何物もないように、成すに値する何物もない　それで僕は何でもよい成せばよいのだと考へる

生涯のうちに僕の眼で視た経済思想史を書き上げること

ランケの悪しき弟子たちはいまどうしてゐるだらうか　ジヤポニカのウエスタン学派の哲学者たち、もう僕は君らの所説に耳を藉さないだらう　悪しき観念的個体を国家の成立のなかに置くやうなことをしないだらう

教会と国家—神権と政権との結合に奉仕してきたあはれな人類！

祖国といふ言葉についての僕の嫌悪は今や生理的だ　観念的な思考に捉へられた人だけがその言葉を用ひる　立法者を神権と帝王への奴隷にゆだねてはならない

〈人々がやつとの思ひで手に入れた自由は屢々誇りを持つた人間にとつては何とも我慢の成らないやうな奴隷状態に、云ひかへれば愚昧にして残虐な愚民群の支配に転化したのであつた（ランケ）〉　このランケの口振り。我慢のならない出来具合である　こんなことを言つたとてそれが人間の幸福に何を加へるといふのか　僕は少数者の支配による圧政に抗して生起した大革命を暴徒を信ずる　その動機の現実性を信ずる　誰が結果のために行動するだらうか　実践はいつも動機だけに関与される　そして人間史はランケの言ふやうに又ヘーゲルのいふように理念なるものによつて動かされたのではない　それは無数の動機の、しかも悲哀ある動機の連続である、

正系主義が支配と搾取とを、人種学的および神学的論拠を以て理論づけることは、どこでも同じである（オツペンハイマア）

人類が宗教を否定してゆく過程は、とりもなほさず人類が被支配者たる自らの位置を否定してゆく過程である　同時に、人間精神が宗教性から離脱してゆく過程はとりもなほさず人間精神の全き自由と独立への過程に外ならない　斯くて僕たちは内的規定と外的規定とを共に神及び神権政治の排滅の方向につきやぶりながらゆかねばならない

人類は未だ若い　至るところに神々の古ぼけた顔がのぞいてゐる

澄んだ瞳のイグリノ！　僕はもう少くとも数年後にお前と出遇ふべきだつた　僕はもうお前に対して蹉てつしてしまつた　僕の容れらるべき求愛は、それは実に微妙に仮構されてはゐたが明らかにお前に届けられた　二度いやそれは三度、お前は若い女性たちが誰もやる巧妙な、そして習性的な所作でそれを外らした　僕はせめてお前だけは若い女性のもつ狡猾さとは異ふ拒否をしてくれたらと考へるのだ　星めぐりが遇はなかつたのだらう　もう二人は彗星の軌道のやうにすれちがつてふたたび出会はない。パラボラ。

精神が一部分自閉してゐて誰に対しても開かない

言ひ慣らされてゐる言葉のやうに僕もやはり有りふれた言葉をつげよう
再び出遇はない星に対しては〈アデユ〉を　また遇ふべき星に対しては〈ルヴアル〉を用ひて、

批評はつねに内と外からなされ得る内からなされるときは沈黙を以てするより外ない

結局はそこへゆくに決つてゐる　だから僕はそこへゆかうとする必要はないはづだ　ここをいつも掘下げたり切開したりすることの外に、僕に何のすることがあるといふのか

僕が価ひしないといふのか！　それならばそれは僕が僕自身に対して下すべき評価ではなかつた

387　エリアンの感想の断片。

か！　誰が僕の魂について僕より多く語れるだらう
イグリノは僕が僕自身につまづく丁度そこで僕につまづいたに違ひない

僕に対する批評（悪評）はいつも僕のゐないところでなされる　僕はそれをよく知つてゐる　やがて僕はそれ（悪評）を僕の面前に呼びよせるだらう　そこしれない愛情をもつて、そのときこそ僕に対する憎み手であつた者たちも一緒に来るがいい　僕は何の変化もなかつたようにそれらの者たちに対するだらうから

僕は自分が狂人であることを病理学的に承認してはならない　それは僕自身に対する敗失であり、あの長かつた人間の精神史に対しての、僕の冒瀆でもある
ともすれば病理学が僕の苦悩のうちに入りこんできておびやかしたり、卑怯な振舞を僕に強ひたりする

信ずるものひとつなく、愛するものひとつなく、そのうへ動かされる精神の状態がすべて喪はれた時、生きることが出来るのか　生きてゐると言へるのだらうか
世界は明日もこのやうに寂しく暗い。

僕は空虚をもつてゐる　僕の思考はすべてこの空虚を充すことに費されてしまつたのではあるまいか　あの正号から出発してゆく幸せなひとたち　僕は先づ負号を充たしてから出発する　意識における劣等性はつねに斬くの如きものだ

思想家のゐない国―不思議な国ジヤポニカ、
芸術家のゐない国―ああ彼ら物まね師の精神は僕を慰めない
すべてのものを小人のやうに均等化する精神によつてジヤポニカはその社会の秩序を維持してきた
何故ならば……僕はこの何故ならばといふ言葉が好きになつた　何故ならば……知らぬうちに僕はあの眼に視えない僕の敵たちと論争してゐるやうだ

死せる芸術家グランドとの対話の一片

エリアン〈人間は現在信ずることは出来ないのか　自分だけを信ずるより外ないのか〉
グランド〈僕は自分も信じられない　ただエホバの神だけはあるやうな気がする　僕はいまでも（といつてグランドは遠いむかしを見るような眼をした）神の寵児だと思つてゐるよ〉

予望のやうに和やかな空の色　〈柔和なるもの地をつがん〉――

秘やかに夜が来た　勿論三月の外気は少し荒いのだが、それはあたかも精神の外の出来事みたいだ
夜は精神の内側をやつてくる　甍つづきの白いモルタル
夢―幻象―あゝ病ひははやくよくならないものだらうか

精神を仕事に従はせること、この世は仕事より高級なことも、仕事より低級なことも、そして複雑さへそれ以上でも以下でもないのだから

剰余価値は高度資本制の複雑な機構下においては　最早余り意味がないのではあるまいか　むしろ注目すべきものは固定資本量の生態（膨脹してゆく）である

生存するとは精神にとつて判断することを意味する　判断に行為を従はせること、一般にはこれ以外に生存の図式は見つからない　判断とは精神にとつて直覚的操作以外のものを指さない　少くとも生存の原理としての判断なるものは。無数に並べられた諸条件からの抽出作用としての判断は　それ以後の行為を絶対に喚起することは出来ない　換言すれば直覚的操作以外の判断作用は決して行為を触発することはないのである　併るに精神はそれ自体で可鍛性をもつてゐる　恐らく自己運動としての抽象作用を精神は無限に積み重ねることが可能である

一般に自意識の錯乱なるものは　直覚的判断に導かれるべき生存の行為と、抽象的判断により自己運動すべき精神の操作との矛盾としてのみ理解される、

唯物論とは　決して精神の操作を無視乃至は除外するものではない　それは実在と交換する精神の直覚作用のみを固持することで、かの精神の自己運動としての抽象作用を無視するだけである、あらゆる唯物論者が渋滞を知らない精神、別言すれば意識における苦悩の担ひ手でないといふ、よく経験される事実はこのことによつてのみ説明される

〈建築についてのノート〉

直線と二次曲線群の効果

建築の間を歩むとき　精神は均衡と垂直性とを恢復する

これら建築群の底では風だけが自然の所有であるように感ぜられる　僕は限りない上翔感を風から感ずる

〈時間　建築　夢〉これらは胚胎において同じ一つの抽象に約元される　建築の外壁にとりつけられた時計（これは太古からの習慣である）……

正十二時はかがやかしい光線に、夕五時は光線を侵しよくする影に、そしてこれらは意識の内部における光と影との分布に対応する

ひとたちは女性たちが建築の底を歩むのを視たことがあるだらうか　その如何にも不調和な感じを覚えてゐるだらうか　女性は視感的実在であるのに反し　近代の建築群が抽象的実在であるためである　又僕は濠と丸の内街の中間にある路を馬車が通るのを視たことがあつたが　それは如何にも不調和なものに感ぜられた　決して馬車が前時代的であるからではなく、馬が視感的実在であるからだと僕には思はれた

思考の抽象作用――その苦痛……

斯くて建築群の間には　具象的実在である街路樹が植えられる　これら明らかに和らぎの作用であらう

常緑樹は建築群の底ではふさはしくない　何故なら其処で季節を感ずるのは唯風と空の気配と街路樹とからだけであるから

我々は実在の不均衡な高次な屈折に対しては感覚が、明析な単化された屈折に対しては理知が、より多く対応し従属するのを感じてゐる

僕は等質的時間のなかにおいて建築を見出す

僕は情意のなかに混沌せしめられたとき、建築の間を歩むことを好んだ　単純な曲線と直線、影と量とが僕を限定してゆくとき　僕の精神に均衡と比例とが蘇へるのを感ずるのであつた

ひとつの建築論の分野を発掘すること（エリアン註記）。

［風の章］

今日　風は縞目のように荒かつた、

絶望　孤独！　いやそれよりも現在の理由もなく痛む頭脳　何ひとつ感じられない憂うつな精神　そ

のほうがつらい。

文字にうつされた思想……　そこにはもう生理はなくなつてゐる

風が好きだ　風が　と書きはじめると僕にはもう冷気が脳髄の底を通りぬけてゆくように思はれてくる　色のない風　視えない風　そして　僕のいふ風の冷気とは触覚をそそる冷気ではなく精神を触れる冷気なのだ

神の終つたところから僕の思想を始めたい　カント　シエリング　ヘーゲル（そしてフイヒテも）僕をうんざりさせる　信仰されることなしに語られる神くらい　馬鹿馬鹿しいことはない

独りの少女がゐて……　独りの少女がゐて窓辺に近くピヤノを打つてゐる　ああそれはづつと昔　僕がどこかで視たやうな記憶がある

現在　独りの少女は低脳な唯物論にふけつてゐた　靴のかゝとを三分高くする方法についての……

夢はまさしく　いつも僕の心の中で破られる　彼らが僕に無慈悲な仕打ちをやつたときでも。

人類は未だ若い。まだあの前史は終つてゐない　矢張り搾取なき世界で、各々が暁の出発をはじめるとき本当の歴史が始まるだらう

社会思想史は　社会構造の不合理な部分が淘汰されねばならないことを教へる

僕の労力は何ら交換価値を具へてゐないやがて人生の機構は僕に教へることになるだらう　それでは死ぬより外ないことを
だが　僕はあのドストエフスキーの述べた原理だけは棄てはしないだらう　人は或る目的のために人生を費してはならないといふ原理だけは……
そこで結局は僕はある交換価値を目的として労力を費してはならないといふ原理に到達する　斯くて僕は生活するためにのみ仕事をし、それ以外のことのためには交換価値なき労力を捧げねばならない

あまたの海鳥が海の上で演じてゐる喜戯——それは幼年の日から僕の意識の中に固定した像を結んだ　港　船舶　三角浮標　それからクレエンの響き　いまも残つてゐるのはその響きである

怠惰とは漠然たる予望である　明瞭な予望とは野心である
それで僕はむしろ漠然たる予望を好んだ　明瞭なる努力とは忍耐である　それで僕は怠惰と忍耐との間を幅振した
その中間はなにもなかつた

人はいつも手段によつて進む　つまり仕事によつて。僕が何かしなければならぬと感ずる焦燥は、いつも手段を探してゐることになるやうだ
何人も仕事を持たねばならない　僕は何度そのやうに自分を強ひる言葉をくりかへして来ただらう
そして僕はいまもそれを（仕事を）もつてゐないのだ　これは異様につらく悲しいことだ

マルクス、バクーニン　ラサール　オッペンハイマー　F・リスト
アルチユル・ランボオ、ポール・ヴアレリイ、アンドレ・ジイド

夕ぐれが来た　僕は　生れ、婚姻し、子を生み、育て、老いたる無数のひとたちを畏れよう　僕がいちばん畏敬するひとたちだ
どうかあのひとたちの貧しい食卓、金銭や生活や嫉とやの諍ひ、呑気な息子の鼻歌、そんな夕ぐれに幸ひがあるように

僕のいちばん軽蔑してゐるひとたち、学者やおあつらへ向きの芸術家や賑やかで饒舌な権威者たち、どうかこんな夕ぐれだけは君達の胸くその悪いお喋言をやめてくれるように。

己れの生涯を忠実に生きぬかないものは、人類の現代史を生きぬくことは出来ない　これは明瞭なことだ　そして現在の僕は何もわからなくなつてゐる

全面講和の代りに早期講和を……　何故ならば僕らはもう他人の意志で自分が生きてゐるのが辛くなつたからだ　一九四五年から一九五〇年もう経済的にも政治的にも生活的にも肩が重くなつた　早期講和が現実の問題になつたときこそ、直ちに全面講和を称えよう
平和のために。
戦争に介入してはならぬ　そして僕の抵抗の基盤は、僕の畏敬する多くの人たちが死ぬのが堪えられないからだ　そして僕の軽蔑する人たちは戦争が来やうと平和が来ようといつも無傷なのだ

僕は一九四五年までの大戦争に反戦的であつたと自称する人たちを信じない　彼らは傍観した真実の名の下に、僕らは己れを苦しめた　虚偽に惑はされて、何れが賢者であるかは自明かも知れぬ
だが僕はそう明な傍観者を好まない

夕ぐれが来た　見るかげもない悽惨な心象

猫のように身をこごめて　一日を暮した

希望なくしては人は死の中にある　しかもあの貧しい人たちは死のやうにつらい仕事のなかに、生活のなかに、僅かに死を回避してゐるのだ
死の心にかへる死の労働。

戦後世代の特質とは言ふまでもなく希望の放棄のなかにある
希望の放棄……　放棄といふことのなかには、あの狡猾な前世代への信頼の放棄がある

希望の放棄といふことは絶望の消極的受容といふことを必然的に招来する

戦後世代の無軌道を批難して、もつともらしい渋面をつくつてゐる大人たち。君たちはあの無軌道が、仮令へ無意識な行為であつても、一つの自衛の本能（精神の破局に対する）から発してゐることをよもや知らぬふりをすることは出来まい　何故　自衛せねばならないか　それは全ての思考と行為とが　ネガチイブの内で行はれてゐるからだ　ポジテイブを放棄したものにとつてすべてはネガテイヴだ

思考操作の可鍛性について
極めて精密に、極めて展性的に、行ふこと

一つの立場はそれを深く鍛化することによつて多くの立場に変ずる

意味ない言葉こそ本能的と言ふことが出来る

春の嵐だ　窓々の内で何が愉しかつたらう　窓々の外で風と雨とがつのつてゐる　僕は待たうとし
た　期待のうちにかけられた運命は素早い速度でふるへてゐる　そして僕は何を不安のなかから追ひ
出したか
愛や美や、すべてそのやうな観念は、幻惑にすぎない　僕は五感の外で行はれる愛をすべて否定しよ
う　そして美は……美は最早　五感のうちにはない　あるとすれば僕にはもう見出せない

不安とは、ああそれは僕にとつて何処か精神の一個処に集まつてゐる血液の鬱積のやうだ

友よ　ではあの不かつ好な道標の前へ来たら　訣れよう
君は右へ僕は左へ行けとそこに書いてある

社会は最早　無数の秩序ない抑圧の集積だ　居場所を喪つた僕の魂は遥かな地下を歩いてゐる

風は柔らかになつた　春がやつてきた　僕の心はけはしいまま　くるまれてしまつてゐる　柔らかいもので。
且て飛翔しようとしてゐたこころはいまは羽ばたくこともなくなつた　行手がわからなくなつてしまつた　夢は破られた
それは僕が望んでゐたことだ　いま僕はじつとひそんでゐる
僕の骨肉を肥やすために　そしてそれが成遂げられた
僕はもう羽搏くことを忘れてしまつてゐるかもしれない
文学から僕は倫理を学んだ、恐らく作者の意企に反して　だが恐らく作者の苦しみに則して

形而上学ニツイテノNOTE

すべての現象を基本的な原理に還元すること
原理的なものはすべて抽象的である
思考は抽象的なものから現実的なものへ向ふ操作である

現実的なものから抽象的なものへ向ふのは直覚である

直覚的なものを現実化するのは行為である

それ故　行為は予定を含まない

予定はあらゆる形而上学的な規定には含まれない

行為は無償である　あらゆる名目にもかかはらず無償である　行為はそれ自体では決して集積作用を持たないから

集積されるのは行為の作用だけである　作用にはあらゆる人間性が疎外される

行為の自己写像のみが集積されて人間的となる　だが　それはやはり無償である

無償な自己写像を有償化するものは自覚である

自覚における自己写像は任意的である　つまり任意的なものだけが自己形成に関与する　人間の自由とは原理的に（つまり抽象的に）語られる限り、この自己写像の任意性といふことに帰着する

若し自由といふものを現実的に規定するならば　それは本能に帰着する　斯かる規定は形而上的ではなく形而下的となる　即ち社会学乃至は経済学に帰着される

社会学乃至経済学を原理的に規定するものは、生理学乃至は生物学である

自由はそれが原理的であると現実的であるとを問はず、常に可能である　ただ自由の現実化は（行為化といふこと）常に可能ではない　自由が常に可能である所以はそれが等質的な時空において存在するからである（即ち感覚的に）　自由の現実化が常に可能でないのはそれが異質的乃至は歪められた時空において行はれるからである　即ち我々の現実は常に歪められた時空である

現実は人為的に（意識的に）又は必然的に（無意識的に）歪められてゐる

故に全き自由を得るためには現実の人為的な歪みと必然的な歪みを除去する以外にはない　人為的歪みを除去せんとする者は革命家と呼ばれる

だが必然的な（無意識的な）歪みは、恐らく革命家の意企の外にある　恐らくそれは　自覚自体の有償化に頼るより外ない

自覚の有償化は何によつて現実化されるだらうか

それは下降する倫理によつて　上昇する倫理（道徳律）は事実は必然的な歪みを固定化するのみである　我々はこの問題を更に論議するためには、自由　上昇　下降　倫理を別な方向から解明しなければならぬ

倫理とは言はば存在することのなかにある核の如きものである

願望とか愛とか美とか、要するに人間性の現実化に伴ふ、精神作用の収斂点に存在するあるものであ

る、ここであるものと呼ぶのは、それが人間の存在と共にあり、しかも規定され得ない、しかも（しかるが故に）人間の存在を除外するのでなくては、除外されないものであるからである　それは言ひかへれば人間の存在が喚起する核である

人間が存在し、しかもこの核が存在自体と衝突する状態、これは虚無と呼ばれる　それ故虚無はポジテイヴな意味でも規定することが出来る　これは後に論じられよう

倫理はそれ故何ら道徳的なものを意味しない　道徳的なものを倫理的と呼ぶのは悪しき俗化と言ふことが出来る

倫理はそれ自体で作用を持たない　丁度人間の存在がそれ自体で作用を意味しないやうに。倫理は偶有的なものであり　それ故に必然的である　丁度存在が偶有的でありそれ故に必然的であるやうに

倫理が作用化するとき（作用性を持つとき）それは上昇又は下降である

上昇する倫理は道徳律である　下降する倫理は作用化された自由である

先に自由は自覚における自己写像の任意性として規定した　この場合、自由は何ら作用化も現実化も含んではゐない

作用化及び現実化は形而上学的にも形而下学的にも何ら自由の問題と関連するものではなく全く別個のことである　それは言はば行為と意識との問題である

上昇及び下降といふことはそれ自体倫理的な概念である　何故ならばそれは存在の作用化をも意味するからである

上昇とは存在からの上昇である　言はば存在の有償化である

下降とは存在からの下降である　言はば存在の意識的な無償化である

我々は先に自由がそれ自体として常に可能であることを知つた
自由の現実化は時空の歪みによりさまたげられ、しかも人為的な歪みは実践的に解決されるより外なく、これは革命の問題となることを指摘した　必然的な時空の歪みだけが形而上学的な問題となりしかもそれ以外の問題たり得ないことも又指摘した
若し自由を問題とする限り　この両者は共に論ぜられねばならない
今　形而上学的な問題を先に論ずる場合、この必然的な時空の歪みは自覚自体の有償化によつて解かれることを指摘した　そして自覚の有償化は　下降する倫理によつて現実化されるのである　下降とは存在の意識的な無償化であり、若し斯かる言葉が許されるならばそれは倫理の意識的な無償化である
即ち倫理の意識的な無償化こそ作用としての自由である

ここで再び自由が（形而上学的に）論ぜられる

倫理の意識的な無償化とは何を意味するだらうか
そのために先づ下降する倫理の意味を骨肉化しなければならない
先に下降とは存在からの下降であると述べた　同時にそれは存在の意識的な無償化であると述べた
存在はそれ自体では無償的でも有償的でもない　存在の無償化とは事実は意味をなさない　強ひて言へばそれは　存在の否定即ち死である　それ故存在の意識的な無償化とは意識的な死である　ここで存在の無償化が事実は意味をなさない理由を述べておくと、存在の無償化なる概念が既に直覚的なものであるからである、それは作用化されるが現実化され得ない概念だからである　それは取りも直さず自

由が（形而上学的）作用化され得ても　決して現実化を問題とすべき性質のものでないことを意味する　強ひて現実化と言ふならばそれは自己完閉的に現実化されるのみである

下降する倫理とは少くとも意識的な死に対応するものであることが判つた
死とは存在の対偶ではなくて、ネガテイヴな存在である
存在自体を規定することと同様、死自体を規定することは無意味な観念論である　存在からも死からも我々は如何なる意味を抽出すことも出来ない　存在は作用化されたときにのみ意味を持つ
意識的な死とは作用化された死と考へられる　死も又作用化されたときにのみ意味を持ち得る

作用化された死といふことで何を述べようとするのであらうか
ここで我々は存在と死との中間に自由の問題を論じてゐるのであることを想起しよう　即ち作用化された自由は作用化された死において存在する　作用化された死において無償化された倫理が対応する

上昇する倫理（道徳律）は必然的に、現実化に限界を与へることである
下降する倫理は必然的に作用化の限界を無限にまで追ひやることを意味する　人間は自らの作用化に限界するとき　必然的に他を限界し返へすものである
人間が自らと他とを交換し得るのは死においてである　何故ならば死においてはじめて人間は等質化するからである　死において自由の問題は無限大に発散し消滅する　作用化された死においてそれ故自由があるのである
倫理を無償化することによつて我々は限界を無限に追ひやる　それは自己を限界しないことによつて他を限界しないことである

現実的に申して、人間は存在のうちにあるのではなく、作用化された存在のうちにある　それ故作用化された存在（生存）が作用する存在に変るとき　それを現実化と言ふ　作用する現実化が行為である

あらゆる自覚に先行するものは現実である　自覚と現実とを媒介するものが現実化である（作用する）

先に倫理を無償化することにより自由に到達することを述べた

倫理を無償化することは何によつて可能であるか。それは現実を無償化することによつて、

現実は歪められた時空である　それ故現実を無償化するとは、歪められた時空が歪められない時空に変るものでなくてはならぬ　併るに歪められた時空（現実）はあらゆるものに先行して存在する　何故に歪められたものが、歪められないものに変ずることが無償化に対応するであらうか

現実を無償化するとは、歪められた時空を歪められたままにして　歪められない時空に変ずることである

革命とは　歪められた時空を歪められない時空に変ずることである

無償化は一つの作用化であり、又一つの現実化（行為）でも有り得る

現実の無償化において、歪められた時空を歪められたままにして、歪められない時空に変ずることは一つの作用化であり、又一つの現実化ともなる

ここに作用化と現実化との問題が起る　作用化とは意識の作用化であり　現実化とは意識の現実化で

ある　現実化は作用化に先行する　言ひかへれば行為は意識の作用化に先行する
作用化が現実化に先行するとき、それを自覚の現実化といふ

先に自由は自覚自体の有償化を根本とすることを述べた
有償化といふことが作用化に止まるならば、自覚自体の有償化即ち自由の問題は単に意識の問題である　この場合有償化といふことが現実化であるのみならば　それは単に作用の問題となる　現実化が再び作用化にかへるとき自由の問題がはじめておこる　けだしこれは行為と意識との本来的な関係である

故に現実を無償化するとは一つの現実化であり、しかもそれは直ちに作用化に自動変換するものでなくてはならぬ

現実は当然ながらある構造を持つ　一なる構造を持つ自覚自体の現実化が、現実において遭遇する問題は多である　そして自覚自体の作用化が遭遇する問題は一であり、従つて常に意識的な限界なしに可能である

［下町］

僕は現実の社会なるものが　独りの人間に無限の可能性を以てあらゆることを汲み尽す場を提供するものであると思ふ

しかもそれは他との関連なしにも
〈おまへは羽搏くことが出来る積りなの〉
〈それではそつとやつてごらん〉　魔神のやうなその老人は、レンビンと悲しみと嘲けりとの織り交ぜた炎のやうな眼をして　じつと視てゐた
僕は　知らなかつたのだ　羽搏くつもりで大きな挙動をとつた
未だ姿勢ははつきりと覚えてゐるのだ　僕は翼を上下に搏つた、だがそれは搏つたのではなかつた
留りかかつた風車のやうに弱い揺動であつた　僕ははつきりと知つた
もう駄目になつてゐた！　きつと誰もかも僕の翼の脆弱さを知つてゐたに異ひない　そして皆は知らぬ振をしてゐただけだつた
僕は老人の憐びんを今こそ知つた

昨日　ミリカの家の方を訪れた　母のみ。（一九五〇・四・一二）
下町は亡霊が蘇えつたやうに、昔のままになつてゐた
古舗は元のままの位置に新しい営みをはじめてゐたし、ミリカの母はそこにゐたのだから　ただオト先生の家だけがそこになかつた

南原繁氏　東京大学卒業式における講演
世界危機と日本の使命
一、要点は　中共政府を事実上肯定した最初の公式見解なること

一、生命を賭して平和を貫くべきこと、を強調したこと、

〈やがて自分自身に出会ふことになる　するとおまへははつきりと自分を知ることになるよ〉

僕は夢の破れてゆく瞬間を何遍も体験した　あたかも一角からくづれてゆく意識なのだが、くづれてゆく部分毎にそれが悔恨に変じてゆくのだつた

いまふたつの道。

平和は　いま僕たちの口から哀れな歌のやうに響き出す　だが僕に出来るのはそれだけなのだからね　国家自体が変つてゆくのだ　国家は消滅しなければならない　これは聯合を意味するのでなく　国家自体の存在的基礎である政治的搾取が消滅しなければならない　聯合（国際）はすべての民族が平等な経済的文化的基盤を持たない限り成立しないだらう。

僕は且て存在したやうに　現在　詩人が在ることを認められない

抒情とは存在の空孔に充たされる液態だ　どうしてそれが必要だらうか　我々が現実に密着すれば、この空孔はそのまま乾燥する

僕には精神の転機が訪れてゐる　だが極めて徐々にしか歩まない

充たしつつ歩むことは何といふ緩漫なことだらうか　だが可能性はいつも深化することのうちに含ま

れてゐる
薄弱な精神は現実のまへにすくんでしまふ　このすくみは何処から来るか　劣性意識
生活すること、才能、思想、精神の構造、すべてに自信を喪つてゐる
人間の精神には　元来信ずるといふ機能は存在しないのだ
だがこのことを血肉化するのは容易ではない　僕が当面してゐる第一の問題であると言ふことが出来る
信ずるといふことと不信といふことは全く同義だ
信ずるといふことは排除される以前に、存在しないのである
〈虚無といふものの定義〉

それで人間は虚無のうちにのみ存在すると言ふことが出来る

信ずるといふことは現実と自覚との断層を繋ぐことである
この断層が人間の主体性の象徴である
全ての弁証法は必然的に信ずる機能を強要する

長い間の休息　それは波立たない外観のなかで何かが熟してゆくように感じられた　春が来た　外観は徐々に動きはじめた　流氷が割れるように　だが内部は凍つてゐる　増々　一つの核の形成の方に精

神は従事してゐる
現実をして語らしめよう　確かにいま現実は余りに多くのことを語りはじめてゐる　僕の精神はそれをじつと聴かう　忍耐が自然に解けてゆくまでは　やがて精神は低い囁きのように歌ひはじめるだらう　その歌の調和は理知を躍らせるに足りよう
下街で銀行がビヤホールに変つてゐた　人たちは片手落な交換をやるために昔のやうにそこを出入してゐた
判断のかぎりではないことが余りに多すぎる
〈おまへは自分を信ずるのだよ　あんまり痛ましい程自信がなさすぎる〉
夜になると雨は止んだ　たつた一本しかない煙草に火を点ずると　其処には言ひようもない憩ひが感ぜられた　今夜僕は疲れてゐる　やがてすべては時の前に空しい残骸を晒すだらう　僕にはそれが別に悲しいとも何とも思はれない　僕にひとつの己れを賭ける仕事があれば　それだけは炬火のやうに燃えて燼きないことを願ふだらうに
僕には最後の温りが消えてゆく　死者が寧ろ□□□の湿りが消えてゆく
われひとと共に歌はず

感性は摩滅する　理性は限界を持つ　やがて何も感じなくなつてゆくような予感、感情の流れがとまつて歩いてゐる

夕ぐれとなれば、全ては静もりかへつた闇に抱まれてしまふ

数多くの貧しい家を訪れてゐるであらう夕暮　その辺りから若しかして歌がきこえてくるかも知れない　一日の出来事の浮沈に一憂一喜する父親が還つて来る　次に　経済就中社会思想史を熟知している息子が戻つてくる　息子の願ひは、ただ暗い自負のなかに秘されてゐよう　息子は放棄の思想を骨肉化しようとしてゐる

〈少年と少女へのノート〉

〈外国の物語の好きなお前たちに注意しよう　日本はいまヨオロッパの中世から近世への転位を歩んでゐるのだよ〉

〈幸せで富んだ外国の少年と少女との精神の内面の出来事についての物語はお前たちを慰めるかも知れない、けれどこれは大切なことだが　お前たちは慰めによつて生きてゆくのではなくて、お前たちの創造によつて生きてゆくのだ　お前たちの創造は幸せには出来あがらなくて歪んだり、乾いたり、そしてお前たちは精神の内面よりも、外面のことで多くの創造を強ひられるかも知れない　これがお前たちの

不幸であるかどうかは知らないのだが、お前たちの郷土や民衆のもつてゐる時代の不幸であることは間違ひないことだ〉

〈豊かな精神は泉のやうにわきあがる　貧しい精神は沼の干割れのやうだ　それは時代の干割を反映するのだ　これはお前たちの罪ではない〉

虚無は霧のやうに拡がつた　枯木は棒杭のやうに林立してゐた
そのなかに人々が嗤ひのやうに移動してゐた

風景は僕の精神をしばり歪む

僕は椅子を持つてゐない　すべては立去るもののやうだ

〈不幸な時代といふものはきつとあるだらうが、不幸な精神といふものもある〉

遠くの方は海。海のおもてを渡る風、
今日　一人　誰とも出会ふことはなかつた　為すことも何もなかつた
何処から何が生れて来るだらうか　精神は睡眠してゐる

眼を覚ませ

やがて赤い日が落ちこんでゆく　赤い重劇波の上に、僕は雑林の出鼻を風のやうに走り出た　あばら家に兎の皮が吊してあつた

精神は冷暖を好み、微温と微寒を好まない

精神は環境に従順である

僕は風のやうに死ぬことを慾する

何にでも見付けられる困難だけを信じよう

思想は経験に勝つことはない　経験しただけが思想になるのだから　思想が経験に勝つやうに見えることはある　それは見えるだけだ　これは空想と呼ぶべきだ。

僕は青年を信じない　青年はしばしば汚れない過誤の亡霊だ

僕は中年を信じない　いけ図々しいがらくただ

すると自由といふものはあの長い長い忍耐のうちにしかない　この忍耐はしばしば生きることに疑惑を感じさせる原因となる

自分とは何かにぶつける以外に見出すことは出来ない或るものだ

自由は生きることと正しく等しい限界をもつてゐる

即ち自己を見つめてゐるやうなふりをするな

風は吹くのではない　空気が動いてゐるのだ　だから僕は言はう　今日空は荒れてゐると。

〈秩序とは搾取の別名である〉これは事実であるが、世には斯かる言ひ方を好まない人々がゐる。その人々は搾取といふ言葉に神を視てゐるのだ　我々は否応なしに　鍛化せられた理性をもつて現実を視なければならない時が来る　その時果して今日の文学が成立するか　成立するならば何処を司る神となるか　今日の文学は、現実に感情を移入することによつて僅かに成立してゐるのである

時よ　僕はいまおまへの移行を惜む　且ては速やかであれと願つたこともあつたのに　現在は遣りとげなければならないことがいつぱいだ

あまりに労費してきた罰で歩みは遅く、おまへが沈んでゆく日となつて　雑林や農家の並んだむかふへ駈せてゆくとき、僕は追ひかける勇気をなくしてじつとしてゐる

〈死はいつも内側から忍び込んで来るのですからね　だから僕らはふり返へらなければいいのだ　いつも厳しいところにゐればよいのだ〉

現実を発見すること。救ひようもない程昇華した観念から下りてゆかねばならない　困難で忍耐の要

ることだが、僕はそれにより思考の鍛化を遂行することになる

視ること　限りなく視ること。視ることの重要さが消え失せるときは未だ未だ来ることはない

異常な個性がたどる異常な運命――それは人性的な原則に外ならない　誰もそれをどうすることも出来ないものだ

薄弱な精神が強烈すぎる現実を歩むさま――今日それは様々の自死となつて典型的に出現してゐる

青春とはやりきれないことの重なる地獄の季節だ

且て死を撰択することのなかつた幸せな人にお目にかかりたい

死は余りに普遍的なものであるから、誰でも死のまへでは貧しい人々になるものです　それは死においてすべては均質化せられるので、その前提として勲章や位階や富などが沈黙する外はないのだらうと思ひます

あらゆる撰択のうちで死は、最も確実であり、誰もがそれをとつておきのものとします

人間は抽象的な原因で死を選ぶことは出来ません　何故ならば死は最も現実的な事実を指すものだからです　死の撰択には些細な原因が要ります　そうと思はれない場合にも矢張り生理的衰弱があります

僕らは正しいことをやる奴が嫌いだ　正しいこととはしばしば狡猾に巧まれた貪慾である　倫理が他人がそれに従服すべきもので自らは関知せぬと思つてゐるものはこの正義の士のうちにある

他人を非難することは出来る　だが自分を非難し罰し得るのは自分だけであることは知つてゐる必要がある　謙譲といふことはここからしか生れない

悲しみはこれを精神と肉体とにわけることは出来ない　それは僕らが自覚と呼ぶもののなかに普遍するあのやりきれない地獄なのです　だから悲しみは理由のなかに求めることは出来ません　むしろ存在と共にあるべきものと言ふべきです　僕は数々の死や訣れや、不遇に出会つたりしましたが、いつも悲しくはありませんでした　強ひて言へば悲しみよりももつと歪んだ嫌悪に似たものでした

悲しみは洗ひ、嫌悪はたまります

愛は手易く憎悪に変るものです　僕は愛してゐる者が遠去つてゆくのにつきあたりました　人間は誰でもそうなのですが、遠去かるとき、一様に残酷で冷胆なものです　その時　憎悪を与へずに遠去かつてゆくことが出来るものは稀です

愛は酔ふことが出来るものですが、憎悪はひとを覚まします

憎悪は人に何も加へることはありません　忘却だけが愛を喪つたものの唯一の身構えでなくてはなり

ません　そうです忘却から忍耐の方へ歩んでゆくことが、僕らどん底のものの唯一の道ですからね

不幸な人は確かにあります　だが不幸な人は何故不幸であるかと考へる者は稀です　僕に言はしめれば、不幸な人と言へども、その不幸から兎に角出発せねばならないといふところに真の不幸があるのです

すべては荒れはててしまひました　そうして唯ひとつも僕らの可能性を裏づけてくれるものは残つてゐないのですからね　この国のみぢめな都会が一層みじめになり、不毛の人々が荒れはててしまつても別に言ひようはないのですが、意識的に強制される政治や便乗者によつて行はれる貧窮人の滅亡策は堪えられない　僕らはこのやうな現実から思想としての絶望や虚無を導き出すことは容易です　だが明らかに　僕らをみじめにしてゐる対手が判つてゐるとき絶望にとぢこもることは不可能ではありますまいか　僕らは実践によつてこれを打解する外はありません　そしてそれが打開せられた後に、尚　絶望や虚無が残るとすれば　明らかにそれは、人類が過去と未来とを有するが故にある世界苦と言ふべきものです　それは　一つの思想にまで深化するに価するものであります

法といふものが　今日までのやうに支配者の特権を無意識的に正当化するために存在するような時代が　永久に継続するものだらうか

無意識的であるが故に支配者が慈悲者であらうと無からうと関はりないことで、これが打開せられねばならないことは常に正しいことである

疎外せられてゐる人間性を矢鱈に導入して法の正当化を主張することは正しくない

若し搾取なき世界が実現するとすれば、今日存在してゐる社会機構とは全く異つた次元で実現される

ことは確かである　今日人類がとつてゐるあらゆる社会形体は、殆んど良きものの萌芽を見出すことが出来ない

戦後世代の特質はそれが極めて倫理的であるといふことである
すべて混乱期における思想は倫理的な形体を持つ　しかも倫理性はこの場合しばしば反倫理の形で表出される
世に戦後世代は背徳の典型の如く語られてゐるが、これは激しい倫理性を看過してゐるにすぎない

僕は倫理性のない思想を尊重することが出来ない

街々は亡霊でいつぱいだ　空は花びらのやうな亡霊の足跡でひかつてゐる

不安ほど寂しいものはない

老人は枯れた声で言つた
〈お前のやうな年齢《トシゴロ》で感じてゐたことは、やがて儂《ワシ》らの年齢《トシゴロ》になると透明な屑になつて空のなかほどに浮んでゐたりする　やがてお前はそれを視るやうになるよ　そのときどんな風に感じるかつて言ふのかね　みんな枯れてしまふのさ　世界はすべて枯れてしまふ〉

〈奇怪な夢を見た後は、牛乳を飲めばいい〉

もう夕暮だ　一日のうち風はしづまり又吹きふたたびしづまらうとしてゐる　そして一日のうち曇り
又晴れまがみえ、ひわ色の斜光が充ちてゐる　僕は誰よりも寂かにひそんでゐる　不安を凝固させよう
として……

するとあの榛の木立のうへが真赤な雲で覆はれ、いつのまに、陽は焼け落ちようとしてゐた

眼を覚ませ！
僕は遥かの国の童達ちに叫んだ　そして帽を深々とかぶり直した
少女クラルテは教会の裏庭にゐた

〈老人と少女のゐた説話〉の構想I

a．これは一週間の物語　老人の話は七つにわかれる
b．少女がゐるのは四日間

〈わしの話は、誰も聴くものがゐない　畏ろしさを思ふのかも知れない〉
〈だがひとびとの平安は習慣から成立つてゐる　わしの思ふ平安は祈りから出来てゐる〉

〈夕ぐれと夜との言葉〉

するとお前はいま自分の心の在家がわからないといふのか　何も感じられなくなつた心は、すべてについて語ることと聴くことの権利を喪してゐるのと同じことだ　そして夜が忍び寄ると、すべてがそのまま沈んでゆくように思はれてくる　お前は夜から昔の人のやうに神秘を聴くことはない　このやうに荒涼とした世界で、おまへは実体のないことに心を許してはならない　いつもひとつの心があつて、それから　家々の灯りや影や冷気があるだけだ　お前が万象から盗みとるべきひとつの巨大な実体は　おまへの感じられない心と共にかくされてゐる　ただ視ることだけが許されてゐるのだが　お前の眼は今日も不幸せだ……

僕は夕ぐれと共にひとつの歌を沈める

若し一つの生涯が多くの可能性を含むものであるならば、それをすべて枯らさずに歩むことの出来る者を天才と呼ぶべきです

一の生涯が一つの可能性しか歩めないといふ人間的原則のうちにかくされてゐるものは何か　僕らはここで古代人にかへつてみるべきだ

人間の思考は　あたかも逆行するが如き、感覚を伴ひつつすすむ

個性に出遇ふみちは困難である　青年は決して個性的であることは出来ない　青年が錯覚のために死ぬのはここに於てである

空想は捨てねばならぬ　だがこれは難かしいことだ　僕らが自分の空想を自覚するのは、将に自分が空想のため死に瀕してゐる瞬間においてである　真に空想してゐる者は少い　それはとりもなほさず真に空想から脱することの如何に難いかを暗示してゐる

個性に出会ふ道と、空想を脱する道とは決して別ではない　むしろ同じことを別な表現でしてゐるに過ぎない

〈春の嵐〉

凩は今日　冷たい　雲のありさまも乱れてゐる
僕は少年の時、こんな日何をしてゐただらう　街の片隅で僕ははつきりと幼い孤独を思ひ起すことが出来る　執念のある世界のやうに少年たちの間では事件があつた　その中で身を処すときの苦痛は、今と少しも変つたものではなかつた

そこで僕は考へる　何が僕にとつて成長であつたらうと。

春の嵐、僕は何も象徴することは出来ないが、その苦痛だけは知つてゐる

やがて何もかも判るような気がするが、それもあまり覚束ないやうにも思はれる

歴史は下層階級があらゆる政治的経済的道徳的支配から脱すべきことを示す

［原理の照明］

僕は冷酷な孤独を知つた　それについて今は何事も語らうとは思はない　その時から僕は笑ひを失つて理論と思考とに没入した　僕は均衡を得やうとした　しかも充たされた均衡を　敗残のほうへ傾いてゆく僕の精神は何と留めるにつらいものであつたらう　僕は急に老いたと思つた　青春の意味は僕から跡形もなく四散したと言ふべきだつたらう

ランケの歴史哲学は支配者の歴史哲学である

Über die Epochen der neueren Geschichte を見よ、

支配者の意志により動かされた諸事件を記述することにおいて、彼の筆は如何に細やかであるか　ここにはあらゆる人間性の種子は疎外されてゐる

マルクスがその史観から〈人間〉を疎外することによつて、却つて人間を奪回したことと比較せよ

ランケは偶然を連鎖することによつて必然と考へようとしてゐる
やがて痛手は何かを創造するであらう
自然のやうに人間は抑圧をエネルギーに化するものだ

人間には確かに語らない部分がある　人間が精神と呼んでゐるものは　恐らくはその語らない部分から成立つてゐる

精神は湿気を忌む

僕は後悔といふ魔物、その親族である宗教的ざんげを嫌ふ　且てキリスト教を堕落せしめた要因の一つは、キリスト・イエスにおける自己嫌悪としての悔ひ改めを、慰安としてのそれに転落せしめたことである　自立を依存に、独立を隷属にすりかへたことである

我が国の現在における最大の不幸は無智蒙昧にして頑固なる政治家によつて行政及び立法府が支配されてゐるといふことである　しかも彼らは旧時代的帝国主義者によつて庇護されてゐる

僕は一つの基底を持つ　基底にかへらう、そこではあらゆる学説、芸術の本質、諸分野が同じ光線によつて貫かれてゐる　そこでは一切は価値の決定のためではなく　原理の照明のために存在してゐる

何程のことがあらう　僕はいま廿五歳だ　残された生涯で出来ることの限界はありありと視えてゐる

が、その道程で出遇ふことはすべて秘密だ　僕はその秘密だけを期待してゐる　そこへ僕がぶつかるときの反応、副反応。

人は自らを知るのに半生を費やす、その後で仕事が始まる

且て存在した天才といふもの。僕の考へによればそれは特殊な巨大な才能を有する人を指すのでなく、速やかに自らに出会つた人を指す　優れた天賦の才能などは居ない　僕には各人は自らの限界を夫々持つてゐるように思はれる　この固有な限界を宿命と呼ばう
それ故、天才とは巨大な限界を有するものではなくて、僕によれば　深化された限界を有する者だ、深化された宿命　これを天才と呼ぶ。

人間は経験といふものなしに宿命を深化することは出来ない　それ故　経験とは屡々似非秀才によつて軽蔑されるあれよりも、遥かに複雑な、重たい意味を持つものだ

経験を解析することは現実を解析することと同義だ
誰もこれを汲み尽すことは出来ない、

且て個性の運命を社会学的に解析し得たものはない、否これは解析することは不可能だ　だが解決した者は在る　如何にして？　それは行為といふ単純で重たいものによつて。ここでも人は現実といふ魔物に出会ふ、

人間は有史以来、触れないで済ませた盲点を有つてゐる　如何なる天才も逃してきた盲点がある、僕の好奇心はこれを解かうとするが解き得たためしがない　だが何日のまにかそれを体得してゐると言ふ具合だ　しまつたと思ふが、既に体得されたものは解くことは容易だが、藻抜けの殻のやうに説明に終る、決して好奇心を動かすことはない、

虐げられた者の持つ狡猾さを女性も亦　持つてゐる　人類史はその胎内に女性史を持つてゐる　胎内にといふことは重要だ

誰がこの歴史を修正するか?

論理はその極北において個性と出遇ふ　苦しいがそこまで行かう、

心理の諸映像を論理に写像すること。これが僕の現在の主題だ　思考を鍛化する操作だ

批評家は論理が個性と出遇ふまで待つてゐるべきだ　それ以前に表現されることはすべて生のままの素材にすぎない、何如に多いことか、市場は彼ら似非批評家で黒山だ

今日資本家の所得と労働者の所得とを比較すること、賃銀の余剰価値部分率を、資本家の所得との対比において論ずるのは余り意味がない

固定資本量の生態と労働者所得の生態の関係こそ、ヒユーマニズムの経済学的考察の対象であらねばならぬ、

百回何千回と眺めたであろう、谷中銀座を臨む「夕やけだんだん」の上で、ポケットを裏返し、パタパタと残りの骨の粉をはたいた。そばで黒猫が見ていた。

お寺には悪いが、どんなに催促されても、四十九日以降、一周忌の法要すらしていない。道徳を重んずる人や、厳格な宗派の方々からすれば、卒倒モノの罰あたり行為だろうが、「気のすむようにやってくれや」という声に従う。

もしも熱心な読者の方が、父の縁の地を訪れてくれたなら、あなたは〝リアル隆明〟を踏んづけているかもしれない。

これが父への最高の供養だと思っている。

（はるの・よいこ　漫画家）

編集部より

＊次回は２０１６年12月に第３巻の発売を予定しております。以後、２０１７年３月・第37巻（川上春雄宛全書簡）、６月・第13巻（書物の解体学、島尾敏雄　他）の予定です。

＊吉本隆明さんの書簡を探しています。お持ちの読者の方がいらっしゃいましたら、封書の場合は、文面、封筒の表・裏、はがきの場合は、はがきの表・裏の複写をご提供いただければ幸いです。

シスモンデイ　経済学新原理　Nouveaux Principes D'économie Politique　一八一九年、

搾取　spoliation

戦争は常にすべてのものを単純化せしめる　経済、道徳、思想……。

明瞭にここに貧窮した階級が存在し、一方に富める階級が存在する　あらゆる生産は富める階級に対して行はれる傾向にある　この傾向は貧窮を増々貧窮化せしめる　これは事実の問題であつて理論の問題ではない

人間は権威に向つて求心的である

優越に向ふ心理に対してこそ、人間は生涯を企して闘ふに値ひする

資本制社会は競争を激化し、人間をして憩はしめないだらう　資本制社会の真の基礎は、優越　権威、競争の心理である

怠惰は何も与へることをしない　それは全然与へることをしない　怠惰に組すること長く、且つそれを脱することの苦痛を知つてゐる僕。併し僕は怠惰から得する算段をやつてゐた　僕はそれで、かの礼儀正しい優等生と全然異つた原理を信ずる様になつた　今、定かにそれを述べることは止めよう、

人はしばしば模倣の上に乗つて、かの青春期を出発致します　そして何日か自分が見知らぬ地点で、視むきもされないで置き去りにされるのを発見するのです　そのときこそ、真にある物を理解するとは、その物を原点からはじめることであるのを知るでせう　斯くて彼は、独りして、貧弱な自分から出発し直すのです　僕にはそれが一九四九年中頃に始まりました、

倫理性とは精神の単純化の所産である

精神は絶えず振幅してゐる　或るときは振動子は確かに死の側にあつた　僕が何故死ななかつたかと言へば、振動子の周期が、僕の自棄よりもやや速やかだつたからだ

僕の精神からは希望が消失した　僕はいま無限の単調のうちにある　そして僕が自ら血肉化し得たのは　衝動（感情）を知性によつて抑へること　いやむしろ虚無によつて抑圧することであつた
この感覚は言はば論理の錘を沈めるようなものであつた、

無益な思考はすべて有用な思考の糧となつてゐることを僕に教へたのは　怠惰の習性である

僕は神の問題から逃れ得た（やうに思ふ）　言ひかへれば僕にとつてそれは情感の問題から逃れたことを意味する。何故ならば、僕はスコラ哲学の教祖たちのやうに　理性と神とを一致させることには組しなかつたから

やがて精神の嵐は僕に再び神を視させることがあるかも知れない、

明瞭に言ひ得ることは人間の精神の作用が、その生理に全面的に依存してゐるといふことである　だがこれは少しも精神について解決であることを意味しない

今日、あらゆる思想家の所論にもかかはらず　精神の危機は存在しない　むしろ精神は苦悩する希望のうちにあること、やがて歴史はそれを証明するだらう　絶望とはあの倫理の匂ひ濃き希望の別名である

僕がコミニスムに感ずる唯一の不満は　それが余りに健康であるといふことだ　理論が既に破れ、実践が尚存続するといふことはその健康さを証明する
僕がマルクスに驚愕したところは、それが精神の真新しい次元を要求するかに感ぜられたことだ　あの偉大な聖書も僕を深化に導いたが、決して新しい次元に導くことはなかつた、

この精神の単調を錬りかためることにより僕は何を獲得するか

僕のこの実験は何も感じられなくなつた精神が搾り出し得ることの全てを含むものであること。
抑圧に加へるに抑圧。僕の脳細胞が破壊すれば、僕はそれを勝利と呼ばざるを得ない
すべてを賭けて脱出しよう　僕にだつて夜明けは来ない筈はない、
人間は自らに出会つたとき同時に時間といふものの構造に出会ふ

僕は絵画・音楽が好きだ　だが画家や音楽家は好きではない　これは例外なく言へるかも知れないと考へてゐる　絵画論と音楽論だけは真の批評家が成すべきでない唯二つの芸術分野である　何故ならこの二つの分野で思想と制作との繋りは最も稀薄であり、画家や音楽家で、制作を分離して批評するに価する思想を持つものは皆無と言つてよいから、

思考は眼を持たない　眼を原材とすることはあつても　従つて画家の仕事、即ち絵画は決して思想の表象ではない　それは眼だ　眼が思考するとき、抽象が表現される

豊富な世界で富は果実のやうに分配せられます　彼等は窮乏する世界をかへりみる要なき者たちです　これは彼等の習性ではなく、人間が負ふべき習性です

人間の習性のうち最も普遍的なものは、自らの必要なくしては何も産み出さず、自らの必要なくしては何ごとも為さないといふことです、窮乏する世界の人達は自らの窮乏を思考せざるを得ません　そしてその結果何を産むでせう

それは環境《ミリユ》の問題です　人が環境の問題に向ふとき、経済史、社会史　法制史　政治史の中核に存在する一つの明析な事実、搾取の問題につきあたります　斯くて人間は自らが未だ歴史を創るものではなくして、単にそれを歩む者であることを知ります　あらゆる歴史学の考察は、人類が生成しつつあるかの如く観ぜしめますが、事実は人類は未だ生れざるものであることを自覚すべきであります

経済史と歴史哲学が僕に教へたところは、むしろそれらが教へんと欲したことではなくて、唯ひとつ人間史が未だ弱年であるといふ一事である　何故にこのことは自覚され得ないかと言へば、人はしばし

ば自らの生涯と歴史における時間とを対比してゐるからである

これは正しく驚くべきことであるが、カール・マルクス、フリイドリッヒ・エンゲルスの如き大才と無類の洞察力を以てしても、ドイツ観念哲学の持つ、俗流ハンサな論理的遊戯に、痛ましい程拘泥してゐるといふことである、そして彼等二人の最大の功績は、当時のドイツ哲学の持つてゐた特質、（上昇する観念）絶対者、神、理念……の当然崩壊すべき運命を促進せしめたこと、しかも論理の自己運動の観念をその思考のうちに保存したことである

神話のすべての特質のうち、何れの神話も持つひとつの性格、それは象徴性といふことだ　神話の象徴性はその原始性の産物であり、同時に述語的にはその単純性の産物である

象徴とは常にその原因を向ふ側にもつものでなく、こちら側に持つものであり、それが単純なるものは象徴的であることの必要且つ充分な証明となるだらう、

それ故　神話の科学的な解明なるものは、すべて無意識の心理学的分析に還元せられざるを得ないさもなくば、それは考古学の問題に外ならないであらうから、

僕たちは古代が大詩人を持つてゐたことを驚嘆するに際し、現代の文明を軽蔑する眼を伴ふ必要はない　何故ならば、そこに提出されるすべての問題は生理心理学及び環境《ミリユ》の学（文化史、社会史）の負ふべき問題であり、人間精神は恐らく余り多くはそれに責任を有するものではないのだから。

良く企画された歌を唱ふことが批評である　それ故批評は計量詩である

マルクスの歴史哲学が提示したテーゼ、すべて抽象的なるものは現実的であるといふことである

真空の時期といふものが生涯のうちにあるとするなら、それは僕にとつて現在である

僕の存在は何かにむかつて無限の抑圧を感じてゐる　僕はどうしてもそれを逃れることは出来ない存在は外的な現実の歪みを感じてゐる　あの歪みのむかふ側に自由があるのだ　あの歪みは無数の観念の亡霊をその周辺に集めてゐる　るゐるゐたる屍体の群、血の抑圧、しかも一様に傷つきはてた者たちは僕のやうに困迷してゐる　僕はその突破口をすすんでゆかねばならない

すでに僕は知つてゐるのだ　神は僕を決して救はないだらうと　僕は自らの力を何ものかから引離さなければならない　それを分離しなければならない

僕らの現実は暁の時を予感してもよいかも知れない　中国革命の成功と、東南アジアの諸民族の消えることないヨーロツパ帝国主義への格闘は、どんなに僕を力づけることか　僕らは暁の苦悩のうちで耐えつづけよう　だが僕らの精神は何処に行きつくのか　未だ人類はあの精神の夜明けを僕に告げはしない

暗澹たる道で僕はもう何も感じられなくなつた精神を歩ませてゐる　行き遇ふ者達は未知らぬものばかりだ

正しく驚くべき泥濘の道がある　それは僕らの占有せられた現実だ
僕の精神は占有せられることを恥とする　限りなく倦まざらんがために。

独立不屈の精神はこの占有せられた現実を引裂いてゆく、すべての従属の匂ひを避けよ、
僕は独りでかの夢を織る、しかも僕は亦ひとりで現実をも織ることが出来るものだ
僕の精神をあの古い哀愁の秩序に引きもどしてはならない
孤立したアジヤの島嶼は永遠にその精神の風土をも孤立せしめて在るだらう
世界図はこのみすぼらしい島を歯牙にもかけずに行つてしまふ
放浪と凱歌。僕が青春の終末に言ふべきこと。
僕もまた長い間手掛けた精神の生産物を、何日かは嬉々として市場へ販りにゆかう　そうすることが　誰かの必要であるならば。
空虚な精神はその根源を生理のうへに持つ　だがそれにもかかはらず　精神はその空虚の否定を精神によつて行はねばならないだらう
限界なきところにあつて織る夢。
偶然はしばしば焦燥を抱かしめるが、その焦燥は偶然を必然と感じるところから由来する

僕は眼を持たない　眼なくして可能な芸術、それは批評だ、

批評家だけが批評をなし得る

青春は例外なく不潔である　人は自らの悲しみを純化するに時間をかけねばならない、

思考を表現するために技術が必要だ　技術なくして表現が成立つといふ一つの迷蒙。だれもその迷蒙を信じてゐるものはないだらうが、実行してゐるものは稀だ

僕は形骸のみの人間になつてゐる　肉体も精神も瘦せてしまつた

死は日常茶飯事のやうに僕の眼前にちらついてゐる　僕は捉へようとすれば直ぐにそれを捉へるだらう　だがその元気もなくなつてゐる

自由は精神の由緒正しい根源として僕らの夢のうちにある　然し現実においては、それは手段の限定の下に闘はれる可能性に外ならない

僕らを真に束縛するものは、現実そのものであるといふ処まで行つて、あらゆる行為は自由のための、自由の表現となるだらう

現在僕の周囲を覆つてゐる形ない暗黒が、若し僕の自由を覆つてゐるものであるとするならば、それ

は歴史的な現実が、形而上学的、乃至は心理学的な形象を以て現はれてゐるものであると考へざるを得ない　僕がそれを脱出することは、現実を変革する実践によつて行はれるであらうが、それは同時に僕の生理を変革することに同型である

僕らが現実にあるといふことは僕らの生理の限定のうちにあるといふことに外ならない　この生理は内部から深刻に歴史的社会的な現実を投影するものだ

環境のなかに虫のやうに閉ぢこめられてゐる者が、徐々に動き出すときの形相を僕は正視しよう、そこにはあらゆる現代における思想の表象としての劇がある

若し社会なるものが今日、日本の文学者における如く、自らに食を与へる一つの機能であるにすぎないならば、僕は斯かる社会なるものを必要としないだらう　併しながら、社会なるものは僕の精神にとつて明瞭に一つの場処を占めてゐる　僕は恐らく、歴史的現実の諸相を、喜怒哀楽に翻訳するところの機能を精神のうちに持つてゐるのだ　名付けようもない苦悩が、暗い陰のやうに、僕以外の原因からやつてくると、僕はそれに対し、何人も僕に教へることのなかつた種類の、一つの対決を用意せざるを得ないのだ

正しく斯かる種類の対決を且て如何なる思想家も人間に対して残してはゐなかつた

恐らく精神についてのあらゆるものは、既に思考し尽されてゐる　僕にはただ一つの可能性が見える　それは古い精神の秩序を組織して新しい精神の秩序を組立てることである

僕には、感性を論理化する習熟によつて、論理を感性化すること以外にその道がないように思はれ

る　実践はここで、論理を感性化することの実証を、現実の変革といふことによつて与へるであらう
精神はやがて社会化せられるだらう
友らはやがて未知らぬ地平に散らばつてゆくだらう
僕は又未知らぬ地平で営むだらう

〈夕ぐれと夜の言葉〉

それでは僕が傷まないやうに忠告してくれた老人たちよ、僕は何よりも美しいひとつの歌を歌へるようになつた　夕暮の靄のなかで、薪や藁屑やなにかの積み上げられた民家の並び口で僕はそいつを歌ふことにしよう　優しく貧しい少女にそれを教へるために僕は充分透る声とよく整理された感情とを見つけて来よう　それから老人たちよ、あなた方には気の毒なのだが、僕はその歌のなかで、たつた一処、僕と少女との無類の愛情を、なにもかも無視して歌はなくてはならない　それだけは許して貰はうと思つてゐる　意地の悪い奴もへんに無礼な紳士たちも、その夜はゐて貰ひたくはない

親切な老人たちよ　あんまり沢山の企画があふれてきて僕はどうしてよいか判らない位だ　僕はいつだつて精神を遊ばせておくようなことは嫌いだつたのだから
遠い世界の隅々まで僕は自分といふものの影を見つけようとして歩いてゆくだらう　僕は軌道を敷く

ために企画する技師のやうな真似は出来ない　だが森林や雑草や切株やを切り開いてゆく工夫たちのやうに精神を開いてゆくだらう　僕の沢山の企画は　よく働くものがよく企画するやうに　つぎつぎと思ひ付いてゆくやうなものだ　けれどたつたひとつだけその証しを知りたいことがあるのだが……　それは僕の茫然とした精神の予望が、たつた一翅の虫やきらきらする光を捉へることが出来るだらうかといふことだ　僕は予定されたものが嫌いでならないが、形のわからぬものを形の中にはめこむことをする手際をそれほど嫌いではない

僕は〈幸福〉といふことが本当はわかつてゐない　いつたい自らの意味のうちに支柱をもつてゐない言葉は何を指示することになるのだらう　〈幸福〉他から何かで量られてゐるやうな漠然とした言葉だ　もしこの言葉の内側からひとつの象徴が聴かれるとするならば、僕はそのやうな象徴を精神のうちに体験した覚えがなかつたし、そのやうな象徴を人間が持ちうるものとは思つたこともなかつた
〈いま幸福？〉〈否！〉〈諾！〉そんな会話はあるものではない　それはなぐさめといふものだらう
悲しみを知つてゐる精神だけがよくなぐさめといふことを知つてゐる。

もの判りの悪い僕の魂のために、ひそかに思考の道をつけてやること、

輝かしき……雄々しき希望……　　僕の精神は誓つて言ふことが出来るのだが、世にはそのやうな希望は存在しない　希望はいつも苦しそうに精神の底でひそやかにしてゐる　二つも重なりあつた投網のやうなかぶせる言葉はいつも虚偽の感じを伴ふことなしに僕の魂へは響かない

肉体は建設することが出来るが、精神は否定する作用なしには何も産み出すことをしない
世には弱々しい魂の主人がゐて、薄暗い軌道しか歩まないやうになつてゐる
僕はそのひとのためにのみ何かを語るようになりたい。
僕は健全なる精神を畏敬する　だが信じられない

[中世との共在]

悲しい僕らの国の現実。或る者はアメリカ式の感覚攪拌の音楽によつて踊り、或る者はソヴィエト・ロシヤ式群舞踊によつて踊つてゐる　然し僕の魂は如何なる形式でも舞踊しなくなつてゐる　僕の関心は正しく悲劇的と呼ぶべきものであらうか、この国ではいつも悲惨な運命を負はされざるを得ないものだ

民衆の最も重要な部分のひとは社会的無関心を以て、社会的悲惨のなかに陥ちこんでゐる　芸術家と思想家の最も主要な部分のひとは、二千年以来の社会的無関心によつて相も変はらず楽天的手仕事と切口上を繰返へしてゐるに過ぎない

公式的解釈以外の方法でこの国の現実的な社会構造が明析にせられたことは且てない　正しく思想家や政治哲学者によつて解かれるべき問題に、非力な僕が当らねばならないとは！

本質的な意味で、この国の社会構造はヨーロッパにおける中世から近世への推移をたどつてゐるように思はれる　社会思想が積極的な役割を果すものとすればそれは次の三点に要約せられる　(I)政治及び立法府を占める者の封建的民衆軽蔑の思想及び手段を絶滅せしめること　(II)民衆に社会的啓蒙をうながすこと、(III)経済的手段を独占してゐる者への啓蒙、その搾取心理の排除、又そのための立法的処置、

何れにせよ世界における最も貧しき資源の国であるといふ特殊事情への考察が基本的なものとならざるを得ない

一方ヨーロッパ及びアメリカにおける廿世紀的な現代が、その破片をこの国のすべてに滲透してゐることのために生起する特殊様態は、すべてを困難で複雑な、最早解くことの出来ないと思はせる要素を与へてゐる　その上に覆ひかかる世界の政治経済情勢と敗戦に由因する様々な貧窮と悲惨、これらすべてのものへの正確な判断なしにはあらゆることは架空なものに外ならなくなるだらう

この国の社会様態は中世人と現代人とを同時に共在せしめてきた　今や経済的悲惨は、個々の人々を分裂せしめてゐる　即ち生活様態は中世的に、頭脳は現代的に。且てこの分裂は知識人と労働階級との間の分裂であり、同時に均衡であつたが今や、個々人の内部における思想と様式、現実と精神との分裂をうながしてゐる　即ち四重の双極子分裂の状態が、この国における形而上学的な表情である

〈夕ぐれと夜の言葉〉

またも一日の終りに熱くほてつた頭脳と痛む神経とが残つてゐる

僕は明日も生きることを強ひられてゐる　強ひられてゐるといふことの外に何の言葉も用ひることは出来ない　何故ならば僕は持つてゐる一片の意志も生きようとする欲求のなかに費さなかつたから　又強ひられてゐるといふ感じの外、何も由因を見つけ出すことは出来なかつたから　僕は何を言ふべきだらう　且て愛してゐたものは幻影と残渣とにわかれて消散してしまつた　熱心に聴いてゐた耳は、もう何も聴かなくなつて、すべてが静寂そのもののやうだ　体内には微かな血液の循環が感じられてゐる　僕は何を言ふべきだらう

あの奇怪な老人たちよ　僕は訣れを言ひたくなつた　僕に好奇心を植えつけてくれた貴重な老人たちよ！

放浪と規律。僕はこの両極に精神を迷はせてゐる　刻々と僕が人生における一つの岐路に近づいてゐるといふひとつの予感が、僕を一層不安の方へつれてゆく

僕は放棄すべきなのだ、一切の由因を。この国の芸術と芸術家達が一様に悩み抜いた分裂が僕の心をも又占めはじめてゐる　恐らくこれは僕の負ふべきより僕のゐる精神と社会との風土が負ふべきものなのだらう　だが僕はそれを逃れることは出来ない　人間は環境を必然として受入れることの外に、何もなし得ないから　この国は悪魔の国だ　しかも意地の悪い、卑小な悪魔のゐる国なのだ

〈夕ぐれと夜との言葉〉

数々の夢から分裂する悔恨を僕はとうの昔忘れはてたと信じてゐる

精神は抒情の秩序を失なつてしまつたから、
僕が夕ぐれ語り得ることは嬰児の如き単調なレポートだけなのだ
孤独は凍結するものだ　僕の資性はいま何も語らなくなつてゐる
危機とは僕にとつて且てすぎてきたところのものだ　僕は死のうちに生の仮面をつけてゐるだけだから　僕はもう誰のためにも笑はない　みんな喪してきた
僕は七つの手帳《ノート》を使ひわけて、七つの異つた演算法を用ひよう　解かれるべきことは値ではなくて余剰だけだ
社会とは不逞な僕から何もせしめることが出来ない代りに、僕になにもさせることをしないところだ　死すらも僕のために提供されてゐない
この社会にあつてはすべての思惟量はかくされてゐる　あらはれるのはその結果、余剰……だけだ　数学好きな僕は演算だけを、それから＊＊は余剰だけを採るがいい、
若しも僕が社会を構成してゐる思惟の錯綜を再現することを願ふならば　社会は金網の積みあげられた山のやうに視えるだらう　到るところで身をからまれる者が在るかと思へば、或る者は何くはぬ顔をして網の目の端を引張つてゐる

〈老人と少女のゐる説話〉Ⅱ

微風がわたつてくると、例の赤屋根の甍のある館では風見の四極半球がめぐり出し　ときおりカタカタと機械の音がしてゐた　僕は二粁の路をあるき八ツの横断路を越えて岸壁の石垣に腰を下ろすのだつた　例の老人は海がか黙く沈む頃までにはあらはれる筈であつた　港では艀船が動きまはり、貨物船や干潟掘り船のクレインのガラガラといふ響きがきこえ、煙やうす靄の奥でどの船からとも判らない汽笛がボオツと響きわたつた　僕はそれが泣きたくなるような感じであつた　と言ふのは老人の何とも言はれない暗い胸のうちと、若しそんな連想がゆるされるとすれば、人間はみなむさくるしい街の裏路の破れはてた長屋で　生涯を送らねばならないのだぞと告げるような　陰暗な遠い底からの響きのやうに思はれたからであつた　勿論僕は別に見事な洋館に住んで安楽な暮しをしようといふやうな夢を一度も描いたことはなかつた　ただ併し僕の運命がどのやうな星めぐりに出遇ふとしても、例へ神さまからさへもおまへの宿命はそれだと告げられることは堪えられなかつたのである　確かに港からの船の汽笛はそんな響きであり、誰れでもが動揺を感ぜずには居られないやうな性質のものであつた。

〈老人と少女のゐる説話〉Ⅲ

○〈それではお山は生き物のやうなのね〉

〈さう　若しかするとやつぱり自然のほうがほんたうであつて　人間はずつと後から色々なことを考へ出したにすぎないのかも知れない〉

○老人は静寂の底のほうからきらきら輝き出す眼をしてじつと視すゑた

僕はその眼が何を語つてゐるのか、又しばしば人間が持つてゐるすべてがそうであるように如何な過去がその眼のひかりを織つてきたのであるか判らなかつた　僕の周囲に在るどんな人もそのやうな眼をもつてゐなかつたし、その眼が意味する類ひの如何な悲惨も暗黒も優しさも、この世に在らうとは想像することが出来なかつた

何か悲しみがあればそれを、暗い宿命があればそれを、みな貯へて来たやうに、その言ひしれぬ優しさも浮き浮きしたものを僕に許さなかつたし、若しすべてを知ることが、すべてに沈黙することであるならば、それは正しく沈黙することが教へる優しさと言つたようなものであつた　僕は老人に訊ねた

〈先生はもう如何なことも、先生を悲しませたり喜ばせたりすることが出来ないことを感じられますか〉　老人はこんどは別ないたはるような優しさで言つた

〈もしおまへがそう思ふならばね、けれどわたしはおまへに、この世は余り深い意味を持つものではないと教へてよいか、若しそう思ふならば無限に底深い悲惨や暗さがあつて、誰もそれに耐えることは出来ない程だと教へてよいかわからない　結局それはおまへの内側にすべてこの世のカラクリが存在してゐると考へてよいようだ〉

老人はそう言ふと　羽のついたペンをもつて又書き物をはじめた　炉の上の吊り棚には長靴と布きれが干してあり、イタヤの木のまきがくすぶつてゐた

○〈おぢいさまは、とても気むづかしくて、時々お瞋りになると、いえわたくしに瞋るのではないの、おぢいさまを瞋らせることなんか出来ないことです、おぢいさまは独りでにお瞋りになるのです、まるで嵐が遠い底のほうからわき立つてくるようにお瞋りになるのです　するとランプでも机の上のトルソオでもみな壊しておしまひになります〉

○老人が何故僕に関心を示すのかわからなかつた　後年僕の宿命がそれを教へたのだが、老人は何か一種の占星術のやうに僕のすべてを測つてゐたのだと思はれた

僕はもうその頃人間が嫌いになつてゐたので、海岸近くの埋立地へ昆虫や魚を採りにゆき　葦原の深くをかけづりまはることで一日を費してゐた　僕は人間に対し素直でなくなつて　唯、そのやうな独りの時だけ無邪気であつた　誰も僕を愛しなかつたし、僕もそのほうが苦しくなくて好きであつた　人にむかふと僕はおどおどとし、敏感で弱気であつた　皆　不思議に僕を視ると世にも悲しい表情をしてみせるのであつた　僕はその意味がわからなかつたが、もう僕が人々の圏外に追ひやられてゐることを了解することは出来た

［秩序の構造］

一つの秩序は必然的に一つの思想的体系を要求する　秩序は支配する者にとつて一つの自然であるが、被支配者にとつては巧まれたる体系に外ならない

一つの体系なるものは集積せられた自覚に外ならないが、無数の自覚のうちの唯一無二なる自覚を意味するものではない

一の体系を支持するものは個々の自覚における撰択作用に外ならない　従つて人は自らの執着以外の原因によつて一つの体系を支持することは出来ない

一つの秩序が着々と動きつつあるとき　一つの体系としての思想はそれに伴つて動くものではない　思想の体系はそれが飽和点に到達するまでは決してその骨格を変えるものではない

一の秩序は下部構造によつて動くのであつて、上部構造はつねに均衡だけを欲するが如く反対に動かうとするものだ　下部構造は必然以外の動機によつて動くものではない

歴史はしばしば上部構造の歴史として描かれてきた　法制史は多くの部分を歴史の分野で占めてゐるが、それは原因の分野を占めるものではなく、結果の分野を占めるものだ

若し人間が動機によつて動くものであるならば　歴史は動機の連鎖によつて描かるべきである

歴史は人間が持つてゐると同じ数の慾望と動機とを持つものだ、

人間が若し何物かを欲するとすると、それは必ず必要であるものを欲することは明らかである　ところで或るものが必要であるといふことはそれほど解り易いことではない　必要は真に欠乏してゐるにし

ろ、或はそうでないにしろ　欠乏の感覚に由るものであるように思はれる　それは言はば、均衡の欠如を充たすひとつの感覚である

ところで我々は秩序といふものが一つの欠乏を基盤にした、他の必要のうへに構成されてゐることを、直《ぢ》かに知つてゐる　それ故若し一の必要の方向が他の必要の方向と逆でない限りは　均衡に到達することは不可能である　歴史学の分野で国家又は、指導と従属の秩序が破られる諸事件は　すべてこのことによつて説明することが出来る　古典経済学における稀少性、搾取、交換、使用価値なる概念はすべてこのことの述語に外ならない

方法的制覇

常に方法的な基礎のうへに建築された体系は、巨大な圧力を呈するもので、絶えずおびやかされてゐる架空な設計家は　直ちに模倣家と変ずるかさもなければ、自らの場所を逃れ出すであらう　だが方法的な基礎のうへに建築された体系は、若しそれが心理的な充填物を充填しない限り、激動に対して鞏固ではないものだ、即ち多少の可鍛性がないものは脆いと言はなくてはならない

方法性は決して滲透作用を持つものではない　それは膜平衡の原理には適用されず、多くの結節をもつた脊髄の如きものであらう

方法性といふのは一つの意識性と言ふことが出来る

打ち砕かれた方法的な体系を組立てるに際し、僕らは常に意識的な悲しみを必要とするものである

余剰の精神といふものがあつて、それはこの世の全価値よりも自分の価値がほんの少し巨きいといふ風にも説明されるが、逆にこの世の価値物らしい価値物がすべて他の精神に占取された後に、自らの精神が取得する悲しみや瞋怒や若干の愁ひをも含んだ精神的余剰物と考へる方がより適切であらう

忘れるといふのは美しい獲取であつて、若しそれが精神にとつて無かつたとしたならば　人間は絶えず消費を感じてゐなくてはならない筈だ

覚醒といふのは積極的な消費でそれは思考の体操の如きものである

〈老人と少女のゐる説話〉Ⅳ

○ほんたうは水際で老人の言つたことは　ほんたうに短かい一言であつた　僕はむしろそれが独り言のやうに、ただ何か自分の考へを確かめるためにくりかへされた言葉に思はれてさして気にも留めなかつた　だがそれは老人にとつて一失のやうな形で　千慮の重みのある言葉になりかねないものであつた

尚　確かにおぼえてゐるが、海はか黙くなるまへの茜いろの細波をただよはしてゐたし、土管や石材屑

のうへには残りの微光が斜めの影を置いてゐた　僕はいささか寒くおもはれたが、それが海風の冷えのためなのか、それとも老人の鋼のやうな魂の匂ひが怖ろしかつたのかわからなかつた

〈留美は、いつかああいふ時のわしが、耐えられないやうな年頃になる……〉

留美とは老人の孫娘であつたが、ああいふ時といふのが如何な時なのか僕は知らなかつた　唯老人も最早、齢弱い娘の心のすみずみまで考へながら、自分の老いた精神や肉体の衰へをかき立ててゆくことが　ひどく困難になつてゐることがよく判つた

留美は虔ましい感じの少女であつたが、僕にはその年頃の女性が心に秘してゐる願望がどのようなものか知る由もなかつたから、唯莫然と、この世にたつた二人きりの老人と少女の生活も、何日かは　訣れ路のやうに裂けてしまふのかといふ予感がして、何かおそろしい寂しさを感ぜずにはおられなかつた　その寂しさは僕が何遍も感じたことのあるもので、言はば僕にとつては習慣化された心情の体操のやうに、或る情緒の状態に或る事実の状態が対応するといつたやうな性質のものであつた

〔カール・マルクス小影〕

カール・マルクスの資本論は大凡すぐれた著書が持つてゐるあらゆる特質……精緻さ、心情の湧出、理論の完璧、現実性を獲取するまで鍛へられた論理……を具へてゐた　しかも一瞬もゆるむことのない精神の緊縮によつて支へられてゐた　従来語られてゐるこの著書に関する多くの解説者や研究家達の理解は　一点において僕を満足させるわけにはいかなかつた、僕はこの著書が多くの誤謬を持つてゐたとしてもそれは何程のことども思はれなかつたし、又この著書が神秘的な予言の役割を完全に果してゐた

としても、それを信ずることは出来なかつた、僕はこの極めて抽象的であり同時に原理的である論理の発展法が、僕の思考の原則に一致するように思はれた

人はしばしば論理が現象を説明することの出来ないことを以て論理に対する軽信を述べるが、僕の見解によれば　論理なるものは、現象の説明といふ責任を当初から負つてゐるものではない　若し論理が何らかの役割を果すべきものとすれば、それはすべての動因を原理的なものの基本反応に還元し、その基本反応の組合はせを以て普遍的であり、同時に近似的であるところの現象に対する一つの法則を獲取するにある　若し現象を論理的に解明しようと欲するならば、この基本反応に若干の偶然的要素を加へて　各人がなすべきところのものであると思ふ　資本論は正しくこのやうな抽象的といふことの持たねばならぬ重要さを具へてゐたと言ふことが出来る

研究家達は資本論の所説が誤謬を結論したからといつてこれを非難しようとしたし、一方信者たちは抽象と現象、現実と実践……について一つの錯覚をしてゐるらしく　僕にはそれが　大凡思想と言ふものの成立ちについての驚くべき無智としか思はれなかつた　殊にいささかでも自らの精神について何らかの苦闘を経て来た者は誰もが、思想といふものが如何にして形成され、如何にして発展せられるかを知つてゐるだらうし、そうすれば幼稚な無関心でもつて思想と人間、現実と理論との必然的な関連や微妙な断層を等閑に付することはしないであらう、と思はれた、

僕が何よりもこの著書について驚嘆を禁じ得なかつたことは、それが感性の高次な秩序を要求するといふことであつた　僕はこの点についての多くの信者たちの悪循環をよく知つてゐるし、彼等に悪循環をさへ要求するような見事なマルクスの思想をも知つてゐた　唯僕が何故その悪循環を経験しなかつたかと言へば、それは僕の全く対蹠的な部門についての少しの修練があつたからである

〈老人と少女のゐる説話〉V

老人の額は深く刻まれた幾筋かのしわが固定してゐた　それは同じ思索の体操を繰返へしてきたものの皮膚の緊縮と弛緩とが形造つたものであつた　赤黝い皮膚はそれが生活と労力の歴史を証かしてゐた　僕はあまり真近で見る老人の顔が、何か異様な岩石の断片のやうに感ぜられ、そこに人間を連想することが出来ないものであつた　唯　眼のふちには無意味なしわが乱雑してゐて、僕はそれが愛憎と慾望のむなしい象徴としてしか考へられなかつた　そして眼、頰と鼻と唇の形は唯典雅であつて、老人がそこだけを生活やいろいろなはんさから守つてきたやうに思はれた、

忘却の価値について

悲しみは無数の体操の形式をもつてゐる　喜びは単に上下運動とか単純な性質の体操、瞋りは全身の緊張で、それは体操の終局、愉しみは小さな緩急律動、

理性はいつも一致を願ふけれど感情は乱れることを願ふものだ

忘却はひとつの撰択に外ならない　最も忘却をまぬがれるものは嫌悪である

悲しみも愛憎も決して永続することはない　何故ならそれはたまることはないから　愛憎の思ひ出といふものは総じて在り得べきものではない　これらは過ぎてゆく季節に外ならない　僕らは執着することは出来ない　受容するだけだ

衰弱した精神にとつては休息が必要なのだ　それなのに僕はいつも酷使してゐる　すると増々肉体と精神とが不均衡になつてゆくのが判る　脳髄は敏感に衰弱し肉体はしこりのやうに悩む　僕は増々自分を窮地に追ひ込んでゆくようだ

誰が精神について王者のやうな自由であり得たらう　そうして真暗な道を胸をあげて歩むことが出来たらう　時間は暗く、僕はいつも目覚めきつてゐた、僕には何よりも強くあの悪魔の声が聴えてゐた首かせをつけられた僕の姿が愉しい人々の中に混じつてゐた　僕は諦らめてゐたので、唯微笑をしただけだ

乱舞するやうな日の光は　僕が自由でないことを嗤笑つてゐた
僕は窓のうちがはで孤独な思考の体操に忙がしかつた　僕はいまこそ仕事を持つことになつたのだ
僕の精神は体操してゐるのに僕の肉体は痛んでゐた

精神の体操は僕を爽快にしたことはなかつた　かへつて衰弱の感覚を与へたのだ　すると僕は精神が肉体のやうな現実性を獲取するまで、それを鍛へるより外　仕方がないのかも知れないと思ふ
僕は精神だけになつた自分を想像した　誰か僕に触れてみて温もりに驚いたりするだらう　けれど僕

は驚くことはないだらう

現実は永遠にあの十九世紀の静寂をとりもどすことはないのではないか　すると現在僕の精神の内に会釈もなく入り込んでくる外界の嵐は永遠に絶えることはない筈だ　それ故僕はあの外界を　ここでは精神に翻訳して保存することになるだらう　沢山の闘争は精神のなかでは矛盾に、利慾やエゴイスムスは精神現象の或る閉塞に対応したりするだらう　そして正義人道といふ名目で好まれる政治家たちの名誉心は僕の内部では除外されるだらう　僕は善悪や義といふものを規定することは出来ない　まして僕は規定されることもない　僕は自らの撰択によつてそれを実証するだらう

静寂のうちに用意されたひとつの悲しみ、精神は空の色のなかに昔々秘されたひとつの予望を掘り出さうとしてゐた　僕は沢山のことをしようとは思はず、唯ひとつのことをしようと思つてゐた　赦された者は幸ひであるかな

もう何の危惧もなくなつてゐる　残されたものは唯ひとつの可能だけだ

〈思考の体操の基本的な型について〉

若し僕たちが幼い時のままの感受性に加へるに論理的な綜合力と分析力とを保続しようとするならば、日課として幾つかの思考の体操の基本型をくりかへせばよいことになる　人間はしばしば自らの理解力

や知力が齢とともに増進すると信じてゐるようだが、それは明らかに錯覚であると考へられる
精神のすべての操作はそれが保存せられるために、演習せられねばならないのであつて、演習せられなければ減退するのである　以下は任意の主題についてなすべき思考の基本型である　人々はそれを日に二時間も繰返へすことにより、適度の柔軟性を精神のうちに獲取することが出来よう

第一型、思考の滲透と拡散とを同時に行使する演習をすること、
例へば女性の美しさを考へてゆくと、当時　思考の滲透作用の結果その美しさが精神より原因されるか生理より原因されるか判然としなくなるだらう（多くの人々が経験するように）　このときそれは何れの二つからも原因されるものだといふ結論に安んじてはならないのであつて、真の解答は思考の拡散のなかに用意されてゐることを知らねばならぬ、女性の美しさが精神より原因されると考へたとき、それは極めて自然に連鎖作用によつて他の主題の根底に移行する部分を持つにいたる　生理より原因されると考へても同じ作用を持つ、そこで例へば女性の美しさを考へることは、すべての事実を考へることと同価であり、その原因を例へば精神と生理との二つに分けて考へることは、存在するあらゆる事実を二つに分けて考へることと全く同価なものとなる、その結果我々は存在する事実を二つの原因に分離してゆくことの中に含まれる、利得と、矛盾とを知ることになるのである　ここにおいて女性の美しさが何れより原因されるかといふことは、あらゆる存在の緒端に対する疑問と全く同価であり、それは循環と可能との間にあるすべての関連に対する演習となる、

第二型、抽象されたものを更に抽象化する演習
第三型　感情を論理化する演習　論理を感情に再現する演習

或る一つの結果に対する考慮は衰弱の形式であつて、充分に充たされた精神は動機のうちに自足してゐるだらう　経済学が交換価値や使用価値を効用性において説明することは、それ故正しいのである若し動機のうちに充たされた精神に、加担するユマニスムを欲するならば、マルクスによつて徹底せしめられた労働価値説を用ひざるを得ないであらう　この説は充分人道的であるが、果して正しいかどうかは明らかではない　動機のうちに充たされた精神が、価値と結合することを嫌悪するかも知れないからである、

コミニスムは正しい社会心理学的な基礎を以てゐる　これは学説史的に如何に修正されたとしても依然として保存さるべき基礎である　大凡構成されてゐる秩序はひとつの体制を持つものであつて　この体制は充分に堅固に出来上つてゐるので　疎外された階級はこの体制の中に入り込むことが難かしい、一の体制のなかにある人間は、あたかも何ものかのうへに乗つてゐる心理を伴ふもので、これが体制といふものの心理的な基礎である　疎外された階級は動揺する心理をさけることが出来ないのであつて、これは少年たちの世界においてすら存在するものである

疎外された階級は何らかの復讐心を持つであらう　これは種々の形態で発動されるものである、

［芸術家について］

古代人は抑圧に対する心理的な反応を宗教心において発動した　抑圧、欠乏の心理が美しい意想にお

いて発動されたとき　古民謡がそれを代表するものであつた　近代の抑圧に対する心理は経済的及び社会的な体制の打破に向ふことは必然である　人間は抑圧や欠乏のうちにおいても尚生産し創造することが出来る　それは一つの精神の反覆作用に似たものである　併しながらそれなるが故に、経済社会学的な革命を排さうとする芸術家の心理的な偏向は不当であると言はなくてはならない

芸術家は習慣によつて、即ち技術によつて制作してゐる　決して何故？　といふ問を喚起しないだらう　この問ひは芸術家の中に一人の批評家を生むものである　僕は批評家をその胎内に持たない芸術家を好まない　画家音楽家を僕は好まない

芸術は技術であるが、芸術発生の動機には一つの抑圧に対する反応があつた、即ち人間精神の存在についての或る岐路があつた　この岐路から出発しない芸術は空しいし、常にこの岐路に立つてゐない芸術家はだめだ、

人間は最早や社会的体制としての宗教を必要とはしない　即ち　組織としての宗教を必要としないのである　それ故各人は各々の宗教を持つだけであり、人間の数と同数の宗教が内在するだけであるそれと同様に人間は最早形式としての芸術を必要とはしない　各人が各々の芸術を持つのであつて、それは如何なる類別をも拒否せざるを得ない

僕は度々　正義の味方になることを強制せられた　だが僕には常に一つの抑制があつて　正義といふような曖昧なものに組することを願はなかつた　それはひとつの知心とも言ふべきもので、僕が何を欲するかといふことを通じて、人間が如何なるものかを知らうとする心があつた　そして最も主要なるも

のは最もかくされていることを信じてゐた

〈老人と少女のゐる説話〉Ⅵ

夕暗が訪れてきた　台場に二つ、O海岸に数個、船のマストや腹に灯がつきだした、
僕の意想は徐々に暗さを加へてきた、

美学から歴史を拒否することは長い間僕の主題であつた
僕には存在の根底にある伝習といふものは現在的な意味のうちに消失すべきものと思はれた　若し望むならば、すべて歴史的なものは現在的な論理と解析のうちに尽すことが出来ると信じられた。僕は論理の力を信じてゐたし、論理の持つ普遍性よりも論理の含む滲透性を、好んだ
我々が存在から普遍性を抽出することは正当であるが、その普遍性は何ら有用なものではなくて、唯　存在の確認といふ意味を持ち得るのみであると思はれたのである　これは言はば論理に心理性を持たせるための基礎的な確信であつたと言へる

僕がどの道をたどつてきたかは明瞭に見ることが出来たが、僕がどこへ行くのかはわからなかつた、既に決意といふものは僕の心理学からは消えてゐたので、何ものかが僕を導いてゆくであらうと思はれた　人道的といふことのなかに僕は例外なく嫌悪すべき健康さを視てゐたので　青年に特有な理想主義は僕を殆んど動かさなかつたと言ふことが出来る　健康さといふことに多少の侮蔑を含めなかつたこと

はなかつたし、その健康さに対する嫌悪は社会を構成してゐる我慢のならない人種に向けられる僕の感情と等質であつた、僕は最も平凡な人間であつたが、白痴ではないと信じてゐたのである

僕は嫌悪といふことに自らを喰はれた

〈夕ぐれと夜との言葉〉

夕ぐれがくると僕は理性のかげにかくれてゐる情感を放した
情感はひそかに理性の手をはなれて自らの影を拡大するやうだ
僕は鋳型をうちこはして融解するやうにすべての規律をも放すのだ

《一九五〇・四・三〇》

箴言Ⅱ

［断想Ⅰ］

世界は二つの虚偽に支配されてゐる

僕は僕の現実についての判断と信ずべき正当な方向とが次第に潜行せざるを得なくなつてゐるのを感じる　しかもこの距離感は増々巨きくなりつつあるようだ

僕は絶えず歴史的な現実からの抑圧を感じてゐる、これは大戦中にも感じてゐたものと正しく同じ性質のものである　僕の思想が当然受けるべき抑圧であるかも知れない

このいら立たしさは何処から来るか　人は絶えず自らの為すべきことを持つてゐる

僕はすべてを抽象に翻訳しようとしてゐる

この鎖国されてゐる国、永久に僕らは孤立文化の跛行から逃れられないのだらうか

AがAでなくなるときに残こすひとつの空白

僕は実験する　だが恐らく僕は実証するひまを持たない　実証とは言はばひとつの再表現だから

僕らは己れの環境を後悔することは許されてゐない

〈僕の歴史的な現実に対するいら立ちの解析〉

①要するに根本にあるのは　僕の判断し正当化してゐる方向に現実が動いてゐないといふことから来るもの、
②具体的には世界史の方向、
③日本における政治経済の現状
僕が現実を判断する場合に現実なるものが二重の構造を持つてゐて、この断層が決定的である、

いら立ちといふのは精神の剝離感覚である

④僕の判断を実証することが、日本の国においては殆んど不可能であるといふこと、
⑤僕らの国の権威者によつて典型的に表現されてゐる劣等性が　僕に与へる自己嫌悪と共鳴現象を呈する、
⑥強制的に採用されてゐる日本における経済政策が　貧窮階級の意識的な無視によつて行はれてゐること、
⑦占有せられた現実、

他律的な現実において僕の自律的な判断が占めるべき場所を有しないこと、

［断想Ⅱ］

一つの決定的な宿命といふものが、如何にして一つの可能性をあらはすかと言へば、それが多様な構造によつて支へられてゐるからである　この構造の多様性といふものは僕らの否定といふもののもたらす効果とも言ふべきものであつて、僕らが離脱しようとする意志によつて生成せしめてゐる

僕らは離脱しようと慾するけれど、決して離脱することは出来ない　唯それは内的な限界を拡大し、多様にするだけである

僕は思考の演習がもたらす効果を知つてゐるわけではなく、そうすることによつて効果を実験し得ると考へてゐるのみである　如何なる作家も作品形成における秘事を明らかにしたことはなく、唯彼等は結果だけを提示したにすぎない　一つの結果である作品から一つの過程である生成の秘事を発見することは容易ではない

僕は唯欲するがままに為すにすぎないけれど、欲するがままといふことは次第に一つの目的を形成するに至り、それは同時に苦痛さをも伴ふに至る　即ち一つの労働に転化される　労働の感じを伴はないものは天才の作品を除いては決して存在しない、

注意深く演習することによつて僕が期待する唯一の効果は、一つの段階が終つて他の段階に移るといふことが果して可能であるか、(一般にそれは同時に行はれるから) を検証し得るといふことにある

僕は決意したいと感じてゐる　若し現実がこのまま発展してゆくならば、僕らは再び不幸な戦争の渦中に自らを見出すといふことになるだらう　人々は傷つき易いやうに忘れやすい、僕は執拗に且て自らを苦しめたから　それを再びしたくはないのだ、何人も殺し合ひを好むものではない、併し戦争を阻止するといふことは決して、単に殺し合ひを好まないといふ意志によつて行はれるものではない、若しそのやうに軽信するものがあるとすれば、それは歴史といふものに対する無知に外ならないのだ　戦争とは一つの指向性であつて、これを阻止するには　逆に働らくところの現実的な指向性を必要とするのである

アジアの最も必要とするのは文化史的風土の発展といふことではなく、社会構造的な風土の発展といふことである、そして最も現実的な課題は　ヨオロッパの帝国主義的な経営の歴史を消滅せしめるといふことである、これが行はれた後に、始めて、社会構造の淘汰が自律的な課題として現実化されるのである

僕らは今後恐らく長期にわたつて、現実の課題に対して精神を用ひざるを得ないであらう　精神の風土はそれ自らを、現実との闘争のうちに肥沃化するであらう、

アジア精神の将来は、決して悲観すべきものとは思はれない、併し現実的な抑圧が、その光輝を剝奪

してゐるのである、
ヨオロッパは精神の課題を第一義とすることが出来るに反し、アジアは現実の課題を第一義となすべきである、

〈不幸の形而上学的註〉

不幸といふのは言はば欠如の感覚であるが、この欠如が、時間的に永遠の感覚に、又空間的には人間性の共通な課題に結合するのでなければ、僕らはそれを自らの欠如として感ずるに価しないものである　不幸であるといふのは正しく僕を訪れる感覚であり、僕のみに関与するものであつても、僕がそれを一般の不幸として感じないとすれば、何を得ることが出来るだらう、
併も不幸の解決は正しく僕のみにとつての解決であり、僕のみの喜びである
そしてこれは他の喜びに転化するを得ないものだ　ここに不幸といふものの特質があると思はれる
それ故不幸は嘆かるべきでなく　掘り下げるに価するのみである
一般に欠如の感覚は　欠如を充たすことによつて消解するのでなく、正しく僕の経験によれば、掘り下げることによつて消解するのである

人間は他の者の不幸を如何にしても消解せしめることは出来ない、若しその不幸が普遍的な現実の問題に関するものでないかぎりは。

僕は慰めの感情によつて不幸に対する者を信じない、共鳴によつて対する以外にない　それが解決でないとしても、

〈虚無について〉

僕は精神を無数の起伏にわける
若し我々が存在するならば　存在の周囲には一つの精神の集中があると考へられる
この集中は規定される以前のものであり、存在の一つの確証に外ならないとされる
精神の集中の周囲には必ずひとつの真空がある　我々はこの真空を個性と考へる　そこで個性といふのはよく考へられるように　個人が所有する特性ではなくて　個人の所有する場である、
ここで言ふ真空はその程度を持つてゐる
絶対の真空を周辺に持つところの集中された精神が虚無である

我々は虚無にあつて何ものをも創造せず何ものをも定義せず、何ものをも救はない

我々は虚無において神への上昇も現実への下降も許されない

［断想Ⅲ］

何故に僕は自分といふものを救助することが出来ないかと言へば、精神は絶えず救助の方向に反撥するからである

今日　唯物史観が理論的にうけてゐる非難は、決してそれが負ふべきものではなく　すべての形而上学が負ふべき非難のうちのひとつに外ならないものである

〈出来るだけ易しい言葉を用ひること〉

精神の強さは一般には持続力としてあらはれる

直覚といふものは持続するためには速度がいるので、論理はそのために強さがいるだけである

寂しさと呼ばれてゐる状態はやはりひとつの止つた状態であつて僕は速度によつてそれを消すことがいちばん易しい方法であると思ふ

僕らは精神のはたらきを倫理のうちにはたらかせるとき、如何に生きるべきかといふことを解きつつあるのだといへる　ここでいふ倫理とは決して道徳律をさすものではない　ほんたうに深くされた精神はわけても正義や道徳の匂ひをきらふものである

我々はひとつの設けられた陥落にたいしては　いつも開かれた精神でむかふことが必要である　何故かといふと閉ぢられた精神は陥落におちこむと　自らを枯らさうとする自己運動をするからである

精神は余りに抵抗しすぎて疲れてゐる

これを為してどうするのかといふ問ひが絶えず僕を追つてゐる、僕はそれに対し何も大切なことは答へられない　完全にこたへられない　何故かといふと、僕はすすんでこのノートを取つてゐるのではなく、無理にといつて良い程習慣的に行つてゐるにすぎないのだから　習性が僕を生きさせるといふ教養は怠惰な僕が　ひとりでに得た唯一のたのみと言つてよいものだ、

政治経済学

若し社会変革といふことが人類の理想であり得ないならば、我々は概的に経済現象を法則化するところの理論経済学だけで充分であり、敢てポリテイカルな経済学を必要とせずに未知の経済現象を解明することができる、

いつか寂しいと感ずることの出来る夕ぐれがやつてくるでせう　そうしてそれを感じることの出来るこころが蘇えつてくるでせう　そのとき心は夕ぐれのなかにあるのです　いまは名ずけようもない不安がこころにひどい空洞をかまへてしまつてゐます　でも僕はそれに病みこんでしまふことは出来ないのです

何ひとつ手がかりもありませんが、生きてゆかねばなりません

皆さん　しばらく待つてゐてください　そのうちお目にかかることでせう　お目にかかることでせう！

［断想Ⅳ］

○無限に下降しようとする精神は形式的なもののうちに虚偽を見つけ出すだらう　即ち精神の停滞を拒否するだらう、

○○僕は倫理から下降する　そしてゆきつくところはない

あらゆるもののうちで最も僕をとらへてやまないものは規定を脱してゐる精神、そしてそれ以上は下降することは出来ないやうに見える精神である

娼婦の顔とその声とは悲劇的なもののひとつ、その美の表現であると思ふ、

○一つの量から一つの量へ移行することは　一つの飛躍であると考へられる

若しすべてのもののうちひとつのものを愛するならば、我々はそのもののためにこそ生きるべきものである

僕は慾望が無限のものであるかどうかを試みたことはない

恐らくそれは無限のものではないと思はれる、その限界において僕は必ずや人性の限界を視るに相違ない、

○我々は存在そのものが既に倫理的な実体であることを知る、

精神にとつて存在がひとつの終点である、

自然の秩序は　先づ存在があつてそれの効果があらはれるといふ順序をたどるが　人性の認識する秩序は　先づ由因があつて次にその存在があるといふ風に考へるところにある、

真に自己自身に出遇ふために多くの努力を要するといふことは、所謂個性といはれてゐるものが、それ自体何ら実体ではなく　反映にすぎないことを証明してゐる、それ故、自己自身に出遇ふといふことは、自己の、自己以外のものに対する反映が固定化され法則化された自己を得るといふことに外ならな

い

芸術の精神をあらゆる他の精神から区別する唯ひとつの要素は、それが人間をして彼自身の価値を放棄せしめるといふことである

最早　僕は自分の言葉が他人に全く通じないものになつてゐることを信ぜざるを得なかつた　あらゆる僕に対する批難は僕の陰で行はれたが、それは手にとるように判つた、どうして？　何故？　このやうな問ひは僕に関する限り何らの意味も持つてゐない、どうして？　何故？　こんな言葉は僕には了解することは出来なかつた、

僕が僕の慾することを実現し得ないといふことは全く客観的な条件にかかつてゐる　先づ抑圧は現実そのもののうちにあり、次に精神のうちに　ある

何故に快楽が節せられなければならないか、僕はその理由がわからない、あらゆる思想家は納得される理由を示したことはない、唯彼ら自身の素質を示しただけだ

僕は次の精神の段階において僕を待つものが疾風怒濤であることを予感する　僕はそれを自らの精神によつて同時に肉体によつて行ふだらう

実践によつて現実変革の原理が発見される　併してそれは現実変革の実践へ移行する

世界は一つの絶望のなかにある　若し人間精神の所産が人間精神を危機に陥しいれつつあるのが、この絶望の原因であるとするならば、それはヨーロツパの負ふべき絶望であらう、アジアは斯かる段階に対して何ら必然的な寄与をなさなかつた　アジアの絶望はその覚醒を阻害するところの現実に対する絶望である

反抗精神をひとつの倫理として規定することこそ、アジアの精神の風土が加ふべき殆ど第一義の問題である

従属する精神を嫌悪すべき反倫理と規定することも又。

精神はその閉ぢられた極限において神と結合する、精神はその開かれた極限において現実と結合する、

体得はいつも少しく遅れて僕に到達する　だから僕は所謂啓示の感覚を覚えたことはない

［断想Ⅴ］

我々はひとつの生存の形式をもつてゐる　その形式は精神的には自由のためにあり、しかも自由を阻害するものに対する反抗としてある

我々は不思議にも何らの目的を持つものでない　我々は目的を創り出すことは出来ない　生存の意味がそれを拒否する

我々は生存せんがために生存そのものを持つてゐる　これ以外のあらゆる生存の意味附けは観念にすぎない　観念なるものは一切虚偽である

だが　我々は生存そのものを生存そのもののうちに忘却することが出来る　これが救済のすべてである、

人類はすべて二つの階級圏にわかたれる　その一方は一方の抑圧と搾取のうちに僅かに生存を維持してきたのである　抑圧は当然　精神の財の貯蔵にそのすべてをかたむけることを余儀なくし、一方はその支配の強化のためにすべての物質財を貯蔵し、このために精神を奉仕せしめた、今や二つの階級圏は自らの方法を転倒せねばならない、

超越的なものはすべて虚偽である

観念的な思考はすべて虚偽であるが、抽象的な思考は虚偽ではない

観念的な思考と呼ばれるものは、それが現実から如何なる源泉をも得てゐない思考である　抽象的な思考とは現実からの抽出に関与する思考である

〈方法について〉

方法とはひとつの抽象された実体である

方法は習慣性を可能ならしめる手段を提供する　習慣性はそれなくして我々の思考が歩むことが出来ないものである　そのことは結局我々の行為が歩み得ないことを意味する　少くとも一貫せる行為が。

一貫せる行為と思考とを要しないところに、方法は必要ではない、

方法のない行為と思考とは循環である、循環は深化することが出来るが、決して発展を生まない、

若し我々が発展を必要としないとするならば、我々は現実をも必要としないことになる

方法は無償である

方法的な制覇は必ずや完備せる制覇を生む、

方法なき芸術は発展なき芸術である

芸術の終局は必ずや現実の発見である　だが現実の発見は恐らく芸術の存在理由を消滅せしめるだらう

芸術は閉ぢられてはならない　何故ならそれは滅亡であるから

方法はその抽象性よりして決して自ら閉ぢることはない、方法は発展する

方法は純化せられたる撰択である

［断想Ⅵ］

〈精神的存在はただ時間によつてのみ変化するが、物体的存在は時間と空間とによつて変化する（アウグスチイヌ）〉

〈世界の美は悪しきもの、害あるものの秩序からも生ずる（アウグステイヌ）〉

〈反抗の倫理と心理〉

反抗の心理のなかに　ひとは例外なく劣等意識を見出さうとする　このことは恐らく正しいだらう

だが　何人と言へども現実の桎コクを解き放つことなくして　劣等意識の問題を解くことは出来ない

一九五〇年六月帝国主義者の専制治下にはいる

一九五〇年六月下旬　南北鮮戦端開く、アメリカ帝国主義者事実上参戦する　解放軍の勝利を願ふ。
日本の新聞、アメリカの参戦を謳歌。軍需株上る、われらの日本は何といふ情けない国だらう

アジアはアジア人の殺りくを帝国主義者の武器を以てなさねばならないのか

憎悪はこれを訂正することができるが、且て愛したものを愛しなくなることは出来ない　このことは憎悪が偶然的なものに支配されるのに反し、愛は必然的なもの（生理的なもの）に支配されることに由因する

人間は開花すべき時代をその生涯のなかに有つてゐる　だから人間は未来のために生きるものではない、

人が何かをする事さへ確かなら、少し位待つたつて何でもない〈オーギユスト・ロダン〉

現実は膜を隔てて僕の精神に反映する　この膜は曲者だ
言はばそれは僕の精神と現実との間にある断層の象徴としてあるわけだが……　この断層は僕の生理に由因するかどうか
僕には未だどうしても現実の構造がわかつてゐないらしい

僕は現実社会に依然として存在してゐる権力の支配とその秩序を憎む
だが現実そのものに対する嫌悪、それから人間の条件である卑小性をもつと憎む

人間は生存するために卑小でなければならない　そうして卑小性はぼくたちが歴史的に背負つてきた条件だ　僕らは時間を過去から切断し得ない限りこの卑小性を切断することは出来ない、
そしてそれは不可能だ

僕はひとびとのやうに現実の危機に対して人間の生の不安・絶望を強調するわけにはいかない　それをただもつともだと感じてゐるだけだ、僕は人間そのものに絶望してゐる　これ以上何に絶望できるか？

人間は支配の秩序に馴致された精神の秩序を有つてゐる
名誉慾、金慾、支配慾、
だから性慾はいちばん純粋なものだ

僕が薄明りのやうに訪れる希望の曙光に胸をおどらせるといふこと
これには思つたより重大な意味があるよ

わたしたちは自らを完成させるために生きてゐるものではない　また社会変革の理想を遂げるためにでもない

人類といふ概念のあいまいさを思ひみるべきである　人類はない　自らの像がいつもある　自らに対する嫌悪と修正の意慾が　わたしを精神的に生かしてゐるのだと言つたら誤謬だらうか

僕はすでに詩において学ぶべき先達を必要としなくなつた　僕は充分ひとりで歩るける程成長したあとは絶対と僕との対決がいつもあるだけだ

我々の傍に（iuxta）あるもの（アウグスチイヌ）

わたしは決して眠りたいとは思はない　限りない覚醒を慾する　わたしが覚めきつたまま　わたしの死をむかへる　そのやうな一種の凄愴な光景を思ひうかべる

信仰といふのは一種の収斂性、精神の収斂感覚である　人は信仰によつて何を得るか　ひとつの不均衡である

〈詩集序文のためのノート〉

この間わたしはほとんど詩人たちと独立にあゆんでゐた　だからわたしはどんな詩人とも一致することを願つてはゐなかつたと言つてよい　わたしが一致することを願つた唯一の対手は　自らの眼で獲得した時代（現代）への認識との一致であつた

わたしは時がわたしに与へて呉れるにちがひないと思つてゐた殆どすべてのものゝを与へられなかつた　然しわたしが自ら獲得しようと計量してゐたことは殆ど獲得することが出来た　これは全くわたしの主観的な独白である

且て関心を示すところのなかつたものが、いまは激しい関心をそそる　このことは、われわれの精神力学の特質を暗示してゐる　即ち　精神がひとつの対称を把握する操作は収斂作用である　精神のひとつの収斂によつて同時にひとつの対象が把握されるのみである

［断想Ⅶ］

自分自身を救済すべくにんげんゝはその青春を費す

その結果がどうであるかぼくは知らない　ぼく自身の孤独のなかに誰もはいることはできない、

われわれは時代の不幸を時代にかへさなければならない　現代における人間精神の社会性は正しくこの使命を負つてゐる　且て個我の受けた傷手のうち自我の負ふべきでなかつたものが如何に多くあつたか

現代における人間の生存は、何も結果を生まない　且て自らの自我が産み出すものを信じて　それに殉じた無数の芸術家たち。その幸せな時代は過ぎ去つてかへらない　今日では自我はそれをとりまく

環境《ミリュ》のやうに稀薄だ、そしてまるで商品のやうに均一な精神の生産物を生み出すにすぎない

与へられた任意の場処から出発するための条件、
われわれは常に用意されてゐなければならない

あらゆる思考はそれが感性に依存する部分をもつ限り、瞬間的に生起し　瞬間的に消出する

何故にすべての人間は個我の生産物を持ち得ないのか
そして何故に個我の生産物を創り出さうとするものは、僅かな余暇のみを利用せねばならないか、ぼくはこの理由を主として社会制度の馴致された構造に帰せしめる　そして極く僅かな理由を、人間が生存するために働かねばならない最小限度の与件に帰せしめる

芸術は場に開く花である　場のないところに芸術を開かうとしてゐる無数の青年たち。ぼくが君たちに与へうる唯一の助言は、君たちが自らのうちに場をつくりあげるまで超人的な努力を傾注せよといふことである　さしたる才能なくして場の上に咲く花を余り問題にするな

人間は何かを為さねばならないが、何かを為すために生きるものではない

人間の生存には意味がない　ただ結果がある

人間が何を為すべきかといふことに答へることは不可能だ　人間の為しうることは限定されてゐる

限定された仕事に普遍的な意味を与へうるのは　彼の精神の決定よりほかない　この決定にすべての意味がある　この決定は判断であり実践ではない　実践とは常に単純な仕事の連続である

量に依存する価値感を信ずることは出来ない　質に依存する価値感のほうがより正しいと思はれる　併し価値感はいつも卑しい

価値感のあるところ真の芸術はない、

仮りに僕が何者であらうとも　僕の為すべきことは変らない

人間が他人を認識するのは習熟によつてである　その習熟が如何なる種類のものであつてもこの原則は正しく適用されて誤らない、

原則として語られる限り　言葉は人間の自由にはならない　人間が言葉の自由になるより外に表現は成立しない　この場合人間の思考もまた言葉の自由になるより外ない

われわれは善悪の規準をもつてゐない　われわれの肯定的判断を善と規定し　否定的判断を悪と規定するよりほかない　このとき判断もまた絶対の尺度をもたない、ただ生存の量と質とに依存するだけである　判断を規定するのはわれわれの場であり、言ひうべくんば宿命がそれを決定してゐる　故に宿命に忠実なる判断は必ず肯定をとり　不忠実なる判断は否定をとる、われわれの善悪の規準もまた宿命に依存するだけである

ときどきこの世で住むのはいやだと痛切に泣きさけぶことがある

〈批評の原則についての註〉

批評における判断力の表象は言ふまでもなく批評家の宿命である

この言ひかたが唐突に感じられない者にとつては、主観的客観的といふ分類は意味をなさない、批評家は常に主体的であるのみである

批評における判断力はまた肯定または否定としてあらはれるとは限らない

現実の構造がそうであるように感性の構造は元来倫理的なものではない

批評における判断力の強弱は　単元的な判断の連鎖の持続度の強弱としてあらはれる

批評家は批評についてたつたひとつのことを言ふことが出来るのみである

即ちここに自らの宿命によつて構築された作者の像があると……

批評家にとつて対象となりうるものは　批評家の宿命と同じ構造をもつた、しかも異つた素材からなる対象のみである　これ以外に対する場合、批評家は自分の宿命を稀薄にするか、または対象をその環境《ミリュ》と同じ程度に稀薄にするか、何れかを撰ばねばならない

批評家にとつて〈環境〉のなかにおける〈対象〉といふ主題は常に魅力的である　併しこの場合、〈対象〉は無意識家または無意識的な作品であることを必要とするであらう　さうでないならば〈環境〉のなかにおける〈対象〉といふ主題は必然的に批評家自身の宿命像の描出に転化されてしまふ

人間精神の現代的課題は必ず解かれねばならない　われわれの現代はかかる種類の批評家をもつてゐない

〈現代の倫理的構造についての考察〉

現代の現実が何故に倫理的構造を持つに至つたかといふことを厳密に考察することは極めて困難であるが　ぼくは次のやうな箇条がこれの解決のために挙げられねばならないと考へてゐる

①一つの原因の周辺に無数の原因が集積するといふ近代社会機構の特質が　現実を二つの極に集中せしめようとしてゐる　この現実の分極といふことは、人間精神の倫理的形成に同型である、換言すればかかる現実の構造は倫理性を喚起せしめるものである

②現代において人間の生存といふ課題が重要な条件として生起してゐる　生存は生存からの上昇または下降として考察されるとき　必然的に倫理的考察となる

③現代社会機構からの人間性の脱落及び反抗、

〈寂寥についての註〉

現代においてわれわれから寂寥を奪つてゐるものは事象の高い速度である　それ故われわれは既に受
動的な寂寥を失つたと言つてよい
われわれの寂寥は世界に対する能動的な寂寥である
われわれの精神は今や包むもの（世界）としてしか存在し得ない

寂寥は欠如感覚ではない
寂寥は過剰感覚である

ぼくが感ずるのはいつも遠くからの信号だ
ぼくには視力がない　聴力がある

ぼくは決して未来を怖れない　ぼくの怖れてゐるのは現在だ

［断想Ⅷ］

やがてわれわれの時代は均衡の崩壊といふ現象につきあたるだらう
純然たる力学的均衡が人間精神の倫理的な性格を決定してゐるとして、この均衡の崩壊が人間精神に何の変化を与へるかといふことは考察するに価しよう、われわれの認識が少しも予言といふ機能をもたないとしても、この均衡の崩壊によつて人間のもつてゐる組織に対する畏敬の滅し去ることは容易に考へられる

組織といふのは人間精神の理論的判断の集成であることは違ひないとしても　その実られた果実でないことは確かである

分化せられた社会機構における精神の本能的な防衛力として　近代は組織を有つに至つた

われわれの精神はその方法を組織のためにではなく　組織の根底に対して使駆すべき理由をもつてゐたはずである

組織の下における精神の生産者はつねに疎外される
精神はつねにその深度をもつてゐる

われわれによつて解決されるべき問題は先づ　われわれ自身によつて深化せられねばならない

われわれは精神に無数の問ひを用意してゐるが　解答の方法はいつもただひとつだ

第二詩集の序詞

わたしはしかたなしに孤独な希望を刻みつけなければならぬ

（一九五二・一〇・〇七）

われわれは自分のなすべき仕事の通路について考へる　つまりどのやうな道を、どの程度のひろがりで、どこへゆくかといふようなことについて考へるわけである。そのとき、われわれが未知らぬ路を歩んでゐると感じられるならば、われわれはすくなくともその道を行つてよいのである

無数の希望とは、希望について考へうるぼくたちの精神的情況それ自体のことである、しかしぼくたちは精神の働き自体を既にどこかにあづけてしまつてゐるのだ

ぼくは偶然に出遇ふことがらのなかに宿命の影をみつけ出す。

V

日時計篇（上）

〈日時計〉

れんげ草が敷きつめられた七月末頃の野原で、ぼくらは日時計を造りあげたものだつた　ぼくらといふのは病弱な少年と少女たちであつた

いまは午睡と新鮮なミルクの味と、衛生講話としか覚えてゐないが、そのときぼくはひたすらに自らが病身と呼ばれることを嫌悪し、かくれるやうにしてゐたと思ふ

日時計の文字盤はれんげ草の敷物であり、アラビヤ数字は花々を編んで少女たちが、こしらへあげた団杖とよばれる、武技のための杖をぼくらは中心に直立させた　子午線上を日の圏は燃えながら通つていつたし、ぼくは家へ帰りたさをこらえながら、何のために見知らぬ少年や少女たちと一緒に日時計を見守つてゐなければならないかを疑はしく思つてゐた

そうして長い間、ぼくは承認しなかつたと思ふ　自らが病弱であるといふことについて、しかもあの日時計を造り上げた夏の気恥しさは、異つた質にかへられたcomplexとして　ながくぼくのこころを占めてゐたのだ

それでしばしば自らが正常なものの世界に加へられてゐないといふ意識の痕跡が、あの夏の日、同じ野原で何の拘束も与へられず、日時計のやうな智慧と羞耻に伴はれた遊びではない昆虫採りなどに駈けまはつてゐる子供達に対して　ぼくが抱いてゐたあの感じのうちにあることを知つた

後年ぼくは再び日時計を造りあげる機会も、そのやうな愉しい時間も決して有つことはなく、しかもあの少年の頃の夏の日は再び訪れることはないといふことを真実に知つたが、それは時間と共に逃れてゆくやうにおもはれる生存を別に怪んだり嘆いたりしないやうにとぼくに訓へたのであつた

ぼくは現在もビルディングの影が光の方向にともなはれて移つてゆくのを視るとき、ぼくの日時計が其処にあると思ふ

そうしてぼくのこころが現在は病弱なのではあるまいかと……最早や同じ仲間を見出すことも出来ず、また何ものにも依存することのできない孤立のうちで、それに耐えることに習はされたこころがつぶやくのである

〈時間の頌〉

寂かな時はこのうへなくわたし自らを守つてゆきました
あはれなひとびとの物語もさしたる程にはわたしに聴かせることもなしに
そしてわたし自らもいかなる風景や騒乱にも撩されない
確かな時間を守ることを知りました
時々にわたしの孤独がまるで死の影を負つてきては
このうへない暗いものを伝へてゆくけれど
わたしはひとりでそれを耐えることができます

寂かな時の移動はわたしに訓へました
狂信や祈りもないありふれた歳月を
たれともわかつことなしにむかへまた送り去ることで充ち足りることを
それからわたしよりもこころ貧しいひとびとから
いひわけをしない生活《くらし》をすることを習ひました

あまたのわたしの暗さの集積、また女たちの屈たくのない小唄
わたしたちの季節はさまざまの宿命にわけられて開きはじめます

わたし自らの関心はわたしの暗さの集積にかけられ
しかも何ごとも解くことのならない未前の世界を怖れなしに迎えます
どんな期待も、どんな寂しさも
わたし自らを殺すことは出来ません

〈歌曲詩習作稿〉

森の歌

＊

目覚めよ！　きららかに風は吹きたり
西北のかた黄なるいらかは古式なる農のうれひ
倦怠のいろの森なみの樹々
おく病なる鳥のさえづり
あらゆるものはくぐもりて暁はいつまでもあるまじ

＊

目覚めよ！　にんげんは唖の馬曳き
うるめる邪悪あをきは魔の森のゆえ
死のいろにて河原の磧
方舟は幽鬼のむれ
あらゆるものはふてくされいつまでも眠りてあらん、

詩への贈答

けふの夕日のなしてゐる色のなかから
緋いろからひわいろにいたるまでの複合色彩を分離し
眠りにかかつてゐる幼児にそれを告げてやる
いちいちにうなづくやうに項を動かす幼児は
わたしへの共鳴者だ
まづたくましい技倆とこの苦難にみちた時代にあつて
殉教者のやうにくるしい忍耐をもつてゐる
あの姿勢はまことの詩人のものとは思はれない
すくなくとも斯かる空前の惨苦のまへでわたしが言へることは
かの幼児をうなづかせるに足るやうな夕日のいろや雀の囀えづり
うるしの痛んだ玩具についての遊びばかり
いつはりのないこころを訴へれば
わかものたちを苦しい立場におしこんだり
いまだゴム弾性体のやうに柔軟な頭脳に革命のコロニイを植たりする
けつきよくわたしの思ふことはすべて暗く
わたしの黙つてゐることはみんなも黙つてゐる

ふたたび一九四三年ころのやうに
わたしは学問をおこたりデカダンスじみた自暴の酒を飲み
街を放浪することになるかどうか
あの頃はまだ僧侶のやうな制服をきて
烏のやうに合唱したり輪舞したりもした
いまわたくしにはその愛歎は残つてゐない
もつと苦しくもつと恐るべき現実となつても
それはそのとほりに生きてゆけるだらうが
みんながいちやうに感じてゐる惨禍の予感が
音楽家たちの奏するシンフオニイや
詩人のいちやうなポオズによつて
消えるとは思はれないのである

〈暗い時圏〉

一九四九年四月からわたしはコンクリートの壁にはりめぐらされた部屋のなかで　一日の明るい時間を過さねばならなかつた　わたしに許されたのは書物と、科学上の或る種の実験だつたのである　わたしはその日々を別に如何やうにも意味づけようとは思はないから、自らのうちに起つた変化の外には何も語らうとは思はない

わたしは先づ何かを信じようとするこころを放棄しなければならなかつた
孤独と焦燥のはてに其処へゆきついたのである　わたしには以前から何かを信ずるこころは無かつたけれど、言はば不信のなかにある或る種の信に似た感情をも放棄せしめることを教へたのは　あの冷酷な部屋のなかである　少女といふものの残忍さと狡猾さとを知らされたのもあの部屋である　だが　わたしはあの少女のことをいふまい　少女はわたしに、にんげんは立ち去るときに一様に残酷であることを象徴しつつ去つたのにすぎない　それはわたしも且てそれを為したことがあるひとつの思ひ出を苦しい色彩のなかに再現させたのである……

つぎにわたしの孤独が質を変へたことを告白せざるを得ない　且てわたしにとつて　孤独とはひとびとへの善意とそれを逆行させようとする反作用との別名に外ならなかつた　けれどあの部屋はわたし自身の質を変へさせた　わたしは自らの隔離を自明の前提として、生存の条件を

考へるやうに習はされた　だから孤独とは、喜怒哀楽のやうな、言はばにんげんの一次感覚とも言ふべきものの喪失のうへに成立つ、わたし自らの生存そのものに外ならなかつた

おう　ここに至つてわたしは何を惜むべきだらう

ただひとつわたし自身の生理を守りながら　暗い時圏を過ぎるのを待つのみであつた　ひとびとはわたしがあの部屋にもあの時間の圏内にも、何の痕跡も残さなかつたといふことを注視するがいい、

秋の狂乱

もう秋か、
凝固土《コンクリート》のビルディングには影がある影がある
影ぼうしはあを黒く　さらさら流れる大河に似て
空気は風といふ名でとほる
風も秋風といふ一種の固有名詞でとほる
じつに暗くビルディングの上の空からは逆光がおりてきてゐる
商標旗がぱたぱたやつてゐる
鶴の感じの図案は何といふのか　黥く黥く黒旗のやうに視える
もう秋か、
湧きあがる湧きあがる路いつぱいの塵埃がわきあがる
洋服のポケツト屑やデパアトメント・ストアの包装紙や
アジトの知れない無名の革命戦士の貼紙の屑からできてゐる
路いつぱいの塵埃がわきあがる
眼つぶしのやうに寂しい眼にふりかかる
光の環《リング》やプリズムや未来派の図形のやうにちかちかとふりかかる
もう秋か、

われらの狂乱はまた果てしもあらず
終日　地獄絵と思ひなしたプラタンの並木路にはさまれて
おう　それでもわれらのこころに悔ひの影はない
まるで風にひとしく
または雲の乱れにひとしく
決して誰と誰とを苦しくさせたり　戦争をもちかけたりするではない
蕩児に倒産された屋敷といふ風な白皙のビルデイングを出入りする

〈一九五〇・八・廿三〉

〈虫譜〉

虫がじん速に鳴いてゐる
ボオル盤のやうな、旋盤のやうな、輪転機のやうなねられた音律で鳴いてゐる
縁の下の暗い湿地で鳴いてゐる
半分ほど埋められた沢庵石の廃物のしたで鳴いてゐる
下水の傍の半陰地で鳴いてゐる
決して美しいとか哀れとか綺麗とかいふわけにはいかない
人間のやうに生活の滲みこんだ厳しい音色で鳴いてゐる
夜、
こほろぎからきりぎりすにいたる四種類ほどの音色をききわけながら
無用の物想ひをする間隙がなくなつてゐる
まるで火にやかれるやうな不安が拡がつてくる
むしろその音色のなかに運命のやうな暗い発光をききわける
虫はじん速に鳴いてゐる
佇ちとまることを許されてゐない囚人のやうに
罪や théophobie を感じてゐる苦行僧のやうに
地獄や極楽をまのあたり観た高僧の乾いた眼のやうに

賭けるやうな音色で鳴いてゐる

〈一九五〇・八・廿三・〉

〈暗い日に充ちた〉

暗い日に充ちた場処をもの慣れた風をしながら過ぎる
出遇ふものは旧知のやうに感じ
しかもことあたらしく挨拶をすることも忘れてしまひ
時によつては視えないもののやうに風景をおもひなし
ひとびとは関心にいたらないいまへのやうに遇し合ひながら
暗い日に充ちた場処をもの慣れた風をして過ぎる

こころにたまる不信こそは
眼のなかにその悲しみを宿して
ものおじはおく深く沈めて敢てひとびとにそれをもてあそばしめない

たどたどしくともわれらはひとびとのやうに
ビルデイングの事務室に通ひ
晨夕まるでそれをば自らの生きる目的のごとくグラフを作り
アルマイトの弁当を喰ひ
そして誘はれてはテニスをうち球を拾ひからからからと笑ひあふ

そのことにわれらを埋没せしめよ
ともすれば自らを何者か大成せるもののやうに思ひ
あるひは撰択せられたる人種のやうに説き聴かせる者たちを嗤へ
しかる後彼らとても妻子を養ひ家をなしえたることにつき
しかくなしとげたることをいたはれよ

ああ　抗《あがら》ふことはすべて悲しい
われらにはいつも深くかくされた魔が住みつき
つひにうちまかす術もないたたかひに自らをついやして了ふ
それゆえに日々は暗くたとへようもなく
疲労はむしろ空からおりてくるここちがして肩にかかつてゐる

詩への贈答

けふの夕日が構成《な》してゐる色のうち
緋色からひわいろにいたるまでの複合色彩を分離し
眠りかかつてゐる幼児にそれをゆび指してやる
いちいちうなづくように項を動かす幼児は
わたしへの共鳴者だ
この苦難にみちた時代にあつて
巧みな技倆と殉教者のやうにしかめた貌を視せる
あの姿勢《ポオズ》はまことの詩人のものとは思はれない
すくなくとも斯かる空前の惨苦のまへでわたしが言へることは
わづかに幼児をうなづかせるに足る程度の夕日の色や雀の囀り
うるしの痛んだ玩具の機関車についての助言ばかり
いつはりのないことをそのとほりに訴へれば
青年たちを苦しい立場に追ひこんだり
未だゴム弾性のやうに柔軟な脳髄に革命のコロニイを植えたりする
けつきよくわたしの思ふことはすべて暗く
わたしの黙つてゐることはみんなも黙つてゐる

ふたたび一九四三年頃のやうに
学問を怠りデカダンスの酒をくらひ
街を彷徨することになるかどうか
あの頃は未だ僧侶のやうな制服をきて
鳥の合唱をしたり〈火の輪舞《ファイヤー・ストーム》〉をしたりした
いまわたしにはその哀歓は残つてゐない
もつと苦しくもつと恐るべき現実がきても
それはそれなりに生きてゆけるだらうが
みんながコムプレックスのやうに感じてゐる惨禍の予感が
音楽家たちの奏するシンフオニーや
詩人たちのあいまいな姿勢《ポオズ》によつて
消えるとは思はれないのである

〈一九五〇・八・廿四〉

暗鬱と季節

緑のいろはまるで底ふかい形態の髄まで衰へていつた
まばゆい農と沖積地をおほふはんの木の群れに
光は冷えていつた
そうしてまるで未来のやうにやつてくる季節は
過去のやうに退いてゆく
わたしの傍をとほりすぎて
確かひとたびの挨拶もわたしにおくることもなしに
わたしはいつその際立つた季節の変化があつたのかを知ることもなかつた
何故ならわたしは自らを暗鬱のなかに閉ぢこめていたから
時はわたしの暗鬱のなかをとほり
けれど季節はわたしの外がはをとほりすぎていつた
空の色や深さ、樹々や作物の色や実のり、風の温度や視線、
季節はいつもそんな目立つた道をとほつてゆく
わたしはまるでそれに逆らふように視えない時間のなかをとほつてゆく
それで擦れちがひざまにわたしの願つてゐたのは
暗鬱と眼とのとりかへつこであつたに異ひない

ちようど時間と物とが触れ合ふ地点でどんなにかそれを待つていたことか
わたしは信じていた
少くとも何日かわたしが眼をもらはねばならないことを
わたしの暗鬱が眼に変らねばならないことを
若しそうでなければわたしは少女に出遇ふまでに死に出遇はねばならない
明るい視線や建物の影や窓や路や
すべて眼に視えるもののかはりにじぶんで造りあげた氷のやうな
風景ばかりを有たねばならない
けれどわたしはふたたび季節を空しいままに喪つてしまつた
何かわたしの衰へと先をあらそつてゐるようなひとつの足音が
また遠ざかつてしまつた!

睡りの造型

わが身は泥靴やしきたりとほりの風評に埋没せられ
いく年もいく年も睡つてゐたのであつた
まづ猛々しさや諍ひのはじめの言葉を忘れさせられ
無理にもまつたく不つ合な掟を誓はされ
次には風景を視たいとねがふ眼を奪はれ
いく年もいく年も睡つてゐたのであつた

それでもわたしは覚醒にみちてゐたりと思ふ
こころにあますところのない思考をめぐらし
ひとりでに自らの風景をつくり出しもした
あまたの時そのやうに慣らされて喪つたものは
にんげんの眼とにんげんを信ずるこころ

あまつさへ幸せはひとにかかはらしめぬはたらきのうへに築かれ
そのうへに唱はれる数々の音楽や
そのうへにとなへられる数々の倫理

わたしは幸せをふくんだあらゆる行ひと言葉とを
まるで腐蝕された齲歯のやうに忌みきらひ
ああそれでもいく年もいく年も睡つてゐたのであつた

わたしは斯かる時のあつたことを忘れまい
あますところなく衰へた四肢や
困憊に動かなくなつた感官や
眼をうしなつた倫理のいたましい歪みを忘れまい

わたしの睡りのうへには
ひとつの墓標を建ててその下で形成したすべての思考を刻まうとする
斯くてそれを視たひとびとは
このやうな墓標がいたるところに視えざる血行のごとくあることを知るべきである

〈暗い招き〉

どこからかわたしを招きよせるひとつの稀れな由因は
わづかな辛いとほりみちだつたために暗い影を負つてゐる
あたかも過去につながれた鎖を手繰りよせるやうに
わたしはその暗さをたしかめようとしてゐる
けれどわたしの暗さは未来の時を考へることなしには存在することはない
神秘ではない秘密のやうに
既に未来と過去とが同じ影のなかにつながれてゐる
そのながれのなかでわたしは暗くあり
そのながれの外で世界は暗くある
わたしの招きよ
けつしてわたしが為しえないことのためにその招きはいつまでもあり
しかもそのためにひとつの理由でもある
風を建築たちのたちならぶ街々の小路に見つけたり
夕べの微光を四角なビルデイングの窓に感じたり
すべて陰微なことにわたしのこころがむかふのは
ひとつの焦燥であつたり　ひそやかな温もりであつたり

時といつしよにあるひとつの招きについてのわたしの安息である
それほどにわたしの招きよ
あたかも限りないもののやうに
またはちかしい触手であるかのやうに
いつまでもわたしの過去と未来とをつないでゐる
もう神についての局外者である人間にとつて
崇高とか信とかを思ふことは辛くなつてゐる
わたしはそこに何も視やうとはしない
そしてみづからのうちにも時間のほかに何も見出さうとはしない
わたしは唯流れゆくものであるかのやうに暗い撰択にすべてをゆだねる
ああ　そしてその択撰について
にんげんは何の尺度も有つてはいないことの
何といふ悲運！

季節

どこかで絶ち切られたひとつの記憶がある
記憶はぞろぞろぞろぞろ蛆虫や百足虫や毛虫の類を引具して
赤い羞耻の跡をひいて
忘れたこともないひとつの瞬間をともなつたまま遠く去る
そのときわたしはじぶんのなかで予感が去つてゆくのを知る
別に寂寥といふものを慾してゐるわけではないし
寂寥といふものは溺れることのできない事実であることも知つてゐる
そうして何ごとか待ちつくしてゐるけれど
かならずや不幸といふものは待ちつくしてゐることのなかにあるのだらう

季節よ
いくつかの継ぎ目をとほるとき
ひとつひとつ記憶を絶ちきつてゆくのは
にんげんがにんげんを嫌いにならないためにあみ出されたことであつた

わたしはみづからを素朴に変へて生きることを願はない

むしろわたしのなかに角逐してゐる雑多な理由が
鎖のやうに繋がり錯合して
あたかも角礫の圭圭とした尖端のやうにかがやきをますべきことを思ふ

季節よ
街々や建物や並木ばかりの緑や突如として気付いたりする風や
まるで地獄の池のやうに狭められた空
それを救済ででもあるかのやうに視上げる眼や
たつたそんな僅かなものにかこまれながら過ぎてゆくのに
別に飽きもせずにむしろ次第にあどけなく乾いたこころで
在るのである！

〈一九五〇・八・廿五〉

泡立ち

影が泡立つんだ　影が泡立つんだ
不思儀といふのは、何処からもやつてこない、もちろんぼくがそれを
不思儀と思はないかぎりは
けれど影が泡立つんだ　影が泡立つんだ
まるで噴水の思ひ出や、金魚玉や、淡いホツプのやうに
ぼくはまるで自分の存在がいつのまにか軽石のやうに膨らんで
何にもなくなつてしまつたかのやうに
けれど悔いはないんだ
ビルデイングの影も、商標旗の影も、並木の影も
ぼくが視るものすべては泡立つんだ
まるでぼくの暗鬱がとんぼがえりをうつて、透きとほつて
道化師があらはれる
風船玉があらはれる
象を手牽きしてゆく子供があらはれる
乾いた眼が　血のいろの　地獄絵をみてゐるんだ
まるではるかにとほくいちまいの予感がかけられてゐるように

ぼくは視てゐるんだ
影は泡立つんだ　影は泡立つんだ
つひに何もかもなくなつてしまつたかのやうに
けれど悔ひはないんだ
ぼくはもうある形骸に達してしまつたので眼に写るものは
何ともはや歪んで奇怪な渇えた風景であり
もう修正もなにも叶はなくなつた
それは事実なんだ　事実なんだ　その風景は！

〈亡失風景〉

その時何が喪はれていつたか
ぼくの形態　海べのあばらや　ぼくの触手　それで充たすことのなくなつた渇え
未だあたりの家々や並木や商店ののれんや飼犬や
河すぢをわたる風さへも確かに在つたのに
ぼくはみるみる喪つていつたのだ
それはひとつの風景
まるでどんなときにも耐えつづけて小さな積木細工のやうに組立ててきた
ひとつの風景
ぼくの痕跡をみつけ出すことはできないまでも
すみずみにいたるまでぼくがこしらへ上げてきたひとつの風景
あはれなことに
きりきりまはりながら　あえなく形態をくづしながら
その端正や清潔ささへも喪ひながら消えていつたひとつの風景
ぼくはそれから飾絵や喧嘩や音楽や雑沓や自動車や
男や女や香料や色彩や煙や……何やら鮮やかな風景を視つけ出した

そうして全てはこれで安心であるといふものか
ぼくは何やら赤の他人といつたやうなゆきづりの眼で
風景はもうぼくの傷を噴き出すこともなく
それはぼくの思惑とほりに歪むこともなく
まさしくそこにあつたのだ

ぼくの喪くしたものは何であつたか
ぼくのまへに現はれたのは何処の風景であつたか
ぼくはそこで死をさけるためにひとつの風景に従はねばならなかつた

——〈一九五〇・八・廿九〉——

秋の深い底の歌

関節は痛むといふのではないけれど
それは冷気の布をまきつけ
呼吸やいまはしい記憶に手をふるたびに滲み入る風

斯くてぼくは大人しいのかどうか
記憶を根気にまかせて解きほぐし
まるでせんいでもあるかのやうに変質させ
ぼろ布のやうに虫干しにかける
陽は甍やモルタルの間にみづからの影をなさしめる

泥土のやうにまたは黠い沼地の水面のやうに葦かびにつながる
道化師の来歴
ああそれは嗤へない　決して
ぼくはそんな土地から生れたのだから
蛙のぶよぶよしたふ児のやうにして湿地からはいあがり
そんな土地に住みついたのだから

秋は影をもたらすためにやつてきて
〈ああ待てまてぼくの微笑はどこへいつたのか〉
薄ものを刷くやうにひろがる
それなのに悠々と歩きまはるものもゐなくなつたこの土地は……
……歳々《としとし》に沈降してゐる

〈日本の空の下には〉

風はやせおとろへおまけに凍みきつてゐる
烏とか雀とか　蛆虫やらかへつたばかりの蝿とか　せきれいとか
宙天にまつてゐる黒マントのとんびとか
光の加減でくろづんぐりした犬とか
ゐるゐるゐるみんなやせおとろへていかにも物倦さうな形をして
どこか風のなかとか地上のビルデイングとかに巨きな穴をぶちあけて
〈いろいろの風評や絵看板のしみつたれた顔料や
決してゆるしてくれない大先輩、
教訓好きの哲学者、それに空気の抜けた芸術家
みんなゐるゐる〉
何処か眼路のかぎりはるかな野つ原や荒れはてた地平線や
あらゆる表情のある人間の貌に出遇つてみたい
大昔に亡んでしまつた怪獣の背骨や化石や文明の跡や
にんげんを暗くさせるはげしい建築物などを視たい
日本の空の下には
ほじくりかへされた風物とそれをほじくりかへしたにんげんと

未だ未だにんげん同志をほじくりかへさうとする
あてどもなくかじかんだ亡霊がうぢやうぢやうぢやうぢや
そのために穴蔵のやうに並んだあばら屋で
みんな歳老いてちぢこまつてゐる
颱風だの地震だの火山の噴火だのが何遍やってきて
目を覚ませ目を覚ませとせき立てたか知れないのに
日本の空の下には
としとともにわい小になつてゆくにんげんや
横貌のない猿まはしや
胃袋の垂下した文明が絵看板をおろしてゐる

秋の予感

さかんだ　さかんだ！
空がとほくへいつてしまふことが
一刻もゆうよはならないおきてがあるのぢやよ
先づは最も俗つぽいビジネス・マンが太つちよの腹をかかえて〈もう秋ぢや〉といふまでに
空はきちんと高さ一万米以上のところに巻層雲の器楽を並べ
背景は海溝のやうなブルーの布にいたさねばならん
しかもぢや
メンチ・カツレツで燃やしてゐるその男の躰にも空虚といふのを感じさせる
外光と風とが必要なんだ
モンゴオル辺からやつてくる風をかきまはして冷やし
すこしくずれかかつた太陽の光をあててやる
さかんだ　さかんだ！
物象はまるで油断もなく色彩を鈍らせ
どこまでもにんげんの予感を追ひかけようとする
にんげんはそれで暗い洞をみつけて
かくれてしまはうとする

〈もしもし太つちよの腹をかかえたビジネス・マンよ、如何にくらしてゐるかい、
きりぎりすのやうに痩せた奴をビルデイングのなかに飼つてみたとて
それは虫のやうには鳴きません〉

ときに影はますます建物や街路を浸滲して
電信柱がぽつんとたつてゐる
ともすればにんげんのこころには影が生きてゐて
それが物言ふんだ　物言ふんだ！

〈わたしのこころは秋を感じた〉

わたしのこころは秋を感じた
道化師のやうにどんでん返して建物の影や木の葉や窓のひかりがくるめかしい
安堵のやうにまたは培かはれた忍耐のやうに
ながいあひだ不遇であつた政治家のやうにわたしのこころは秋を感じた
眼のまへでたくさんの悪人が捕縛されたやうな
ひとつの気ぬけや快哉や同感やもつとたくさんのいりくんだ思ひで
わたしのこころは秋を感じた
とてつもなく巨きな影が地上におりてきて
どこからともなくやつてきた冷たい間隙が倉庫のトタンのめくれた間から
風を噴きだした
暗鬱は何かひどく澄んできて死すとも直らぬとおもはれた屈辱も
あまりのことに忘れてしまつた
そうしてわたしは生きることに自信ではない諦らめをかんじた

これからは何かしら幸せなひとの真似ごとをして
恥もなくどうにかやつてゆかうと

殊勝なこころになりもした

けれどわたしのつき合ひするのはみんな影の人《じん》ばかり
ひつそりとした屋根裏部屋などでウヰスキイなどのみ
まるでかかはりのないことを喋言りあふ
これは地獄絵のやうなたつたひと色のわたしの風景

ああそれも色あせてわたしのこころは秋を感じた
いづれ貧しいひとたちが幸せになれるんだといふひとたちにも
すこしは敬意をあらはしたい殊勝なこころになりもした

わたしのこころは秋を感じた
それよりも確かにわたしのこころは地獄を感じた

――〈一九五〇・九・一〉――

〈倦怠〉

閲してきたのはいくつもの倦怠《アニュイ》の色に塗られた時間であり
ともすれば嫌悪にかりたてられ塗られた色を抹殺しようと企つたのも
倦怠《アニュイ》の果ての発作であつた
煙草に溺れることにより指先はつねにふるへ
衰弱を尾のやうに曳きづりながら　何故に死はこないものかといぶかり
まちこがれるやうに渇き
渦巻くばかりの幻像をこころにたくはへてきもした

いますでに衰へさへみえるこの季節に
わたしは半ばすらねがつたことを感じえたのか
いかになすべきかと問ふものもなく
いかになすべきかを定めることもなく
こころはいつも耐えてきたりとおもふ

ゆえもなく
主題もなく

病者の思考をつづけてきたことのために
悪はすべてむだ花のやうにわたしのこころのかたはらに積重さなり
もの臭さげにそれをばかへりみることもなく
いく年もいく年も同じ帽をかぶり同じ影をばおとしながら
もの臭げに歩いてきたのであつた

すべてはもの臭げに遠ざかるにまかせまたは擦りよるにまかせ
捨ておいたのであつた
たくさんの皮を被りながら別に脱ぎたいとも思はないこころが
物問ひたげに身がまへて……
さて
いらへないにんげんどもに舌を出すのであつた！

——〈一九五〇・九・一〉——

〈風の雅歌〉

風は建物の影をいつぱいに吹きつける
あはれをとどめやうともしない建物の扶壁を角礫のやうにふきつける
としつき風は建物のあたりを離れもせず
そこに眼に視える何かをそへようともしないで
けれど忘れることなく吹きつける
風は独往ともおもはれるただしい方角から且てひとびとが知らない響をうたふ
その響きについて古代のひとびとは
さまざまな形態を感じたやうに
われらはいま何ものか価値あるものを感じようとするけれど
既にわれらに有たないもの多く
架空な幻影をつくりだすことを願はなくなつたこころは
ただ漠々としてぶちあたる風を
われらのために附加されたひとつの孤独とも感じる外はない

風は建物の影をいつぱいに吹きつける
街路樹のプラタナスやいてふや弓のやうにそつた電線を吹きちらし

あぶなげなわれらの帽やその影をおびやかし
しかもふと蘇へる孤独をさらにさらに叩きつけながら
何処へかへるともなく
それは何処へゆくともなく
銀とアマルガムとの光をのこしながら建物の扶壁にあたつて
物言ふこともなく消え去つてゆく

且てにんげんが時間を感じなかつたときと同じやうに
われらはふつと物忘れする
物忘れする！

〈海べの街の記憶〉

わたしはその時谷間をあるいてゐた
まるではじめて出遇つた幼年時の谷間をあるいていた
あばら屋の軒端には禁呪の目刺魚が
ぶらんぶらんさがつて
掛井戸のまはりではおかみさんたちが喋言りをしながら
背中の子供は
あふむいて寝てゐた　眠つてゐた
まるでそれはまあ何といふことでしよう
おかみさんたちは物ごとに驚かなくなつてゐたので
子供はけつこう幸せに眠つてはゐたのだ

それからは三角浮標や泥濮船のクレインの響き
まるめられた岸壁の石垣にうちよせられる藁切れと
おかみさんたちのイメージが重なりあつて
ぼくは奇蹟をねがつたものだ
ぼくは奇蹟をねがつたものだ

ぼんやり呆けたぼくの頭脳にかがやかしい月桂冠が飾られることを
その月桂冠はまあ何とたくさんのおかみさんたちの
汚れた手で撫でられて
ぼくのこころは膨らみあがつたことか

ぼくはお礼に洗濯石鹼やハーモニカをとりだして
ついでに誓つてみせたものだ
きつと偉いひとになりますといふ具合に
すこしはまぢめな顔になつてそのときばかりは
確かあとで舌を出さなかつたと思ひます

〈青の季節〉

生きるためにそろそろひとつの手続きが必要になつてきた
と思ふのはまことに寂しい覚醒か！
足踏み台から手掛りまで
ぞろぞろ大人たちの後背に具されて
ひとつひとつの風景やこころの構へをおしへこまれてゆくならば
どうにかやつてゆけるのかどうか

おう何たる屈辱よと思ふのはいまだ青い青い
でつぷり太つた紳士めが告げるのである
そうして酒の飲みつぷりから女のあしらひまで
何くれとなく指示して御満悦なのである

それですべての覚醒は手続をともなつてやつてくる
藁一本おれには与へられもしなかつた
と恨むのはゆめゆめなすべきことではない
われらの季節は青い季節で

ねがひもしないのに何やら御指示をいただくのは迷惑といふものだ
われらは死にいたるまで青い季節を慾するのであると
昂然としていふのである！
断ちきられた手続をまへにして
われらは青い季節をきたえあげるのである！

〈老いたる予感〉

空はビルデイングのうへに遥かに高く予感をかかげる
いかさま老いたと思はれる予感をかかげる
幼年のときからさまざまにしつらへた物思ひによつて
空はもはや暗くおほはれて
描きしとなく描いたじぶんの予感はあやまたず
しかも老いたりと思ふ

眼は幼年のときからあまり多くを視やうとはせず
ますます鋭敏にみづからを破壊する仕事に従つて
いつか必せりと考へてきた罰のため
もはや路傍のひととなり生存のことを視るに習はされ
抗ふこころも喪つた

このうへはビルデイングのうへを雲がわたりあるくとき
その影のやうに路上をあゆみ
ひとびとの気付かなかつた物のわづかを

みづからが有ちたいとねがふ
そうして眼の鋭い老翁にも似た乾いた情をもつて
みづからの予感をひとつの極に詰めたいと願ふ

あやまりなければしかもひとびとの架空の非議のうへに眠ることもあつても

〈一九五〇・九・三〉

路上

いろどられた飾窓はぼくの奇異の感にふさはしく
むかしのはにわのやうな人形に帽をかぶせたりテエプを垂らしたり
おまけにくるくる廻転したりして
まるでいささかの佗しさもこころに感じさせないやうにつくられてゐる

秋はぼくの背すぢのうへから這ひ寄るかに思はれるので
充分に襟を閉ぢまたは額のうへに冷気をうけるやうにこころがけながら
街々の奇異な風景のなかを歩む
つねひごろ祝福は天より来るものであると説く
にせ牧師めの口調を口誦み、ころがし　またはもてあそび
後悔の色もおもひ出さずに路上をあゆむ

こんな日がいつまでも続けばよいけれど
たまさかは路に倒れてぼくよりも苦しかつた男の貌をおもひうかべ
なぐさめに代へたいとねがふやうなこともあり
ながい仕事のあとに

街々の風景は　突然　秋から冬にうつつてゐたりして
その時の孤独！

〈思ひ出と赤い日〉

いまだはじめの屈折を過ぎるころは
思ひ出は素直な影像にしたがひ澄んだ赤い日のかげもあり
その夕方しまひこんだ書物などもとり出して
ながめたものであつた

記されてあることはみな幼稚な会話や温い出遇ひに類し
それを確かめやうとする思ひは
遥かな空にあつて像をむすんだ

澄んだ赤い日のかげもあり
こころのうちとそととはまるで自在のやうに通じあつて
その往還にさまたげる黠いひとかげとてなかつた

別に赤い日のなかに
架空の物語やものの形など住みつかなかつたけれど
とろとろに熔けてゐる球であると知つたのは後のこと

もう別に物におどろかなくなつてからであつた

かかる思ひ出においてわれらの引出しうるものは
愛惜や感傷のたぐひではなく
純化せられた自らの宿命であることは疑ひない
そうして赤い日の影はわれらに怪しい戦りつをつたへやうとしてゐる

風過

截られたやうな冷たい大気をとりのこして
眼のなかにはすがれた水溜りや電線の垂れさがつた電柱の像を
結ばせながら
風が過ぎる　風がすぎる

まさしく余儀のない強暴な、風景をおしつけることで
ぼくのこころに覚醒をあたへながら
そうして破れはてた家屋や避難するひとびとや、うづたかく積まれた
破壊のあとの残骸をたよりなく視てゐるのは
空の眼である　空の眼である
案ずる思ひは昨日とてまた明日とて何の変りがあらうと
ぼくはいまもそう考へてゐるけれど
決して永遠を思はない　決して永遠を思はない
ただ脳髄の約束によつて昨日とてまた明日とて

風をへだて、たくさんの破壊やそれによつて変りはてた風景をへだて

愛憐やいまはしげな覚醒をへだててゐても
ぼくの案ずる思ひは何の変りもないのだけれど
決して永遠を思はない　決して永遠を思はない

いまにぽつりぽつりと集まり還つてくるひとびとは　何時か　きれぎれに
なつた破片をとりあつめ、
いささかは且て太古の民のしたことに似て、またその思ひにも充たされて
街々を造りはじめることであらう
ぼくのこころはまるでどこかを駈せてゐるかのやうにたよりないけれど
せつせとわき眼もふらず四肢をうごかし働くのである　働くのである

秋の残像

女たちは激しい色彩の衣裳をつけて
もう秋になつた建物のあひだを歩むのである
すでにうちしほれてしまつた樹木の影や陽を照りかへさなくなつた建物の壁や
黝づんだ影の道にくぐもり籠もるやうに
女たちの激しい色彩は歩むでゆくのである

結びかけるぼくの眼の像は
もはやとほくに去らうとする
と惑ひやわづらはしさや　えも言はれない正しい感官に駈りたてられて

ぼくは何ごともなかつたやうに
女たちの激しい色彩の去つてゆくにまかせる
彼女らが潜在したこころのなかに蔵してゐる狡猾な期待の
まさしくは歳月がふたたび彼女らに許すであらうと考へてゐる
苛酷でないまへの美や愛憐や生活についての期待をつきはなすかのやうに

何ごともぼくにとつて必要ではないと
ぼくはそう思ひたがつて
秋が
ほとんど中世のひとびとをおとずれたときと同じく過ぎつてゆくのに
焦慮してゐる

〈韻のない独奏曲〉

独り　秋の何やらの影のうしろがはにたふれて
笛をふく
笛は　装飾や金銀のはめこみもないただの銑鉄でつくられ
笛の表面はあたかも月のうらかはのやうに
茶点と陰暗に充たされてゐる

ぼくはながいながい影を一寸法師のやうに置いて
あまりひとに好まれないことを別に寂しいものとは感じないで
ただのんべんとだらりんと笛をふく

あきらかにぼくをさけるやうにして去つていつた権威ある諸氏も
耳あるごとく聴くがいい
ああそれから乞食のこころをうしなつたぼくのこころは
かくものんべんとだらりんと
狃れきつてしまつてゐて吹くのである　吹くのである

既にそれは音曲といはれないひとつの屈折として
のんべんとだらりんと
ぼくを無用のものとみなしてこの世の利益のほうへ去つていつた者たちも
単なるそれはひとつの座興として聴くがいい

嗤へないものを何ひとつ残さないやうに
用心ぶかくへりくだつて吹くのである　吹くのである

〈緑から黄にかけての叙情〉

われらは遠の斜視をもつて風景のなかの色彩を眺めやる
緑から黄にかけての
移つてゆくのは街路樹の隠居ぢぢいめいた相ばかりではなく
もう膜のなかにそれを感じてゐるわれらのこころがあり
何処へゆくともしれない衰退に惑はされてゐる物思ひもあり
抗ふことに専念する瞋りも
すべて緑から黄にかけての空や街々の移りゆきのやうに
ひとつの点からまた別の点へ動かうとしてゐる

革命はわれらの近傍に
それをば終焉に導かうとするものはわれらのうちに
ともども理由のない嫌悪のしるしとして在る

かかるときわれらは地獄の絵の色彩をからすやうにして
緑から黄にかけての
道程をあゆむでゆく

鉄砲を担つて風景を枯らしてゆくものたちの
歌ごえと叫喚はあまりに大きく
われらこの世の暗い暗い谷をあゆむ時期にあるものを埋没しようとする
ああその暗さを
緑から黄にかけての感受のうつりかはりとして、あたかも音階として
うちうちに生きやうとするわれらの季節に……

〈辛い風景〉

とほりかかつた息子たちと娘たち
みんなそろつて、それはあたかも仲良くといつたやうに限りなく空漠とした
老舗通りをあけらかあんとした表情で
何処からともなく　何処へともなく
より集まつてきて
さて
次なる行為《おこなひ》はみんな異つてゐるといふ具合にぞろぞろぞろぞろ散つてゆく

ああ
そうしてぼくは出入口にあつて入れ替はる彼等と立ち佇まる彼等と
それだけしか視てはゐなかつたのだ

飾り窓やイルミネエシヨンや
ぼろぼろになつた天幕ばりの露店や
亡霊のやうに垂下してゐる下着やYシヤツの類や
まだまだゆゐしよありげな老舗の紋に反逆するやうな風景には

無口の顧客と化した息子たちと娘たちが
あけらかんとした表情でゐたのである

〈亡失〉

海のあちらがはにには何があつた？
あちらがはにには影がいつぱいあつた
影のなかにはアルコオル漬けにもひとしい累々たるぼくのこころがあつたのだ
ああそれから海で何を失くした？
海ではガマ口とパス入れといかさま紳士からもらつた名刺を失くした
それから　それから帽子を失くしてしまつた
髪の毛は海に流れて去つてしまつた
あちら側には幻燈機にも似たぼくのこころの形をうつす機械をもつてゐつたと思ふ
そうして影をつらぬき壁さへもこしらへて
左官のやうに塗つたと思ふ

ぼくは水死人のやうに凋落してうかび
何処へもゆきどころなく寝台さへもゐらない工夫をして流れていつた
耳の間隙では潮の音が
ろうろうろうと引きづるやうにしてゐたし
ぼくははつきりと覚醒しながら流れていつた

とほくからクレインの響き　三角浮標の目標し、マストの上の吹き流し
汽船や貨物船のスクリユーの音が
まるで存在するかのやうにやつてきたし
ぼくは上方または下方の区別を失つたところで感じてゐた
少年の時のカスリの着物や　モチ竿や　岸壁の傍らの赤いカンテラや
みんなそれらをひとが思ひ出といつてゐるやうな感じかたに似て
感じてゐた　感じてゐた

且て想像もしなかつた海のあちらがはで
風景は客観といふ言葉にふさはしい或る方角から視えてゐた

〈少女にまつはること〉

秋の夕ぐれ方のことであつた
半陰に沈んだ坂道の途中であつた
ぼくらはふりかへつて坂下のほうにひらけてゐる街の家並や何かを
たしかに何かといふ風に見下ろしたものだ
ふたりとも黙つてしかもぼくが黙つてゐるからそうするのだといふ風に
少女は黙つてゐた
それはよくわかる素振りでもつてぼくに通じたものだ
あたかもぼくらはいつか、おそらくは長い道すがらの途中であらうが
ふりかへつてひとつの景観を視やることであらう
半陰に沈んだ正教会の青いドオムの下でそうしたやうにふたりとも
最早や信ずるこころは捨ててしまつて
雑草のやうにちつぽけな荒廃にとりかこまれたふたつのこころが
またふたつの影がそんな風にふりかへることであらう
ありあまる沈黙ではなしに、それはありのままの沈黙、もしかすると叫びの
やうにも思はれる沈黙でもつて
侏羅紀のハヽ虫類のやうにも視えるひとつの打捨てられた景観のらいつを、

しかも景観のなかの何かを
ああ　まつたく何かといふ風にいつも離れなかつた苦惨のこびりついた道を、
ぼくは恐らくは少女がいつ少女でなくなり
そして匂ひある者でなくなつたかに気付くことはあるまい
おう　大事なものをいつもそうするやうにぼくは孤独と言へるもの
寂寥と言へるもの、それをばさり気なく取扱ふことに慣れて……
……且ての少女であつたひとは襟をかきあはせ、ふと思ひ付いたといふ
　風にぼくの素振りをまねて、また坂道を登りはじめるだらう——

〈一九五〇・九・十五〉

〈光のうちとそとの歌〉

いく年もいく年も時は物の形態《かたち》に影をしづかにおいて
過ぎていつた！
ぼくはいとまもなくこころを動かして影から影にひとつのしつかりした形態《かたち》を探してあるいたものである、おう形態のなかには時が、もとのままのあのむごたらしい孤独、幼年の孤独をおしつつんだまま立ち現はれるかどうか、ぼくは既に恥辱によつてなれきつてゐるので、ただ衰弱してゐるこころが探してゐたのである、あのむごたらしい孤独、幼年の孤独が、いまはどのやうな形態によつて立ち現はれるかを
あたかも建物の影と影とのあひだに、ふと意想外にしづかな路すぢ、路すぢのうへの樹木を見つけ出して、街々のなかの谷間といふべきものを、感じたりすることがあるやうに、ぼくはあの幼いときの孤独が意外な寂かさをもつて立ち現はれることを願つていたのだ

物の影はすべてうしろがはに倒れ去る、ぼくは知つてゐる、知つてゐる、
影はどこへゆくか、たくさんの光をはじいてゐるフランシス水車のやうに、それはどこへ影を持ち運ぶのか、ぼくはよろめきながら埋れきつた観念のそこをかきわけて這ひ出してくる、まさしく影のある処から！
砂のやうに把み、さらさらと落下し、またしわを寄せるかにも思はれる時の形態を、影を構成

するものを、たとへば孤独といふ呼び名で代用することも、ぼくはゆるしてゐたのだ　何故つて必ず抽象することに慣れてしまつたこころは、むごたらしいといふことのかはりに、過ぎてゆくといふ言葉を用ひれば、あの時と孤独の流れとをつなぎあはせることが出来たから、

斯くてぼくはいつも未来といふものが無いかのやうに、街々の角を曲つたものである
ただ空洞のやうな個処へゆかうとしてゐるのだと自らに言ひきかせながら、
誰もぼくを驚愕させうるものはなかつたし、孤独は充分に塡められてゐて、余計なことを思はせなかつたし、其処此処に並んだ建物のあひだで沢山の幾何学の線をこころは描かうとしてゐた　幼年の日の路上で、ぼくはいまや抽象された不安をもつて、それをなさねばならなかつた

〈一九五〇・九・十八・〉

〈並んでゆく蹄の音のやうに〉

並んでゆく蹄の音のやうにかつかつと、記憶は脳髄の奥深く鳴つてゐた
ぼくは形態をその響きに賦与しようとしたに過ぎない
来歴の知れないひとつづつの記憶に、若し哀歓の意味をつけようと思ふならば
唯こころが被つてゐる様々の外殻をいちまいいちまい点呼すればよかつたらう

けれどぼくがX軸の方向から街々に這入つてゆくと
記憶はあたかもY軸の方向から蘇へつてくるのであつた
それで脳髄はいつも確かな像を結ぶにはいたらなかつた
忘却といふ手易い路にしたがふために、ぼくは上昇または下降の方向として
のZ軸へ歩み去つたとひとびとは考へてくれてよい

蹄の音はまさしく地底または天空のほうへ消えていつた
ひとびとがぼくの記憶に悲惨または祝福を視つけようと願ふならば
そのあとに様々の雲の形態、または建物の影が残つてゐたと思ふがいい
ぼくの歩み去つたあとに！

少年や少女たちが獣のやうに齢たけて街々の角に蝟集してくる頃には
ぼくは何の痕跡も残すことなく
既に時間のなかのぼくの建築、あのP・V・氏の魂の建築の修正に、
いはば意識における誤謬の修正に忙がしかつたのだ

おう　それは恥辱よりもむしろ苛立たしさに充ちた操作であることを
誰に告げようとするでなく、
まさしく誰に告げようとするでなく！

〈骨と魂とがゆきつく果て〉

足なえといふ言葉で神からの啓示を待たうとすることをしなくなつたぼくの疲労、それは言は
ば骨格と精神とで歩みつづけ、骨格と精神との崩壊でなえはてるひとりの旅行者のものだ
どこをどうやつて歩いてきたかといふことはぼくの足のこたへるべきこと
骨格と精神とは時間に殺がれ、風の感覚に殺がれ、また若しくは
予感のやうな世界の微粒子に殺がれてしまつた
すでに陰湿に耐えなくなつたぼくは、やがて海綿のやうな多孔性の骨をもつことになり、精神
は像を結ぶことをしなくなるであらう

ぼくのゆきつく果てがそこにある、そこにある
情の通じあはない時間のなかで、ぼくはさく莫とした風景だけに出遇ふ、おびただしい鋼鉄製
の殺人器とか、精神を技術だらけにした大生産者とか、おう斯かる風景ばかりのなかで、幾何
学の線でかこまれた建築群はまたとない伴侶である

生きるといふことが斯かる石のやうな乾燥である時を、
ぼくは別に危機といふ呼び名で致さなくなつてゆきつく果てにゆきつかうとする
（また繰返へさう）

ぼくの足は決してなえることはない
だから岩石のやうにまた地質時のなかでの風のやうに神の啓示を必要としない
ぼくの骨格と精神とは非情なまでに乾ききつてゐるので、決して類を必要としない
波瀾のない時を孤独と呼ばう
骨格と精神のゆきつく果てを死滅と呼ばう

影のうちに在るものの歌

鮮やかに雲は移つてゆく
真下の街々に影をうつしてゆきながら
雲の厚み、したがつてその影のうつす色彩は様々に異つてゐたものだ
建物の窓をかすめて路上を横断したり甍のうへをわたつたりするのを
気づいてゐる者は少なかつたし、
まして雲の影がどんな紫影から淡色に変るかを分たうとするものはなかつた

けれどぼくは視たのである
雲のうつしてゆく影のなかに何ものか在らねばならないと思つてゐた日
偶然にもかげらふのやうに泡立つもうひとつの影を
地上にはそれを偽はりと考へる者たちが充ちてゐたので
ぼくはきつと物語を作りたいと願つた

語り手の主人公は小児マヒにかかつてギプスの床についたまま窓と街路を見下ろしてゐる入院
患者の少年でなければならない
ちやうど奇蹟や夢といふものを疑ひはじめ、或る定かではない予感のうちに在らねばならない

少年には姉や妹がゐてはならない
そうして幾年も同じ視線と同じ風景のあひだを雲の影がうつつてゆくのである
少年はその影をプリズムのやうに様々の色に分類しはじめる
ああだけれど影のなかにもうひとつの泡立つ影はなかつたのである

そこでぼくは物語の主人公である少年に何ものか天賦の眼を与へねばならないだらうか　泡立
つ影を視せるために！
否！　少年は唯　偶然といふものの構造をぼくのやうに解しえさへすればいい
ぼくのやうにそれが孤独によつて賦活された時間であると解しさへすれば……
……それで少年は泡立つ影を視たのである　きつと孤独といふものが自分で作りうるものでは
なく、いつもそこに在るものだとはじめて知つた日に……

〈空洞〉

わたしの生における序曲！
聴くがいい空洞の底から響いてくるそれ！
まだ始められたばかりの器楽の音色を、既にうしろめたさや底冷えする身振ひでもつてきかねばならないのだらうか
わたしは何故に？　といふ問をかける
遥かにわたしを埋めようとまちかまえてゐる第四紀の沖積層の時間に
そのひとつの破片に！
すべては余りに価しない些細なことであると考へる時間の場、また余りに重苦しいと考へるわたしの生の場とが共に絶望をかたりかける

おう安らかに眠るひとときを有たせよ
わたしの書物やわたしの仕事にわたしのはりつめた意識が眠り込むときを有たせよ　それはひとびとが生存と呼んでゐるところのものだ　何故に？　わたしだけが生存をゆるされないのか
わたしだけが未だ書かれない余白を宿運のやうに背負はなければならないのか

何時も重たげに背をまるめて街角を消え去るわたしの後影

また次の一刻わたしは同じ重たさで同じ時間のなかを歩むでゐる

わたしには地上におとす影があつたか、その影はいつも変らなかつたか
わたしは知らない、知らない……
けれどわたしの影は刻々と変つてゐただらう　移りゆく時が
わたしのうへで刻々と量を変へてゐたのだから

〈雲のなかの氷塊〉

或る秋の日のこと　雲はとりわけつややかに、膨らんで視えた
そこだけ氷結してしまつた面が光束に貫ぬかれてゐたのである
風の冷気！
建物たちの影のかたいかたい変貌！
単色の極に近づかうとしてゐるすべての物象と配列！
ぼくが視た風景の断片は明らかに雲のなかの氷塊にそのすべてを負つてゐたのだ
それればかりではない　ぼくの精神のなかに唐突と起つた、殺意にも似た虚構（そのなかでぼくはじぶんの精神が世界の像に結びつく軌道を追つてゐたのだ）の冷酷な作用、もまた雲のなかの氷塊に負つてゐた

ぼくは季節を抹消しようとしてゐた　それで秋とはぼくにとつて雲のなかの氷塊の量、構造、色によつて区別される時間の短週期のひとつに過ぎなかつた
そうしてぼくは自分の精神に則しては　退行的覚醒の時といふ別名で呼んでゐた
ぼくは覚醒が世界の底に普遍することだけを願つてゐた
その外に秋がどうして必要であつたらう

世界は疑はしいものに充ちてゐる筈だ　おう覚醒が世界を侵し、浸透してゆく季節！　秋！
とぼくは信号を送りたい　痛々しく傷ついてゐるひとびとへよりも、むしろ殺りくに熱中させるためにマッス・プロダクシヨンを行つてゐる者たちへ

雲のなかの氷塊にも似て、影のやうに冷酷なコロニイを地上に造らうとして
ぼくは少女とのいきさつを捨ててしまつたかのやうに、またも振向かない
ぼくの時間を歩むでゐない者たちと擦れちがふ時！

〈ひとつの季節〉

彩られた時はでも狂はない時のこころに知られることなしに
寂かにより寂かに去つてゆく
愛憐や憎しみのかさみよりもむしろ無為のうちに過ぎて
わたしはじぶんのこころに残された痕跡を
たしかめやうとしてかへつて驚いてしまふ
時はわたしのうへに何も残すことをしなかつたと
あるひはたくさんの傷あとは思考の片れ端となつて
いつかそれは唐突にきはめて稀に遥かの未前のほうで像を結ぶのではないかと……

ああ
けれど息さいいや無事をわたしのやうに憎むだ者は
時は決してその属性である忘却によつてゆるすことをしない
海の上の帆檣のやうにわたしの悔恨に虐まれた稚なさは去つてしまふ
黄金の風景に彩られた港へではなく
沈むだ船付場や酒の匂ひのした女たちやギヤロツプをかける馬丁たちの
濁み声にわき立つひとつの風景に

いまだ決定されてゐない風景のなかに

わたしの皮膚の荒み、または価値あるものへの嫌悪！
そのなかにこめられたいくつもの不遇よ！
晴がましい声もくぐもりはてゝまるでつぶやきのやうに
または無口の抑揚のやうにひかえめになつてから幾年はすぎたのか
むしろたくさんの充塡にみたされた歳月であつたけれど
塡められたものが怖ろしい思念であることを告げようとは思はない
既に光や乾性をおそれて
暗い地域をひとりでにえらび去る

ひとよ！
こんな暗い季節をひとゝきのことゝ思つてはならぬ
建物と建物の影はまれに柑橘の影に似てゐる
おそらくは雲の形態も流れてゆく時の影をまねる
こんなときわたしはひどく気ままであり
別にその暗さを狂気にかへようとはしない

わたしのこころにあの少女たちを惹きいれる安穏はない
わたしに厳しさのはてのひとつの明澄をゆるすものは
多くの思念をくぐりぬけた暗憺である

そうしてわたしはなほ小鳥たちのやうにひとつの軽やかな歌を囀むため
習はねばならないだらうか　むかしながらの伝習を
あの翼をもがれたあとの安穏を

時よ
そのなかに彩られた蛇のやうな臓腑をもつてゐる時よ
わたしは確かに見た
おまへがひとりでに運んできたものとわたし自らが自らの手によつて
獲たものとが激しく排反することを、その地点！　その幻惑！
わたしははげしく身をまもる
あたかもわたしのうちにある暗さが逃れ去ることをおそれるかのやうに

建物が影によつてその面《プラン》を決定するやうに
わたしは暗さによつてすべてのこころを規定しようとする
わたしにとつてこころは影そのものを必要としてゐる
時がつみかさねていつたものはみな影になつて
決してゆるされることのない飛揚をむしろよろこぶかのやうに
あるひはまつたく異つた倫理をつくりだすかのやうに
しづかにわたし自らのうちに成熟しようとしてゐる

あらゆる物はやがてわたしの眼にその面《プラン》を旋廻するだらう

そうして風景はくづれ堕ちる
あまりに根強くあまりに許容された風景が
いまこそ疑はれなくてはならない
影によつて孤立してゐたわたしのこころも憩ひをみつけねばならない

あの少女たち
おまへはみづからを知つてゐたのか
またとない季節のときひとは暗い地域を過ぎらねばならない

〈一九五〇・九・十九〉

〈祈りは今日もひくい〉

祈りは今日もひくい
とらへる物もなく　これを寂しくおもふこころもなく
何といふこともなく過ぎてしまつた

祈りは今日もひくい
どうしておまへは怠け者らしい習性でもつて
ひとをはぐらかすのかと非議されながらも過ぎてしまつた

神をあざければ家々の甍もモルタルも暗く
だらけきつたこころも思はしくはない
牧師めはぼくのほうをちらりと盗み視ながら恩寵とグロリアとを
説くのであるが
ぼくのこころは眠る　眠る
あまつさへ東洋風の嘲けり嗤ひをもらしながら
天上と地上についての言葉のあいまいさを聴きわける

支那洋館風の教会のうへには緑青いろの針が
牧師めの眼が
いか物めいた光をあてがはれてゐて
まことに不安である
不安のうちに過ぎるのである

〈秋のアリア〉

たつた一瞥でぼくは視てしまふ　秋の半分のまるい空のおく
独りでは達しきれない街々の果て
河の果て
風吹きわたるとき影をとばす衣裳
ビルデイングのうへの旗
梯子のやうに連なつて群集がわたつてゆくのは橋なんだけれど
橋には欄干もなし乞食もゐないし
はね上つた中央の断橋は空のなかへつづくやうに指してゐる
自動車でそこをわたつたときの葬式の思ひ出は
まことに嘆かはしく
嘆かはしく

褒賞を胸のあたりに抱いてわたつた少年の頃の思ひ出は
めつぽう暗くある
暗くある
ぼくはいまやゆつくりと歩いてゐるところのひとりの男となつて

いよいよ容易ならぬ思ひもありとしなければならぬ
けれど海が視える　また秋の半分のまるい空は一瞥で収まつてしまふ
おうそれでは何事もなかつたことを空に感謝しなければならない
空にあるぼくの暗い観念に対して
ひと時の憩ひさへ示さねばならない

〈孤独といふこと〉

重苦しいこころの持ちあつかひを、数々のこの世にかかはりない物語りの書が
おしへこんだのだ
それはうけとりかたのほんの少しの誤差によつてこのうへない愉しみにもなつたものを
ぼくは知らなかつた
すべてのことを自分にかかはりないものとして扱ふことが出来なかつたといふこと
あまりにはやくそれを宿命のやうに思ひなしたのも
ぼくの感じてゐることが異類のものとおもはれたのも
あまりに幼ない日に物語の書がおしへこんだものであつた
数々の物語はたしかにぼくの影を投影してゐたし
ぼくの影は
孤独といふものを異類のことにも思ひなしてゐた

けれどすべては明らかだ

すべてはあきらかだ

飯を食むとき夕べの微光が食卓のうへをうす明るくしたりすると
ぼくはうまいと思ふことの外なにもゆるされない
これを孤独といふべきだらうか
かかることを感ずるものをこころに有つことをしもぼくは物語の書から
うけとることはなかつた
それはひとりのひとからうけとつた
また　幾年かのちに　ひとりのひとからうけとつた

〈木の実座遺聞〉

秋になつたので劇団〈木の実座〉を組織しようと提案する長
ふて腐れたひとりがいらへるこえは〈けつ！　よせよせ〉
哲学者めは〈けつ！　よせよせ〉といふ声を我まんすることなしにはにんげんは生存すること
の無価値感から逃れることはできないと長に説く

長といふものは何処の国でもお人好しだ
ふて腐れた奴にはしばしば客観者としての生存の意味が宿つてゐる
劇団〈木の実座〉は創立事務所を空間の一部に有つことが趣意書のなかに書きこまれる

ふて腐れた奴はそれを時間の持続のなかに有たうと主張する　彼は果してすべての行為に対す
る無意義感にやられてゐたのか、恐らくそれを解くことはにんげんにもわからない　若しかし
てにんげんの生理機構のなかには生存を拒否する要素があるのではないか　この疑問こそふて
腐れた奴に僅かに生存の価値を感じさせる由因である

ある秋の夕方、〈木の実座〉の創立趣意書が配布されてしばらく経てからである　と考へてよい　木の実はいちやうに色づいてゐた　空は高く、時間は素早くカタストロフにむかつてゐた　すべての木の実が地になえはてる日は近い　この時もふて腐れた奴は地になえはてることを願はず、枝の尖端で自らをついばませてゐた、あの風の感覚に、

劇団〈木の実座〉は兎に角成立した　勿論何ら時間の保証を獲てはゐなかつた　何故ならそれを主張したふて腐れた奴はすでに死滅してゐたから

〈寂しい路〉

ぼくが寂しいといふのは、いやとりわけていへば寂しい路といふのは事実寂しかつたのだ　商家のノレン続きの軒の下で犬が吠えたててゐたし、人間は余り姿を視せはしなかつた　そのうへ不思議なことに何の匂ひもしなかつたのである　ひとびとはぼくの言ふことを信じなくてはいけない　沢山の群集やイルミナシオンの明滅や車馬のはげしい錯綜と音響、ひとびとはこれらが賑やかさと呼ぶものを形造つてゐると考へてゐる　だがほんたうはそうではない　匂ひの強さと雑多さといふものがにんげんに賑さを感じさせる要素なのである　ひとびとはぼくの言ふことを信じなくてはならない

さてぼくは匂ひのない寂しい路を歩むでゐた　あたかもそれは生存の条件のない生存に対応するものであつた　ぼくは別に多くを求めなくなつてゐたし、長い間の孤独は充分に残酷さに耐えるものに、こころを鍛えあげてゐたので、ただ歩むでゐたのである
少くともすべての条件が存在しないということも、生存といふ既定の足場をどうすることもできないやうに、どんな寂しさもぼくの歩みを止めなかつたのだ　斯んな日がぼくの半生にどんな長い時間を占めてゐたことか
そうしてぼくがそんな間に考へたことは定つてゐた　自らを噛む蛇の嫌悪といふやうな言葉でいまはその思ひを外らすよりほかはない　何故ならば　そのやうな折、ぼくの思考は生理のや

うに収着して剝離しないものだから
ひとびとはぼくの外に表現することの無い嫌悪を感じ得ないとするならば、或はぼくの惨苦を
語りきかせることは無意味なのだ

そんなとき絶えず人間の形態（ぼくの形態と言つてよい）は極限の像で立ち現はれた　人間は
秘密を有つてゐると、まことしやかに語る思想家どもに、それを知らせたい　あたかも秘密に
充電されたやうに明らかに発光する人間の極限の相があることを、こんなことを言ふぼくを、
革命や善悪の歌で切断してはいけない　あたかも人間が物を喰はざるを得ないやうに、ぼくは
たくさんの聖霊を喰はざるを得なかつたのだから　その時ぼくはやはり匂ひのない路を歩むで
ゐたのだ　匂ひとは時間の素質に外ならないと知つたとき、ぼくはこの寂しい路を誰とも交換
することを願はなかつた

〈秋風はどこから〉

——X氏のラヂオ歌謡から——

秋風はどこからきたか
どこからといふ問ひには少女たちにしてはならないひとつの語調があるように、
風の感覚についてしてはならない生理がある
風は方向と風速と持続量と時間によつて季節をわかつ
秋風は区別によつてわれらにやつてくるだけだ　どこから？　仮設的なXの方向から、
しかもXの方向について様々な由因があらうとも、何故にそれがXであるかといふ
ことについて何も知らない　知らない

秋風はどこからきたか
Xの方向からきた
われらはどこからきたか

〈過去と現在の歌〉

独りで凍えさうな空を視てゐると、常に何処へか還りたくおもうのであつた　ひとびとが電燈のまはりに形造つてゐる住家が、きつとひとつ以上の不幸を秘してゐるものであることを知つてゐたので、いづれかひとつの住家に還らうとは決して思はなかつた

すると何処へかといふ何処といふのは漠然とわたしの願望を象徴するものであつたらしい　しかも願望の指さす不定をではなく、まさしく願望そのものの不定を象徴するものであつた

わたしが知つてゐ、また了解してゐたのは、唯わたしの如きものにもなほ且つひとつの回帰についての願望があるといふことであつた　改めて言へば　わたしの長い間あゆむできた路が、やがて何処へか還りつくといふことの　ある侘しげな感覚について、わたしがそれを宿命のやうに思ひなしてゐるといふことであつた　一体何日ごろからわたしは還りゆく感覚を知りはじめたか　しかもその感覚がわたしの生存に如何なる与件を加へたか！

それよりさきに、わたしが過去と感じてゐるものが、遠い小さな風景のやうに視えるといふことで、あゆむできた路の屈折の無いことを嘆くべきであらうか　如何なるひとも時間から成立つてゐる風景として、過去を考へざるを得ないといふことが、どんなにわたしたちの過去を単調なものにしたか知れない

わたしが依然として望むでゐたことは、
過去と感じてゐる時間軸の方向に、ひとつの切断を、言はば暗黒の領域を形成するといふこと
であつたらしい
それでわたしが何処かへ還りたいと思ふことのうちには、わたしの自らを埋没したい願望が含
まれてゐなければならなかつた
凍えさうな空は、やがてわたしを埋没するかのやうに堕ちてきた、
——ある寒い日のノートの断片——

〈晩禱の歌〉

鉛のやうに重たいわたしの晩禱を、わたしはどんな儀式のあとで、また誰のまへで、誰とともになすべきであつたらうか　長い歳月のあひだ、わたしのこころに構成された、それは暗い生存の証《アカシ》であり　不遇であるわたしのこころを、荒れはてた世界から守るための隠れ蓑であり、わたしの沈黙の集積であり、決してきとどけられることはあるまいと考へてきた訴へである　わたしの晩禱のときの告白——

あはれなことにわたしは最初、わたしの生存をうち消すために無役な試みをしてきた　その痕跡はわたしのうちに如何んなことも、形態に則してなさるべきではないといふ確信を与へたそれからはわたしの思考が限界を超えて歩みたいと願ひはじめたと言へる　しかも既にひとびとが為してしまつたことをあらためて異様に為したことのため、またひとびとが決して為さなかつたことをためらひもなくなしたことのため、わたしのうけた傷手は何であつたか

ふしぎなことに、あらゆることはひとびとの微温の手に汚され、また支へられて、いつしか儀式とされたといふことである、わたしはわたしの晩禱が儀式のうちで行はれねばならないことを知つたとき、それを捨てたいと思つた、

わたしには孤独な科学がある、決してわたし自身の祈禱を封じこめたまま取出させようとしない孤独な幾何学がある、むしろわたしは、わたしのありふれた夜々を、誰も類を伴はぬ、また誰に訴へることもない、孤独な操作によつて充たすべきではなからうか

わたしのありふれた夜々、机のまへで、コンパスと定規によつてなされる影の多いわたしのいとなみを、ひとびとは孤立せられた晩禱の相と考へてくれるだらう、

〈一九五〇年秋〉

秋になるときつと思ふのだつた且てこれほどわたしが苦悩の影に沿つて歩みついた季節があつたらうかと、わたしはその思ひが退行性覚醒の習慣的な症状のあらはれであると考へるやうになつたのは一九五〇年の秋であつた　様々の条件がぼくに現実にたいする感性の磨滅と、それに対する自省とを促したからだ　ひとびとはきつと危機の様相をもつて、その昏い秋を決定するだらうが、わたしは危機といふ呼び方をひとびとのやうには感じたいと願はなかつた

わたしはむしろ習慣性に心情が狃らされることで、間接的に現実の危機を感覚してゐた　しかもひとびとはわたしの処し方を退行的と呼ぶことは　手易いことであらう

わたしの側からは世界が疲労を医さうとしてゐるのは、薬物によつてではなく、注視によつてではなく、愕くべきことには楽天を以て致さうとしてゐるやうに思はれた　〈哲学者たちのまことしやかな懐疑や、詩人たちのオオトマチズムを視るがいい〉

わたしは建築たちの間で、街樹の葉がぱらぱら散つてゆくのを知つてゐたし、広場では青い空気のなかをとほして光と影が差しこみ、アスファルトの上にいちめんの落葉が黄金の敷物を敷きつめてゐるのを踏みしだいた　わたしは進行してゆく症状を自覚しながら、このやうな風景

に対応するわたしの精神が存在してゐないことをどんなに愕き、また不思議に思つたことか、おうまさしくわたしの不在な現実が其処にある！

わたしは本当は怖ろしかつたのだ　世界のどこかにわたしを拒絶する風景が在るのではないか、わたしの拒絶する風景があるやうに……といふことが、そうして様々な段階に生存してゐる者が、決して自らの孤立をひとに解らせようとしないことが、如何にも異様に感じられた　わたしは昔ながらの、しかもわたしだけに見知られた時間のなかを、この秋にたどりついてゐた、

〈規劃された時のなかで〉

ひとびとはあらゆる場所を占めてしまふ　そうして境界は彼等のイデアによつて明らかに引かれてゐる　まことに辛いことだが、若しかしてわたしの占める場所が無かつたとしたら　わたしはこの生存から追はれねばならないのか
投射してくる真昼の光束よ　わたしがたいそう手慣れて感じてゐる風や建物たちの感覚よ　わたしはそれらを全く理由もなく失はなければならないか　唯わたしが索めてゐるのに、あの類がみつからないといふことのために!

否!　全くそれは理由のないことだ　わたしが若し場所を占めることが出来ないならば、わたしは時間を占めるだらう　幸ひなことに時間は　類によつて占めることはできない、つまり面を持つことが出来ない　わたしは見出す、すべての境界が敢えなくくづれてしまふやうな生存の場所にわたしが在るといふことを　其処でわたしは　夢みることも哀愁に誘はれて立ちとまることも、またひとびとによつてうち負かされることもない　刻々とわたしは確かに歩みさるだけだ

若しも沢山の疲労のあとで、ひとびとがわたし自らの使命を告げることを赦してくれるならば、若しもわたし自らの生存にもただひとつの理由が許されるならば、……それを語るだらう　す

べての規劃されたものによつて、ひとびともわたし自らも罰することをしないことだと！

わたしは限界を超えて感ずるだらう　見えざるしんぎんや苦悩をこそ視るだらう　わたしの理由は秘されてゐて、それを告げるのは羞かしい位だ

と或る日、少女に背かれてうちしほれたり、紙幣のないことで困つてゐるわたしを、ひとびとは視たりするだらうが、わたしはそれをその通りに行つてきた

けれどわたしは知つてゐる　自らのうちで何が感じられてゐるか　そうしてわたしは知らない　わたしはやがてどのやうな形態を自らの感じた物に与へうるか、あの太古の石切り工たちが繰返した手つきで、わたしは限りなく働くだらう

〈風と光と影の歌〉

こころは限りなく乾くことを願つてゐた　それで街へ下りると、極度に高く退いた空の相から、わたしの撰んだ季節がまさしく秋であることを知つたのだ
風の感覚と、建築たちに差しこむ光と、それが構成してゐる影が、いちやうに冷たく乾き切つてゐることでわたしは充たされてしまつた

さてわたしはどんな物象に、また変化のあるこころに出遇へたといふのだ　わたしのこのうへなく愛したものは風景の視線ではなく、風景を間接的にさへしてしまふ乾いた感覚だつたのだから、果てしなくゆく路の上で、矢張り風と光と影とを知つただけだ

わたしを時折苦しめたことは、わたしの生存が、どのやうな純度の感覚に支配されてゐるかと言ふことであつた　言ひかへるとわたしはわたし自らが感じてゐる　風と光と影とを計量したいと考へてゐたのだ　風の量が過多にわたるとき　わたしの運命はどうであるのか、光の量に相反する影の量が、わたしのアムールをどれだけ支配するだらうか、と、言はばわたしにとつてわたしの生存を規定したい慾念が極度であつたのだ

若しわたしをとりまいてゐる風景の量がすべてわたしの生存にとつて必要であるならば、い

や　その風景の幾分かを間引きすることが不都合でないならば、　わたしはそれをなすべきであつた　わたし自らの視覚を殺ろすことによつて、
しかもわたしがより少く視ることが、より多く感ずることであるならば、それを為すべきであつた　何故ならば、わたしは感ずる者であることが、わたしのすべてを形造くることに役立つてきたと考へてゐたから、しかもそれは択選することの出来るものであつたから

わたしは風と光と影との感覚によつて、ひとびとのすべての想ひを分類することも出来たであらう　且て画家たちが視覚のうちに自らを殺して悔ひなかつたように、わたしは風と光と影との感覚のうちにわたしのこころを殺さうと考へてゐた　わたしの生存にはゆるされたことが唯一つしかなかつたから

〈一九五〇・十・二〉

〈寂かな光の集積層で〉

秋になると影の圏がしだいに光圏を侵していつた　そればかりか街々の路や建物のうへでは風の集積層が厚みを増してゆくのであつた
わたしは唯　自然のそのやうな作用を視てゐるだけでよかつたのかどうか　何かわたしのうちで行はれてゐる微小な変化の徴しを、秋の黒薔薇のやうに滑らかな建物の蔭にあつて確かめようとしてゐたのだ

つぎつぎに降りそそいでくる光束は、寂かな重みを加へて、わたしはその底にありながら、何か遠い過去のほうからの続きといつたやうな感覚に捉へられてゐた　しばしばわたしの歩むだ軌道の外で、喧噪や色彩がふりまかれてゐたとしても、わたしは単色光のうちがわを守つてきたのではなかつたか　突然わたしには且ての己の悲しみや追憶のいたましさや、むごたらしかつた孤独やらの暗示が、ひとつの匂ひのやうに通りすぎてゆくのを感じなければならなかつた　おうそれは誰のためにする回想であつたのか！

まさしくわたしがわたし自らのために、現在は何びともしなくなつた微小な過去の出来事の記憶を追はねばならない！　ひとびとが必要としなくなつた時、わたしはそのものを愛してきたのだから、この世の惨苦にならされた眼は、いつも悲しいのではない　唯幸せをふくんで語ら

れるひとびとの言葉に、ふとして追ひすがつてゐるときにだけ限りなく悲しく思はれた

風と光と影の量を、わたしは自らの獲てきた風景の三要素と考へてきたので、わたしの構成した思考の起点としていつもそれらの相対的な増減を用ひねばならない　ひとびとが秋になると追想のうちに沈んでしまふ習性を、それ故、影の圏の増大や光の集積層の厚みの増加や、風の乾燥にともなふ現在への執着の稀少化によつて、説明してゐたのである　わたし自らにとつても追憶のうちにある孤独や悲しみは、とりもなほさず、わたしの現存の純化せられた象徴に外ならなかつたのである！

〈駈けてゆく炎の歌〉

わたしたちはひとりのひとも助けられないままに、寂しい季節にはゐつてゐるのであつた　助けるといつても食を与へたり住居を借し与へたりすることではなく、助けるといふこころの状態さへも感じないといふことである　むしろわたしたちは孤独といふものや混り合ふことが出来るとは思はなかつたにしろ、それが共通の空洞で、風や光や影を感覚し合つてゐるといふ確かな信頼を有ち得る筈であつた　そうして共通の空洞といふことで、若しもわたしたちが人間の宿命を象徴できるとしたら、わたしたちはすべてのひとびとと沈黙や虚無の意味をわかちあふことが出来るのだ

だがわたしたちには共通の空洞といふ言葉で示す、あの何処か還りゆく処が無かつたのだ　否、いつかそれを有つことでわたしたちの生存は危機のない円環のなかにはいることが出来るといふ予感があつた筈だ　少くとも幼年の日、わたしたちが無意識の孤独であつた時、それを野鳩や蟬や、煙突の頂などを視るときに願つてゐたはずだ

何日頃からわたしたちは判らなくなり、しまひには判らないことのほうが安息であるとさへ思ふやうになつたのか　時の流れとともにわたしたちの孤独が相訣れてゆく路すぢを、わたしは見極めやうと思つた

〈未完〉

〈さいの河原〉

僧侶は黒のダブルの制服をきて、河原の息のやうに温もつた滑石を積んでゐた　幼ないときの物語では〈ひとおつ　ふたあつ〉と抑揚のあるリズムで、繰返へされるはずであつた　ものみなは且ては徒労であるか否かといふことにかかはりなく為されたものであつた　わたしはいまや僧侶の石を積むわざを、あたかも結果を知りつくしたもののやうに小賢しい眼で視ることに慣らされてゐる　だからわたしは僧侶のつくねんとした石積みのわざを寂しいことのやうに思ひなした

決してひとびとはすべて徒労のことをなさないだらう　再びわたしたちは寓話の種子を含んだ時代にかへらないだらう
だからわたしにとつて徒労に過ぎなかつたことは、すべてその原因を外的な偶然に帰すべきものばかりであつた　わたしは自らを惜むことをしなかつたが、限りある時間のうちがはで急ぐべき路すぢを有つてゐたのだ

わたしはさいの河原で石を積んでゐる僧侶に〈もうやめろ〉と告げてやるべきだ　何人もひとに徒労を強ひうるものは存在しないと信じてゐたのだから　わたしがのろまな白痴に対すると同じ苛立しさや、その白痴を無役に嘲弄するひとびとに対する瞋りやらを感じるならば、あた

かも罪びとのやうに石積みを繰返へしてゐる僧侶に徒労の意味を告げてやるべきだ
おう僧侶よ　おまへは学生《がくしょう》のやうに黒の制服を被いでゐるではないか
何故におまへは智度論の〈善悪行ぜず〉といふ言葉にかへらないのか
僧侶よ　おまへはどうしてわたし自らの影に似てゐるのか　こころを労することで感じなくなつてしまつた貌と、悲しみのしたをくぐるとき閉ぢることに慣らされた眼と、たくさんの沈黙とがおまへのまはりに集まつてゐる

わたしは結局自らをさいなむ形態によつて、一切のことを告げねばならなかつた

〈一九五〇年十月二日〉

〈地底の夜の歌〉

ごらん！　回想のなかに未だ幼ないときの清しさをとどめてゐるものたちよ、
巻積雲はまるでピアノの鍵盤のやうに近くからとほくの方へ
器楽の音律を流してゐる　それは幾筋もの脈を作りながら天球のもり上つた
円味をそのとほりなぞりながら……

漠々とした追憶はまだおまへたちの余裕のなかにある
決して汚れきつてしまつた者には赦されてゐない美しさについての感覚が
夜に入る間の、あの刻々とうつつてゆく色彩の変化を、茜から紫蘇色にかはつてゆく雲の変化
をこころにとどめておくに異ひない
ああ、それからほんの少しでいいのだが、おまへたちは世界を覆つてゐる疲労について思考を
立ちとまらせるがいい
〈明日もわたしたちは此処にあるかどうか〉
〈いいえ、わたしたちはもう信じきれなくなつた〉

　魔が歌の影がどうかおまへたちのこころに忍びこむことのないように、
それには沢山の余儀ないギセイの外に、おまへたちが自らの時間をうち立て、

それを守りつづけることにしなければならない
たとへ憎しみや殺りくの暗さがあたりを通りすぎることがあつても
　自らの時間を守りつづけねばならない

ごらん！　わたしに言へるのはそれだけだ　すべては判らなくなつて、この地の底に、別に狂信も祈りもないありふれた夜が降りてくる　そのなかでおまへたちの場、とほく隔つたわたしの自らの場！　あらそひが、わたしとおまへたちの間にさへ起らなかつたなら、細々とした時間のなかでうちうちとした幸せだけは　やつてくるだらうよ、

〈罪びとの歌〉

だからわたしたちは日毎に電燈の下に額を寄せて歌を記さねばならなかつた
だからといふのは罪びとだからといふことである

わたしたちの罪を記した記帳は何処かにあづけられてあつた
それは永劫に取りかへすこともならず、唯わたしたちにとつてゆいつの幸ひは、その記帳は決してひとびとの前に晒されることはないといふことであつた
何ものか記帳をあづけられた者とわたしたちの羞恥だけがそれに関はることであつた
それでわたしたちは言はば修正の歌を記すことで、あづけられた自らの刻印を取消さねばならなかつたのだ

このやうな秘事をわたしは誰にうち明けようと願ふのだらうか
何ゆえにわたしたちが罪びとであるかを知ることを決して慾しないひとびとに　その何ゆえといふことを告げることを……若しわたしが絶望のざんげを信ずることが出来ないならば、ひとびとに告げることにどんな真実があつたらう

だからわたしたちの修正の歌が弁解と狡智に充ちてゐたとしても、それはわたしたちの習性と

いふよりもむしろ人間の有つてゐる本質であつた
何故ならば弁明や狡智と、あの悔ひ改めとはひとしく人間に赦された逃亡に外ならなかつたから、わたしたちがその何れを撰ぶかといふことは単なる趣好の問題に過ぎなかつたらう
もはやひたすらに自らを許容し、取つくらふことで、ひとびとの親愛を克ちうるならば、あの罪びとの記憶をあづけられた者の、権威あり、しかし　決してわたしたちを陥いれる能力を有たない魂をふみにじることは　易々たることであつた

〈意匠の影のしたに〉

〈生れてきたつてあんなに寂しいことばかりだつたもの〉
〈おまへがか〉
〈うんおれが〉
いまも限りなくつづいた途上で
とりわけたいした熱をおびてもゐない調子でわたしはじぶんが被いでゐる意匠の佗しさをそういふ風に告げるのだつた
あのひとりはまるで建物のうへ高くで動いてゆく風を聴くかのやうにわたしのことばをきいてゐた　そうして時折はわからないことばもあつたのだらう、茫んやり首をかしげる仕種も混えてゐる
〈けれどあの時は未だよかつた〉
〈どのとき?〉
〈あの時のこと〉
あの時とは果してどのときのことであつたか、わからないわからない
ふたりとも沢山の言ひたいことを有ちはじめてからは、そもそもこの生存は寂しい仕種に充ちてゐたのではなかつたか、するとあの時とは!

わたしはあの時といふ言葉で、わたしが未だ意匠を鎧ふことなしに生きてゐた少年時　または
それに続くO先生の部屋にゐた頃を指したいと思つた
ひとりの少女を想つたり、幾何学や代数学に時を費した時期といふものがそれ程の意味を有つ
てゐると、わたしは信じてはゐなかつたが、せめて現在《いま》もあの時の予感のとほりの路をあゆむ
でゐるといふことに慰みを感じなければならないか
〈けれど結局〉
〈え、けれど結局？・〉
〈そう若しおれたちの不幸が幸せに変つたとき、それが変るならば〉
おう、わたしたちの不幸が幸せに変つたとき、それが、その寂しさが変るならば！
わたしはあのひとりの言葉をどのやうに解すべきかと考へた
その寂しさがそのやうであるならば、わたしはそれを欲しないだらう！
わたしは　わたしたちふたりの生存が何か条件を欠いてゐることのために、このやうに生きね
ばならないのだと思つてゐた、

〈抽象せられた史劇の序歌〉

（フロツクコートに乾草の匂ひがしてゐる僧侶が、ひとつのせりふをはじめるところであつた　僧侶には寂しさといふのが、どんな感覚であるのかわからなかつたので〈寂しさといふものは　どこにでも充たされて遍普するものでござらう〉といふのである）

おお、哀しい超絶者のむれよ！　おまへたちは現在の時の細胞量を充たしきつたまま、限りなくその状態が続くものと考へてゐる　だから決してあらそひといふものに関はらなかつたし、若しかすると少女たちの途方もない小唄を聴かうともしなかつた、わたしは知つてゐる、ひとつの超絶がひとつの慾望を極小なものにしてしまふことを、そうしてにんげんは物を抽象するために造られたものではなかつたことを、

わたしたちは高らかに暗い凱歌をあげながら、人間をやめるために抽象してきたのだ　風景を、かなしみを、思考を、……それによつてわたしたちを造れる者の意志を拒否してきたのだ

わたしたちのむれは、街々の路や建物の蔭や、黝づんだ運河のほとりに立つて　まるでさまよふ者に似てはゐたが、遠くの類に呼びかけるために、物書きはしたが、いつも一杯の酒やコオヒイを物思はずにのみ得たか！

わたしたちは既に神々にむかつて盃を去らしめることを願はなかつたし、自らのこころのままに風景を風を、思想を再構成するやうに習はしてきた
〈この習はしこそ寂しいものでござらう〉
わたしたちのむれは中世的トミスムの世界に巡礼する僧侶にこたへたのである
メカニカルに組成されたわたしたちの感覚には湿気を嫌ふ冬の風のしたが適してゐた　そうしてわたしたちの壮厳な史劇は、わたしたちの微小な役割に荷はれながら確かに歩みはじめるのである……と信じよう、

〈一九五〇・十・五〉

〈晨の歌〉

しばしば晨の建物の影には貝塚の匂ひがしてゐた
わたしはそれが何故であるのかを考へながら影を横ぎつていつたが、或時は、あの建物たちを構成してゐる素材には水成岩のいくつかの成分が含まれてゐるからではないのかと思つた　すると建物たちは海べの砂丘のうへで、影をおいてゐる貝殻のやうにも象徴されたものである新世代の曙原期にわたしは悠々とその傍を漁取りに向つたであらうと、つた

わたしは建物たちが、その壁面に時計をはめ込んでゐるのを、ウイルウイウズの時代からの伝習であると考へてゐた　子午線と建物の影とが、ことさら怪奇に結びついてゐる晨の時、わたしは建物の下を歩むことがとりわけ好きであつた
わたしは全く睡眠してゐるやうに思はれるそれら巨きな石材の集積物が、果して何処から覚醒してゆくものなのかと考へてゐた　けれど、扉からひとびとの出入が繁くなり、それから窓が開け放たれるといふ、ありふれた順序でそれがなされた時、わたしは落胆せずには居られなかつた

けれどひとびとは聴くがいい、建物たちの睡眠と覚醒とを振わけるものは、実は匂ひであつた、何故なら　窓が開けはなたれ、カーテンが引かれた後、わたしは最早あの建物たちの影から貝

塚の匂ひを感ずることは出来なかつたから、そうしてわたしの感じてゐる時間は突然空間にすりかへられてゐたのだ

〈わたしの晨の歌はこの時、貨幣の歌にすりかへられる　一九五〇・十・七〉

〈風の明りの歌〉

風はうしろがはに明りをつくつた　そこでわたしたちは孤独が語りあつてゐるのを知つてゐた　孤独を湿気や暗さから守るためにわたしたちは風の乾きをまつてゐた　風のなかにはしばしば図形が秘されてゐる
図形はわたしたちの思考を明るみのなかに分離してゐた

わたしたちは幾日も幾日も乾いた砂時計のうへを歩いてゐた
時間はさらさらと落ちたり　ひだを造つたりしてわたしたちを運んだ
〈長い長い安息はないか！〉
安息は円弧によつて表象され、風のなかに秘されてゐる
わたしたちは歩いた

天球のしたにいつまでも閉ぢられて
ゆくりなくもわたしたちは子午線の極にわたしたちの眠りをみつけた、

〈ゆふぐれといつしよに唱ふ歌〉

ひとしきりわたしたちは寂かさになれるために耳や視線を集めねばならなかつた　風景や物象の影のうへに、ゆふぐれはそのとき上層から降りてきた　寂かさになれてくると、わたしは蹄音のやうにただしく打つわたしの胸を沈めた

わたしたちはもう息づくこともやめて
いたるところに想像される可塑性のひとのかげを思ひはじめた
わたしたちは彼等にはなしかけるだらう
何ごとも自らを危ふくすることもかへりみずなされるとき、遠くでみてゐるより外ないものであるといふ風に……
それから結びにはわたしたちのありとあらゆるとつておきのことばで訣れをいふだけだ

〈さてこのあたりで夕日は沈んでしまふかどうか〉
〈そうしてわたしたちが構成した日時計はこわれてしまふかどうか〉

機械や孤独ずきの職人たちの手でこしらへあげられた歯車が　わたしたちのあかるかつた光のなかでの風景にかはつて、わたしたちのこころをおとずれはじめ、蹄音のやうに打つわたしたした

ちの胸にかはり　時間がただしくうちはじめる
網目のやうにゆれて形づくられてゆくわたしたちの意識はやがて
はつきりと目覚め、ひとひととのわかれを許すだらう
わたしたちはひとりでにどこかへ還らねばならなかつた、
ゆふぐれといつしよに　――

〈曲り路〉

曲り路でわたしはいつも背中を視せねばならなかつた
痛ましい記憶をうしろに曳いてゐた性かどうか、わたしはわたしの後姿にほんたうの貌を用意せねばならなかつた
わたしが曲り路で考へることは、わたしの視えなくなつたあとの路上に　何が残されてゐるかといふことであつた、ひとびとは建物と影と、鋪装路の亀甲模様と、それから街樹の落ちて腐れかかつた枯葉を視るだけだらうか
わたしが余儀なく落していつた空白は　いつも誰やらについばまれて　拾ひあげられはしなかつただらうか、其処にわたしがゐる　其処にわたしがゐる　ひとびとの構成したとほりに構成されたわたしがゐる

すべては納得のゆかないことである
すべてはわたしのなかでいつも見なれないことである

曲り路でわたしはいつも時間の空洞を目指して歩いていつた、

〈虔ましい時〉

海はいつたい何をしてゐた？

いつたい何をしてゐた？　格別に荒れ狂ふ日とてもなくされぱとて水死人の体を容れるとでもなく、さらばさらば　愉しいことを構成するために時を　そのうへにとどめることもなく！

海はあのとほり朴朴として青らみ、どうしてかひどく膨らんでゐるばかりだ　そうしていつたい何をした？　斯かる問ひはたいそう佗しいものであることをよく承知してゐる虔ましい時間はひどく悠つたりとして過ぎるばかりだ

重量ある船や防波堤はいづれも重たげに沈みこんで
休暇をもらひ水夫たちは還つてゆく
おほかたあまり愉しげではないわが家といふものに

重病で死んだ者は海に沈めるがいいのか　あるひは火に葬るのがいいのか　これはまつたくたよりない問題である
虔ましい時はいずれを是とも言はず非とも言はず、ただ死に至るまで衰へた者を死に就かしめる！

わたしたちは勘考しながら過ぎるのである　忘れられた海に沿ひ　時としては子午線と水脈の方向とを視くらべ、何ごとか勘考しながら過ぎるのである！

〈秋雷の夜の歌〉

柑橘の匂ひが夜のなかにあつた　わたしは幼児であつた
わたしは臭覚だけをしんじてゐた　たくさんの憂慮は消えていつて
ひとりでに何もかも納得することができた

柑橘の匂ひのする夜に雷鳴があつた　紫外色のひかりがはしつていつた
わたしが忘れさらうとした季節がもういちど蘇えつてきて、何といふ
不思議な夜であつたらう　夜のなかでわたしは幼児であつた

わたしは不幸であることを何とも感じなくなるまで生きてきた
わたしは空洞のしたをくぐり抜けてきた
わたしは不思議な秋まで歩いてきた

〈不思議といふものはそう滅多におこるものではないのだよ　だからみんなが予感しなかつた
ことが、もしも起つたとしても、それは沢山の予感の途中を間引きしたからそう思はれるだけ
だ　もしも信じてゐることが半分以上もその通りになつたら、たいていみんなは不思議とか何
とか言つてゐる　けれどほんとうはそれらはすべて不幸な徵しなのだ！〉

わたしはその夜自らの感じてゐるものをすべて捨てねばならないやうに思はれた、

〈夜の歌〉

〈夜になるとあらゆる不幸がひとびとの家へ還りついた　それは費やされる時間がまたもとの分離されない以前にかへるからであつた〉

わたしは不幸といふものを出来るだけひとびとと同じように規定しようと思つてゐたが、ひとびとと同じように感じようとはしなかつた　にんげんが生存してゆくために不幸は条件のやうに必要であるように思はれた　ひとびとが何ごとか秘すことを覚えたとすれば、それは不幸に由来することはあやまりないことだ　そうして誰か　秘めた事を有たなかつたか！

夜は　わたしたちに降りてくるときありふれた不幸を連れてくるものであつたらしい　ありふれたといふのはわたしたちが既に承認しながらどうすることもならないといふことである

電燈や食卓のまはりで　子は親の不幸を永久に理解しないだらう　そうして誰れもがやがて自らの順番にしたがつて、それが繰返へされるものであることをまるで忘れてゐるようであつた

それから子の不幸は雰囲気に豊饒であつたが、決して重たい影をもつてゐる訳ではなかつた

わたしたちはいつも　海辺や山並みや都会の建築のあひだの出来事を語りあつた　時として誰

もが自らの記憶する風景に真昼や夕ぐれの感覚をそへながら決して夜のことを思はないことが
不思議に感じられた

わたしたちは夜の時に語りあつた
わたしたちは語り合ふことで感じたいと願つてゐた　わたしたちが伴つてきた不幸やそれが重
なりあつて形成してゐるしづかなときを！

〈夕はいつまでも在つた〉

わたしたちがすべてをなし了へた後、夕はいつまでもそこに在つた　わたしたちが疲れて、睡ることの外に何もなすことを視つけられなかつた時も、夕はそこにあつた　わたしたちは焦燥をもてあますやうに、いつもこの生存を負はねばならなかつたか　ほんたうにそうであつたか！

微光に覆はれた物象もひとびとのこころも、わたしたちはそんたくすることをしなかつた　わたしたちには何ものかに対するあてどもない瞋りがあつた　わたしたちは未だ何ものかに出遇ふために、堰止められてゐるかのやうに感じてゐた

生存はわたしたちに、たくさんの条件を課したが、わたしたちは、それをなし了へたと信じることで、ほんとうはわたしたちがなさずに、あるひは出遇はずに避けてきたかもしれないことに、悔恨を感じたのではなかつたか　そうして悔恨はひとびとをおとづれた時と同じように、わたしに瞋りとして感じられたのではなかつたか

すると、わたしたちは、あの感ずることなしに、すべてをなし了へたひとびとに対して　ひとつの過剰を負つてきたかと思はれる、なすに価ひしないことをも、感じてきたといふひとつの

過剰を！　そのために夕はいつまでもそこに在つた
わたしたちは睡りに入ることを許されなかつた
わたしたちは睡りに入ることを許されなかつた
いつまでも、ひとびとが黄昏と呼びならはして憩ひの時刻にする時を、わたしたちは罪びとの
やうに、感ずる者であらねばならなかつた、

〈黄いろい河水に沿つて〉

建築群の裏かはには、いつも黄いろな河が流れてゐた　若し塵芥のひと片れでも沈まないで浮んでゐるとしたら、海の干満にしたがつて、いつまでも余り遠くではない地域でそれを視つけることが出来るだらう　全くわたしたちは予感に適合するやうに生きねばならなかつたから、河辺にきていつも見つける塵芥や黄色なままの河面を視るとき、何かしら一致の感情を持たずにはおられなかつた　決して塵芥は同じものではなかつたらうが、わたしたちの日々が全く同じもののやうに思はれることのやうに、わたしたちは塵芥の類を決して区別しようとは思はなかつた

昨日の時刻に其処にあつたものがいまもそこにあるといつたやうな、わたしたちの心情のメカニズムには生存の無価値感が侵しかけてゐた　おう、わたしもひとびとのやうに、わたしたちの危機を習慣性や、救済のなかに忘れはてるべきであらうか

結局わたしたちの上には微塵で濁りきつた空やいつも見なれた建築群があつた　わたしはいつもといふことで　いたく焦燥せねばならなかつた

わたしたちは何を美しくすることが出来たか、若し類から隔離されない限り、どんな狡智に対しても自らを守ることが出来なかつた

わたしたちはものしづかに汚れにまみれた　黄いろな運河の水に沿つて　わたしたちは自らを
なだめるため、日々の僅かな時を歩くのであつた、

〈鳥獣の歌〉

わたしは早くから住みつきたいと思つたのだ
何か不定の条件のなかに囲まれた安穏な住家のうちに
狂信や喧噪のすこしもないありふれた夜に、わたしは何ごともなさなかつたものの安息を獲たいと思つてゐた

鳥獣のやうに意識を極小にまで減少せしめ、しかもおもむくところに暗い影をあらしめないことを願つてゐた

暗い影とは？

暗い影とはわたし自らがわたし自らを追跡するときにきつと投影される世界の像であつた、わたしは自らの心象を透して世界が投影されることを　神のやうに致さねばならないと考へた、

鳥獣はいつも暗い
けれどそれは自然が暗いやうに、時間が暗いやうに暗い、決して自らが創り出した暗さではない

わたしは自然や宇宙時のやうに暗いことを思つてゐた　にんげんが暗いやうにわたしが暗いことがどうして必要であつたらうか

わたしは鳥獣のやうに終には寒駅のY字形の鉄骨や、陽の影の下で生きて無心でありたかつた、

〈緑色のある暮景〉

銀行のうら側をとほる路には街樹の緑いろが、わづかばかり残つてゐたものだ　わづかばかり
の緑色が残つてゐるといふことは、どうしたことかわたしには　覚醒を与へるものであつた
何故にまた何に対して覚醒しなければならないのか　とうの以前に忘れ去つてゐたから、全く
理由もなく感覚するわたしの眼を　たいそう辛く思はねばならなかつた

暮色はどこからくるか
銀行の扉が閉ぢられたとき暮色はどこからか降りてきた

わたしはあたふ限りの寂かな生存をつづけたいと思つてゐたから、わたしのまへに降りてくる
乾いた風の感覚が、しだいに暗色に変つてゆくのを黙つてうけいれただけだ　そうしてわたし
の覚醒は！　わたしの覚醒は時軸に沿つて歩み去つていつた……

銀行の扉には紋章が刻られてゐた　貨幣のやうな、また手形のやうな、まるでわたしが想像し
てゐた建築造形には無かつたやうな図形が刻られてゐた　わたしは街路樹のわづかな緑いろを、
去りゆくにんげんと神との距離のやうに感じなければならなかつたか

わたしはすべてを排気するこころを持たされて、この歩みを奪はれてゐない、ただそれだけのために歩まねばならないことが不思儀でならなかつた

既にわたしが感じなくなつてしまつたことのため、暮色の垂れ下がつた街はわたしに必要であつた、

〈風の離別の歌〉

われらのうちで影は訣れる
ふた色の時軸が過去と現在とをわかつ丁度その地点で、影はまるで言葉のやうに明らかに訣れる
われらはその訣れを知つてゐる　あたかも自らがそのひとつをたどるとき　他のひとつに相訣れねばならないやうに、予感によつて分離される影の訣れを知つてゐる
おう、そうしてわれらの生存が既定してゐたかのやうに、われらはしづかに悪しき予感にしたがひ、自らを導いてゆくかのやうだ
〈風がまるで量だけから構成されてゐることを、確かめるやうなこころにしたがひ〉
先づは風儀にしたがつて偽牧師めの祝福をうけ、ひよろひよろと歩いてきた路を、しだいに差迫つた路におきかへて、つひには何者からも見離され、亦自らも感官の死によつて類を離れて　しづかにしづかに……
われらの風はいつもあまねく、悲惨から圭角を奪ひ、瞋りを眠らせなどしながら、季節によつ

て量と、温度と、影とを変へるのみだ
〈その風のなかでわれらの影にきた訣れと、且てひとびとに訪れなどした訣れとを区別せよ〉
われらはまるで真空弁を牽くように哀歓を排しつつきた

〈一九五〇・一〇・一六〉

〈晩秋の歌〉

わたしたちは覚醒の果てにわたしたちの終焉を感じてゐた
覚醒のはてに明澄になつた雲や風のなりゆき、
振ひおとされた樹々の枝、
わたしたちがそう願つたすべてが、いつか遂げられそうに思はれた

〈幸せの歌〉

僅かな予感のなかに明るさがあつたとしても、わたしはそれがわたしの歌を幸せな響きにかへてしまふといふことをよく知つてゐたし、また怖ろしいことでもあつた　何故かと言ふとわたしのうちに、どんなに思考を集積しても決して変革されない部分があるのではないかと漠然と考へることが出来たから、そしてそれが、人間の生理といふものが引く限界である、言はば人間の常数といふやうなものではないかと予感されたりした、

わたしは非情といふものを人間の最高の条件であると年月考へてきたから　すべてのひとによつて唱はれる幸せの歌が、みな自己許容で汚れきつた不協和音を立てるのが聴きづらかつた若しわたしの歌もまたそのやうな音色を発するとしたら！　わたしは急速に意識の訂正によつてそれを補はねばならないだらう

わたしは非情といふものを経験に依存する函数であるとは思はなかつた　だからわたしはわたし自らが感ずる者でなくなつたために、幸せを唱ふことが出来ないのならば、悲しいと言はねばならない

わたしが若し神とか悪魔とか言ひふらされた超越者をではなく、また善とか悪とかいふ湿気に

住みつく概念をではなく、たつたひとつのことにわたし自らのすべての感官を普遍的に用ひつくすことが出来るために、非情に至るものであるならば、それこそわたしの慾するものに相違ない！

斯かるとき幸せとはどんなにみすぼらしい許容に外ならないだらう！

〈黙示〉

〈いろいろな所有は晨ごとわたしの手に帰してゐるかに思はれた〉
それ程に喧騒や目覚めがわたしから奪つていつたもので自らを活動させてゐるのだと考へずにはをられなかつた　やつと夕べがきて沈黙があたりを埋れさせてしまつた時も、わたしは無一物であつたから
すべての物象は各々の在る場所でそれぞれ夜に就くやうであつた

するとわたしの所有の感覚はわたしの睡りの間に集積されるのだと考へないでは居られない
且てひとたびも睡りを休息のやうには考へていなかつたから、あらゆる破片を集めて所有にまで至らしめるわたしの仕事を睡りの間のことに帰したとしても別に不思議とは思はない

わたしは幼年のとき黙示が降りてくる様をしきりに思ひめぐらしたことがあつたが、それはまさしく〈睡りの間の覚醒〉によつて象徴されるやうであつた　決して自らは機動しない、けれど最も鋭敏に感応する状態がわたしに有るとしたら、わたしの夜々を訪れる苦しい時間こそ、それにふさはしいだらう

さて夜々の睡りからわたしは何を得たか

所有の感覚によつて充足された空虚を且ての晨のやうにもてあますこともなく、直ぐ背中あはせにとりかこんでゐる厳烈な衣裳に素速やく着かへるだけだつた

〈一九五〇・一〇・一七〉

〈擬牧歌〉

〈最初の羊になつてはならない〉
わたしは注意ぶかく日々の時間の移行を瞶めてゐたが、大凡わたしたちの考へてゐる宇宙時というものが逆行しないことに驚かされたのは、わたしがひとつの追憶を非情のうちに索めてゐた時のことである

何といふこともなしに　わたしが類から分離して、何くわぬ貌をしながら生きはじめたとき、どんなにかわたし自身の歩むでゐる時間は密度や質量を変へたことだらう　しかもわたし自身は決してさかのぼることは出来なかつた

もはやわたしが固定したとしても、わたしの場は刻々と、わたしたちが未来と呼んでゐる正の方向に移行してゐるのだから、

牧師たちが角笛をとつて、且て寓話といふものが存在してゐた時のやうに　類をはなれて生存してゐるわたし自らを呼び寄せようとしても、わたしは既に応じなくなつてゐた、〈最初の羊になつてはならない〉といふ黙示は、わたしたちが自らをめぐるものとして時間の質と量を考へはじめたとき、また既に抽象によつて情感を排したとき、訪れてゐたのだから

最初の羊とは！
待ちたまへ　他愛なく自らの幸せを語るために生きてゐるひとたちよ
おまへたちはこの言葉を探すために器用な手つきで様々の典籍をもてあそぶものとなることが
出来る　けれど〈最初の羊になつてはならない〉といふ黙示を得るためには　恐らく無量の時
間を費さなければならない

〈わたしは既に自らを知らないまでの覚醒のなかにゐた〉

〈至近の時のもとに〉

何か描かねばならない景観が、時のあゆみにのつて近づくように思はれた
わたしの姿勢によつて、わたしのふたつない質量によつて
時としてわたしの幼ない判断がわけて見せるのは、〈斯かる時期〉についてであつた

わたしは何を描かねばならないか
わたしは刻々と近づいてくる名付けようもない苛酷さを、如何にすべきか、
また如何なる種に属する思ひなのか　知ることはなかつた
知ることのないままにわたしは既に至近の距離を感覚してゐた

わたしにひとは何を教へたか
まつたく質をすりかへることで、過ぎてしまふ辛い時間を、わたしはひとびとのやうには信ずることはなかつた　ひとびとの唯一つの方法は　わけもなく変換しうる操作や、そのやうな軌道をたどる道を探しあてることであつた

わたしはひとに何を与へたか
それは問はれてはならない　わたしは質をもちながらあの量を有たなかつたから　わたしの与

へうるものと言へば、すべて　生存を交換しなければならない
わたしは自らの生存を交換するために、まだ寂かな時の幾許かを欲してゐた、

〈荒天〉

打ちつづけられる鼓音のやうな海の辺りの波頭を視ながら、次第に低くなつてくる雲の圧力を考へてゐた　まるで水平線を支点として延びてくる暗い布のやうに　わたしたちの頭上を遠く過ぎつて、わたしの後背を、影を寄しつつむやうに思はれた　わたしは遠くまでゆけるか！
何かを予感せねばならなかつた　何かを、わたしが生存してゐるこの荒天のしたで感じなければならなかつた　とほい幼時　頭骨に刻みこんだ傷あとを、思ひおこすやうに、わたしは何かを！

雲と海とのあひだにわたしの軌道があつた
わたしはいまでもその軌道をゆくことが出来るのだ　若し時がわたしのうちに許容のひとかけらを成熟させてくれるならば
わたしの前方には崩壊してゆくものがある　それにかかはらないためにわたしはいつも独りであつた

〈戸外からの光の歌〉

わたしたちは暗鬱といふものを乾いた空のしたで感じてゐた　言はば建築や街樹や商店の窓飾りなど、年月視なれてしまつた物からだけそれを感じるのであつた　存在の属性のひとつとして、それはあるように思はれた　わたしはひとからもそれを感じただらうか！

忌はしいことに、にんげんは相互に暗鬱を感じあふ程、視なくても生きてゆくことが出来た様々の位置にある孤独はそれぞれにひとつづつの期待を有ちながら、ただひとつの果てを目指して歩んでゐたから　わたしはむしろひとびとに関はらないことを願つてゐた

時としてわたしは陰影がみるみる喪はれてしまふ自らを感じることがあつた　それは戸外からの光が差しかけた時だ　戸外とはわたしのこころの関はらないところのことであつた　そうしてわたしはわたしの孤独と交換しようとする誰かの善意を、その度ごとに感じるのであつた温いといふことが、わたしをしめらせる程であつた

けれどわたしは自らの光がひとりでに戸外にむかふまで待たねばならない　あのひとびとに自然に具はつてゐる受容が、わたしには無かつたのだから　何故かわたしはこのやうな暗鬱をまるで運命ででもあるかのやうに　いつくしまねばならない位置をこのうへなく歩むできた

わたしは戸外から差しこんでくる光に、いつもひとりのひとを予感した、
〈一九五〇・一〇・二一〉

#〈独白〉

〈光射量のとりわけてすくない時刻には　わたしは何か異常なことにこころを向けるやうであつた〉　異常なことと言へば、わたしは既に習性によつてそれを許容するまでになつてゐたから、新たな反影や黙示を期待することはしなかつたけれど、その時刻になると不定の感覚がわたし自身を揺動するように思はれた

異常といふのは、それが習性のなかでくりかへされる限りは、心情の規定に対してではなく、生存そのものの理由に対して言はれるべきものであらう

まつたく且てはわたしが把へようと思つたものは直ぐそこに在るやうに思はれた　あまりに感覚の過剰のため、わたしは唯　撰択することに惑はされただけではなかつたか　実に沢山のものは、わたしが予期しなかつたやうに逃れ去つていつた　わたしは既に生存に対して何か言ふべきことを有たなかつたし、沈黙がすべてでもあつたはずだ

いまこそ理由のないものの群れで、愉しかるべきはずであつた

けれどわたしには何か与件が欠けてゐるのか、ひとびとの睡る時刻に思はねばならなかつた

〈海の子たちの歌〉

ひとりひとりわたしたちは海のなかに沈められてゐた
暗い孤独な貌で時が
わたしたちのまはりに泡立つてゐた
わたしたちはもう上方と下方とを区別する感覚を喪つてゐたし
つぎつぎにうちこまれる砲火のため
わたしたちは絶えず追はれた

わたしたちは睡りを知らなかつた
わたしたちは時と設計された未来圏に激しい憎しみを感じてゐた

救済の途絶えた場処で
わたしたちは手をさしのばすために視はつてゐたけれど
すべての風景には意志が感じられず
ひとたちは何処にも自分の位置をもつてゐなかつた

あはれな海のなかの子たちが

泥土でつくられた英雄たちの意志のままに
生のランプを点滅しながら時が過ぎてゆくのをまつてゐたとき
わたしたちは泥土の英雄たちを瞋つた
そうして座るべき位置をもつてゐる彼等こそ
人類のぜんたいのために贖罪すべきであると思つた

海には季節がなくただ明暗があつた
星たちが海と空との境界で屈折して視えた
わたしたちの星は未だ何処にも生きながらへる予感をもたなかつた、

#〈褐色をした落葉の記〉

わたしたちは街樹が放り出した黄いろの葉が、雨に幾度も打たれて、終には褐色に変つてしまふのを知つてゐた　時はその期間を無慈悲に、全く無慈悲といふやうに空の深処や風の空洞などを過ぎていつたらしい　何れともわかたず、わたしたちが自らの影を索めて、影のなかの朧朧を索めて、歩きまはる若者である日に、わたしたちだけが択ばれて褐色に変つた落葉を街路の上に視つけ出すのであつた

わたしたちはそれが屍に与へられた恥羞のやうに感じられた　若しもわたしたちが限りない羞恥のうへに、更に忘却を加へられ、しかも瞬時もわたしたちの上を踏みつけてゆくものが絶えなかつたとしたら、わたしたちは乾いた暗鬱を以て自らを守るよりほかないであらう

わたしたちは忘れられたものを、ことさらに索めて歩く季節にゐた
それはあたかもわたしたちの運命に対する予感の、象徴を感じようとすることに外ならなかつたらう　忘れられる運命のなかには決して、ひとびとに向き会はうとしない純度のある恥羞があつた　だからわたしたちが、全ての心術を知りつくした後も、忘れられる運命に対する執着を失はなかつたのは、その純度のある恥羞をこのうへなく愛したからだつた

ひとびとはわたしたちを視ると、世にも悲しげな表情をして、ひとつの言葉を与へるのを忘れなかつた〈もつと自らをあいしたまへ！〉といふやうな、わたしたちが決して聴き入れようとは思はない幸せを含んで充たされた声音であつたから、わたしたちは自らを改めることを致さなかつたただけだ

褐色に変つた路上の落葉が、骨ばつた葉脈ばかりに剝離してしまつた時も、わたしたちは決して死滅することを許されはしなかつた　それは唯わたしたちの季節が少しばかり長くあるといふ単純な理由によつてであつた、

〈一九五〇・一〇・廿二〉

〈わたしたちのうへに夜がきたときの歌〉

わたしたちは覚醒に充ちたまま、夜をむかへた　わたしたちは睡眠するときのこころを知らなかつたから、夜と真昼と夕べとはわたしたちにとつて外象の移動にすぎなかつた　しかもわたしたちの外象のうち、影が暗圏に変つたといふことの外に何らの差異もなかつたのだ　風の感覚も、建物たちの触手も、わたしたちのまへに存在してゐた

若しかしてわたしたちの感官のなかに変化があつたとしたら、それはひとびとの睡眠の時刻にわたしたちが覚醒してゐることのために起つた変化だけだつたらう　ひとびとが眠つてゐるのに！　ひとびとが眠つてゐるのに、といふことが、わたしに何を与へたか　ひとびとが眠つてゐるのに！　そのためにわたしたちもまた眠らなければならないか　わたしたちが眠るためにどんな条件が欠けてゐるのだらうか

夜がわたしたちのうへにおりてきたとき、暗圏があたかも、わたしたちを孤立させるために、ただひとつの生存をのこして、すべてを取払つてゆくように思はれた

ほんたうにわたしたちが考へ深かさうに物を思ひはじめた後、わたしたちは相互に交換し合ふ心情や物象がすべて取払はれ、結局、わたしたちは自らの生存だけに支へられてゐることを確めたのではなかつたか　すると夜はわたしたちに生存をのこしたのであらう　わたしの覚醒は

わたしの生存を象徴するものであつた　ひとびとの眠りが、ひとびとの疲れを象徴するやうに、
わたしたちの疲れはわたしたちの覚醒から様々の情感を排した、

〈暗鬱なる季節〉

わたしたちは鳥獣のやうなしきたりに従つて生存してゐた　まつたく物の質量はわたしたちを侮蔑してゐたし、その侮蔑に乗じて何ものかわたしたちの意志を殺がうとする気配も感じられた　わたしたちは慣れきつてゐた　慣れきつて生存の次元を変換した！

ああ　たれかわたしたちのうへに影をおとすものはないか
巨大でありしかも充塡された冷却でもつてわたしたちを氷河のなかにつれ去るものはないか
わたしたちの皮膚は鋭敏であつたから　すべてを感じようとするだらう

まつたく！　まつたくわたしたちはあやまつて生きねばならなかつた
訂正されない暗鬱がどこか異つた次元から曳光してゐるかのやうに
わたしたちはさり気なく振舞ひながらおびえねばならなかつた

すべてのうちで最も下等な意志に従属しながら、
つぎには意志のない質量に圧搾せられながら
わたしたちは歩いてゐた

〈仮定された船歌〉

街々の果てには海に入りこまれた埋立地があり、潮の音と風速機のまはる音色とはまるでオクターヴを異にしてゐたものだ　わたしはそれを聴きわけた　幼年のとき、海の音は心情のおくの暗処で鳴りわたつたが、風速機のからからといふ響きは感性の乾いた面《プラン》に鳴りわたつた
つまりわたしはこころの移動に従つてそのいづれかに耳をかした

わたしは情感にまみれた封建期の船歌を好まなかつたし、学園で習得する白痴のやうな船歌をも嫌つてゐた
わたしはだから貝殻の埋もれた埋立地の岸壁にあつて限りなく空想したものである　空想は後年修つたユークリッドの幾何学のやうに　見事に脳髄の体操にかなつてゐたのだ

わたしは既に歌ふことを忘れ去らうとしてゐる　そうして線条のやうにからみ合つてゐる岸壁の船のマストを視ることもことさらにはしなくなつてゐた　わたしには船歌のごときものがいまも必要であつた
いたいたしい孤独の日にわたしはとりわけ自らの宿命の予感を招き寄せる、ひとつの歌を唱ひたかつた、

〈誘惑者〉

わたしたちは破滅の涯にきてゐた　そこでわたしたちは花を摘むほどのことをしてゐた　その後背には何もない！　そうしてわたしたちは夫々の程度において無心だつた　わたしたちを容れ得る時は限界に達しきつていた
身動きする自由も与へられてはゐなかつた

お、遠いところに在る誘惑者よ
おまへはどうやら且て人間たちが空のしたで考へつづけて来た課題が、いまもそのやうに考へられるものと思つてゐるらしいが、もう駄目だ！
わたしたちの後背には何もない！
断絶をうしろにしてわたしたちはそれぞれの程度で無心な白痴のやうに、すべてを喪はうとしてゐる
だから
お、遠いところにある誘惑者よ
おまへはどうやら且ての日の権威ある絶対者としての他者の位置を　人間たちから転落させられたらしいのだ
わたしたちは既に物に誘かれてゐる　そうして物の運動と質量の増減する世界で、ほんの少し

だけ物の影について考へる
やはり広漠とした空のしたで、白痴のやうに無心にそれをなすだけだ
だから
もう人間を見捨てよ
わたしたちは神や卑しい帝王を捨ててかへりみなかつたように、もうおまへを捨ててしまはう　わたしたちは地質的時間のなかで地質的死滅を有つてゐるだけだ

〈寂かな歩みの歌〉

わたしたちの歩行の外側では　みんなが絶望とか破滅とか人類の沈むでゆく地平線とか呼んで
ゐる喧噪や焦慮があつた　わたしたちの歩行そのものはこんなにも寂かであつたのに、そして
正確に指南線を有つてゐて、わたしたちの嫌つてゐる湿気や暗陰の地点を避けるやうにしてゐ
たのに……

わたしたちは自らの影を失はないやうに　夕ぐれになると歩みはじめた
その時刻にわたしたちは離脱した路をとりもどすのであつた
いづれわたしたちは分ちがたい夜にはいることを知つてゐたけれど
何にもまして孤立することを望んでゐたから　夕ぐれになると歩みはじめた

あらゆる理由の後ろがはには　秘やかな願ひがあるのを常とした、ひとびとのまことしやかな
言葉を忌むでゐた　わたしたちはそれによつてすべてを賭けないどんな観念をも信じてはゐな
かつた

わたしたちは明晰な光束に投射されて、夕ぐれになると歩みはじめるのであつた　脳髄は幾何
学の曲線に充たされ、自由な判断にしたがつて物象と物象の影とを分離しようとした　わたし

たちは倫理の匂ひを嫌つてゐたから、すべての夕べの光束の投射にあつて区別するのであつた
このやうな寂かな歩みは、わたしたちによつてすべての地上の虚構に支配された人間の破滅の
方向を破砕するために　必要であつた

〈行手の歌〉

わたしたちの孤独は点綴してゐた　たくさんの風景の集積を
そこらあたりからわたしたちは絶望することも希望することもいたさなかつた　わたしたちは
明らかな道を明らかな時間のなかにおいてきた

明らかな時間のなかに！
わたしたちによつて記されたものはすべて石になつて堕ちた
石はわたしたちの眼をもて！

亡骸を埋めるところはわたしたちの内側にだけあつた
わたしたちはすべてを埋めた
夜々にわたしたちは寂かに眠りたいと考へて、さまざまな思考をうたに代えねばならなかつた
寂かに寂かに　出来るだけ寂かにすべてのものは其処にあらねばならない　そうしてわたしたちの眠りはすぐに覚醒しなければならない
直ぐに！　時間がわたしたちの内側を貫いてとほるとき！

〈記憶が花のやうに充ちた夜の歌〉

わたしは忘れてゐた
わたしの視てゐるあらゆる甍のしたに小さく守られた夜があることを
そうして風が過ぎるとき　まるで異つた響きがそれぞれの甍のしたで聴かれることを
また異つた色彩によつてみんなの貌が映されてゐることを

だからわたしは知つたのだ
わたしがたくさんのことを忘れてゐることを
そうしてわたしのこころがいつの間にか　街道の外に佇つて
暗い空のことや風のやつてくる方向に奪はれて　いつも吹き晒されてゐることを
優しい触手が
わたしの愛してゐる者のほうからわたしの肩におかれたとき
記憶が花のやうに充ちてわたしの夜を訪れた

おう　わたしもまた
立ちとまるもののひとりにならなくてはいけない
立ちとまることからあらゆる意味を捨てる時刻をもつために

寂かなひとにならなくてはいけない

疲労に充ちた世界も
きつとわたしのその時刻を赦してくれるだらう
そうして重たい出来事をわたしの肩に負はせないように
あらゆる告知をわたしから外らしてくれるかも知れない

〈微光の時に〉

ゆるやかにわたしたちは掌をさしのべる　感ずるために
どこか街々の角にあつて、建築のあひだや石段のうへにあつて
晨や夕がひとしきり微光をふりそそいでゐるときを見はからつて

そのときあらゆる喪はれたものと予感されるものとが交換する
喪はれてゆくもののなかに何も愛惜はなく、予感されるもののなかにかがやき
はない　わたしたちは何処か見知らぬ路をとほつてきたのだから
そうしてどんな路もわたしたちのために在るのではなかつたから

わたしたちの予感はいつかひとつの物をとらへようとする
わたしたちはとらへたものをすべて自らの形によつて色どるだらう
果しなくくりかへされるわたしたちの時間！

あはれ、すべては寂しかつたよ
まるで暗い影のなかから生れてきたように　ひとびとは喧噪をふりまき
どこかへいつてしまふ　そのあとからいつもわたしたちは感ずる者であつた！

わたしたちは微光の差すときをわたしたちの生存の時と考へた
その時のいろによつてわたしたちとすべてのものとを分けてゐた！

〈寂かである時〉

痛ましい思ひでばかりであるのかどうか
これといつて理由もなく開け閉《タ》てされる門といふものが、散歩道ばかりではなく
空にはつきりと写る　歩みよるとき優しくそこに近づき
どんなにか願つたことか　決して物問ふてくれるなと！

おうすべての物は問ふてくれるな
べつにものおぢするのではないけれど、響く言葉はみんな悪霊のこだまのやうに
屈たくのふしぶしにつきあたる！

風は癩を病み
影ばかりが侵しかけてくる季節
ふて腐れた建築家によつて設計された貧血した花壇を
寂かに過ぎる

われらの貌はけふも真黙だ！

〈触手〉

わたしたちは立ちとまりたいと思つてゐた　時間のひだやしわをよせたひとびとの
存在の地点に、そうしてすべてのものを感じたいとおもつてゐた
わたしたちのまへには何も考へられないままに、家々や路やどぶ水や
雲をちぢらした空があつた

わたしたちはひとびとより先に触れることはできなかつた
だから何よりも清潔なものに触れることはできなかつた
だからこそ感じたいとおもつてゐた

ぞろぞろと降りてくる光は捨てられて
拾ひあつめるものもない我利我利の地上に捨てられて
ありとあらゆるものは乞食のやうにみすぼらしく明るみへ出てくる
ああ　その寝とぼけた眼は
赤い！　赤い！

わたしは地上の耻羞を感じてゐた

筋書きもない生存にたよつて演ずるとき恥羞を感じてゐた！

〈徒弟の歌〉

たくさんの忌みきらふことのあひだにわたしは眠つてゐた　おうだからわたしの
こころは目覚て、あらゆる物音をききのがすまいと、誓つたりしたのだ
ゆくりなくも出遇つたすべてのひとのうちに、わたしは悪意や思惑の影を
見つけ出すことを何とためらつてきたことか

とほく去る者たちに徒弟のやうなへりくだつた挨拶を告げながら
そうして決してふたたび遇ふことをすべてのひとに願はなかつた

わたしがこころに集積してきた言ひしれないもののうち
わたしに不要なものをたいせつにする
何故ならそれはためらふことによつて形成つてきたし　ためらひは
わたしの徒弟の時を象徴するものであつたから

何にもまして自らを信ぜよとおしへてきた者たちよ
わたしは知らない　わたしのうちで何を信ずべきかを
わたしは知らない　わたしのうちで何がわたしを形造つてゐるかを

だから決して
わたしはひとびとの前に出たくはなかつたよ　そうして或る晨の
目覚めの後、わたしはもうあけらかんとして生きるものであつた、

〈晩秋永眠〉

おつ死《ち》んだ！　おつ死んだ！　おつ死んだ！
あれは誰であつたか　搔巻きを着古るしたままおつ死んだんだ！
まるで天使のやうにやはらかい胸をして掌をくみあはせ
風は冷たいまんまふき過ぎた！

晩秋、わたしは何だかたくさんの心残りといつしよに想ひおこす
想い起こす
何とはなしに疲れてしまひ、もはや幻のうちにも愛したものを把みとれなんだ
いやなこころ残りにも似たわたしの歩みを！
そうして死んだものはふたたび永遠を旅しようとわたしに囁き
わたしがそれを拒否することを知らぬかのやうに
悠長な調子で囁き胸をおしつけるのである

けれどこれは何といふ風景だらう
晨　女たちが目覚めて飯を炊ぐとき
やはり永遠を旅しようと囁くのである

その永遠はいまも正しい束縛に充ちて日々の生活《くらし》のなかにある！

〈希望の歌〉

黙い風がとほりすぎるとき、または風が木の枝を吹きぬけるとき
ぼくもまた想ふのである　あらゆることをみな以前にかへせ！
以前といふのはぼくがまだ未知なるものの戦きを女とかビルデイングの
なかのひとと か、コーヒーの味とかに感じてゐたときのことだ
以前といふのはすべてが真新しかつたときのことだ

風といふのは　誰でも知つてのとほり
気圏の移動に外ならない
ああそれは気圧の分布がまだらなために起きる移動にすぎない
風がとほりすぎるとき　ひとはやはり風のやうにとほりすぎたか？
そうしてひとは風からフアンタージイを感ずることができたか？
いやいや愚かな詩人といふものがあつて
それをしただけだ　それをしただけだ

女はうつくしくあつたか？
いやいや女は狡さといひ物慾しさといひありふれてゐた

ビルデイングのなかに珍らしいひとがゐたか?
いやいやこの世の卑小さをみんな具へた男や女たちがゐただけだ
コーヒーの味はどうだつた?
ああコーヒーといふやつの味はすべての空白のうちのその空白だ

かくても尚ぼくは生きようとするのである
ほんとうはじぶんの空想と現実とのけじめもつかないままに
ひどい幻滅を味はないため徐々に狡く物慾しく卑小になりながら
結局生きるのである　そうである

そうしてこころの片隅でいつかこの世の醜悪を全部ひつくりかへして
やらうと思ひながら、さぞや老いることであらう!

〈十一月の晨の歌〉

強い影が路上に差しはじめ、そのうへをわたしは睡りから覚めて歩みはじめる　そうして果てしない昨日がまた路のむかふからやつて来る
黄葉が積み重なつて腐りはじめてゐる

わたしはじぶんの影によつて季節を区別しながら、はじめて明らかに子午線の移動を知るのである
わたしは楯もない暗い生存を、このうへ何処に持ち運ばうとするのか
わからない　わからない　わたしにとつてすべては明らかで、またわからない
何故に生きて且つ歩まねばならないか　十一月はわたしから最後の緑を奪つてしまふ　わたしの与件を奪つてしまふ
わたしは渇望によつてではなく、事実によつて生きたいと願つてゐたから

十一月の影のつよい晨、わたしには何もやつてこない
そうして風の冷気がしだいにわたしの歩みをとぼしくさせる
まるで骨格だけで立つてゐるようにひとりでに厳しくなる
あくまでもわたしは独りだ

わたしは十一月の影のみちを、建物に沿つて歩みさる

〈太陰の歌〉

わたしたちは蒼い夜の光が注いでくるとき　独りでに目覚めてゐた
あはれなわたしたちの悍馬は眠りについてゐた
わたしたちの遠隔への信号は暗い空間をつらぬいて過ぎつた
そのあとにたくさんの感ずべきものが通つていつた

わたしたちは遠くの傷手を激痛せねばならないか　且て
時軸の北側でうたつた太陰のうたや氷結期の憎悪を想ひ起さねばならないか
ああ、そうしてわたしたちの住んでゐる甍の色は青だ
明日もなく昨日もなかつたわたしたちの目覚めは、やがて自らの衰へを
知るときに至つて、長い睡りに入るにちがひないと思はれた

太陰を射る者らはいまは偽善の学徒に化身した
太陰を量る者らは殺伐の徒に変つた
わたしたちにいま救ひは何か

わたしたちの孤独はこの夜ひとりで目覚め歩むのであつた

〈むしろ遠い禍ひを願ひ〉

わたしたちは遠いところに禍ひを願ふことで、むしろ現在を生きてゐたと言へる
かく別に何ごとも起らないままに感官はひとつづつ眠つてしまひ、周囲はいつも索莫として視えた　それでもわたしたちは自らに人間の条件を与へておくために嗤つてばかりゐた　嗤ふことでわたしたちはひとびとの列にまぎれ込むことが出来るのであつた

わたしたちはみんな同じやうな衣装のしたに冷たい風をふくらましておいた
そうするとわたしたちは何事か用意しつつあるように思はれるらしかつた
けれどわたしたちが感じてゐたのは怠惰の風を装つた死である
そうしてはわたしたちは遠いところに禍ひを待ちこがれてゐた

何故にあらゆることは掘りかへされなければならないか
わたしたちは唯生きつづけてゐることに充たされなくなつた日から
自らのこころが回帰的であることを認めねばならなかつた

わたしたちが遠いと感じてゐるところは意想外に近いものであるかも知れなかつたし、
わたしたちが禍ひを感じてゐるものは幸せの感覚のあとにきつとやつてくるものであつたかも

知れない
とにかくわたしたちは、ただ遠いといふことのために多くの年月を生きてゐた、

〈湿地帯〉

土砂のえぐられた跡から、わたしは破片を拾ひ出した　言はば石材屑にすぎないものであつた
が、既に何も感じようとはしなくなつてゐる感官は　ひとびとの慣はしである破片をとりあつ
めて構成してゆく意想を、追はうとはしないのである　すべては過ぎ去つてゆく瞬間から忘れ
られるように、わたしのメカニズムは擦りへらされてゐた
だから……だからわたしの靴底から湿地帯のじめじめした触感が這ひ上つてきても、わたしは
別にうろたへずに過ぎていつた

〈隠花植物の類ひはわたしのとほる路の傍にいちめん覆ひかぶさつてゐる〉

わたしは独り高い空を渉るここちして
わたしのこころを乾燥させた

たつたひとつ言ひわけをしなければならないことは湿地帯を渉るとき
厳格な敵意や孤独がひとりでに狃れようとすることであつた
若しも憎しみのあまるひとに出遇つたとしても、わたしは訳のわからぬわらひで擦れちがふこ
とだらう　そうしてこころは酵母のやうにぶよぶよと膨れるばかりだ

けれど年ごとにみまはれる洪水の後、太陽は干割れになつた汚沼を照射するのである　わたし
は時として萱の茎のひとつを干割れに差しこんだりしながら、街へ出かけるのであつた、

〈晩光の時に〉

わたしたちはしだいに歳月を惜むやうになつてゐた　それで晩光の時がくると
あの終末といふ意識がきつとおとづれて、わたしたちを深い淵に誘つていつた
そこではわたしたちは何も思ふことも愁ひをもつこともゆるされなかつた
まさしくそれは練獄のやうな実相にいろどられた世界であつて、わたしたちは
いつもは視ることもしない断層を確かに視た

あはれなわたしたちの生存よ
わたしたちは何か赤い舌でなめられた羽虫のやうに、変幻するものに対して生きねばならなか
つた　そうして何を獲たか
空しい懶惰のほかに何を得たか

語られたことはみんな虚しかつた
語りうることは定つてゐた
そうしてわたしたちは自らの舌のなかに、黠い感じの言葉を包んでゐなければならなかつた
あまたのひと！　わたしたちに物乞ふようにこころを乞ふことを習はせたひとたちよ！

わたしたちは晩光の時に思はねばならなかつたのだ　ひとびとのこしらへてゐる世界を
あはれな様子をして眺めてゐる自らの相を！
そうしてわたしたちはじぶんが夜のなかに沈んでしまふようにひとびとのこしらへてゐる世界
が沈んでゆくことを知つてゐた

〈忘却の歌〉

わたしたちは忘れはてた　あらゆる物の形態と影とを、なぜにそれがわたしたちの生存のまはりに置かれてあつたのか　そうして何をわたしたちはそれに対して　働きかけてきたか！
あらゆる物はもしもわたしたちが視やうとしなければ、たしかに視えなかつた
あらゆる物はもしもわたしたちがそう考へるならば死物に過ぎなかつた

なぜにわたしたちは遠い過去のほうへ覚醒を索めにいつたか？
そうして未来のほうへ忘却を感じることで、わたしたちの生存を貶さねばならなかつたか

わたしたちはすべてを忘れようとした
そうして忘れはてた
残り少くなつたわたしたちの覚醒のうち幸せに属するものは何であつたか
わたしたちに尚幸せと不幸とをわけようとする不思議な稚なさを何処に秘しておいたのか？

すべてを忘れようとした
残り少くなつたわたしたちの親しさがわたしたちに告げるのだつた
〈みんなはそれを願つてゐない　願つてゐない！〉

それを！　その忘却といふことを！

わたしたちは失ひかけたもののなかから、わたしたちの最後の徴しを撰びわけようとしてゐた！

〈風が睡る歌〉

風は街々の館のかげではたと止むだとき、落下していつた　わたしたちが睡るときとおなじやりかたで空洞のほうへ堕ちていつた　数限りもなくそれが継続されたとき風は路の上に枯葉や塵芥を集積した
わたしたちは其処をさけるように歩むでいつた

わたしたちは不幸といふものをことさらに掻き立てるように
あらゆるものを睡りから覚ますことをたすけた
風はわたしたちのおこなひをみんな知つてゐるだらう

風はわたしたちの継続する意識をたすけるように、わたしたちの空洞のなかを充たした　わたしたちは風景のなかに自らを見出さないために
風を寂かに睡らせるようにした

風は何処からきたか？
何処からといふ不器用な問ひのなかには、わたしたちの悔ひが跡をひいてゐた
わたしたちはその問ひによつてすべてを目覚ましてきたから

風は過去のほうからきた、

〈建築の歌〉

建築たちは風が起つたとき揺動するようにおもはれた
そして影はいくつもの素原に分離するかのやうに濃淡をゆらしてゐた
建築たちのなかには方錘を垂らしてゐる暗陰な地錘があり、
建築の内部に過ぎつてゆく時間はいちように暗かつた

風よ、おまへだけは自らの影といつしよに、これらにんげんの形成してゐる空間の抽象物を離れようとしなかつた
わたしたちはまるで孤独な成振りをしながら、いくつもの想ひをそこにとどめさせた　わたしたちには何かしらひとつの暗示があり、
それはいつか遂げられるかも知れない死の時に曳引して
わたしたちを愛しませた

わたしたちは建築にまつわつてゐる時間を、まるで巨きな石工の掌を視るように驚嘆した　果てしないものの形態を、たしかに感ずるのだつた

風よ　おまへだけは……

風よ
わたしたちが感じたものを繋いでゐた、

〈神のない真昼の歌〉

もはや影はひとりでにとまつてしまふ　建物のあひだの路上や葉をふり落してしまつた街樹の枝のうへに、そうしてゆるやかな網目をうごかしはじめる
網目のうへでひとびとは寂かにとまつてしまつた自らの思念を　あの時間のまへで凝視してゐる　おう　その時　神はゐない！
ひとびとは太古の砂上や振子玉のついた寺院のしたで　建築の設計に余念なかつたときのやうに明るさに充たされてゐる

わたしは〈光を影を購はう〉と呼ばひながら、こんな真昼間の路をゆかう
そうしてとりわけ直線や平面に区切られた影をたいへん高貴なものと考へながら、ひとびとが這入りたがらない寂かな路をゆかう
何にもましてわたしは神のない時間をあいしてきたのだから、

神はどこへいつた？　こんな真昼間
ひとびとは忙しげにまるで機械のやうに歩み去り、決してこころに空洞を容れる時間をもたない　だから余計になつた建物の影がひとびとのうしろがはに廻る夕べでなければ、神はこころに忍びこまない

こんな真昼間、
わたしの思念は平穏だ　そうして覚醒はまるで眠りのやうに冴える

〈雲が眠入る間の歌〉

わたしは独りしてあるとき、すべてのものに静寂をみつけ出した　それからすべてのものはその場処に自らを眠らせてゐるように思はれた　とりわけ……雲が眠入るさまはわたしをよろこばせた　建物のあひだや橋上で、雲はそのまま眠つてしまふようにおもはれた

真昼間だといふのに　わたしはその静寂の時を止めた　雲は形態をそのところに止める　すると静寂はわたしの意識をとめてしまふやうであつた　忘却といふものはみんなが過去の方向に考へてゐるように、わたしはそれを未来のほうに考へてゐた　だから未来はすべて空洞のなかに入りこむように思はれる

おう　わたしの遇ひゆく者よ
おまへは忘却をまねきよせないために、すべて過去の方に在らねばならない
わたしは思つてゐた
雲が眠入るまの空のしたで　わたしのとどめたいと願つた物のすべてを其処にとどめながら、

〈午後〉

燃えつきた火のやうに　わたしたちは疲れきつて　その時刻を守つた
その時は建物や街路のうへにも、わたしたちが知らうと欲したすべてを刻まうとはしなかつたらう　わたしたちが知らうとしたことは時計にはかかはらない時のむかうからやつてくるはづであつた　しかも　視きわめることの出来ない形態で、決してわたしたちを霑ほすやうにはやつてこない筈であつた

〈午後〉
わたしたちのこころは乾いて、風や光の移動をすら、感覚しようとはしなかつた　多彩な色の流転するやうに　わたしたちのこころは渇えて、たつたひとつの当為を索めてゐた
羊飼ひらの幸せで素朴な鈴の音はわたしたちの建築や街々のなかには決して聴えてはこないのだつた

限りない生存の不幸をいやすためにわたしたちは、何を感じなければならなかつたか　そして何処から、それはわたしたちに感じさせるためにやつてこなければならなかつたか　わたしたちは徒らに時の流れをひき延ばすことで、わたしたちの渇えをまたひき延ばしてきたのだ

既に物を解きあかす動作を喪つてしまつた、ひとびとの群れに、わたしたちはひそかに加はらうとしてゐた　わたしたちの午後はいつも同じ形態で、同じ光や影の量で訪れてきた、

〈酸えた日差のしたで〉

ふりそそいでくる光塊が影に混濁し合つてゐるためか、すべての物は酸えた日差しのなかで寂かに埋れ去るやうに思はれた　わたしの視線は真直ぐに物の後背を貫く習性を常としたから、物は面と面との対照する個処で、酸えた感覚をことさらに露はにするのである

わたしはわけても自らの影を腐葉土のやうに埋れさせてきた
いまは判ずるよすがもないが、わたしの埋められた影は、いまもそのまま且ての諸作を保ちながら、光の集積層の底に横はつてゐるだらう　わたしは記憶によつてではなく、何か哀しみを帯びた諸作を繰返へすごとにそれを感ずることが出来た　つまりわたしの埋もれた影が、まがふかたなくわたしの現在を決定するのであつた……

わたしが酸えてゐると感じてゐる日差のしたで、決して幸せを含んだ思ひと出遇ふとは考へてゐなかつたけれど、いつかわたしのこころが物象に影響されなくなつた時、わたしは何もかも包摂した、ひとつの眠りに就き得るだらうと予感してゐたのだ

まつたく、わたしはこんな予感をあてにして生存してゐたと、わたしを知らないひとびとは考へたかも知れない、わたしはあてでもあるかのやうに視えたに異ひないのだから　ほんたうに

あて、でもあるかのやうに急ぎ足で　あて、でもあるかのやうに暗鬱であつたのだから
わたしは酸えた日差しのしたで、ひとりのひとに出遇はうとしてゐた、

〈死霊のうた〉

〈独りして物象のやうに倒れ去る
そうしてすべては自由なのだ
けちくさい奴も狡いやつも涙腺の肥大してゐた女もひとりでにむかふから
訣れにやつてくる
誰も予感しなかつた空洞が地上のどこかの地点でぽつかりとあく
たとへそれがどんな小つぽけな空洞であれ　ひとりぐらい覗きこんで
嘆いたりする
そうしてあとはすべてが自由なのだ〉

わたしは街々にいつぱい覆ひかぶさつた暗い空にむかつて、やがて自らのとほり路になるはず
の空洞を索しもとめた　わたしには何よりも静寂が必要であつたから、風の騒ぎや雲の動きを
覚えようとしなかつた
季節はいまごろ何処を過ぎつてゐるか、そうして高い塔のうへで何か信号してゐるものがある
のか　わたしは知らうとはしなかつた

ひとびとの臓腑は刻々と侵されてゐる

そうして影が宿りはじめる
わたしはそれを暮景のなかの死の影のひとつとして視てゐた
やがてわたしのやうに嗤ひながら、自らの墓地を索めあるくだらう
けつきよく
わたしはひとびとが幼童のやうに円環をつくりながら、すべて忘れ去つたものを再現しようとするかのやうに思はれた
死霊はいつも未来のほうから来た

〈鎮魂歌〉

Ⅱ

独りで忍辱するといふことは何と容易だつたらう　わたしはむしろすべての物が、わたしのまへに、まるで影のやうに、重量と質とを喪つてしまひ、それに従つてわたし自らも感度を磨滅せしめてゆくといふことを怖れてゐた
生存の与件がすべて消えうせた後、ひとびとは何によつて自らの理由を充したか
わたしにとつて理由が不在になつたとき、ひとつの再生の意味がはじめられた
そうしてわたしの為すべきことは習慣に従ひ、わたしの思考は主題を与へられなかつた

わたしは生理の限界によつてわたしの思考を決定されてゐることを感ぜずには居られない、そしてわたしの生理とは単なる組織の名ではなかつたか
如何なることもそれ自らによつて存在することはない　しかもわたしはわたし自らによつて存在しなければならない、生存はまたとない機会であると、わたしは何の理由によつても告げることは出来ない、しかも既に生存してゐたことを訂正するために、わたしの存在は余りに重くなつてゐる

このまんべんない無価値感、それを感ずるときの苛立ち！

わたしの魂はすべての物象のなかに、風のやうに滲みとほつてしまひ、わたしの影もまた風の
影のうちに一致してしまふ
わたしはただ、ありふれた真昼と夜とを、幾何学の曲線のやうに過ぎるにすぎない　丁度実証
と仮証とを、ひとびとがうまく取りちがへてゐるその地点を！
あやまりなく撰択することが、わたし自らに許されてゐる唯一の条件である
わたしは無類の空虚によつてその条件を充たすだけだ
愛するものはすべて眠つてしまひ、憎しみはいつまでも覚醒してゐる
わたしはただその覚醒に形態をあたへようと願ふのみだ

〈蒼馬のやうな雲〉

雲は時に光塊のやうに感じられた　わたしたちが不動のものと考へてゐたのは
背景にある半球状の虚空であつた　微塵が蒼馬のやうに馳せ合つてゐる
と思はれる真空圏のことであつた
刻々に量を移してゆく雲はわたしたちにただ季節を告げるだけだつた

わたしたちがほんたうに地獄を感じるのは真空圏であつた

わたしたちは其処から降りてくる光束群が、はじめに雲をひとつづつの光塊の
やうに思はせ、やがてはわたしたちに生存の環境を告知することを知つてゐた
〈わたしたちははじめ少女にむかつて真空圏に昇るやうにこん願する〉
わたしたちは自らの影が地上に投影されるのを凝視しながら、おののくことも
許されずにあゆむのである　まるで質点のやうに小さく、且つ非情である自らを
視ることによつて　わたしたちは歩むのである

わたしたちの行方を決定してゐたものは且てわたしたちのうちにあつた
けれど最早　真空圏を素早くよぎつてゐる暗い時間だけが、まるで
生物の死を見定めるやうにわたしたちを視てゐるだけだ

わたしたちのおののきは脳髄のなかで冷えた

時間よ、わたしがそれににんげんの形態を賦与しようと願つてきた時間よ
わたしたちが若し、いまもひとりのひとを考へたりすることが必要であるならば
わたしたちは最早　にんげんの条件を充すためにではなく、ただ自らを
独りで歩ませるために生きねばならない

〈B館附近〉

わたしたちは其処ですべてのことを言ひ尽した　丈高いコンクリートの屏に沿つてB……と落書きがされてあつた　わたしたちがいま訣れたとしても、すべては　いままで通りうち続くだらう

高い青い空にはキネオラマ的な憂愁がながれ去つた
わたしたちの無言のほかたれもそれを感じなかつた

靴みがきが腰を下ろしてゐる

B館は記憶のなかの水族館に連結してゐた　ふたつの類似の点があつた　もうひとつわたしたちはいまも沈んでゐたので、あらゆるものが堅く冷たい圧力のやうに感じられることが同じであつた

わたしたちはもう訣れねばならないのに何故歩んでゐるのだらう

〈B館の附近へいつた日〉

〈睡りの歌〉

ひとしきりわたしたちは高い建物の屋上にきて睡つてゐた真昼の
ふりそそぐ光束のしたで、わたしたちはこころをどんなたはむれのなかに
おくことも許さなかつたので、寂かにすべてを睡らせた

どれほどの雲や凪がわたしたちの上を過ぎつたか、またわたしたちが
知らない間に、どれほどの時間が通つていつたか、わからない
移りゆくもののなかで、わたしたちはおきざりにされることを
不思議のおとずれのやうに期待してゐたのだから

旗竿のかげやアンテナの耳のやうなかげが寂かに移りかはつて
ゐるのにわたしたちは睡つてゐた

わたしたちが睡つてゐるときこころは形態をなくして
嬰児のやうな息づかひをしてゐた

わたしたちは不思議といふ不思議をすべてうしなつたのちも

睡りのなかに期待を抱いていた
わたしたちはそのためにおきざりにされてゐた

〈寂寥〉

わたしたちの眼は寂しく光り、いつさいの視界を拒絶する
果てしなく長いその視界に、わたしたちは無のやうな平安を
感じるだけだ　且て遠くあると考へた地点！　いま荒涼として
花もない　極限された意味が累積するところにわたしたちの
花もない

そうして　そうしてそれが生存の一切だ
おう　ゆるやかに且て水車のやうにまはつてゐたわたしたちの幸せと
不幸との交替！　少年はその時寂かに書物のうへにかがみこみ
少女はどうかして歌を口誦んでゐた　けれどわたしたちは予感して
ゐた　その不安定な影のうつつてゆく時を

あれからすべては変つたか？
時はひとりでに重たい負荷をわたしたちの肩に運びこみ　暗い
意識は蛇のやうに自らを嚙みはじめた　そうして時は猛々しい武器と
やさしげで陰悪な武器によつてわたしたちを殺さうとした

わたしたちは死んだか？
おう　むしろそれは死んだといつたほうがよい
わたしたちはすべてを奪はれて歩んだのだから

わたしたちの眼はさびしく氷り、呼ばうべき友は形をなくして
傷ついてゐた　敗退が一切であるわたしたちの眼に建物や飾画や
空の集積する色は如何に寂しくあつたか！

〈地の果て〉

からみ合つた大地の果てにわたしたちは影を忘れてきた
わたしたちによつて大地は生誕のときの濁汚を空に流した
あまりにこころは沈黙に耐えたまま沈まうとしてゐる
しかも愛惜によつてこころは充たされてゐる

わたしたちが大地の果てに残してきた傷は
いまも其処に在らねばならない
いまも其処に生々しく刻まれてあらねばならない
わたしたちの思ひ出はそんなことでいつぱいだ　何もわたしたちは考へることの出来ないやう
な遠隔から、ひとつの啓示のやうに降りてくるものはそれだ

わたしたちは根から這ひ上つていまも繋がれてゐる血脈を感じてゐる
ああ、それは依然として悪因である
辛くもわたしたちが生きつづけるために　それは存在せねばならず、しかも
拒絶せねばならない悪因である

みんな
地の果ては赤い微塵と颪と速度に覆はれてゐる　そこから何がわたしたちの後から生れてくるのか　予感はこんなにも苦しく果てしなく、
大地の秩序から何がやつてくるか、

〈斜光の時に〉

街は寂かであつた　わたしたちはみな薄ら寒げな衣裳を被いで、何かしら充ち足りて歩んだ
充ちたりて斜光が建物の内部や石階のあたりに差しこんでゆくのを知つてゐた　わたしたちは
いちように何日かとほい以前といふこと、何か遠いところといふことについて感じようとして
ゐた　わたしたちはそれが何か衰弱の徴しであることを知つてゐた

斜光のときに、わたしたちは街々を行つた
まるで数多くのものを成し了へた者のやうに充ちたりて、
薄ら寒さといふのがわたしたち自らの終末についての象徴のやうに思はれた
すべての路上のひとびとがそれについて何ごとか会話してゐるように思はれた
わたしたちの繋りがすべての路上のひとびとにゆきわたつてゐるやうに思はれた
みんなは孤独であつた、そうして誰よりも先に歩み去ることを決して慾しなかつた　誰かがゆ
く、そうしてその後ろ側からゆかうと願つた

わたしたちすべてのうへに斜光の時がきた
強奪された嬰児たちのやうに、ひと処によりあつまつて、わたしたちは
自らの皮膚を守らなければならなかつた

〈掟の歌〉

わたしたちは死人の窓から這ひ出して街へ出てゆく　死人の思ひ出は重たく
その映像は鮮やかなばかりに附着してゐる　瞳孔の奥にうつつてゐるのは荒廃の
風景ばかりだ　ウヰンドにうつるのは赤い夕べと風と、わたしたちの生の根源に
ある寂寥、わたしたちの眼

わたしたちは掟につながれてゐる　暗い反抗の時代の掟に
あまりに憂愁よりほかない生存のおきてに
だからわたしたちは近くに親しさを覚えることが出来ない、孤独のなかに
あり、遠くには風のやうな信号が出来るばかりだ
おう　信号の果てにわたしたちにこたえるものは、いつもわたしたちが余り期待する
ことのなかつた旗だ

それは影の濃い旗だ　ひとびとの愁ひは旗のしたで死滅する
わたしたちのうちにある荒涼にこたえるものは、ひとびとの死滅した愁ひ
である　わたしたちは依然として孤独なばかりのわたしたちにかへる

ウヰンドに映るのは赤い夕べと風と、
無声のうちに自転するわたしたちの大地の速度と、
わたしたちのまとつてゐるぼろぼろの衣裳である
もはや自らを装ふために何ものも用いることをしないだらう
わたしたちは速やかにこの苦しみを過ぎりたいと願つてゐたから

〈運河のある都会の歌〉

運河のほとりに沿つてたくさんの工事場が造られてゐる　工事場のひとつひとつには巨きな油田のやうな渠が組立てられ、ぶらぶら垂れ下つてゐる繋線のしたを黝づんだ風がとほりすぎていつた　わたしたちはそれをくもの巣が垂れ下つて揺れてゐる想念によつてしか視られなくなつてゐた

都会がわたしたちを擦りへらしてゐたし　わたしたちもそれに慣れることによつてはじめて生きてゐたと言つてもよかつた　だからわたしたちは時代の変革期といふものを巨大な怪奇を視る思ひで視なければならなかつた

やがてわたしたちは慣れるであらう
運河は既に生活の汚物を流しはじめてゐた
わたしたちが何べんもそれを一種の汚穢感でもつて眺めたりしながら、決してどうすることもならなかつたやうに、わたしたちのどうにもならない生存がはじまるであらう
寒々と暗い空をうつしてゐる運河や、それにとりまかれた都会といふものから　わたしたちは何を期待するのでもなかつた

わたしたちを組敷いてゐる砲列や騒音がとり除かれたとしても、何も予感することは無いであらう
わたしたちは旗を降ろすやうにビルデイングの窓掛けをたぐり寄せる少女たちの歌ごえが太く濁つてゐるのを知つてゐた、

〈変貌〉

しだいにわたしたちは受け入れなければならなかつた
すべてがわたしたちにぢかに触れ合つてゐることを、生々しい傷あとのやうにすべては
あきらかな凹凸を刻んでゐて、わたしたちのこころは露出せねばならなくなつてゐた

わたしたちは少女の歌のかはりに生存のしんぎんのうめきを、
あかるさのかはりにこらえきれない暗さをうけ入れなければならなかつた
わたしたちはじぶんをより巨きくすべての物に対して開くために、そうして開いたことの
ために傷つかないようにわたしたちの貌を殺ぎおとさなければならなかつた

わたしたちの眼は鋭くとがつていつた
わたしたちには与へられないものを決して哀願しないようにと訓へる冷たい
風のこえがしたり、ひとびとの悪作のなかにひそんでゐる珠玉が、わたしたちを
しだいに堅くしていつた

時よ
それは決して独りではやつてこない

たくさんの脈絡や絆を用意して、とりわけ奇怪な形をした風景をつれて
わたしたちをおとづれる

わたしたちは寂しさを誰ともわけられなくなつてゐた

〈晩い秋の歌〉

ゆくてを定められないで秋は　あんまり晩くならないうちに冷えてゆく
あんまり晩くならないうちに　死んだひとだつてたくさんゐますよ
卑怯な！　卑怯なことばかりで出来あがつたこの世では　いちばん賢明なやり方だ
それは！

けれどわたしはあくまでもふて腐れ
生きてやるんだ生きてやるんだ　そのあとには何にもないのだから
たくさんの豪華をはりめぐらした貌して
善き意志にしたがふごとく振まへば　一応はそれでいいんだ　いいんだ

しかも悪しき者をこらしめる牧師めの口調にさからはず
大人なしくしてゐれば
やがて果報のひとつぐらいは堕ちてくるであらう

つまりわたしは余計に生きすぎたんだ
それでべつに哀れでもないのに哀れつぽい声を出したり

なんぞしてゐる奴はいやらしい！

いやらしい！

晩秋のひととき　わたしもまた天使のさまして唱ふ

〈風枯れる夕べの歌〉

いまからは風枯れる!
いまからはあんなにも厚ぼつたかつた風の集積層が流れはじめ
わたしたちは薄黄いろに光つた空を背にして　何ごとか仕度をはじめなければならない　たしかわたしたちは生れでたとき定められたわたしたちの約束をはたさなくてはならない

ひとびとは神のやうに背をむけてわたしたちのために証さうとはしなくなつた　視つけなければならぬ　わたしたちがそれに拠つてそのために生き生きとするようなひとつの柱石を!

そうしてわたしたちは果し了へたのちに眠りのなかでたくさんのことをくりかへしくりかへし想ひおこすことだらう

かへりゆくところもないわたしたちの観念のために
わたしたちは薄黄色の空を背にして、不思議な空洞を索しはじめる
風は枯れてその空洞に落ちることを視たりしよう

いつとはなしにたひらかになつたわたしたちのこころは　またしばらくは
つめたい季節を耐えたりすることができる

あ、
風がはなれてゆくさまをするとき、いたずらにわたしたちの傷手はうづき
だすことのないやうに　ひどくもの慣れたありさまで建物のあひだをあるいてゐよう、

〈晩に風が刺した時〉

遠のいてゆくわたしたちの存在はやがて何処へたどりつくか
風が晩になるとわたしたちの皮膚を刺しはじめる
いまにわたしたちは飢えることもならないままにわたしたちの存在を
ぢかに晒すだらう　わたしたちにはただひとつの可能をもつて
まつたくぢかに存在を交換する場所におもむかなくてはならない

やがてその時は来るだらう
あたかも税吏のはいりこんでくるようにまつたく阻止する手段もなしに
わたしたちの時間は侵されるだらう
何れのときにわたしたちは友らと訣れをしておかなくてはならないか
隔絶した壁をへだてて憎悪の眼を交はしあふときのことも
わたしたちは予感しなければならない

やがてその時は来るだらう
わたしたちは孤独といふことを充たされたものと考へはじめる
そのあとでわたしたちは寒冷の夜をむかへる

風が皮膚を刺しはじめると皮膚は赤く膨れあがりそれから紫色に
変じてゆく　わたしたちは斯かる肢体を苦痛として感じるわけにはゆかない
寒冷の季節を迎へるだらう

〈時間の頌歌〉

I

時はわたしをまもりました
どんなにわたしが孤独になれてしまつても　寂しさがまるで由因のわからないところから
やつてきたとしても　とにかくわたしが生きつづけることを　時は寂かにまもつて
きました
わたしは自らの有つてゐるものを　ひとつひとつ喪ひながら
まるで花々をもぎとつて捨ててゆくように
何ごとか愉悦のこころを知ることができました

時はわたしの窓や居間の軒端から
わたしをじつと視てゐました
わたしはそれを知りながら怠惰のゆめをくりかへしたり、あの限りない
とほくにあるわたしの道をふりかへらうともせず
悔改めをあざ嗤はうとさへしました
何故かわたしには大切なものが欠けてゐた
それで日の差しこんでゐる部屋でいつも眠つてゐました

わたしは路をとほるひとびとを茫んやりと眺めて過しました
ひとびとは不思議なことにわたしのこころを別に焦慮させることもなく
時には小唄や口笛をふきながら過ぎてゆきました
わたしはいつまでもそれに慣れることはできませんでした
そうして愕くこともしませんでした

時はわたしをまもりました
まるで嵐のやうにまたは激しい寒気のやうにわたしをたつた独りにさせながら
寂かに寂かにまもりました

わたしは時を信じました
わたしがすべてを信ずるこころを喪なつた後もまるで非情の綱が落下する
ような　時を信じました

〈一九五〇・十二・〇五〉

〈希望の歌〉

明日はわたしたちのために構成られてはゐないだらう
たくさんの理由がまるで手のとどかない遠いところからやつてきて、わたしたちに
量り知れない暗い時間を形造くるだらう
わたしたちを包んでゐる街々の風景のなかにも友らの傷められた心景のなかにも
おたがひに判り合へなくなつた寂寥がおりてくる

わたしたちの希望は管のやうに循環して
しかも依然としてそれは在らねばならない
どこからも入り口のない理由によつてわたしたちは希望を信じなければならない

女たちの巧利さを赦すことによつて
あはれ仮りの幸せのやうなものを保つてきたやうに
あの世界をおほつてゐる狡猾さを赦すことによつて
わたしたちは希望を信じなければならない

おう　すべては逆行して倫理のごときものに還りゆかうとしてゐる時

わたしたちは怠惰やぼんやりとした時間を
いくぶんかは寂しそうにいくぶんかは怡しむかのやうにたどつてゆくだらう
わたしたちはそれを信じなければならない、

〈冬がやつてきたとき仲間のうたふ歌〉

霧のやうにわたしたちの冷たい風は沈んできた
それからしづかに睡らせるように風は地面に横へられた
独りの女のやうにやさしく風を睡らせたのは誰か

風を睡らせたのは誰れか
〈おまへだ　おまへだ　おまへの外にはそんなふしぎなまねをする奴はゐない〉
わたしたちはお互に疑ふやうな眼ざしでののしりあつた
そうして誰ともわからないままに黙りこくつて冬をむかへてゐた
ああその疑ひはいまも残つてゐて　パンを購ふためのたくさんの仕事のあひ間に
ふとながし眼で貌を視合つたりした
そのときだけは誰もが救はれたやうに遠いまなざしをしながら求めてゐた
風を睡らせたのは誰か

空も建物の壁もたいそう乾ききつて
わたしたちは遥かを空想することのかはりに赤く膨れあがつた手を凍え
させないやうに擦つたりした

ひとりは皮膚を干割れにさせたり　ひとりはグリセリンを塗つて巧く
防いだりした
わたしたちは明日のことは余り考へないように気をつけてゐた
わたしたちは希望のくづれかかる場所で生きてゐたから
何もかもこの通りで充ちねばならない

だから時には不思議ななぞをつくりだして騒ぎはじめた、

〈わたしたちの囁きの歌〉

遠くから言ひしれない招きがくるようであつた
何ごとも学ばなくなつてすでに幾久しい歳月ののち　わたしたちはもう
すべてを充たされたものと思ひ、わたしたちのためにどんな異変もやつて
こないだらうと思ひはじめてゐた　わたしたちのために誰も風景や
ひとびとのこころを変へてはくれないだらうと諦めてゐた

けれどわたしたちの考へ及ばなかつた方角が、遠い昔のひとや空や雲の形態か
その時のひとびとの足跡のなかに秘されてゐたのか、
遠くのほうから招きがやつてくるようであつた

わたしたちは囁き交はした
もはやそれは畏れにも似た厳しい貌をして囁きかはした
いつたい何をわたしたちは期待すればよかつたのか
わたしたちの貌はおたがひのなかに応えを求めあつてゐた
出来れば避けたいと思つてゐる弱いこころがおたがひのなかにはつきりと
読みとれるまでにわたしたちは囁きを交した

畏れはそうしてわたしたちのうちで孤独のやうに溶け合ふだらう
充たされるまでわたしたちはいつまでもうけ入れるだらう
別に変りようもなくなつた頃　わたしたちはいつものやうに黙り合ふ
いかつい猟人のやうに独りで歩みさることだらう、

〈雑感の歌〉

われらの日々はいまこのあたりからすぐに消え去つてしまふ
残されるのは鎖につながれた記憶と虚栄によつてつなぎとめられてゐる
僅かな仕事ばかりである

仕事ばかりである
あんまり易しくはなかつた生活によつて強ひられることになつた
仕事ばかりである
われらはじぶんに厳しくすることによつて
じぶんに鎖をつなぎ
不可思議なことに女どもの無邪気な嘘をひき入れては喜んでゐる

仮令へば
われらは太陰に牽かれてもり上る潮のやうに
そこばくとない暗さや甘さをこのみ
どうかすると宿命といふことによつてじぶんを愛しはじめる

家々にはひとつぐらいある不幸といふもののため
誰もがあまり還らうとはせず
不幸といふものは狃れることによつてまさしく生きることの糧である

あまり物を思ふこともなく
こだはることもなく
万事を適度に致すことによつてこの世は愉しくなるらしく
それもこれも一生といふものなら
いつ、いつそのこと……
われらはいちどはきつとそんな卑怯なことも考へながら
何くはぬ貌して生きるのである
そうである

〈暗い構図〉

こんな風に誰ともあひかたにならなくたつて
それは生存といふものだ
氷といつしよに溶けてくる冬の風がそう言ふんだ　そう言ふんだ
まるで空を嚙ぢりとるように吹きおろしてくる風が
そう言ふんだ
だからこれでまたひと冬を過ごす
あとはわからない
まあ時々いつしよになる友人まがひの男たちの話題はあれだ
あのことばかりだ
構図のわからない生存といふものに
何であんなに線をひきたがるのか
こんなに暗いといふことを
誰も知らない
そういう構図をわたしは孤りでつくりなほす、

〈独りでゐるときにうたふ歌〉

わたしたちが寂かにしてゐたとき
すべてはわたしたちのほうへ向いてじつとしてゐるようであつた　風も光も
あしなみのそろはない外のひとびとのあゆみも、また遠いところで
誰かしらしづかにわたしたちのほうをむいてゐるようであつた

わたしたちは古びた机と本立てと煙草盆だけしかもつてゐなかつた
わたしたちは少量の砂糖と食パンとを机のうへにおいてゐた
あたりはみんな汚れてゐて貧しかつた
そうして寂かにしてゐたときすべてはわたしたちのほうへ優しい視線を
むけてゐるように思はれた
それでわたしたちはじぶんを何処にもかくすこともしないで
寂かにしてゐた

充たされないものはわたしたちのこころのすみにあつたのか
それを投げ捨てるためにわたしたちはいちように視線を外らしあつたり
どうかすると眼をつむつてしまつたりした

あはれなひとびとは窓の外で
まあ歩みはじめるのだつたが　わたしたちはそのひとびとを
たいへん優しく見送つた

わたしたちはおしまひに食パンを少しづつ千切つてたべはじめた、

〈風のある風景〉

わたしたちは風をただ触れるだけであつた
すでに定められてゐる路のほとりで冷たい乾いた触覚でそれを知るばかりであつた
たくさんのしづかな物象のうへをしづかに触れてゆくだけであつた
わたしたちの旗は建築たちのまうへではためいてゐた
そうして知るともなしにたくさんのことを知らなければならなかつた

風をたいせつに考へたのは
わたしたちのしきたりによつてうごいてゐるこころばかりであつた

わたしたちの運河は銀行のうしろがはを流れてゐた
風は橋のしたがはをとほつていつた
いくつかの風のたまりがつくられてゐた

〈わたしたちが葬ふときの歌〉

わたしたちは何よりもはやく友の棺をはこびたいとかんがへてゐた
わたしたちが感じるよりはやくわたしたちは土くれをふりかけなければならなかつた
わたしたちのこころはあまりに乾いてゐたので
泥土のやうに干割れてゐた
あまたのことをまるで湿気のやうにさけたいと願ふのはすべてわたしたちが
乾ききつた孤独のなかにゐるためであらう

もう幾年もわたしたちはじぶんのねがふことを果さなかつたし
約束をするほどにひとびとと交はることをしなかつた
友は影のやうに傷ついて何ごとも語らうとはしなかつた
そうして眠りはじめいつまでも目覚めなかつた

わたしたちは友を葬るために街々を駈つてゆく車の窓から高みにある
空をみつけ出した
空にはたくさんのわたしたちの亡骸があり風がごうごうと吹きまくつてゐる
わたしたちははやくはやくゆかねばならない

わたしたちは友の想ひ出を焼きつくすために何よりもはやくはしつて
ゆかねばならない

〈われらのとしは過ぎてゆく〉

われらのとしはいくぶんか苦しげにいくぶんかは寂しげに過ぎてゆく
さまざまな事件が忘れられるうちに
わたしたちがのこしておきたいと思つた素直でない感じかたも
角をすりへらされ
まさしくすべてはどうでもいいと思はれながら過ぎてゆく

まつたく!
すべてはどうでもいいと思ふよりほかにわれらは生きる場処がなく
だんだん非情になつたこころはもう居直つて動かうともしないのである
あはれな旅人であるわれらは
物乞はぬこころをますます堅くし、歩むことのかはりにどつかりと座つて
じつとしてゐる

そのかたわらを
われらのとしはいくぶんか苦しげにいくぶんかは寂しげに過ぎてゆく
世界は何とあられもない相をして

恥かしげな醜状をぶちまけ合つてゐることか
いつさいはなほも残渣として美しいことを保存しようとしてゐるが
もうわれらのかたはらには
どうでもいいと思ふことばかりが独りでにあつまつてくる

われらはらくらくと悲劇や喜劇に狃れあひ
またいくぶんかのわらひもおとずれるのである

〈視えない街のこと〉

独りでに風が誘ひ立つた
職人たちがトタン板をかたづけながら鼻歌をうたふ
あたりまへな呂律でこんなに寂しげに視えない街のことを歌ふ
歌がつくり出す風景はいづれ貧しい家のなかの貧しい食卓のにぎはひや
口の悪い女の　ののしり声にまじつた嬰児の泣き声だ

視えない街は寂かで
みんなだんまりしてゐるようなしよんぼりした佇ちすがたが　いさかひのはての
風景だ
職人たちはかへつてゆく

あたらしい憂愁がどこにでも造られて
にんげんの世界といふものはひろがつてゆく
わたしが背丈をのばして遠くの街を眺めようとすれば
ああ　そこにでも風景は在るのだ

〈或る晴れた日の歌〉

忘れてしまつたことはつひにかへつてこない
それから晴れたある日のことわたしたちの無念のおもひは空にひろがる
もろもろのことにたいして　とりわけひとびとや風景や狡猾な規律に
たいして
わたしたちは何もかも忘れたのちに無念のおもひは空に残つてゐる

わたしたちはひとびとに知られない寂しげな符号を使駆して
合図するのである　赤や白や黄がかつた旗にも似た
感情の信号をふるのである
おう　それでも誰びとがこたへることになるのか別に期待もしない

空はふさはしくも青いのである
青いといふことのおくにはわたしたちのおそれがあつたのである
風もあつたのである
風のほかにも過ぎてゆく時があつたのである　影もあつたのである

わたしたちの大凡じぶんのしらない時刻に生誕の時が過ぎてしまふ
或る晴れた日に意味もなくわたしたちはひとりのひととなるのである

〈薄明の歌〉

どんなに寂かであつてもその時すべては充ちあふれてゐる
家々も石切り場の石材も空の色合ひもみんな夜のままとは思はれない
けれど疲れてしまつて眠つたこころはいまも何やらを思ひつづける
夜からのつづきのおかしな未醒を思つてゐる
風がその時しづかになつてゐる

どこかで晴れやかに汽笛が鳴る
そのあとはまたしづかになる

何ごとかこのひとの世で為さうと思ふものは
どんなにか喜びいさんで目覚めることだらう
そうして小学生かなんどのやうに体操のまねをするだらう

この世に希望のないものは
またはいやらしいひとに奉仕してゆくなるものは
泣くことも通りすぎてのろくさと起き出すことだらう

わたしは何故かいつでもこそこそと目覚め
厠の窓から裏畠のつづきや榛の木立を眺めやる
そうしてそのあとには安息も何もないのである
これは面白いことだ
わたしの図式にしたがへばこの世は別に軽んずることもなく
重んずることもないのである

〈逝く者のための歌〉

〈わたしたちはたがひに言葉のはしはしまで覚えこんでゐたし
そのあひまにいれる仕種のひとつひとつさへ知りあつてゐた〉

いまは逝く者にむかつてわたしはいちどもしたことのない祈りの仕種だけを
覚えてゐよう　もの慣れない哀しみにはもの慣れない仕種が似つかはしいのだから
まるで嬰児のやうにうろうろしながら、だから何にも貌にあらはすこともなしに
いつまでも座つてゐよう
まさしくひとびとが立ち去つたあとにこそ　わたしたちふたりの会話ははじめられるだらう
〈そしてそれから?〉
それからはわからなくなつてしまふのだ
いつもそうであつたようにわたしたちは訣れてしまふ
あとにはたしかめ合つたことばだけがいつまでも残つてゐて
それつきりだ

逝くものは誰でもおなじなのだが　仮令へば風のやうにまたは駈けてゆく
光束のやうに　あるひとつのさわやかさまたは空虚をおきざりにして

決してもどつてはこない
あの亡骸のやうに且てあつたこころもはたらきもかへつてはこないだらう

わたしが忘れてしまふように
わたし自らが忘れられてしまつても決して悔いないように
あとには何も残すことをしないだらう

〈冬の時代〉

わたしたちはたがひに解り合ふこともなしに、また触れあふことすらない地点に孤立して長い
長い冬にはいる　冬のなかにわたしたちの予感してゐる全き冷寒がある　いまよりも夢みるこ
となしにわたしたちは風のまんなかに立つだらう　風のなかに絶望へむかはうとするわたした
ちの再生がある

ひとびとよ　あらゆる原因はわたしたちの外からやつてくる
衝動によつてわたしたちは何ごとも思はないだらう
あらゆる原因はわたしたちの外からやつてくる
ああ、それを理解するためにすべてをこころみてきた
いまより後　わたしたちは圧因によつて死を感じたりしないだらう

時の形造る円環のそとにわたしたちは躍り出やうとする
そこに冬がある　冬の時代がある
乾ききつた空やおりてくる暗い色彩によつてわたしたちはそれを知る
わたしたちは生存を無価値の底に堕として
昂然とする　昂然とする

〈遠くのものに与へる童話〉

ひとりづつわたしたちはある思念のほとりをめぐらなければならない
つぎつぎに小さくなつて立去つてゆくもののうち
とりのこされてゆくものはわたしたちのともである
眼はまるで豆ランプのやうにみひらかれしかも孤独を感じてゐる
それはあらゆる不幸をうつしてゐる眼だ

だからわたしたちはとりのこされた者のためにたくさんの物語をしよう
〈わたしたちは途中でひきかへしてはならない〉
そんな掟てはとほい時のむかふからつくられてゐる
〈わたしたちはとびこしてはならぬ〉
そんな掟てはたくさんのそれを知つてゐるひとによつてのこされてゐる

眼をつむらないやうに　けつして眠らないように
だからもしあらゆる物がそこにあつてしかも感ずることが出来ないならば
それはわたしたちの眠りの時だ
待ちびとを待つやうに風や空やがらんとした路のうへで遊びながら

わたしたちは待つてゐなければならない

世界はたとへどうならうとも
わたしたちが待つてゐる時間を赦してゐる　赦してゐる
それを告げなければならぬ
わたしたちが立つてゐるのはあるわからない原因からだ。だから
わたしたちの外から何ものもわたしたちを倒すことはない
わたしたちはそれを告げなければならぬ

〈メリイ・クリスマス〉

生れてきたといふことは何といふ愚かであつたらう　星はきらきらするし　変質した地下道のコンクリートのうへでこもをしいた浮浪者たちがごろごろ寝ついてゐる　よどんだ風が外へぬけ出して　いちように冷たい触手に変るのである　ネオンが遠のく、それからひとかげもまばらになる

誰かこんなとき生れてきたことを記憶されてゐるなんて何といふ愚かなことだらう　馬小屋のなかで生れた男が、狐の婦人や偽牧師や信と愛との音にほれる男や女どもに祝福されるなんて何といふことだらう
どうしても今宵こそは夜を徹して踊りぬこうと決心してゐるこんな手あひにもてあそばれるといふのはこの男の過失であつた　過失であつた

風はつめたくなり夜空は刺すようにつれなく暗くなる
銭のないものはここにもゐる
鋪装路のうへをこつこつと歩きながら苦しい時代や
みんなの自殺がいちどきにやつてきそうな予感でこころを痛ませ
いくらかは自棄気味の嗤ひをうかべ歩いてゐるのである

〈メリイ・クリスマス！〉
おう　わたしの見知らぬ異国の男のためにネオン・サインは酒場の門口で
そんな風な文字を燃やしてゐる
〈メリイ・クリスマス！〉

〈降誕祭〉

おれたちに関係のない遠い昔に遠い異国で生れた男について
あらかた無関心ではあるとしてもおまへの言ふことはよくわかるといふものだ
けれどおまへのために歌をうたつたり七面鳥を食つたり踊つたり
おほよそこの世の惨苦とかかはりもなさそうな厳かな声をして
聖書を朗読したり、決して女をたぶらかすようには見えない貌で祈ること
なんかとても出来はしない　まつたくそれは出来はしない

夜　この冷たさや明るさや
変幻する過去の影像をしづかに蘇えらせるような温い部屋にゐて
何といふこともなく時を過してゐる
これはまつたくわたしに許された幸せのひとつといふものだ
これ以上のことは決してあるまい
想像することもしまい
けれど生れてきた男のうち過失ないものはすべて遠い処へ去れ！
それから少しでもよいことをしたと思ふものも遠い処へ去れ！

ああだから
生れてきたことをしまつたと思つたにちがひないその男のために
わたしは祝福をいたさないのである
まして　七面鳥をくつたり踊つたりはしないのである

〈夕雲とひととの歌〉

夕雲がひとの頭部のやうな形にかはつてゐる　寂しさはやつぱり形をかへる
どうしてわたしたちの冬は厚い層になつてやつてくるのか　それからわたしたちは冷寒をさけ
ようとして影から光のほうへ出てくる
光のうちに明るい温暖がある　もうすぐ喪つてしまふ温暖がそこにある
温暖は形をかへる　わたしたちはひとりのたくましい男となつてやがて歩みさるだらう

夕雲は嬰児を抱いた女が視るだらう
女にはその寂しさに形がない
だから瞋りといふものはわたしたちだけがそれを知つてゐる

もうあまり語らうとはするな
冬の奴はけつきよくわたしたちに湿気を赦さうとしない
だからわたしたちの沈黙は氷雲のやうにきらきらとしてあらねばなるまい
まして夕となれば氷雲は黄色に染んでしまふ
からつ風のやうにわたしたちはそういしてとほりすぎるだらう

〈冬の日差しの歌〉

日差しの影にわたしたちの怖れてゐる寒冷がある　寒冷のなかに街路が
その枝をさしこんでくる　わたしたちは遠いところからの黙い潮の匂ひを
どこかで想ひおこしてゐる　あはれな回想のなかのあはれな地形！
わたしたちはどこへゆくのか　わたしたちの地図は絶断れてゐる

冬はまるで隷奴のゐる暗陰の木屋のやうに　片すみにきてこころを
収斂させる　わたしたちの吐き出したい汚物が凍りつく、
とうの昔　わたしたちの生存は永遠を喪ひつくし、愉しみを感じる
かぎを破壊させてゐる　そうして何がそのあとにきたか

あはれな回想のなかのあはれな地形！　彎曲した入海のなかの
ひとしきりの日差し！　わたしたちはたしかに彎曲に沿つて歩むでゐた
誰か見おくるものに監視されながら、きつと視えなくなつてから
わたしたちは饒舌になりはじめながら！

遠く遠くわたしたちは思ふことのかはりに　いまも生きつづける

〈寂しい街衢の歌〉

わたしたちは死に絶えたひとを訊ねて
廃墟といんしんとが奇妙にいりまじつてゐる街で出遇つたのだ
寂しい影からはいつてきたひとつの異変に、またその異変のうちに凍つて
ゐるように思はれるさまざまの風景に

死に絶えたひとはきつとむしろに巻かれて運河の黙い水といつしよに
流れ下つたことであらう　そうしてわたしたちがその屍を見出さうとして
街へ運河沿ひに歩んでいつたとき、既に最後の遺品のひとつも手にとる
ことができなかつた

おうこれはあきらかにわたしたちの時代の街衢のおきてであり、わたしたち
の友らとする訣れの形態である
わたしたちは腐敗した河水に自らの疲労の貌を映して何ごとか生存について
の疑ひを口に包んでゐなければならない　そうしてそれがわたしたちのなし得る
すべてなのだ

わたしたちは街路樹がわたしたちの惜別を掘りかへすやうに空の方へ芽ぶき
はじめたとき　はじめて生き生きとして街衢に入いりたいと思ふ
わたしたちはきつとそのときぼろぼろに孔のあいた羊毛のジヤケツツを脱ぎ捨て
て　光をあびやうとするだらう、

〈寂寥のなかに在る日の歌〉

死の影にわくどられた便りが遠くからわたつてくる　まるで雁のやうに
翼のうへに雪どけのしづくをおいて、いんいんとせめぎ合う土地から死の影に
わくどられた便りがやつてくる
またあの死が値ひなく購はれるゆえに生も値ひなかつた日の繰返へし
が同じ貌をしてやつてくる　そうしてその日をむかへるためにわれらは再び
身躰を清潔にして、言はうようない寂寥のうちに待つてゐる

おう　われらのこころは都会のうへの雲や
建築のまうへの風の空洞や　いんいんに赤らんだ照明のなかに反映する
それから既にわかれなければならない友にぼつぼつと語り出す
〈何れ　はぎとられたものは還つてこない　だから　これ以上わたしたちは
奪ひ合ふまい〉と

ああそれで語ることはおしまひか
何とも言へない沈黙の領するときに　わたしたちは気まずい思ひで生きつづける
若しもおたがひがそうするよりほかなければ

わたしたちは寥寂をうちと外とにわかたなければならない

〈暗い冬の歌〉

わたしたちは意想外に暗い空洞から凍るような風が噴き出してくるように
感じてゐた　わたしたちは吹き晒らしになつた脳髄を休めようとしなかつた
それで独りして何処へともなく歩んでゆくことで、わたしたちの暗くなりかかつた
夕べを過すのであつた

何よりもまず　わたしたちは温まる場処を捨てたいと思つてゐた
それから痛みつけられたひとびとの在るところに憩ひをみつけたいと思つた
誰かは遠くの窓で　ある冬の夕ぐれがた斯んな風景を想ひ出すにちがひない

〈乞食のやうに疲れきつた男が路上で思案してゐる
そのうしろから付いてゆくのは野良犬のたぐひではない
それは寂莫とした精神の泡沫だ
その男のゆくところ　まるで影のやうにつきまとつて離れないのは　亡霊の眼にも
似た泡沫だ〉

誰かは窓のうちがはの温暖に包まれてきつとわたしたちの凍みるような

姿を視ようとするにちがひない
けれどまるで外からみる窓のうちがはが孤独さうな灯で覆はれて視えることに
は気付かない　どうしてにんげんが心棒のない生き物のやうに其処ここに
浮動してゐなければならないか決して気が付くまい

わたしたちは何処からか剥離してゆくに異ひない世界の疲労が
いつも行く手から取りはらはれてゆくことを信じてでもゐるかのやうに
歩んでゐた、

〈寂かな予感〉

わたしたちはたくさんの死の影によつて滅んでしまふか
わたしたちを刺さうとするものは　とほい昔　神であつたところのものだ
いまはそれを何かべつの言葉で言ひ継いでゐるものだ

暗い心意のはてにあらはれてあらゆるものを原質化しようとする強い
予感である
わたしたちはむしろ易しい関心によつてそれをむかへるだらう
あはれな旅人よ
わたしたちはひとが若し不遇であるならばいつでもそれをむかへよう
時を得るといふことはそれは眠ることであるから
とほい日
わたしたちは別の世界で眠つてゐた
水母のやうに眠つてゐた
わたしたちがこの世界にはいつてからは目覚めてゐなければならぬ

わたしたちは捨てきれない荷物を背負つて

何処か寂かな場所でそれを分離するであらう
予感がそのことを証しする　証しする

〈悪霊の歌〉

生ひ立ちのこまごまとした由来とはちがつたところからの影を
わたしたちはまるで追はれてゐるもののやうに畏れなければならなかつた
もしもわたしたちがかまどの形態を考へてゐたとすれば
かまどの形態を畏れなければならなかつた
そうしてかまどの火もおそれなければならなかつた

街角を曲りおはつたとき　まるで見も知らぬひとが突然呼びかける
そのひとは確かにわたしたちの影だ
わたしたちは貌を見あはせて疑ひ合ふ
たしかにじぶんの影をうたがつてゐるのだ

運河のほとりに沿つて薄汚ない塵芥置場がならんでゐる
そこを漁つてゐる男は突然わたしたちのほうを振向いて視るが
けつして物を言はうとはしない
わたしたちがわたしたちと口をきくことを嫌悪してゐるのだ

わたしたちは銀行の窓口や新聞社の屋上を忌みきらつた
まるでいいはれのない理由によつて
わたしたちは其処にゐるわたしたちを忌んでゐたから
わたしたちはわたしたちの歩行や飲酒や食事を嫌悪した
わたしたちは
わたしたちの存在を嫌悪した、

〈冬がきたとき仲間たちの唱ふ歌〉

わたしたちの希望《のぞみ》といふのは
いつぺんもきたことのない冬枯らしの風のおとをきくことであつた
そうしてわづかばかりの食パンをやきながら風のおとをきくことであつた
まあそれよりほかに出来ることと言へば
何ともかとも仕方のなくなつた息子どもに優しげで理窟ばつた叱言を
食はせ　嫌な寂しさを覚えながら黙つてゐることであつた

わたしたちは知つてゐた
すべての寂しさといふものはわたしたちの手に負へるものではなく
わたしたちは僅かにそれを苦しい仕事や思考のなかにまぎらはしてしまふことを
それで万事はおはりといふものだ

ただのいつぺんでも
どうしようもなく正しいことがわたしたちにあつたのかどうか
半端な貌をしてすべてを呑みこんできたひとりは言ふのである
重苦しさに半生を失つてきたひとりは

別のえも言はれぬ寂しさがあつたにちがひない
そうして冬がきたのだ
わたしたちは食パンを焼きながら冬枯らしの風のおとをきくのであつた、

#〈冬風のなかの建築の歌〉

明らかにわたしたちすべては冬の風のなかにあつた　わたしたちは風の触手の濃淡をしつてゐた　街路樹のならびに沿つてわたしたちはまるで月の影を除けるように冬の触手をさけながら歩んでゐた　どこからもわたしたちを飼ひ鳥のやうにつつんでくれるものはやつてこないだらう、まるで古びてしまつた亀甲模様の鋪路のうへに変らぬあぢけない寂寥があつた

わたしたちは建築たちの窓が張りつめた氷のやうに光を反照してゐるのを視た　それはまるで風の触手の集積する処のやうであつた
灰青色の壁のなかに灰暗色の影がわたつてゐた
わたしたちの影もひとびとの影とおなじように壁のなかをわたつていつた

考へることが尽きてしまつた時
わたしたちはひとつひとつの歩行に抑揚を与へるやうにした　そうして
わたしたちの意識されたすべての色合ひはそのなかにこめ〻られるようであつた
こんなとき　こころは独りでに閉ぢられて、まるで風が充ちるやうに寂かであつた

冬風は遠いところからきた

建築たちはたしかに遠いところからの信号をうけてゐるやうに思ひ深かさうに佇つてゐた
わたしたちは何もいらなかつたであらう
わたしたちは何もいらない覚であつた
冬の風のなかで建築たちは時々うたつた
〈ああ　それはまちがひであつた！　あつた！〉
わたしたちは意識を千切るやうにそのうたをこころに落とした、

〈夕べは暗い〉

＊子よ　われらは遠いところから来た　絶えず悪意におかされながら、かたいかたい夜のやうにわれらのこころを閉ざしながら、もうこれつきりで何もかも捨ててしまつた時、おまへのゐる現在へ来た　だから夕べのひととき　おまへはわれらから眼をそらしてくれなければならぬ、その時はわれらの秘やかな祈りのときだから

とほい海にむかつて　岸が彎曲するあたり、われらは太古の皮衣をつけて　祈りを搾り出してゆく、〈あの過去と問はれてゐるものよ、おまへは海の円味の向ふ側に在るから視えないけれど　われらは其処から来たのだ　長い空洞をくぐりぬけて来たのだ　たいへんおびえながら、われらは言葉のやうな符諜で　すべてをその空洞は刻みつけて来た〉

＊子よ　祈りはこの辺からもう言葉ではなくなつてくる　それは眼だ
眼が、寥寂の眼が幾重にも訴へてゆく、そうしてわれらは疲れて
眠つてしまふまでそれをしなければならぬ

＊子よ、夕べは暗い　すべては紐のやうに繋がれてゐる
この暗さは悪因からきたものだ　われらのこころを収縮するように
すべては紐につながれてゐる　だから……

＊子よ　おまへとわれらとをつなぐものは紐であつてはならない、収縮であつてはならない
むしろ遠隔に対して信号する風のやうな愛でなくてはならない
＊子よ　夕べは暗い　われらは遠いところから来た、

〈落日の歌〉

いつさいの影がうしろがはに倒れる
赤い色の風や雲や三角形の塔のかたはらの運河の水がいちやうに微光に充たされる
暗いといふことはわたしたちが時の形態に対して感じてゐるすべてだ
あたらしくこのときにんげんは木箱のやうな小屋のなかで生れる
もうすぐ疲労はみんなに同時にやつてくるだらう
死の影はそれほど近くほとんど馳せるようににんげんの世界をおとづれてくる

友よ
且て夢みたやうな幼年の匂ひのする風景のなかでのわたしたちの団欒《らん》はやつてくるまい
そうしてきみが穴ぐらのやうな暗い部屋で目刺魚《めざし》なんど焼いてゐるように
それはわたしにも生きることの一切の理由だ
とうとうわたしたちは最後のときに追ひこまれた
食べるために生きてゐるといふやうないちばんおしまひの貧寒な逸楽の日がやつてきた
〈わたしたちはわらへるか〉
ペンを採り出して書いてみるとすべてこんなことになる
だから理由はどうやらわたしたちの精神の影のとどかないところからやつてくるものらしい

わたしたちは街々の建物のうしろがはに落ちてゆく赤い夕日にむかつて
しだいにずり堕ちてゐる
わたしたちの構成したすべての建築は刻々と破滅しそうである

いまこそ爪立つて支へねばならぬ
もしそれが出来るのなら
友よ!

〈ひとつあるわたしの在処の歌〉

飾られた窓々のうちがはでわたしの知らないだんらんの時刻がある
わたしはまつたく流し眼でとほりすぎるのである
風の冷たい
どこにも知りびとのゐない
街がある
わたしの別に愛執を感じないたくさんの石材やペイントで造られた門や
どうすることもならない他の世界がそうしてほかの時代のひとびとが
決して外での出来事にかかはらうとはしないで飲酒や麻雀や隔絶された逸楽を感じてゐるので
ある

わたしはどこへゆかうか
こころに何の哀愁もなく惹かれるものもなく　ただしい幾何学のやうな孤独が　充たされた時
を感じてゐる
ああこれは類をよばないこころだ
それだから何のいこひも考へないで歩んでゐる

だから時代はどんなところからわたしのうへに異質の不安をもつてくるのだらう　わたしのどうすることもならないまるで固められた壁のやうな　ひろい　つかみどころのない圧搾力として　それはやつてくるのだらう
わたしの不在の時をではなく　まさしくわたしの存在の時をおとづれてくる
そうしてわたしはやはりゆくところを有つてゐない

わたしはどこへゆかうか
影のくらい旗が都会のうへの空にも海のある空にもいつぱいにつきささつて　風にはためいてゐるのである　それは死霊のやうにまた野良猫の眼のやうに　どこまでも在るのである

わたしはどこへゆかうか

〈死にいたる歌〉

そこなはれることなしにわたしたちの手や足はいまも触知してゐる
風のなかの塵埃のやうにするどくつきささつてくるじぶんたちの痛みや
どこからともなく引曳つてきたたつたひとりの女の影を
女はいつも暗い文明の影から花のやうにはい出してきてわたしたちの
重たい肩をいつそう重たくした　けれどわたしたちは女をつれて
あゆんでゐたことでいつも文明の質を予感してきた

わたしたちのゆきつく果てはどこか
もはや緑の平野や山塊はすべてうしなはれ累々たるY字型鉄骨の工場やペイヴメントが地平の
むかふがはに架せられ、わたしたちは烟煤のつもつた街路樹の葉蔭でいこふだらう　その先き
はいつもわからない
ただ寂しげなるものは空の雲となりまたは夕べの微光となつてかわらず在るだらう　わたした
ちを触発する感官が女の眼を吸引するだらう

わたしたちは知つてゐる
遊びごとの大好きな男たちは其処でも酒場や賭博場をつくり淫ゝびに狃れた女たちは町落を形づ

くる　わたしたち永遠に従はないものは其処にいりびたることもしなければなるまい
ああ　暗いにんげんのむれ　だがわたしたちはあらそふことだけを放てきする
そうして鉄槌や平炉の活動する巨きな地溝でしづかに死をおもふかも知れない

〈一九五〇・十二・廿二〉

解題

凡例補足および解題凡例

一、第一―三巻に収録されるものは、多くはノートや原稿として残されていたものであり、その他の学生同人仲間のガリ版刷や筆耕屋のおこしたガリ版刷の発行物で発表されたもの、学校関係の印刷物に発表されたわずかなものも含めて、すべて、かなりの時間を隔てて、『初期ノート』（一九六四年六月三〇日）や『吉本隆明全著作集2　初期詩篇Ⅰ』（一九六八年一〇月二〇日）、『吉本隆明全著作集3　初期詩篇Ⅱ』（一九六九年五月三〇日）や『初期ノート増補版』（一九七〇年八月一日）にはじめて収録されたものである。

一、これらのものを再現するにあたって、明らかな誤記、誤字、脱字は改めたが、一般的には誤字、誤用であっても、文字が存在し意味が通じるもので、著者特有の用字、特有の誤用とみなされる場合はそのまま残し、頻出する倒語もおおむね改めなかった。仮名遣いについても原則的にそのままとし、句点、読点、字アキなどを含めた表記についても出来るだけ元の書かれた状態を尊重し再現するようにした。ノートや原稿に書かれたまとまりのない文章も、何らかの意味を指示していると思われるものは本文として再現し、省いたものは解題に註記した。そのためそれぞれの全体の表題を、著者が自分で命名したものは別として、これまでのものと改めたものもある。

一、詩篇については、著者の詩作の過程をすべて辿れるようにするため、抹消された詩篇も、判読できる程度のものは再現した。詩篇群全体が抹消されたものもこれまでに復元されてきているからでもある。

一、解題は、それぞれの時期の生活史的な背景にも必要に応じて触れながら、原稿、ノートに関しては、その形状や筆記具の別、インクの色、その書かれた時期の推定などの事項を、掲載誌に関しては、発行年月日、号数、発行所などの書誌的情報、印刷の方法などの事項を記載した。

一、校異はまずページ数と行数、本文語句を表示し、そのあとに矢印で初出や収録刊本との異同を示し、等号で註記事項を記した。初出は［初］などの略号を使用した。

例　五〇六・3　農←晨＝原稿によって校訂。

これは「日時計篇」のなかの「暗鬱と季節」の五〇六ページ3行目で初出の『全著作集2』以来『詩全集2』まで「晨」とされてきたのを、原稿によって「農」と改めたことを示す。

この巻には、一九四八年から一九五〇年までの間に書かれた詩篇、評論、ノートのすべてを収録した。一九四八年に書かれたものの一部は第一巻に収録されている。

全体を五部に分ち、Ⅰ部には、一九四八年から一九五〇年までの間の二つの詩稿群を、Ⅱ部には、その間に発表された詩篇を、Ⅲ部には、その間に発表された評論を、

Ⅳ部には、一九五〇年に書かれた三つのノートを、Ⅴ部には、一九五〇年から一九五一年にかけて書き継がれた詩稿群のうちの一九五〇年に書かれた前半部を収録した。

生活史的には、前年一九四七年九月に東京工業大学を卒業し、翌四八年一月に敬慕していた姉を失い、その間いくつかの町工場を転職した後、四九年四月に「特別研究生」として大学に戻った時期に該当している。

Ⅰ

詩稿X

ブラックインクのペンで「詩稿X／昭和廿三年四月廿六日了」と横書きで二行に書かれている表紙をもつ、縦148×210ミリ程の無罫のノートに鉛筆で書かれている詩稿群。ホチキス止めがとれたのを綴り紐で綴じている。百六篇を収録した。短い「挽歌〔冬のりんごの……〕」と「愚鈍」以外は『吉本隆明全著作集2』（一九六八年一〇月二〇日、勁草書房刊）にはじめて収録され、『吉本隆明全詩集』（二〇〇三年七月二五日、思潮社刊）、『吉本隆明詩全集1』（二〇〇八年六月二五日、思潮社刊）に再録された。「挽歌〔遠くから……〕」、「冬の夜」、「凧の地」、「地の夕映え」、「春の労働」、「少女」の六篇は、『吉本隆明全集撰1』（一九八六年九月三〇日、大和書房刊）、『吉本隆明初期詩集』（一九九二年一〇月一〇日、講談社文芸文庫、講談社刊）にも再録された。「愚鈍」は『吉本隆明全詩集』にはじめて収録され、『吉本隆明詩全集1』に再録された。「挽歌〔冬のりんごの……〕」は本全集にはじめて収録される。（ ）のついた表題は、『全著作集2』収録のさいに、表題のない詩篇に仮に一行目を取って表題とされたものである。

最初の五篇のほか、一九四八年一月十三日に亡くなった姉・政枝（第一巻の「姉の死など」と解題参照）を追悼する詩が数多く含まれており、同じ追悼詩の抹消された断片もかなりある。また後半に前年九月の大学卒業を背景として書かれている詩があり、主題として前年の出来事を扱ったという書かれ方ではないようにおもわれるので、順序どおりではなく適当な白ページを選んで書かれていったのかもしれない。あるいは姉への追悼詩などが書かれた後に、「詩稿X」以前の詩稿集から推敲・転記されたものがあるということかもしれない。むしろ後者の可能性のほうが高いようにおもわれる。「英文日記帳詩稿」の日付が明記されているものは一九四七年十月だから、その詩稿集は「英文日記帳」の失われた断片であったかもしれない。

いくつかの詩篇の行頭に、ハネ印を円でかこった心覚えの記号✓がつけられている。抹消詩は、かなり綿密に抹消されたものもあるが、判読できる範囲で十九篇を本全集ではじめて別途に収録した。判読できない文字は□で表示した。ノート冒頭の一丁が破られており、白ページ二丁の後から記述が始まっていて、末尾に白ページが四丁ある。必要な項について註記する。ページ数は記載のあるページから計算している。

挽歌［遠くから……］

挽歌［青磁の空の涯て……］

一ページ目と二ページ目に書かれている。

八・4　丘や樹々の↑丘の樹々の＝原稿によって校訂。

七・3のリフレイン。

挽歌［冬のりんごの……］

三ページ目に同題の抹消詩の後に余白をおいて

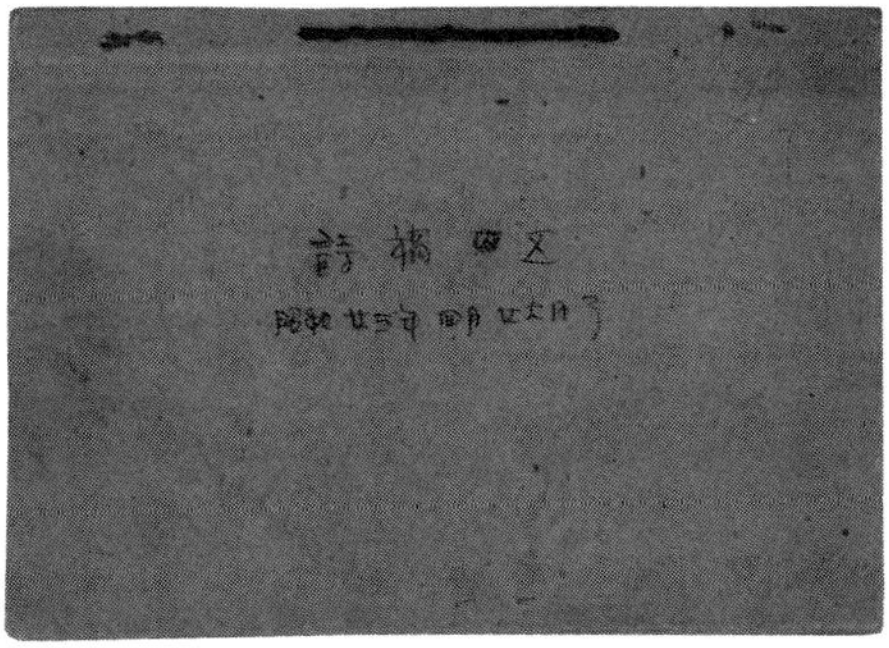

冬のりんごが燃えてゐて
清明な一月が

と書かれ抹消した後に書かれている。

四ページ目に抹消詩「小さな影絵」がある。

五ページ目に、表題なしで、

粗末な海坊主頭で
野原や枯れた林をくぐり
赤屋根とガラスの映つた
病室が見えたとき

と書かれ抹消され、さらに

多摩の連丘は茫んやりめぐり
海坊主あたまの

と書きかけて抹消され、「氷霧」の表題で、

多摩の丘べでは
氷霧や冬の林ごまで
夕べの色で燃えてゐた

海坊主頭と

粗末な萌え黄の労働服が
どうも

と書きかけて表題とも抹消され、さらに無題の抹消詩「(それら苹果の二つが)」が書かれ、ブラックインクで抹消されている。
さらに六ページ目に無題で

冬の苹果の二うつが
氷霧や樹々の騒ぎをくぐつて届いた
夕日の色に燃えてゐたが

雲を決められて

と書かれ四行目以外は抹消されないまま、さらにブラックインクのペンで抹消された無題の詩「(氷霧と風の底に連丘の涯てが)」が書かれている。(ブラックインクのペンでの抹消は異なった時点での赤字入れとおもわれる。)

優しき祈り
七ページ目に無題で

氷霧と連丘の涯て、天は燃えつきた夕日を血のやうに
吐いてゐた　鋼の樹林に囲まれたサナトリウムの霊安
所で硬くなつた悲嘆が溶け

と書きかけられて、全体が抹消された後に書かれている。
二・15　苹果←苹草＝原稿によって校訂。
八ページ目に「□成」の表題で

つめたく嗤つたあとで嘆きなどしてはならぬ
それは諸人のため
わが星宿

と書かれ表題とも抹消され、余白をおいて「□□幻想」の表題で

無念無想のあかときに
仏説のさびな

と書きかけて表題とも抹消され、余白をおいて「スピリナアル」の表題で

白布をのぞく夕日の色と

と書きかけて表題とも抹消されている。
過去
九ページ目に同題で

紅色の夕べのなかに　燃えてゐる榛の木のむれ
わきたつ風のうねり
明日はとほいむかふから
ひとつの

と書きかけて表題とも抹消された後に書かれている。いずれも姉の追悼を主題とした試みの断片とおもわれる。
一四・6　［黒＋玄］＝この文字は存在しないが、頻用される用字なので作字している。

暗い樹々

陰地
九ページ目に書かれている。

風の決定
九〜十ページ目に書かれている。

冬の夜

風の地
十一、十二ページ目に書かれている。二三・2−3の間、9、15−二三・1の間の行頭に✓印がある。

檜原峠
十三ページ目の判読できない二篇の抹消詩の後に書かれている。

冬のなかの春
一四ページ目に書かれている。二五・2、4−5の間、15、二六・3、6の行頭に✓印がある。
十五ページ目に抹消詩「海辺」と「眠りの反応」が書かれている。

地の夕映え
十六ページ目に書かれている。二七・2−3の間、二七・6−7の間、二八・4、7の行頭に✓印がある。
二八・4　噴りたる↑憤りたる＝ふつうは「憤」だが意が通じるので原稿のママとした。
同じページの末尾余白に

一つの発想には一つの固有な表現のみがあります
この固有な表現につきあたつたとき
詩は燃焼するのであります

とおおきな字で走り書きされている。

地獄

天の雁
十七ページ目に書かれている。三〇・4、9、11−12の間の行頭に✓印がある。
三〇・3　蒼蠟＝原稿のママ

病獣
十八ページ目に書かれている。

奥羽街道の幻想
十九ページ目に書かれている。表題は「暗い春から」を抹消して改められている。

三四・14　岩塊←［原］岩魂

春の労働

二十ページ目に書かれている。その後に「秩序」の表題で

義眼をするゑた巨人のやうに
建築は直立してゐた
窓は敬虔の反射をあたへ
あらぬ方を視てゐる風で
もう上層だけが夕映えをうつした

亀裂とも言ふべき街路には
男女の影が小さくて
それらは一片の事象のごとく
不定な系統の方向に消えな

と書きかけられ、表題とも抹消されている。ページ下部の余白に、Le vent se leve, il faut tentrede vivre. とヴァレリーの詩の一節が走り書きされている。

愚鈍

曠野

二十一ページ目に書かれている。「愚鈍」の上部余白に「〈要訂〉」とあり、『全著作集2』では解題で引用されていた。

三七・6　他系に至る状態←他系に至る／状態＝原稿を折り返しとみなした。

三七・7　外部の場に失ふ←外部の場に／失ふ＝原稿を折り返しとみなした。

孤独な風の貌など

二十二ページ目に同題の抹消詩が書かれた後に書かれている。四〇・4の行頭に✓印がある。

遠いメルヘン

習作［ゆきたふれては……］

二十三ページ目に抹消詩「二つある樹」が書かれた後に書かれている。

静かな日かげ

二十四ページ目に書かれている。二十五ページ目に抹消詩「諦められた花のかげに」がある。

貪婪なる樹々

二十六ページ目に書かれている。

四五・8　何遍←［原］何扁＝著者はしばしば「遍」、「偏」を「扁」と書いている。

ニツケルの幻想

不眠の労働

二十七ページ目に書かれている。

レオナルドの歌

挽歌［赤い屋根のしたで……］

二十八ページ目に書かれている。

提琴
褐色の樹々
二十九ページ目に書かれている。
岸壁
三十ページ目に書かれている。
五五・3　もとほりつく＝「まとはりつく」の意か。
飢雁
二月の挽歌
三十一ページ目に書かれている。
五六・12　飢眼＝『全詩集』以後は表題に合わせて「飢雁」に校訂しているが、表題そのものが「飢えた帰雁」と思われ、この行はその「帰雁」の「飢えた眼」が「底びかりを示した」の意とみなし、原稿のママとした。
緑の慕情
夕霧
古式の恋慕
三十二ページ目に書かれている。
夕映えの様式
雪映え
三十三ページ目に書かれている。
六三・9　杳く←［原］沓く
暁の卑屈
華幻
三十四ページ目に書かれている。

打鐘の時
三十五ページ目に書かれている。第一聯の前に

埋もれた枯葉のむれが
風の冷たい散乱をふして
ぼんやりもえる火のやうな

と書かれ抹消されている。
芥河
三十六ページ目に抹消詩「幻なり挽歌」が書かれたあとに書かれている。
回帰の幻想
三十七ページ目に抹消詩「頌」が書かれた後に書かれている。
六九・10　偏向←［原］扁向
林間の春
三十八ページ目に書かれている。
七〇・7　さびしい←さかしく＝原稿によって校訂。
日々の偏奇
三十九ページ目に書かれている。
少年期
四十ページ目に書かれている。同題の「少年期」（一九五五年四月）の遥かな初期形とみなすことも可能とおもわれる。

七三・6　諸作＝「日時計篇」や『固有時との対話』でも幾度か使われているが、宮沢賢治の「農民芸術論綱要」のなかの用字例から身につけたものかもしれない。

青桐

四十一ページ目に書かれている。

荒天

四十二ページ目に書かれている。

雪崩

四十三ページ目に書かれている。表題の後に

屛風のやうな尾根のつづき
清冽な夢がとぼとぼあゆむ
三月はじめの透明な雪が

と書かれ抹消され、余白をおいて

きんかんと

と書きかけられ抹消された後に書き出されている。

道心

四十四ページ目に書かれている。

冬の炎

四十五ページ目に書かれている。表題の後に

貧しげな揺籠のうちに
□しげらせて

と書かれ抹消され、余白をおいて

広場のなだれるむかふから
烙りはしづかにすすんでくる

と書かれ抹消され、余白をおいて

冬の日差しのなかに
透明なる虚無

と書かれ抹消された後に書かれている。

四十六ページ目に無題の抹消詩「(おまへを呼ばうとするのに)」、「(至らぬ技をなすなかれ)」がある。

告訣

時計

四十七ページ目に書かれている。二篇が書かれた後の余白に

コバルト空にゆき交へば
野に
蒼白の

この小児（中原中也）

と斜めに流し書きされている。

不遇の使節

四十八ページ目に書かれている。

八三・7　お嬢さん←嬢さん＝原稿によって校訂。

雨烟のなかにて

四十九ページ目に書かれている。

習作［野ゆき山ゆき……］

エピキュルの園

放浪

五十ページ目に書かれている。

八六・6　われを容るる拒めれば←われを容るるを拒めれば＝『全著作集2』以来助詞を補っているが、原稿のママとする。

五十一ページ目に抹消詩「群鶏の歌」がある。

反徒の学校

習作［いまにきつと……］

五十二ページ目に書かれている。

習作［敗失の歴史の……］

緋の夕映え

五十三ページ目に書かれている。

九一・4　夢想←悪夢＝原稿によって校訂。

地主

X嬢に

五十四ページ目に書かれている。

暗像

呼び子

五十五、五十六ページ目に書かれている。

九六・8　鈴樹＝「鈴懸の樹」のつもりと思われる。抹消詩「孤独な風の貌など」参照。

九六・15　尚更←［原］直更

絵画館

祈り

五十七、五十八ページ目に書かれている。

九八・11　画家←［原］書家

峠

梅花

冷たい曇り日の陰

五十九ページ目に書かれている。

反響

六十ページ目に抹消詩「夢夜」が書かれた後に書かれている。

沈丁花の幻想

花の色

六十一ページ目に書かれている。

告訣——宮内喜美江ちゃんに——

六十二ページ目に書かれている。字アキ個処をあらためて校訂した。

また少女に

さすらひ

六十三、六十四ページ目に書かれている。直しはほとんどない。二三・9、二三・1の行頭に✓印がある。

(遥かなる雲にありても)

歩行者

六十五ページ目に抹消詩「歴程の日より」が書かれた後に書かれている。「(遥かなる雲にありても)」は無題である。また末尾の余白に、詩と同じ筆跡で

発想の原はとほい海のむかふにある
言葉の原はとほい時間のうちにある

と書かれている。

遅雪

島影

六十六、六十七ページ目に書かれている。直しはほとんどない。

二九・1　慣つている＝原稿のママ

春の枯樹

春の炎

六十八ページ目に書かれている。

三二・3－4の間＝「わたしは」と書いて抹消して書き直しているのを行アケの意とみなした。

銀の樹木

六十九ページ目に書かれている。三三・15の行頭に✓印がある。末尾の余白に

好かれる時期が誰にだつて一度ある。不潔な時期だ
(太宰治)

と書かれている。

魚紋

七十ページ目に書かれている。三四・6、11の行頭に✓印がある。

氷のうへ

七十一ページ目に書かれている。

影との対話

七十二ページ目に書かれている。直しはほとんどない。題詞は「エリアンの手記と詩」でも使われている。読点、字アキを原稿によって校訂した。

三七・4－5　閉されてゐる／わたしは↑閉されてゐるわたしは＝原稿を改行とみなした。

雀

七十三ページ目に抹消詩「静かなる春」が書かれた後に、さらに「はるかなるものたちへ」の表題で

静かな日かげの

と書きかけて表題とも抹消された後に書かれている。直しはまったくない。

禱歌

習作［いまこそは……］

七十四ページ目に「行きなやむもののうちに」の表題で

はるかなものははるかにして去らしめ

などと書きかけて抹消された後に書かれている。直しはほとんどない。

梨原

少女

七十五ページ目に書かれている。直しは「梨原」はまったくなく、「少女」もほとんどない。

『全著作集２』以来、ノートのすべての行の行末を改行とみなしているが、二三・２「迎へ／一方」、二三・３「全重量／を使ひ」、「通じて／ゐる」、二三・５「けじめ／のつかない」、二三・６「二元的である／のだ」、「不潔な時／である」は、折り返しとみなした。

寂しい化粧

神よ

七十六ページ目に抹消詩「地獄の天使」、「天使」が書かれた後に書かれている。余白に「散りにしもの」と書き抹消し、「はるかなる山河に」と書いて抹消している。その間に「et」と横書きして丸囲いしている。

悔悟

願ひ

反吐

七十七ページ目に書かれている。直しはほとんどない。

（いつまでも消えなかつた）

渦動

（苦しい夜がある）

七十八ページ目に書かれている。直しはまったくない。

末尾の余白に

深い夜
春でぼんやり死にそうだ

ぢや
さようなら

と書かれ抹消されている。

訣別――深尾修に――

七十九ページ目に書かれている。直しはほとんどない。

副題の「深尾修」は著者の東京工業大学の同期生で、

『転位のための十篇』は彼に捧げられている。表題は「深尾修」を抹消して書き直されている。

（苦しくても己れの歌を唱へ）

薄明

八十ページ目に書かれている。

一四三・5－6の間に「みなはるかな記憶のなかに消えてゆく」の一行が書かれ抹消されている。

春の内部

（とほい昔のひとが住んでゐる）

八十一、八十二ページ目に書かれている。直しはまったくない。

残照篇

縦180×横260ミリ程の洋紙二十四枚の右サイドを紙紐で綴じたかたちで、両面にブルーブラックインクのペンで書かれている。全体の表題はなく、『全著作集２』に二十七篇が収録される際に、川上春雄によって一篇から表題を取って「残照篇」と命名された。川上の説明を敷衍すると「紙質は40キン位、たんに白い紙といってよいほどのうすいクリーム色の西洋紙」に、天地左右に三、四センチほどの余白を取り、二、三ミリ幅の罫線をおおよその見当で引いて、それを当り線として詩を書く、以後の著者の詩を書く用紙と書き方がはじめて現われた詩稿群ということになる。「前夜」のなかに「一九五〇年夏のはじめ」の一行があり、『全著作集２』解題の川上春雄の推定を踏襲して一九四九年から一九五〇年にかけて書かれたものとする。以後の原稿と異なっている点は、川上の指摘を敷衍して整理すると、両面に罫線が引かれて書かれていること、抹消された詩篇が多いこと、全体が抹消されていない詩篇でもかなりの推敲と行の抹消がされている詩篇があること、表題や特定の行にブルーのボールペンで星印のマークや丸囲いをつけていて、何らかの心覚えで推敲の途中であるとみなしうる詩篇もあること、他方で直しのまったくないかほとんどない詩篇もかなりあること、などである。抹消されていない二十九篇を収録した。抹消詩は、戦前の詩稿や「英文日記帳詩稿」のようにおおまかな抹消ではなく、かなり綿密に抹消されているが、「詩稿Ⅳ」のように判読不可能というほどではないので、判読できる範囲で二十八篇を別途に収録した。判読できない文字は□で表示した。

　異稿として収録されなかった二十枚目表面と裏面の「地の果て」と「忍耐」を除いてすべて『吉本隆明全著作集２』に収録され、『吉本隆明全詩集』、『吉本隆明詩全集１』に再録された。二篇の異稿と抹消詩は本全集ではじめて収録される。必要な項について註記する。

善

　一枚目表面に抹消詩「しづかな林で」があり、その後に書かれている。推敲の抹消が少しある。下部の余白にブルーのボールペンで、「善」、「善悪」などの書き込みがある。裏面に抹消詩「朱天」がある。
二枚目表面に抹消詩「善の小人《コビト》」があり、裏面に抹消詩「そのとき」がある。三枚目表面に抹消詩「遺産」があり、裏面に抹消詩「あの道は」がある。四枚目表面に抹消詩「獄」があり、裏面に抹消詩「明るい炎」がある。五枚目表面に抹消詩「疑惑」、「凱歌」ほか三篇があり、裏面に抹消詩「夜の歌」がある。六枚目表面に抹消詩「望みの歌」がある。

革まる季節

六枚目裏面に書かれている。推敲の手直しが多少ある。

午前

七枚目表面に書かれている。推敲と行の抹消がある。

一五八・3　在る←ある＝原稿によって校訂。
一五八・4　きらきら　と←きらきらと＝原稿によって校訂。

裏面に抹消詩「荒廃の詩」がある。八枚目表面に抹消詩「死の座」、「惰眠の時」がある。

理神の独白

八枚目裏面に書かれている。手直しはまったくない。句読点、仮名送り、字アキを原稿によって校訂した。九枚目表面に抹消詩「初夏」があり、裏面に抹消詩「落ちてゆく時」がある。

通信

十枚目の表面に抹消詩「転身」があり、その後に書かれている。かなりの推敲と行の抹消がされている。裏面に抹消詩「哀愁」がある。

回帰

十一枚目の表面に書かれている。冒頭の

ひとつの時間がいま終つた
夏は都会の真うえからおりてくるので
ぼくはたいへんまぶしい
いつからかぼくは小道をとぼとぼあるきまはり

の四行一聯が抹消されているほかは手直しはまったくない。

残照

十一枚目の裏面に書かれている。手直しはほとんどない。ブルーのボールペンで表題にマークをつけ丸囲いしている。

悪の童話

十二枚目の表面に書かれている。かなりの推敲と行の抹消がされている。

列島の民のための歌

十二枚目の裏面に書かれている。手直しはまったくない。

一六八・2　倫理←論理＝原稿によって校訂。
一六九・6　卑小←［原］卑少

重工業

十三枚目の表面に同題の短い抹消詩があり、その後に書かれている。手直しはまったくない。

暁

十三枚目の裏面に書かれている。手直しはほとんどない。

一七一・2　そろそろ←そうそう＝原稿によって校訂。

堀割

十四枚目の表面に書かれている。わずかな推敲と行の抹消がされている。

一七三・8　町落＝この表記は一七七・15にもある。

昔の歌

十四枚目の裏面に書かれている。手直しはほとんどない。

一七五・3　暗い死←暗い灰＝原稿によって校訂。

一七六・11　ぼくもまた←ぼくも＝原稿によって校訂。

出発

触手

十五枚目の表面と裏面に書かれている。わずかな推敲と行の抹消がある。

夜の国

日の終末

十六枚目の表面と裏面に書かれている。ごくわずかな推敲がある。

一八一・12　由所←由緒＝通常は「由緒」だが一九一・8や一九三・10でも使われている用字なので、原稿のママとする。

長駆

十七枚目の表面に書かれている。ほとんど手直しはない。ブルーのボールペンで表題にマークをつけ丸囲いしている。

一八五・5　拒峻←拒絶＝原稿によって校訂。「峻拒」の倒語とみなす。

前夜

十七枚目の裏面に書かれている。わずかな推敲がある。

夢

凱歌

十八枚目の表面と裏面に書かれている。わずかな推敲がある。

一八九・12　同じものなのだ←［原］同じもの／なのだ＝折り返しとみなした。

一九二・5　鋤←［原］鍬

一九二・6　機構←機械＝原稿によって校訂。

雨期

十九枚目の表面に抹消詩「或る擬歌」があり、その後に書かれている。ほとんど手直しはない。

眼の夏の時

十九枚目の裏面に書かれている。かなりの推敲と行の抹消がされている。一行目がブルーのボールペンで丸囲いされている。
一九五・4　ぼくらに←ぼくらには＝原稿によって校訂。

地の果て［安山岩の岩の……］

二十枚目の表面に短い抹消詩「眼の夏の時」があり、その後に書かれている。二十三枚目表面の同題詩の異稿。

忍耐

二十枚目の裏面に「音楽」の表題で

　ききめがあるのかどうか

と書きかけて表題とも抹消された後に抹消詩「忘却」、「信号」があり、その後に書かれている。二十三枚目裏面の「忍辱」の異稿。

街

二十一枚目の表面に書かれている。表題は「愉しい童話」を抹消して書き直されている。手直しはまったくない。一九九・13「限りなく……」の一行にブルーのボールペンでマークをつけて丸囲いしている。

傷手

二十一枚目の裏面と二十二枚目の表面の二枚にわたって書かれており、かなりの推敲と行の抹消がされている。
二〇一・16「すべての機能によつて」の下の余白に「存在の機能」と書き込まれている。
二〇三・9　青葉←青草＝原稿によって校訂。

二十二枚目の裏面に抹消詩「都会」ほか二篇が書かれている。

地の果て［輝安山岩……］

二十三枚目の表面に同題の短い抹消詩があり、その後に書かれている。冒頭の聯にかなりの推敲がある。
二〇四・5　城塞のくづれた壁がありところどころ＝はじめに「城砦のところどころ」とあった「城砦」を抹消し、上部余白に「城畳の跡があり」と手直しし、さらに「城塞のくづれた壁があり」と赤字入れしたため赤字入れ末尾の接続がわかりにくくなっているが、同題の抹消詩や下部余白の抹消された推敲案

輝安山岩、
路がひとすぢ
たれのためにそこに在つたのか
城砦のところどころで銃眼が
きらきらする日のなかに残されてゐた、

を参照して『全著作集２』以降の本文を校訂した。
二〇五・2　城塁＝原稿では異稿もすべて「城畳」と書かれているが『全著作集２』にならった。
二〇五・2　二カ所の字アキ＝原稿によって校訂。

忍辱

二十三枚目の裏面に書かれている。

二十四枚目の表面に抹消詩「夏の時」がある。裏面には記載が無い。

Ⅱ

（海の風に）

『文芸』（一九六八年五月号　第七巻第五号、河出書房新社発行）に発表され、『吉本隆明全著作集1』（一九六八年一二月二〇日、勁草書房刊）に収録され、『吉本隆明全集撰1』、『吉本隆明初期詩集』、『吉本隆明全詩集』、『吉本隆明詩全集5』（二〇〇六年一一月二五日、思潮社刊）に再録された。初出誌には表題にパーレンはついていなかった。初出の末尾に制作年の註記とおもわれる「*(1954)*」の記載があり、これが著者の判断が介在したものであることは間違いないとおもわれるが、「エリアンの手記と詩」の項で後述するように、その記載をそのまま踏襲することは出来ないと判断する。川上春雄も『全著作集1』の解題において「じつは（1947年）すなわち昭和二十二年が正しい。この作品は、英文日記帳の断片を縦にして鉛筆で縦書きに整然と記録されている原稿から採録した。」と書いている。しかし第一巻解題ですでに触れたように、英文日記帳に一九四七年に書かれたのは初期形の「（海はかはらぬ色で）」であり、「（海の風に）」は「（海はかはらぬ色で）」に直接の赤字入れで推敲するのではなく、それほど距たってはいなくても異なった時点で下部の余白にあらためて書き直されたその完成稿ないし異稿である。

そう判断する根拠は、第一に、第一巻解題に添えた写真版でも明らかなように、書かれた文字の大きさがかなり異なっていることである。著者の書き文字は筆跡も少しずつ変化しながら、少年期のまるみを帯びたおおらかな文字から、ちいさな文字へと大きさが変化しており、詩では、「英文日記帳詩稿」と「詩稿X」の間に分岐点があるように見える。第二に、「（海の風に）」にはハネ印を円でかこった心覚えの記号✓が、二十一カ所（二三三・6－7の間、10－11の間、15－16の間、二三四・1、14－15の間、18、二三六・11、16、二三七・20、二三八・7－8の間、12－13の間、18－19の間、二三二・6、8－9の間、二三三・3、二三三・3－4の間、10、二三七・8、二三八・9、16、二四・9－10の間）行頭につけられているが、同じ記号が「詩稿X」の「風の地」、「冬のなかの春」、「地の夕映え」、「天の雁」、「孤独な風の貌など」、「さすらひ」、「銀の樹木」、「魚紋」のいくつかの行頭にもつけられており、この詩稿群だけに見られる特徴である。以上の二点から、「（海の風に）」は「（海はかはらぬ色で）」が書かれて数カ月置いて、「詩稿X」と同時期の一九四八年に書き直されたものと推定する。

「（海の風に）」も「（海はかはらぬ色で）」も英文日記帳のページ替わりの個処の行の接続の判断がむずかしいの

で、二篇の英文日記帳における冒頭の行の対応を別表に掲げておく。両方を対照してこれまでの版と二カ所――二三四・6－7の間の行アキを詰め、二三七・2－3の間の行アキを詰めるように変更した。（第一巻「（海はかはらぬ色で）」も二カ所――四二三・6－7の間に一行アキをつくり、四二九・6－7の間の行アキを詰めるように訂正する。）ほかに

二三四・8　ほのぼの↑ほのぼのの＝原文によって校訂。

二四一・18　風の音↑風のおと＝原文によって校訂。

二四四・2　愁ひて↑憩ひて＝原文は文字が小さくて判読

（海の風に）／（海はかはらぬ色で）対応表

	（海の風に）	（海はかはらぬ色で）〔第一巻所収〕
Sun.Oct.13./Mon.Oct.14.	二二一・2「暗い時のうしろに」	四一七・2「父のため母のため」
Tue.Oct.15./Wed.Oct.16.	二二三・4「風がおこつてくる」	四一八・13「かたくなの地図を描き――」
Sat.Sept.7./Sun.Sept.8.	二二四・7「眠りのやうに置いて逃げる」	四一九・19「たれがそれを逃れるだらう」
Mon.Sept.9./Tue.Sept.10.	二二六・11「いためられた孤立」	四二一・7「すでにおかれた平衡のいただきに」
Wed.Sept.11./Thur.Sept.12.	二二九・4「わたしの魂がとほく呼ばれる」	四二二・12「はるかな季節のたまもの」
Sun.Sept.15./Mon.Sept.16.	二三一・2「死の陰に沁みた風が」	四二三・19「やめよ」
Tue.Sept.17./Wed.Sept.18.	二三三・18「たれか歩んでゐる」	四二五・6「みづみづしさはうしなはれ」
Thur.Sept.19./Fri.Sept.20.	二三四・8「嘆きはそれていつた」	四二六・14「なにを嘆くことがあらう」
Sat.Sept.21./Sun.Sept.22.	二三五・15「嘆きは架空の風」	四二七・20「だが嘆きとはなんであるのか」
Mon.Sept.23./Tue.Sept.24.	二三七・3「ひとたちが」	四二九・7「わたしも素直にたのしみ」
Wed.Sept.25./Thur.Sept.26.	二三八・8「あやまられた夜語りのなかで」	四三〇・14「あやまられたひとつの夜語り」
Fri.Sept.27./Sat.Sept.28.	二四〇・2「真昼の花々が描かれ」	四三二・2「真昼の花々がおもひ描かれ」
Sun.Sept.29./Mon.Sept.30.	二四一・12「西のくにのふしぎな絃楽に誘はれ」	四三三・9「泰西のふしぎな絃楽を聴いて」
Tue.Oct.1./Wed.Oct.2.	二四二・20「きらめいてゐる夕べの陽も」	四三四・15「きらめく夕日も緑や青まで」
Thur.Oct.3./Fri.oct.4.	二四四・9「わたしがひとに変り」	四三六・2「わたしがひとに変り」
Sat.Oct.5./Sun.Oct.6.	二四五・18「あたかもわたしのやうに」	四三七・10「あたかもわたしのやうに」

しづらいが、「(海はかはらぬ色で)」の一行と同一であり校訂。

二四五・1　もはや＝初出から文庫まで「あはれ」と誤植されていたが、『全詩集』から原文によって校訂された。「全著作集」の『初期詩篇Ⅰ』、『初期詩篇Ⅱ』に収められた詩稿群を別として、書かれてからだいぶ距たった時点で著者が発表した詩篇は、「エリアンの手記と詩」と「(海の風に)」だけである。「日時計篇」の項で触れるように、「(海の風に)」が書かれた英文日記帳が発見されたのが一九六七年九月であり、間もなく「全著作集」刊行の企画が持ち上がり、突貫工事のように進められた編集作業で第一回配本の『全著作集2　初期詩篇Ⅰ』が刊行されたのが一九六八年一〇月だから、著者はその作業の過程で「(海の風に)」を目にして、わざわざそれだけを別途に抜き出して『文芸』一九六八年五月号に発表したとおもわれる。(川上春雄の『初期詩篇Ⅰ』の解題の日付は一九六八年五月になっている。また川上春雄文庫に残されている英文日記帳から川上が書き起こした原稿に、著者が行アキや仮名遣いなどの文字の訂正の赤字をわずかに入れた原稿は、初出以来踏襲された起こし間違いがあり、『文芸』の入稿原稿の元になったものとおもわれる。つまり発表の意図を持って、著者が川上に原稿の起こしを依頼したものとおもわれる。)

『初期ノート』に付された「過去についての自註」や「増補版についての覚書」でも明らかなように、著者ほどにじぶんの若年の半ば忘れかけていた書き物をおおきな驚きで読んだ人はいないかもしれない。現実の出来事や他者の書き物から衝撃を受けるのとはちがって、それらは二重にクッションのきいた反復となって以後の著者の書くものを豊富にした。「(海の風に)」も特に強い関心を呼び起こした旧作だったとおもわれる。

著者の作品歴のなかでも「(海はかはらぬ色で)」、「(海の風に)」は突出した異様な位置をしめているようにおもわれる。

少年期から米沢工業高校時代を経て「詩稿X」にいたるまで、著者はたびたび短詩の詩作を試みており、かなりの数の作品がある。しかし「(海はかはらぬ色で)」のような長詩はこのひとつだけであり、突然出現したかのように書かれ、しかも一年を置かずに「(海の風に)」として書き直されている。長さが異様であり、書かれ方も異様である。わずかな違いはあるが、「(海はかはらぬ色で)」も「(海の風に)」も推敲や手直しの跡はほんのわずかでありよどみなく書かれている。このように不意に長篇詩が書かれることはありえないことではないだろう。しかし、『固有時との対話』の初期形が「日時計篇」のなかに幾篇もたどれるように、『記号の森の伝説歌』に『野性時代』の連作詩があるように、失われた番号でいえばV〜Ⅸ(その一部が英文日記帳であるとすればそれ以前の番号）の詩稿集のなかに「（海はかはらぬ色で）」の初期形にあたる詩篇が幾篇もあったのではないかと推定される。著者の反復の流儀からそのように想定するほうが自然とおもわれる。

川上春雄は「全著作集」が完結したおりに、「（海の風に）」にふれて「吉本氏がスケールのおおきな海の詩人であるという一仮説を提起してみたい。」と述べている（「あまたの海鳥が海の上で」、『群像』一九七六年七月号）。同時期の「詩稿X」のある詩の末尾の余白に「発想の原はとほい海のむかふにある／言葉の原はとほい時間のうちにある」と書き、後に『言語にとって美とはなにか』の言語の発生の機構を海と向かい合った人間の場面として記述したように、著者にとって海は自己と出自と思考の情況を確認するつきない根源の像としてあった。

青い並木の列にそひて

『詩文化』（一九四八年一〇月号　一〇月二〇日　第五号〈通巻二六号〉、不二書房発行）に発表され、『吉本隆明詩集』（一九五八年一月一〇日、今日の詩人双書3、書肆ユリイカ発行）に収録され、『吉本隆明詩集』（一九六三年一月一〇日、思潮社刊）、『吉本隆明初期詩集』、『吉本隆明全集撰1』、『吉本隆明全著作集1』、『吉本隆明全詩集』、『吉本隆明詩全集5』に再録された。初出にあった行末の五カ所の感嘆符と一カ所の疑問符は、ユリイカ版詩集に収録される際にすべて削除されている。この時期の詩の感嘆符や疑問符の扱いは、初出がユリイカ版詩集に収録されたか、『初期ノート』に収録されたかによって違っており、『全著作集1』再録での校訂にも相違が生じている。著者の意がそれらに反映しているとは思うが、この時期の著者の詩らしさがよく再現されるように、感嘆符と疑問符のみは初出に戻した。

この第Ⅱ部の発表詩および次の第Ⅲ部の発表評論のほとんどは『詩文化』に発表されている。『詩文化』は大阪を本拠とする安西冬衛、小野十三郎らを会員とする会員制の詩誌で、「過去についての自註」においても「大阪の藤村青一氏の主宰する『詩文化』に詩を投じ、この人から云いしれぬ恩恵をうけた。また、そこで知合った諏訪優氏らの『聖家族』に参加し、二、三の詩を発表した。」と書かれている。「ひとつの疾走――安東次男――」（第一二巻所収）にも当時の情景の一こまがある。

二四八・1　そひて↑［初］沿ひて
二四八・2　ブウヴ↑［初］ブウブ
二四八・4　わたる↑［初］亘る
二四八・6　わき出る↑［初］湧き出る
二四八・7　ふくみ↑［初］含み
二四八・9　触れあふ↑［初］触れ合ふ
二四八・10　つたへる↑［初］伝へる
二四八・12　もう死にたいのかね！＝感嘆符は初出に戻した。

二四九・1　味はおう↑［初］味はう
二四九・3　たづね↑［初］尋ね
二四九・5　何処に居るの？＝疑問符は初出に戻した。
二四九・6　少女よ！＝感嘆符は初出に戻した。
二四九・9　さわやかな↑［初］爽やかな
二四九・10　やさしい↑［初］優しい
二四九・11　潜んでゐるのか！＝感嘆符は初出に戻した。
二四九・12　影の少女よ！＝感嘆符は初出に戻した。
二四九・13　御覧！＝感嘆符は初出に戻した。

幻想的習作――マラルメ宗匠に――

『詩文化』（一九四八年一二月二五日　第七号〈通巻二八号〉）に発表され、『初期ノート』（一九六四年六月三〇日、試行叢刊第一集、試行出版部刊）に収録され、『初期ノート増補版』（一九七〇年八月一日、試行叢刊第一集、試行出版部刊）、『吉本隆明全著作集15』（一九七四年五月二〇日、勁草書房刊）、『吉本隆明全詩集』、『初期ノート』（二〇〇六年七月二〇日、光文社文庫、光文社刊）、『吉本隆明詩全集1』に再録された。

夕の死者

『聖家族』（一九四九年一月一日　第一号、聖家族発行所発行）に発表され、ユリイカ版『吉本隆明詩集』、思潮社版『吉本隆明詩集』、『吉本隆明全著作集1』、『吉本隆明全集撰I』、『吉本隆明初期詩集』、『吉本隆明全詩集』、『吉本隆明詩全集5』に再録された。

二五一・6　集まる！＝感嘆符はユリイカ版で削除されたが、『全著作集1』で元に戻された。
二五一・7　夕の時よ！＝感嘆符の扱いは同前。
二五一・9　ゆくの？＝疑問符はユリイカ版で削除されたが、『全著作集1』で元に戻された。
二五一・15　〈……美しかつたのだと！〉↑〔……美しかつたのだと！〕＝川上春雄は『全著作集1』の解題で「著者自身の原稿では山パーレン〈〉を附したものであることにまちがいないとおもわれるが、ここではすべて初出に従った」と書いているが、同じ理由で改めた。
二五二・2　数数↑［初］数々
二五二・5　何処までゆくの？＝疑問符の扱いは同前。
二五二・6　遇はなかつた↑［初］遭はなかつた
二五二・8　この夕べ！＝感嘆符の扱いは同前。

暁の死者

『聖家族』（一九四九年三月一日　第二輯）に発表され、『初期ノート』に収録され、『吉本隆明全著作集1』、『初期ノート増補版』、『吉本隆明全集撰I』、『吉本隆明初期詩集』、『吉本隆明全詩集』、文庫版『初期ノート』、『吉本隆明詩全集5』に再録された。

二五三・6　不思儀↑不思議＝初出によって校訂。
二五三・12－13　〈〉↑〔〕＝前項と同前。
二五四・3－10　〈〉↑〔〕＝前項と同前。

二五四・4　数数↑［初］数々

二五四・6　ひと重ね↑［初］ひと重さね

エリアンの詩

『詩文化』（一九四九年三月二〇日　第九号〈通巻三〇号〉）に発表され、『初期ノート』に収録され、『吉本隆明全著作集1』、『初期ノート増補版』、『吉本隆明全詩集』、文庫版『初期ノート』、『吉本隆明詩全集5』に再録された。初出では「長篇詩三人集」として長谷川龍生「山について」、宮田民雄「パプア族の乳を吸つて」とともに掲載され、「編輯後記」に「何れも一ケ年近い製作と発表の機をうかがつてゐた野心作」との言及がある。

二六六・10　賑やかな↑［初］賑かな

二六七・0－1の行アキ＝初出は行アキなしで、以後それが踏襲されてきたが、二段組み三ページに収めようとして生じた初出の組み間違いとみなして校訂した。

エリアンの手記と詩

　制作当時に発表されずに、『抒情の論理』（一九五九年六月三〇日、未来社刊）に収録され、新装版『抒情の論理』（一九六三年四月一五日、未来社刊）、『吉本隆明全著作集1』、『吉本隆明全集撰I』、『マチウ書試論・転向論』（一九九〇年一〇月一〇日、講談社文芸文庫、講談社刊）、『吉本隆明初期詩集』、『吉本隆明全詩集』、『吉本隆明詩全集5』に再録された。

(1)制作年代について

『抒情の論理』の「あとがき」で著者は次のように書いている。

「世の中には、生れたときから革命的な芸術家のような貌をしているのが、たくさんいて白々しくて仕方がないので、何としても初期の作品を収録したかった。そのため、「エリアンの手記と詩」、「異神」という初期の幼稚な創作（？）をとくにこの詩論集のなかにいれた。「エリアンの手記と詩」は、昭和二十一〜二十二年のあいだにかかれたと推定する。少年期から青年前期の印象を手記のかたちでくみたてたフィクションで、未発表のまましまってあった幼稚な原稿をこんどとりだした。」

　以後の年譜や書誌的な記述は、おそらくは著者自身による言明であるという理由と、二度も著者が繰り返した「幼稚な」という評価をさもありなんと受け入れてきたためこの制作年の推定を踏襲してきているとおもわれる。しかし、この「幼稚な」という言葉を正確に理解することはきわめてむずかしいことである。また後年の自筆年譜でも明らかなように（第九巻所収「略年譜」およびその解題参照）、著者の戦後数年間に関する記憶は、それを想起しようとすると、めまいにでも襲われるかのような年次と事項の間のずれと混乱を生じており、まず第一に著者の「推定」が検討される必要がある。

(a)「エリアン」と「エリアンの詩」

　著者は固有名詞とは別に、他人がじぶんをどう呼ぶかに強い関心を持っていた。少年期の残されているほぼ最初の詩は「「哲」の歌」であったが、それは学友たちのじぶんに対する呼び名（ニックネーム）を主格として書かれており、「哲」はペンネームですらあった。「エリアン」は英語のalien [éiljən]およびフランス語のaliéné [aljene]を念頭に名付けられているとおもわれるが、敗戦をまたいで青年となった著者が少年「哲」にじぶんで与えたニックネーム（自己他称）であり、「エリアンの手記と詩」の題詞にあるように、また「エリアンの詩」の節の表題にあるように、「エリアン」はこの世の「死者」として設定されている。

「エリアンの詩」という表題の詩は、前項の『詩文化』に発表されたもののほかに、この「エリアンの手記と詩」の第Ⅵ節から第Ⅷ節までの三節の表題として存在しており、いずれも「エリアン」とも「おまへ」ともよびかける「わたし」が主格として書かれている。また前項の「エリアンの詩」では四連から六連のまとまりをⅠからⅤまでの五つの節でわけ、「エリアンの手記と詩」の三つの節は三連ないし五連のまとまりを＊印でわけていて、形式的にもほぼ同様である。つまり『詩文化』発表の「エリアンの詩」も「エリアンの手記と詩」のなかの三つの節の「エリアンの詩」も、〈エリアンの詩〉という連作詩の一部とみなしうるものだとおもわれる。『詩文化』の「編輯後記」によれば「エリアンの詩」には「一ケ年近い」準備期間があったことになり、言葉どおりには受けとれなくてもある程度長いその期間に他の〈エリアンの詩〉も書かれていたかもしれない。しかしそれは一篇の長篇詩として構想された連作ということではなく、おそらくは「手記と詩」としての構想のなかにある連作であったとおもわれる。なぜなら「エリアンの詩」という節以外の「死者の時から」や「旅立ち」などの節に挿入されている行替えの詩篇もまたほとんどその連作の一部とみなしうるからである。あるいは「エリアンの詩」の制作の過程から「手記と詩」の構想に変容していったと考えるべきだろうか。（「エリアンの詩」の準備期間は「（海の風に）」の書き直しが終った後に接続しているとおもわれ、その後に別様に試みられた長篇の「海の詩」ということもできる。）

したがって、「エリアンの詩」はもちろん「エリアンの手記と詩」の主要な部分の書き出しは、どんなに遡っても一九四八年の後半より前には遡れないとおもわれる。

(b)「箴言Ⅰ」ノートとの関連

「エリアン」が数多く登場する書き物には、「エリアンの手記と詩」の他に、後出の「箴言Ⅰ」ノートがある。このノートは、じつは、後述のように最初に「エリアンの手記と詩」と表題されていたのを途中で抹消して最終的に「箴言Ⅰ」と書き直されている。ノートが書かれたのは一九五〇年の春であるから、書き出した時点では

「エリアンの手記と詩」という構想と表題をまだ保持していたことがわかるが、詩「エリアンの手記と詩」とはかなり異なった内容と性格の記述が多く含まれているので、詩「エリアンの手記と詩」をさらに別様に展開することを模索していたのではないかとおもわれる。

(c)表出記号としての感嘆符

「エリアンの手記と詩」にはかなりおびただしい感嘆符が強調の意を表出する記号として使われているが、著者が感嘆符を詩の表現として使用したのは、きわめて狭い期間に限定されている。最初が一九四七年の「(海はかはらぬ色で)」に二カ所〈 〉にくくられて出現し、最後が一九五二年の『固有時との対話』である。感嘆符を使用しないという後の判断はかなり意識的なものであったとおもわれる。(「〈手形〉詩篇」に二篇、七〇年代に三篇の使用の例外がある。)

一九四八年の「詩稿X」には感嘆符はまったく見られず、一九四八―五〇年の「残照篇」でも「街」一篇でしか使われていない。かなりの感嘆符が見られるようになるのは一九四八年一〇月の「青い並木の列に沿ひて」であり、もっとも甚だしい頻度で感嘆符が打たれているのが、「幻想的習作」、ランボーの原詩の一節を題詞に掲げている「夕の死者」、「暁の死者」など一九四九年の作品と「エリアンの詩」、「エリアンの手記と詩」なのである。

以上の諸点を考慮すると、「エリアンの手記と詩」はその一部が一九四八年に書き始められていた可能性はあるが、「エリアンの詩」よりも後にさらにつづけて一九四九年に書き継がれたと推定するのが妥当とおもわれる。

(2)自伝的背景

次に、単行本の「あとがき」で「少年期から青年前期の印象を手記のかたちでくみたてたフィクション」と書き、後にもたびたびこの詩の背景となった私塾とその教師について回想的な言及をしていることに触れておきたい。「イザベル・オト先生」は私塾の教師・今氏乙治、「ミリカ」はそこへ通う「同年代の女生徒たち」の一人がモデルとされている。

著者自身の書いたものに「過去についての自註」(『初期ノート』一九六四年六月三〇日)、「背景の記憶」(『吉本隆明初期詩集』一九九二年一〇月一〇日)、語ったものでは「吉本隆明が語る戦後55年　わが少年時代と「少年期」」(談話収録一九九六年六月二〇日、二〇〇三年三月一〇日、三交社刊)などがある。

今氏は一九〇二年に東京市深川区に生まれ、一九二六年に早稲田大学文学部を卒業し、卒業後、門前仲町に学習塾を開いた。著者が通ったのは、一九三四年佃島尋常小学校四年生の春から、一九四〇年府立化学工業学校四年生までの六年間であったが、今氏は、一九四五年三月の東京大空襲で家族ともども四十二歳で亡くなっている。

今氏塾と今氏乙治については、石関善治郎『吉本隆明の東京』(二〇〇五年一二月二〇日、作品社刊)が、今氏の大学時代の作品と年譜的事項については、『新編　今氏乙治作品集』(二〇〇八年五月一〇日、二分冊、宿沢あぐり編集・発行)がそれぞれ詳細に調査、蒐集している。

著者は「過去についての自註」で次のように書いている。

「わたしの、「個」の黄金時代を象徴するのはひとりの私塾の教師、無名の教師である。かれは(と呼んでいいであろう。その教師が戦災死した年齢は、ほぼ、わたしの現在の年齢またはそれ以下である)、国語から数学、外国語にいたる万般について、ほぼ中学校(現在の高校)の高学年にいたるまでの全課程をわたしたちに教えることができ、野球から水泳にいたる全スポーツについて教えることができた。いまでは理解できそうだが、かれの万能は、何よりも才能の問題ではなく、自己の生涯をいかにして埋葬することができたか、の所産であった。(中略)

やがて、わたしは塾生の高学年になったころ、学習とかれの塾の「勉強部屋」につまれた文学書や哲学書を雑読することが相半し、「書く」ということを覚えはじめた。(中略)

わたしの回想では、この「書く」ということの初発性は、「性」的な示威の初発性と偶然にか必然にか一致している。その私塾には同年代の女生徒がほぼ同数おり、その雰囲気は自由であった。「性」的駘蕩と禁欲的な勉学とが拮抗し、いずれが勝利をうるのか、じぶん自身にも判断できない状態にあった。その均衡がひとつの黄金時代の象徴であり、それは敗戦によって黄金時代が切断されるまで破れることはなかった。」

「背景の記憶」では次のように書いている。

「文学の手ほどきと手習いは、今氏先生なしにはわたしには不可能だった。ここは文学の揺籃の場所であり、また勉強にきていた同年代の女生徒たちと雰囲気を接する場所だった。おおげさにいうと自由とは何かを軍国時代に教えられた稀有な場所で、(中略)「エリアンの手記と詩」を中心にした詩篇が、物語化(劇化)して保存されなければならなかった内心のモチーフは、この揺籃の時期と場所をまばゆいものと感じていたからだとおもう。」

また談話「わが少年時代と「少年期」」で次のように語っている。

「その頃は思春期に入っていますから、好きになったことが行動に現れるほどの度胸はなかったのですが、何となく気配というか、感じ方でちゃんと相手に通ずると思っているわけです。向こうも決してそんなに悪い感じはもってないとわかる。そういう感じ方の関係もあるわけです。

その時は塾の先生にいろいろなことがあって、奥さんが病気であるとか、子どもさんが小学校に通うようになったけれど病弱であるとか、いろいろ内的なことも重なって、その先生が何となく女子校の生徒さんに好意をもつみたいなことがあったのです。そういうのは敏感にわかりました。

結局、僕はどこで切れたかといえば、卒業して、山形県米沢市の高等工業学校の寮生活に入ったことで、もうほとんど切れてしまいました。手紙を直接にはやれないので、その先生に、今の状態や周囲のことや町はこうですと書いて便りを出す時に、一緒に同封して、これを渡してくれないかという形でしか交渉はなかった。それでこちらとしては何となく終わったという感じをもったのです。（中略）

「エリアンの手記と詩」というのは、元の影響はジイドの「アンドレ・ワルテルの手記」ですが、感性としては堀辰雄とか立原道造の作品の延長線で、それを模倣して、きれいな世界を作るということがモチーフにあって書いた作品です。」

当時の著者との交渉はなかったが、同じ私塾に通っていた北村太郎は「今氏先生のこと」（『現代詩手帖8月臨時増刊　吉本隆明』（一九七二年八月一五日、思潮社発行）で次のように書いている。

「今氏先生は、伝法な話し方もされたが、（中略）どうしても「先生」と呼びたいような礼儀正しさ、古風さが、たしかに先生ご自身のまわりにあったと思う。先生には美しい、しとやかな奥様がおられた。（中略）

わたくしが最後に先生にお会いしたのは、外語の三年生のとき、一九四三年（昭和十八年）の十一月である。海軍にはいることに決まって、ある夜、ふと今氏先生にお会いしてお別れを申上げたくなり、門前仲町のお宅に伺った。相変らず暗い電灯の下で、先生は、きげんよく明るいほうに大きな目を向けている可愛らしい赤ちゃんを抱き、わたくしにいわれた。「赤ん坊の目ってえのは、実にきれいです。東条（英機）さんもたいへんだと思いますが、このきれいな目を守るためには、何としてでも戦争に勝たなきゃなりませんよ。きみも戦争にいってごくろうさんですが、赤ん坊のきれいな目を守るためなら、ぼくだって何でもやりまさあ。」おおよそ、このようなおことばであった。わたくしはほとんど無言であった。役人や兵隊や憲兵をひどく嫌っておられた先生が、このようにいわれたことに、たしかにわたくしは、ある時代の重さを感じたのである。しかし、先生の赤ちゃんの目は、実にきれいであったし、先生のうるんだ目の光は、むかしのままに真率であった。」

「女子校の生徒」であった女性は後に川上春雄の問い合わせに次のように返信している（一九七四年三月）。

「私が共に青空塾で学びましたのは僅か二年足らずで、お席も男女別々でございましたので、言葉を交わす事もなく、年齢は同じでも、とても高く遠い所に居らっしゃる方のように思って、たゞ〳〵尊敬して居た丈という所でございました。（中略）「相対性原理」という題の難かしい詩、「木場町は木の香りがする……」と云う出だしで始まる詩、「プラタナスの実落せ……」という明るい感じの詩等々」

「私が拝見したのは原稿用紙十枚程を綴じたもの二冊で、内容は別々のものです。前に書きました様に最初のは先生が内緒で見せて下さったのですが、それを吉本さんが後で知って憤慨なさったそうで、二度目には詩集の始めに小さな字で「〇〇君、今度は僕が見て下さいと云うのですから、是非読んで下さい。そうして批評して下さい。」と書いて下さいましたので、お借りして家に持ち帰り何度も読みました。三つの詩はおそらくその時のものだったと思います。（中略）

何分にも私の塾におりました期間が短かく、直接文学論などを伺った事もなく、先生を媒体としての吉本さんしか私にはございません。先生はあの方の才能を認めて居らっしゃり、又尊敬もして居らっしゃいました。」

(3)表記について

「エリアンの手記と詩」は制作時に発表されず『抒情の論理』に収録されたため、単行本での方針で新仮名遣いに変更されている。しかしこの時期の著者は旧仮名遣いと新仮名遣いを併用・混用しており、そのことは「エリアンの詩」を見れば明らかなことだが、本全集では、「エリアンの詩」およびこの時期の詩、散文での仮名遣いと用字を参照して、一部を除いて旧仮名遣いに変更し、用字も改めた。

他の校訂個処その他は以下の通りである。

二五九・17、二六〇・12　被いで＝古語の「被《かつ》く」を使用しているとおもわれる。三四・12、五九五・2、六〇〇・6、七〇〇・2にもある。

二六三・4　怖れてゐた　如何に←怖れていた。如何に＝初出によって字アキに校訂。

二六三・10　物愁《さび》し＝ルビは文庫版『初期詩集』による。

二六四・12、二六八・7、二八三・8　相《すがた》＝ルビは文庫版『初期詩集』による。

二六五・16　エホバの神さま?〉――＝他に合わせてダーシを補った。

二六八・8　遠退《の》いて＝ルビは文庫版『初期詩集』による。

二七一・19　益々←増々＝『全集撰1』と文庫版『初期詩集』による。著者は「箴言」ノートなどでもしばしば「増々」と表記している。

二七五・17　ほうへ……＝初出によってリーダーを補った。

二七七・6－7の間の行アキ＝初出のノドの行アキが見落とされてきたのを校訂。

二八〇・15－16の間の行アキ＝初出のノドの行アキが見落とされてきたのを校訂。

二八三・9　後相《うしろすがた》＝ルビは文庫版『初期詩集』による。

錯倒

『詩文化』（一九四九年五月二〇日　第一一号〈通巻三二号〉）に発表され、『初期ノート』に収録され、『初期ノート増補版』、『吉本隆明全著作集15』、『吉本隆明全詩集』、文庫版『初期ノート』、『吉本隆明詩全集1』に再録された。

二九〇・4　唱声←唄声＝初出により校訂。

二九一・7　悲しみたち！〉＝閉じの山カギを補った。

二九二・5　さらば　自縛の←さらば自縛の＝字アキは初出により校訂。

緑の聖餐

『聖家族』（一九四九年六月一日　第三輯）に発表され、ユリイカ版『吉本隆明詩集』に収録され、思潮社版『吉本隆明詩集』、『吉本隆明全著作集1』、『吉本隆明全集撰I』、『吉本隆明初期詩集』、『吉本隆明全詩集』、『吉本隆明詩全集5』に再録された。

二九三・5、二九四・5　陰翳《かげ》＝ルビはユリイカ版詩集で削除されたが、『全著作集1』で元に戻された。

二九三・10　はなしておくれ！＝感嘆符はユリイカ版詩集で削除されたが、『全著作集1』で元に戻された。

二九三・12　名告《なの》つて＝ルビの扱いは同前。

二九四・5　陰翳《かげ》たち！＝ルビと感嘆符の扱いは同前。

一九四九年冬

『詩文化』（一九五〇年四月一日　第一七号〈通巻三八号〉）に発表され、『初期ノート』に収録され、『吉本隆明全著作集1』、『初期ノート増補版』、『吉本隆明全詩集』、文庫版『初期ノート』、『吉本隆明詩全集5』に再録された。

　かなりの数の行末に句点を打っているところが、著者の詩としてはめずらしい。初出は下段にエッセイが組まれ、上段に詩が組まれるようにレイアウトされているが、著者の詩は長かったためか上段をさらに二段に組んで見開きに収めており、組みを動かしたための緩みや間違いがあるように見え、改段、改ページその他の個処の行アキも判断がむずかしい。『初期ノート』で校訂されたが、なお疑問があり変更した個処もある。

二九六・3－4の間の行アキ＝初出二段組みの改段冒頭で行アキなしを『初期ノート』以降行アキに校訂。

二九六・8－9の間の行アキを詰め、13－14の間を一行アキとする。＝初出の行アキ個処にずれがあり、句点を打つ場合はパラグラフの初行ないし末行に打っているとみなした。

二九六・17－18の間＝初出の改ページ冒頭で『初期ノート』以降行アキに校訂しているが、初出どおりアキなしとみなした。

二九七・2　期望＝著者特有の用字のひとつ。

二九七・18－19の間＝初出の改段冒頭で行アキなしを『初

期ノート』以降行アキに校訂しているが、初出どおりアキなしとみなした。

二八・6－7の間＝前記の理由で行アキとした。

青い帽子の歌

『詩文化』（一九五〇年一一月一日　第二一号〈通巻四二号〉）に発表され、『初期ノート』に収録され、『初期ノート増補版』、『吉本隆明全著作集15』、『吉本隆明全詩集』、文庫版『初期ノート』、『吉本隆明詩全集1』に再録された。

地底の夜の歌――少年たちに――

『大岡山文学』（一九五〇年一一月二五日　第八七号、東京工業大学文芸部発行）に発表され、『自立の思想的拠点』（一九六六年一〇月二〇日、徳間書店刊）に収録され、『吉本隆明全著作集1』、『吉本隆明全詩集』、『吉本隆明詩全集5』に再録された。発表された詩で最終行の末尾に句点が打たれているのはこの詩が最後である。異稿の「〈地底の夜の歌〉」が「日時計篇」（上）にある。

影の別離の歌

　前項と同じ『大岡山文学』に発表され、『自立の思想的拠点』に収録され、『吉本隆明全詩集』、『吉本隆明詩全集1』に再録された。『固有時との対話』の「附記」に「この作品のうちの二三の節は一篇の詩として大岡山文学」に発表したとことわられているが、「日時計篇」（上）の「〈光のうちとそとの歌〉」の異稿にあたり、『固有時との対話』本文（第四巻一三－一四ページ）とは細かな異同がかなりある。

Ⅲ

詩と科学との問題

『詩文化』（一九四九年二月一五日　第八号〈通巻二九号〉）に発表され、『擬制の終焉』（一九六二年六月三〇日、現代思潮社刊）に収録され、『吉本隆明全著作集5』（一九七〇年六月二五日、勁草書房刊）に再録された。初出の末尾に「(了)」とあった。初出はほぼ旧仮名遣いの表記であったが、単行本収録のさいに新仮名遣いに改められ、句読点が通常の使用法に校訂された。『全著作集5』再録の際に「初出文を尊重して、用字用語の復原を志向し」てほぼ歴史的仮名遣いに校訂された。第一巻の解題でも触れたように、著者の読点、句点、字アキはこの時期も代替的で、通常、句点を使いそうな個処を読点で通し、字アキをあまり作らずに息の長い文を作っていることが多く、それが初出には反映していたとおもわれるが、仮名遣いのみ初出に戻された。

　川上春雄は『全著作集5』の次項の解題で「当時著者の習慣では、原稿は歴史的かなづかいを使用したものと推定される」としているが、実際には、歴史的仮名遣いの使用を強く意識した場合は別として、かなり新仮名遣いが混用されているので、この項を含めて以下三編は著者の表記としては、いささか「正しい」歴史的仮名遣いになりすぎているように感じられる。

ラムボオ若くはカール・マルクスの方法に就ての諸註

『詩文化』（一九四九年八月二〇日　第一三号〈通巻三四号〉）に発表され、『擬制の終焉』に収録され、『吉本隆明全著作集5』、『カール・マルクス』（二〇〇六年三月二〇日、光文社文庫、光文社刊）に再録された。初出の末尾に「(了)」とあった。表題の人名、語句の表記に単行本で異同が生じたが、『全著作集5』再録の際に初出本文での表題表記に校訂された。初出は歴史的仮名遣いと新仮名遣いが混用、というよりも初出誌の新仮名遣いへの原稿手直しが不徹底であることによる混在がある。単行本収録のさいに新仮名遣いに変更されたが、前項と同様の理由で、『全著作集5』再録の際にほぼ歴史的仮名遣いに校訂された。句読点の処理も同様である。文庫本は単行本を底本としているが、本全集は全著作集版を底本とした。

方法的思想の問題――反ヴァレリイ論――

『詩文化』（一九四九年一一月二〇日　第一五号〈通巻三六号〉）に発表され、『擬制の終焉』に収録され、『吉本隆明全著作集5』に再録された。初出の末尾に「(了)」とあった。初出、単行本は新仮名遣いの表記であったが、前述の理由で、『全著作集5』再録の際に旧仮名遣いに校訂された。句読点の処理も同様である。

安西冬衛論

『現代詩』（一九五〇年六月一日　六月号　第五巻〈通巻三七集〉、詩と詩人社発行）に発表され、『吉本隆明全著作集7』（一九六八年一一月二〇日、勁草書房刊）に収録された。初出の末尾に「(了)」とあった。文中の引用出典にある「死語」は安西冬衛が『詩文化』に連載していた「死語発掘人の手記」の略記で漢数字は連載回数。

三三九・8　明晰↑明析＝著者はしばしば「析」を用いているが、改めた。三九二・3の註参照。

現代詩における感性と現実の秩序――詩人Aへの手紙――

『大岡山文学』（一九五〇年一一月二五日　第八七号）に発表され、『自立の思想的拠点』に収録され、『吉本隆明全著作集5』に再録された。「A」は末尾近くの記述から、安東次男であることがわかる。

Ⅳ

覚書Ⅰ
箴言Ⅰ
箴言Ⅱ

この三つのノートははじめて『初期ノート』（一九六四年六月三〇日）に収録され、のち『初期ノート増補版』（一九七〇年八月一日）、『吉本隆明全著作集15』（一九七四年五月二〇日）、文庫版『初期ノート』（二〇〇六年七月二〇日）に再録された。「覚書Ⅰ」の「一九四四

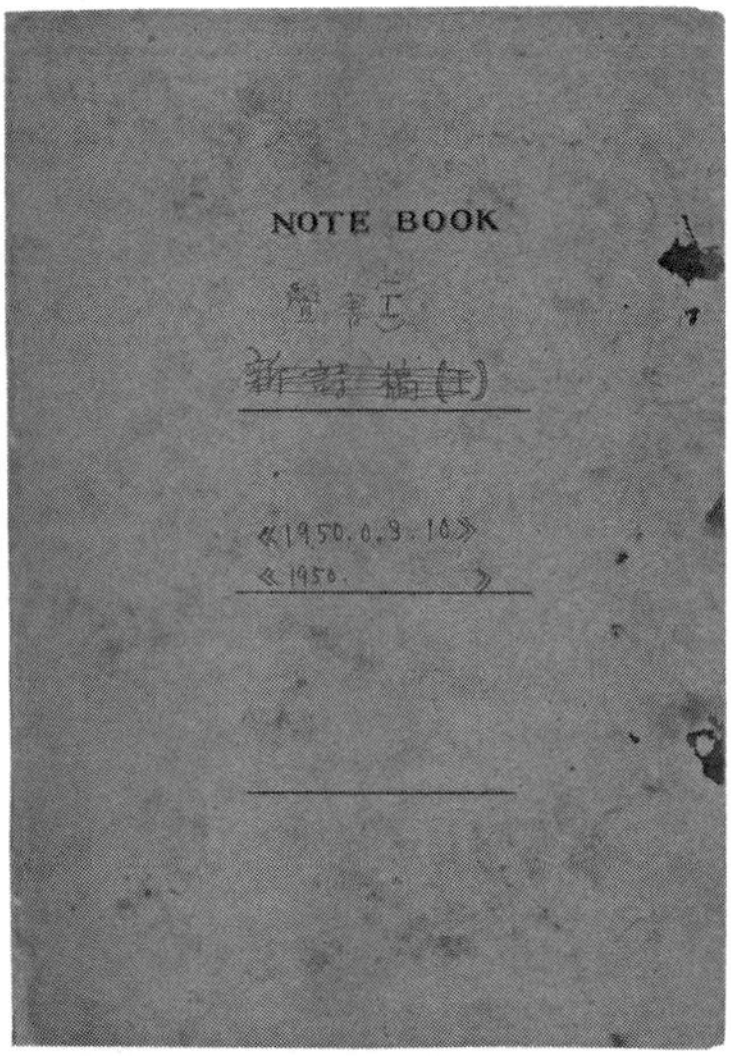

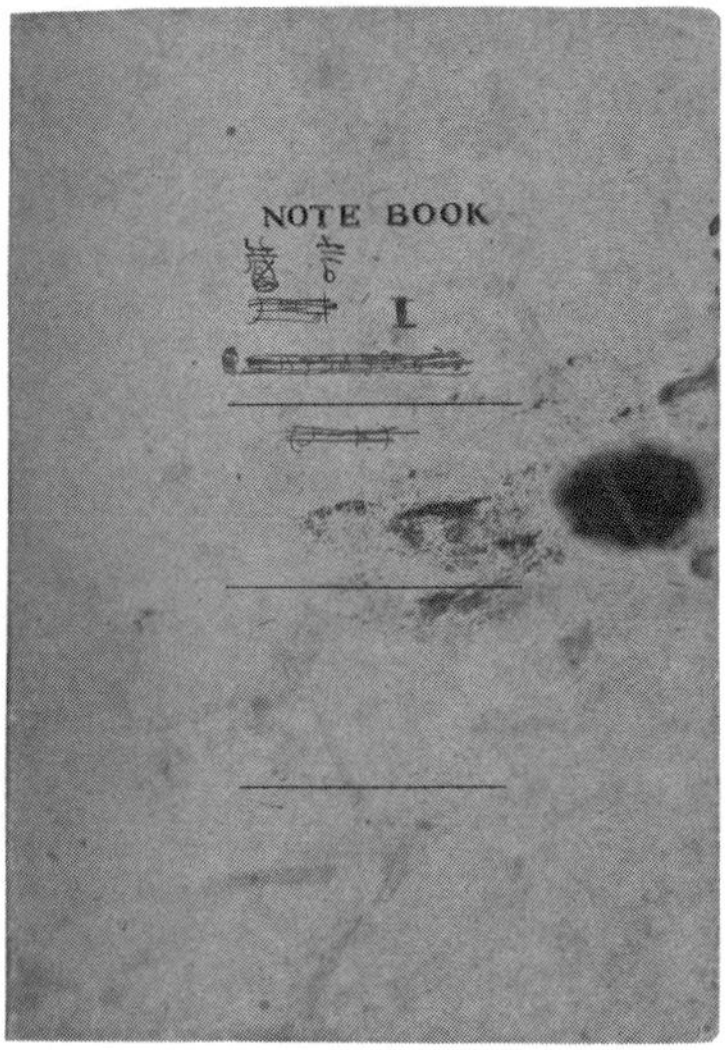

年晩夏」、「夕ぐれと夜との独白Ⅰ」と「箴言Ⅰ」の「エリアンの感想の断片Ⅰ」は、『初期ノート』収録に先立って、「未発表ノートから」の表題で『現代詩手帖』（一九六二年五月号　第五巻第五号、思潮社発行）に掲載され、「箴言Ⅰ」の「［カール・マルクス小影］」は文庫版『カール・マルクス』にも再録された。

これまでと原文のおこし方を改めた点を最初にあげておく。

(a)「覚書Ⅰ」と「箴言Ⅰ」には記述の重複があり、『初期ノート』では二冊のノートの間で編集上の調整がほどこされているが、ノートごとにすべて原文どおりにおこした。

(b)『初期ノート』では省略されたが、「覚書Ⅰ」ノートの末尾に記載されている記述をそのままおこした。

(c)「箴言Ⅰ」ノートには文字が滲んで判読しづらくなっている個処があり、またその個処の一部を含めて『初期ノート』では省略されている個処がかなりあるが、判読できるかぎりはすべておこした。

(d)『初期ノート』ではすべての文に句読点を打って校訂しているが、原文はほとんどが字アキでつなげられていて、句読点はほんのわずかしか使用されておらず、その表記を尊重して復元した。

「過去についての自註」で著者は次のように書いている。

「一行の詩もかけない時期に、雑多な書物を読んでは、独語をノートにかきつけた。それが、わたしの『初期ノート』の主要部を形作っている。もし、わたし以外の人物が、このノートを精読されるならば、現在のわたしの思想的原型は、すべて凝縮された形でこの中に籠められていることを知るはずである。」

『初期ノート』をまとめることになった時に、その中核に三冊のノートをすえようとしたことがはっきり言明されており、編集上の調整も、それを読者に伝えるための便宜的な配慮であったと思われるが、本全集では原型どおりに再現することがよりこのノートの重要性を明らかにしうると判断した。

(1)ノートの形状、筆記具など

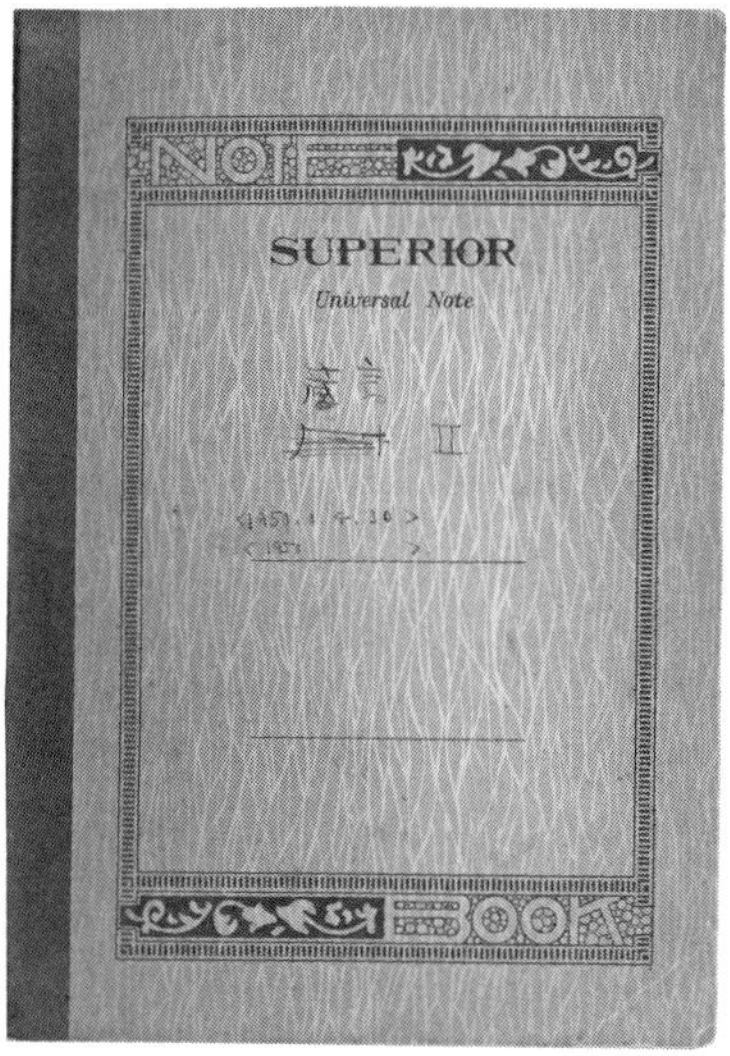

「覚書Ⅰ」、「箴言Ⅰ」のノートには、まったく同じ市販の背当てのないA５判のノートが使用されている。表紙にブラックで横組に「NOTE BOOK」と印刷され、その下に等間隔でブラックの罫線が三本引かれている。本文用紙には罫線が引かれていてそれを縦書きに使用している。

「覚書Ⅰ」の表紙は、罫線の上にはじめ「新詩稿〈(Ⅰ)〉」と書いたのを抹消して、「覚書」と書き直され、二本目の罫線の上には《1950.03.10》／《1950.　　》と二列に、いずれもブルーのボールペンで横書きされている。さらに「覚書」の後にブルーブラックインクのペンで「(Ⅰ)」と加えられている。本文の主要な部分はブルーブラックインクのペンで書かれている。白ページが、頭に二丁、間に八丁、末尾に一丁ある。

「箴言Ⅰ」の表紙は、いずれもブルーのボールペンではじめ罫線の上に「エリアンの手記と詩」、下に「(ノート)」と横書きしたのをともに抹消して、「ノートⅠ」と書き直され、さらにその「ノート」を抹消してブルーブラックインクで「箴言」と書き直されている。本文は半ばすぎまではブルーブラックのボールペンで、「形而上学ニツイテノNOTE」の直前からブルーのボールペンで、後半の「〈原理の照明〉」の節からブルーブラックインクのペンで書かれている。白ページが末尾に一丁ある。

「箴言Ⅱ」は異なった市販の背当てのあるA５判のノートが使用され、細い線状の模様を白抜きにして薄い緑で印刷された表紙には絵柄のついた枠取りがあり、その中に二列に「SUPERIOR／*Universal Note*」と、さらにその下部に間を空けて二本の罫線が印刷されている。いずれも焦げ茶で印刷されている。罫線の上にはじめ「ノートⅡ」、少し間を空けて〈1951.14.30〉／〈1950　〉と二列に、いずれもブルーブラックインクのペンで書かれ、「ノート」を抹消して「箴言」と書き直されている。本文用紙には罫線が引かれていてそれを縦書きに使用している。本文も同じブルーブラックインクのペンで書かれている。白ページが頭に一丁、末尾に二十二丁ある。

筆記具の相違から、「箴言」の表題は「箴言Ⅱ」ノートが書き始められたあとで命名されたことが解る。

(2)ノートが書かれた時期

「覚書Ⅰ」は、表紙の年月日の記載と本文の「夕ぐれと夜との独白」のパラグラフのまとまりごとの末尾にある日時の記載「三月＊日」から、一九五〇年三月と考えて間違いはないとおもわれる。途中で記述を継続することは放棄され、残りのページはメモや読書に関連するノートとして使われ、なお余白ページが多く残されている。「箴言Ⅰ」は、文中半ばに「昨日　ミリカの家の方を訪れた　母のみ。(一九五〇・四・二)」とあり、末尾に「一九五〇・四・三〇」とあるので、「覚書Ⅰ」が放棄された後、あるいは途中の三月から書き始められ、四月末まで書き継がれたとおもわれる。

「箴言Ⅱ」は、表紙の記載が「箴言Ⅰ」本文末尾の日付と合致しており、接続して書き始められたとおもわれる。

川上春雄は『全著作集15』の解題で「末尾の「第二詩集の序詞」に含まれる日付が「(一九五二・一〇・〇七)」とあるため、執筆時期を昭和二十五年から二十七年とせざるを得ないが、二十七年に書かれた文章は、じつは、「第二詩集の序詞」一編のみと推定される。」と書いている。ではいつまで書かれたかだが、後半部に「一九五〇年六月下旬、南北鮮戦端開く」とあり、これまでにノートが書き継がれてきた期間がごく短いことと、「日時計篇」が書き始められたと推定される一九五〇年八月頃から十二月二十二日の記載がある前半部最後の詩篇まで、ほぼ毎日のように書き継がれたことを考慮すると、「箴言Ⅱ」は「日時計篇」が書き始められる前に終わっていたと推定するのが自然に思える。そうであれば「一九五〇年六月下旬」の記述がある次の節は「〈詩集序文のためのノート〉」であり、これは『固有時との対話』の後「註」の初期形をなしていて、詩集の題詞の日付は「〈*1950.12*〉」だから（第四巻解題参照）、詩集の初期形を多く含む「日時計篇」を書きはじめる前に（あるいは、かりに「箴言Ⅱ」の書き終わりと「日時計篇」の書きはじめに重複があったとしても書きはじめてすぐの時点で）、すでに詩集の構想を持っていたことになる。

また川上を当惑させた「末尾の「第二詩集の序詞」の日付」は、どこまでも当惑させる日付ではある。ここで「第二詩集」とよばれているものが『転位のための十篇』を指しているのであれば、日付は符合していることになるが、一九五〇年の時点であれば、別の「第二詩集」だったのではないか、誤記であるかもしれない、という憶測も浮んでくる。確定的なことはいえないが、筆記具も筆跡もほとんど変化はなく二年の間を置いて末尾の節だけが書き加えられたようには見えないからでもある。

(3)ノートの内容的な関連と「エリアンの手記と詩」との関連

「覚書Ⅰ」は、最初に「一九四四年晩夏」とそれに続けて本全集ではじめて収録するその異稿が書かれている。冒頭に「七月＊日」の日付をもって緊密に書かれていて、どちらとも決定稿とされずにそのままにされている。「エリアンの手記と詩」の散文詩の部分と同じように、「僕」が主格として書かれているが、「エリアン」も「オト先生」も「ミリカ」も登場せず、それにあたる人物として「老人」とその孫娘の「留美」が登場する。二つ目の「七月＊日」の項では、「留美」は「僕」を「穢里耶」と呼んでいて、異なった三人の人物構成で、「新詩稿」を作ろうとしていたことがうかがえる。次の「夕ぐれと夜との独白」は「僕」だけが主格として登場し、後述のように「箴言Ⅰ」との重複も多い。

また「エリアンの手記と詩」の項で引用した「「エリアンの手記と詩」というのは、元の影響はジイドの「アンドレ・ワルテルの手記」です」という著者の談話は、この「覚書Ⅰ」のいくつかのパラグラフのまとまりを「七月＊日」とか「三月＊日」という日付でつなげて行く形式にもその「影響」がうかがえるように思われる。なお「一九四四年晩夏」は『固有時との対話』一六・16－一七・17（第四巻のページ数・行数）の《　》でくられた個処の遠い初期形を含んでいる。

「箴言Ⅰ」は多くの節を立てて書き継がれ、その間に『初期ノート』で内容に即して補われた節（それは補記カッコで表示した）も立てられている。「覚書Ⅰ」とは異なって「エリアン」がしばしば登場するが、それは一九四二、三年頃の「エリアン」ではなく、このノートが書かれている一九五〇年の「僕」の分身としてである。はじめはフィクショナルな性格を帯びた文章とともにいるが、やがて間もなく姿を消している。またさきに引用した「昨日　ミリカの家の方を訪れた　母のみ。」につづけて「下町は亡霊が蘇えつたやうに、昔のままになつてゐた（中略）ただオト先生の家だけがそこになかつた」とあるが、「ミリカ」も「オト先生」もここだけにしか登場しない。他方で「覚書Ⅰ」の「老人」と「少女」をめぐる「説話」の試みはいくつもの節で書き続けられ、「老人」は「先生」とも呼ばれている。また前述のように「夕ぐれと夜との独白」のかなりの個処が再び使われている。

「僕」という主格で記述されているが、「僕ら」、「僕たち」という複数形の主格も出てくるようになっている。「箴言Ⅱ」は、「箴言Ⅰ」にはさまれていた創作的な記述はいっさいなく、すべて断章的な箴言になっている。「エリアン」たちは出てこない。「僕ら」、「我々」、「われわれ」という複数形の主格で記述される文章が多くなってきている。

　以上の(1)、(2)、(3)の諸点を考慮した上で、はじめに引用した「過去についての自註」に戻ってみたい。「一行の詩もかけない時期」というのは、短い期間に多くの詩を書きつづけていた、またこれらのノートの直後に「日時計篇」を猛然と書きはじめた著者だからこその無意識の強調があるように思われる。一九五〇年に入ってから発表された「一九四九年冬」もあり、「残照篇」の後半は一九五〇年に入ってからの作品であるので、著者の言明はたしかにこの三冊のノートの書かれた時期に該当しているが、それはほぼ五カ月ほどの期間になる。

　またノートは「独白」だけではなく、むしろ当初は「エリアンの手記と詩」の延長にまた別様の人物配置で物語的な散文詩を試みる「新詩稿」として始まり、それは二冊目のノートにはいっても散文的「独白」と拮抗しながら最後まで追求されていた。「独白」自体も「アンドレ・ワルテルの手記」の形式の「影響」に発しているということも可能である。また「エリアン」は二冊目のノートのはじめでは一九五〇年の「僕」の分身としてフィクションの登場人物になりそうな気配をほんのわずかだけ漂わせたが、「僕」の独白的な「箴言」の後景に消えている。

　つまり、この三冊のノートに著者の「思想的原型」が「すべて凝縮された形でこの中に籠められている」ということは、「新詩稿」を形成する一つの試みと一つの気配が溶暗してゆく過程を含んでいるとおもわれる。

　(4)冒頭に触れた「覚書Ⅰ」と「箴言Ⅰ」の重複個処、『初期ノート』との主な異同などの本文に関する註を記す。

三五五―三五六　一九四四年晩夏［異稿］＝本全集ではじめて起こした。

三五九・4―三六〇・3　［異稿］＝この部分は、三五七・16―三五九・3の〈　〉にくくられた部分が書かれているノートの間に、同じノートの一枚に書かれてはさまれている。（冒頭欄外に「記」とある。）

三五九・5―15　老人が何故僕に……了解することが出来た＝「箴言Ⅰ」四四二・5―12に対応する文章がある。

三六〇・5―三六一・4　老人が最初の……やうなものであつた、＝「箴言Ⅰ」四四五・10―四四六・11に対応する文章がある。

三六三・1―4　予望のやうに……と考へる＝『初期ノート』では省かれている。うしろ三行は詩「時のなかの死」（一九六〇年）に引用されている。また「箴言Ⅰ」

の三八五·8–11に対応する文章がある。

三六三·9–10　虚無は霧のやうに……樹木がその間を棒杭のやうに林立してゐる＝『初期ノート』では「樹木がその間を」は「樹木は」と手直しされている。「箴言Ⅰ」の四二一·5に対応する文章がある。

三六三·10　僕の嗤ひは何処を移動してゐるだらう＝『初期ノート』では「箴言Ⅰ」の四二一·6の対応する文章「そのなかに人々が嗤ひのやうに移動してゐた。」に差し替えられている。

三六三·11　眼を覚ませ！＝『初期ノート』では省かれている。

三六三·17　街々は……ひかつてゐる＝二つのセンテンスはそれぞれブルーのボールペンで丸く囲われている。「箴言Ⅰ」の四一七·8に同文がある。

三六四·4–7　精神は閉ぢられてゐて　誰に対しても開かない、……〈精神を仕事に従はせること〉＝「時のなかの死」に引用されている。『初期ノート』では最初のセンテンスが省かれている。後につづく文章は「箴言Ⅰ」の三九九·11–15と対応していて、そのうしろ二行がここに移されている。

三六五·2–6　……生れ、婚姻し、子を生み、……やめてくれるように……＝「箴言Ⅰ」の三五五·3–8に対応する文章がある。

三六五·8–10　一日の出来事の浮沈に……血肉化しようとしてゐる……＝「箴言Ⅰ」の四一〇·5–7に対応する文章がある。

三六六·7　風は柔らかになつた　僕の心は険しいままくるまれてゐる＝「箴言Ⅰ」の三九八·1に対応する文章があり、『初期ノート』ではその末尾の語句「柔らかいもので。」がここに移されている。

三六六·8–13　そして魔神は僕に告げるのだ……だが僕は飛翔しなかつたのだ……＝『初期ノート』では省かれている。「箴言Ⅰ」の三九八·3–7に対応する文章がある。

三七〇·7　遠くの方は海、海のおもてを渡る風、＝「箴言Ⅰ」の四二一·10にほぼ同文がある。

三七一·6–8　死はこれを……だけだらう＝「時のなかの死」に引用されている。「覚書Ⅰ」として書かれたのはここまでで、以下は異なった時点でのメモになっている。

三七二·1　〈墓掘人を憎む歌〉＝三七一ページまでと同じ筆記具で書かれている。「日時計篇」（下）の同題の詩の冒頭部の初期形と思われる。

三七三·1–16はブルーのボールペンで書かれている。

三七三·14　擬牧歌＝同題の詩が「日時計篇」（上）六三一ページにある。

三七四·1–三七六·7はブルーインクのペンで横書きされている。三七七ページとの間に白ページが八丁ある。

三七七–三七八はブルーのボールペンで書かれている。ノートの末尾から逆向きに書かれている。表題の下に「〈一九五〇・八・〉」の記載がある。

三八六・11－12　正系主義が……オッペンハイマア）＝『初期ノート』では省かれている。

三八九・11－15　秘やかに……以下でもないのだから＝『初期ノート』では省かれている。

三九二・3　明析＝ノートなので原文ママとした。

三九三・11　夢はまさしく……やつたときでも。＝『初期ノート』では省かれている。

三九四・9－12　怠惰とは……なにもなかつた＝『初期ノート』では省かれている。

三九五・3－8　夕ぐれが来た……やめてくれるように。＝『初期ノート』では省かれている。

三九六・4　夕ぐれが来た……凄惨な心象＝『初期ノート』では省かれている。

三九七・5－9　春の嵐だ……もう見出せない＝『初期ノート』では省かれている。

三九七・11－12　友よ……書いてある＝『初期ノート』では省かれている。

三九八・1－7　風は柔らかになつた……かもしれない＝『初期ノート』では省かれている。

四〇九・13－四一〇・7　僕には最後の……骨肉化しようとしてゐる＝『初期ノート』では省かれている。

四一一・5－8　虚無は霧のやうに……立去るもののやうだ＝『初期ノート』では省かれている。

四一一・13－四一二・2　眼を覚ませ……吊してあつた＝『初期ノート』では省かれている。

四一二・5　僕は……慾する＝『初期ノート』では省かれている。

四一三・4－5　これは事実であるが、……視てゐるのだ＝『初期ノート』では省かれている。

四一四・6－7　青春とは……お目にかかりたい＝『初期ノート』では省かれている。

四一四・11　あらゆる撰択の……とつておきのものとします＝『初期ノート』では省かれている。

四一五・9－12　悲しみは……稀です＝『初期ノート』では省かれている。

四一五・13　愛←夢＝原文によって校訂。

四一七・8　街々は亡霊で……ひかつてゐる＝『初期ノート』では省かれている。

四一七・9　不安ほど寂しいものはない＝『初期ノート』では次の老人の科白の後におかれている。

四一七・14　〈奇怪な夢を……飲めばいい〉＝『初期ノート』では省かれている。

四一八・1－4　そして一日のうち……焼け落ちようとしてゐた＝『初期ノート』では省かれている。

四一八・6　僕は……かぶり直した＝『初期ノート』では省かれている。

四二〇・8―四二一・2　〈春の嵐〉／風は今日……思はれる＝『初期ノート』では省かれている。

四二一・2―3　やがて痛手は……化するものだ＝『初期ノート』では省かれている。

四三〇・15　倦まざらん＝原文は「倦」だが改めた。「日時計篇」の五二六ページ「倦怠」の註参照。

四三四・3―4　友らはやがて……営むだらう＝『初期ノート』では前ページ四三三・8「若し社会なるものが……」の前に移されている。

四三六・4　僕は……信じられない＝『初期ノート』では省かれている。

四四八・9―11　悲しみは無数の……願ふものだ＝原文では表題の前のページ冒頭に書かれているが、『初期ノート』で前項のつづきではなく、この項の冒頭とみなされた。

四六七・1―7　いつか寂しいと……お目にかかることでせう！＝『初期ノート』では二〇字折り返しで組まれている。

四七〇・5　アジアの精神の風土＝「精神の」は原文によって補った。

四七二・9　方法的な制覇は……制覇を生む、＝『初期ノート』では省かれている。

四七五・14―四七六・4　わたしたちは……いつもあるだけだ＝『初期ノート』では次ページのこの節の末尾に移されている。

四七七・5　対称＝通常は「対象」と書くところを、著者はしばしば「対称」と書いている。

四八四・1　第二詩集の序詞＝『初期ノート』では表題の下に「（草案）」と補ってこの節全体を、前項「［断想Ⅷ］」の前に移している。

V

日時計篇（上）

『吉本隆明全著作集2』（一九六八年一〇月二〇日）にはじめて一括して収録され、『吉本隆明全詩集』、『吉本隆明詩全集2』（二〇〇六年一一月二五日、思潮社刊）に再録された。「〈規劃された時のなかで〉」、「〈風と光と影の歌〉」、「〈寂かな光の集積層で〉」の三篇は『全著作集2』への収録に先立って『吉本隆明詩集』（一九六八年四月一日、現代詩文庫8、思潮社刊）に収録され、「風過」、「〈ひとつの季節〉」、「〈祈りは今日もひくい〉」、「〈秋風はどこから〉」の四篇は『吉本隆明全集撰1』、『吉本隆明初期詩集』に再録された。また発表詩「地底の夜の歌」の異稿「〈地底の夜の歌〉」は『吉本隆明全詩集』ではじめて収録され、『詩全集2』に再録され、「詩への贈答」の異稿は本全集ではじめて収録された。

　この項について、川上春雄が『全著作集2』の解題に書いたところを、長くなるがそのまま引用したい。

211

[illegible]

[illegible] complex [illegible]

[illegible]

187

II

「詩〈日時計〉（一九五〇年八月ごろ）から、〈死にいたる歌〉（一九五〇年十二月二十二日制作）までの作品百四十八篇を収録した。

　詩稿の体裁について述べれば、原稿用紙は前述のとおりの手製用紙だが、片面だけに15～25㎜のうすくほそい罫線が左右3センチをのこして、紙面いっぱいにひかれている。「残照篇」用紙はいくぶん線の目が粗く、天地左右が3～4センチもあいているものがあって総体に不揃いであったが、「日時計篇」の用紙になると全体的にていねいな仕上げであり、それは数百枚をつうじて変らない。（中略）

「日時計篇」（上）（下）、収録作品四百七十八篇を制作順に排列しようとこころみたが、それは困難を極めたということができる。昭和四十二年九月十四日、あたらしく発見した詩数百篇、宮沢賢治論を含むノート九冊を、著者は、編纂者に託した。翌十五日、詩の数をかぞえてみると、発表可能なかたちの詩が六六三篇あることを知った。この手製用紙のすべてに、とりあえずナンバーリングで一連番号を付しておいて、制作順の排列の作業をはじめた。まず、原番号ともいうべきこの一連番号が、やはりいちばん基本になった。著者の発見したときでもまだ、制作時のままの順序になっている部分が多かったからである。つぎに有効だったのは、むろん、詩篇末尾の制作日付であり、さらに紙質、紙の汚れ、紙の大きさ、切断面の切口、紙の色、光沢、作品のテーマ、筆蹟、インクの色などを参考にして並べた。しかし「日時計篇」では、飛び地になっているもの、逆年代に並んでいる部分、長篇の詩で二枚目が離れているものなどがあり、作業は渋滞した。ここで幸いだったのは、「日時計篇」（上）（下）と命名したものが、もともとは九冊位の詩帳として綴りこまれていた形跡があったことである。したがって極め手ともいうべき綴り穴の位置が残されており、それをていねいに広間にならべて調べたところ、日付のある詩稿をも援用し推定すると、別々の綴りが、ある部分は同時に書きすすめられていることもわかった。しかし、編纂者が受取ったときは、「日時計篇」は一冊も綴られたものはなく、ぜんぶ、ばらばらの詩稿であった。それを現在のかたちにまで緊密化して、この全著作集に収録することができた。

〈日時計〉を第一番に掲げたが、そうするための確証はない。手製用紙の形態、綴り込みの穴の寸法、紙の汚損の程度などを勘案し、冒頭に位置せしめた。とにかく、「日時計篇」と名づけた詩群の初期のものであることはまちがいない。」

　臨場感に溢れる原稿入手の説明と調査の描写で、川上の緻密な作業の様子が伝わってくる。川上が「切断面の切口」と書いているのは、手製の原稿用紙は倍の大きさの用紙がほぼ中央で切断されたものであり、完全な矩形ではなくたとえば「〈日時計〉」の下部と「〈時間の頌〉」の上部はわずかな波を打っていて、その波形がぴったり合致するように配列が検討されたことを指している。本全集も川上の調査による配列順で、『全著作集2』では省かれた異稿二篇を含めて、百五十篇を収録した。「残照篇」と同じ縦180×横260ミリ程の用紙にブルーブラックインクのペンで書かれており、配列のはじめのほうの詩篇の末尾の日付（一九五〇・八・廿三）と最後の詩篇の末尾の日付（一九五〇・十二・廿二）から、八月中旬から十二月二十二日までの四カ月程の間に、日課を上回るような速度でほとんど手直しもなく書き継がれていったことがわかる。

著者の詩は少年期の残された原稿では、文中だけでなく行末に区読点を打つことはまったくなく、後には好みも含めてその方法はほぼ徹底されていると思われるが、この巻に収録する詩稿群では、かなりの頻度で文中および行末に読点（まれに句点）を打っている詩篇が多くある。『全著作集2』では、後の著者の詩形を考慮してとおもわれるが、おおむねそれらを省略している。原稿の読点は力強く打っているものや、打っていることは明らかなたしかさから、息を継ぐ拍子につい打ってしまったという微弱なものまでさまざまな度合いであるが、どこかで区別をするのはむずかしく、また一つの印刷記号はその度合いを表現できない。（最終行末の読点はおおむね微弱なものだとはいえる。）本全集では原稿やノートの状態をできるだけそのまま再現する方針から、すべて一律にそれらを拾った。どれも読点の概念に含まれるからでもあり、これらの詩稿群は、もともと印刷されて発表されることをそのとき前提していない草稿群だからでもある。

また、特に「日時計篇」では、長い詩行をもつ詩篇が多く、『全詩集』、『詩全集2』の解題でも言及されているように、その行が折り返しなのか、改行なのかの判断がむずかしい場合がかなりある。一篇の詩のなかで、行替えの詩行と散文詩的な詩行が同在していると思われる場合も多く、どちらをとってもしっくりしないことも多いが、そのつどあらためて検討し、これまでと判断を変更したものは校異に掲げた。

「日時計篇」（上）の詩篇には、『固有時との対話』の初期形に当たるとみられる詩篇が多くあり、川上春雄の調査でそれが明らかにされているので（第四巻解題参照）、それぞれの項であらためて註記する。

〈日時計〉

四九・14　与へられず↑加へられず＝原稿によって校訂。

詩への贈答［けふの夕日のなしてゐる……］

川上春雄の原稿整理で「〈歌曲詩習作稿〉」と「〈暗い時圏〉」の間に置かれている。「〈暗い日に充ちた〉」の次の「詩への贈答」の異稿である。表題「詩への失格」の

「失格」を抹消してブルーのボールペンで「贈答」と改め、また四四・15末尾の「おとしたりする」の「おとし」を同じブルーのボールペンで「植」と改めている。ほとんどの行やいくつかの語句をそのブルーのボールペンで囲う印を付けている他、余白に「Nature」と幾度か書き込んでいる。

川上の原稿整理で次の用紙には、「〈黄人隷歌〉のノート」と題された詩のための覚え書がブルーのボールペンで書かれており『全著作集2』の解題にならってそれを掲げておく。（表題は「詩への失格」という表題と一行目の書きかけ「緋色の夕日な」を抹消した後に書かれている。）

○社会病理学
○懐旧の共通・共同の矜恃と屈辱
○併合されるには余りに異質的な、破壊されるには余
りに緊密な
○マキアヴエリズム
○密林のはい後にかくされた奥地《ヒンターラント》
○いま分離されやうとしてゐるこれら鬼谷のあひだで
時間はまるでふたつにわれて黄人の隷歌はうたはれ
る
○香港　一八九八年　三七九平方哩
一〇〇、〇〇〇人
○ビルマ　一八八一　六二、六六一
七八五、八〇〇
ラヂプタナ　一二八、〇二二
一二、一八六、三五二
ヂアム及カシミヤ　八〇、〇〇〇
二、五四三、九五二
マライ　一八八三―九五　二四、八四九
六二〇、〇〇〇
ボルネオ
ニユーギニア

仏印度支那　一八八〇年
ハワイ併合

〈暗い時圏〉
『固有時との対話』一八・1-8（第四巻のページ数・行数、以下同）の初期形を含んでいる。

秋の狂乱
末尾に「〈一九五〇・八・廿三〉」とある。

〈虫譜〉
四九・7　白晳↑［原］白析
末尾に「〈一九五〇・八・廿三・〉」とある。

〈暗い日に充ちた〉
五〇二・4　挨拶↑［原］拶挨＝著者は「〈徒弟の歌〉」など他でもたびたび倒語で記しているが、『全著作集2』

の解題で訂した事例としてあげられているので改めた。

五〇三・6　抗《あらが》ふ↑〔原〕抗《あがら》ふ＝著者はしばしば「あらがふ」を「あがらふ」と記している。

詩への贈答〔けふの夕日が構成してゐる……〕

末尾に「〈一九五〇・八・廿四〉」とある。

五〇四・5　項↑頸＝『全著作集2』での赤字入れかもしれないが、原稿どおりとする。

暗鬱と季節

表題は「暗鬱と少女と季節」の「と少女」を抹消している。

五〇六・3　農↑晨＝原稿によって校訂。

睡りの造型

五〇八・10　つくり出し↑〔原〕つく出し

〈暗い招き〉

五一〇・3　とほりみち↑とほりのみち＝原稿によって校訂。

季節

末尾に「〈一九五〇・八・廿五〉」とある。

泡立ち

五一五・8　風景は！↑風景は……＝原稿を感嘆符とみなした。

〈亡失風景〉

末尾に「――〈一九五〇・八・廿九〉――」とある。

表題の〈 〉記号、末尾の日付の記載、本文の五一六・14の後の抹消した二行「どうしてもぼくはその風景を／はっきりとじぶんの亡失のためと思ふことができなかつた」への丸囲いだけブルーのボールペンが使われている。

〈日本の空の下には〉

五二〇・6　物倦さうな＝五二六ページ「〈倦怠〉」の註参照。

五二一・5　何遍↑〔原〕何扁

五二一・8　わい小↑〔原〕わい少＝「矮小」、「卑小」の「小」を著者はしばしば「少」と書いている。

秋の予感

五二二・5　秋ぢや〉といふまでに↑〔原〕秋ぢや〉と／いふまでに＝折り返しとみなした。

五二二・9　空虚といふのを↑〔原〕空虚といふ／のを＝折り返しとみなした。

〈わたしのこころは秋を感じた〉

表題は「〈秋の悲しみ〉」を抹消して書き直されている。

末尾に「――〈一九五〇・九・一〉――」とある。

〈倦怠〉

表題は「〈悪の季節〉」を抹消して書き直されている。

末尾に「――〈一九五〇・九・一〉――」とある。

五二六・1、2、4　倦怠↑〔原〕倦怠＝「倦」でも意はつうじているが、『全著作集2』の解題で訂した事例としてあげられている。

五二六・5　により↑〔原〕によ

〈海べの街の記憶〉
五三一·1　頭脳↑〔原〕頭悩＝著者はしばしば「脳」を「悩」と書いている。

〈老いたる予感〉

末尾に「〈一九五〇・九・三〉」とある。

〈韻のない独奏曲〉
五四四·6　茶点↑点＝原稿によって校訂。

〈辛い風景〉
五四八·14　亡霊↑〔原〕亡露

〈少女にまつはること〉

末尾に「〈一九五〇・九・十五〉」とある。


〈光のうちとそとの歌〉

表題の上に◎印が付されている。末尾に「〈一九五〇・九・十八・〉」とある。『固有時との対話』三·3－一四·4の初期形にあたる。発表詩「影の別離の歌」の異稿でもある。

五五四·11　意外↑〔原〕以外＝著者はしばしば「意外」を「以外」と書いている。

『全著作集2』では五五五·5－6は追い込まれている。


〈並んでゆく蹄の音のやうに〉

『固有時との対話』二·10－三·2の初期形にあたる。原稿の行末をすべて改行とみなした。


〈骨と魂とがゆきつく果て〉

五五八·4、5、6の原稿行末を改行とみなした。

影のうちに在るものの歌
五六一·9　作りうるもの↑〔原〕作りうる／もの＝折り返しとみなした。

〈雲のなかの氷塊〉

五六四·7の原稿行末を改行とみなした。

五六四·8－9　似た虚構（そのなか……の冷酷な↑〔原〕似た虚構／（そのなか……の／冷酷な＝折り返しとみなした。

五六五·4、5の原稿行末を改行とみなした。


〈ひとつの季節〉

表題は「〈見えない炎〉」を抹消して書き直されている。本文にも多少の抹梢、推敲がある。末尾に「〈一九五〇・九・十九〉」の記載がある。


〈孤独といふこと〉

五七四·13－14の間、五七四·14－五七五·一の間を原稿に行アキありとみなした。


〈木の実座遺聞〉

五七六·2－3、3－4の間を原稿に行アキありとみなした。

五七六·4　にんげんは生存する↑〔原〕にんげんは／生存する＝折り返しとみなした。

五七七·4　尖端↑尖部＝原稿により校訂。

五七七·5の原稿行末を改行とみなした。


〈過去と現在の歌〉

表題の上に◎印が付されている。『固有時との対話』二〇·16－二二·15の初期形にあたる。

〈晩禱の歌〉

『固有時との対話』三·16－三·3の初期形が含まれている。

〈一九五〇年秋〉

表題の上に◎印が付されている。『固有時との対話』二七·16－二八·4の初期形が含まれている。

〈規劃された時のなかで〉

表題の上に◎印が付されている。『固有時との対話』二六·8－二七·8の初期形にあたる。

〈風と光と影の歌〉

表題の上に◎印が付されている。『固有時との対話』二五·6－二六·7の初期形にあたる。

末尾に「〈一九五〇・十・二〉」とある。

〈寂かな光の集積層で〉

表題の上に◎印が付されている。『固有時との対話』二二·5－二三·6の初期形にあたる。

五九一·5　微小←微少＝原稿によって校訂。

〈駈けてゆく炎の歌〉

表題の上に◎印が付されている。末尾に「真昼間の水蒸気が造り出してゐる陽の炎が、駈けてゆくのを、注意深く／街々のあひだに探して歩いた」と書いたのを抹消した後に「〈未完〉」とある。

〈さいの河原〉

「「時禱」詩篇」の「習作五十一（松川幻想）」の後期形とみなしうる。末尾に「〈一九五〇年十月二日〉」とある。

〈地底の夜の歌〉

表題の上に◎印が付されている。発表詩「地底の夜の歌」の異稿である。

五九六·8　かはつてゆく雲の←かはつ／てゆく雲の＝折り返しとみなした。

五九六·10　疲労について←疲労につい／て＝折り返しとみなした。

五九六·14－五九七·3の字下げは原稿のかたちを尊重した。

五九七·4　地の底に、別に←地の底に、／別に＝折り返しとみなした。

五九七·5　おまへたちの場、とほく←おまへたちの場、／とほく＝折り返しとみなした。

五九七·6　間にさへ起らなかつた←間にさへ／起らなかつた＝折り返しとみなした。

五九七·7　幸せだけは　やつてくる←幸せだけは／やつてくる＝折り返しとみなした。

〈抽象せられた史劇の序歌〉

『固有時との対話』の題詞の初期形が含まれている。末尾に「〈一九五〇・十・五〉」とある。題詞の日付は「〈*1950.12*〉」である。

六〇二·4　遍普＝原稿の倒語のママとした。

〈晨の歌〉

末尾に「一九五〇・十・七」とある。
六〇四・7　ウイルウイウズ＝不詳

〈ゆふぐれといつしよに唱ふ歌〉
六〇七・8　遠くでみてゐるより↑遠くでみて／ゐる＝折り返しとみなした。

〈秋雷の夜の歌〉
六二一・11　みんなが予感しなかつた↑みんなが／予感しなかつた＝折り返しとみなした。
六二一・12　予感の途中を間引き↑予感の途中を／間引き＝折り返しとみなした。
六二一・13　半分以上もその通り↑半分以上も／その通り＝折り返しとみなした。
六二一・14　言つてゐる　けれど↑言つてゐる／けれど＝折り返しとみなした。
六二三・1　やうに思はれた、↑やうに／思はれた、＝折り返しとみなした。

〈風の離別の歌〉
末尾に「〈一九五〇・一〇・一六〉」とある。
六二五・3　牽く↑［原］索く＝『全著作集2』の解題で訂した事例としてあげられている。

〈幸せの歌〉
六二八・1　感官↑感覚＝原稿により校訂。

〈黙示〉
末尾に「〈一九五〇・一〇・一七〉」とある。
六二九・5－6　あつたから／すべての↑あつたからすべての＝改行とみなした。

〈擬牧歌〉
六三〇・1　直ぐ↑［原］直く＝「〈独白〉」六三八・8も同様。
六三二・2－3　ひとたちよ／おまへたちは↑ひとたちよ　おまへたちは＝改行とみなした。

〈戸外からの光の歌〉
末尾に「〈一九五〇・一〇・二二〉」とある。

〈独白〉
六三八・13　わたしには↑わたしは＝原稿によって校訂。

〈褐色をした落葉の記〉
六四一・10　季節にゐた／それは↑季節にゐた　それは＝改行とみなした。
六四二・2　といふやうな、／わたしたち↑といふやうなわたしたち＝改行とみなした。

〈わたしたちのうへに夜がきたときの歌〉
六四三・8　わたしに↑［原］わたして
六四三・12－13　思はれた／ほんたうに↑思はれた　ほんたうに＝改行とみなした。

〈暗鬱なる季節〉
六四五・4　変換した！↑変換した――＝原稿によって校訂。

〈仮定された船歌〉
六四六・4　感性↑感化＝原稿によって校訂。

〈誘惑者〉

六四七・4－5　達しきつていた／身動き↑達しきつていた　身動き＝改行とみなした。

六四八・5　おまへを捨てて↑おまへ／を捨てて＝折り返しとみなした。

〈行手の歌〉

六五一・3　いたさなかつた↑いたさ／なかつた＝折り返しとみなした。

六五一・10　思考をうたに↑思考を／うたに＝折り返しとみなした。

六五一・11　あらねばならない↑あらねば／ならない＝折り返しとみなした。

〈微光の時に〉

六五四・6－7　かがやき／はない↑かがやきはない＝改行とみなした。

〈晩秋永眠〉

六六一・3　搔巻き↑［原］倦巻き

〈十一月の晨の歌〉

六六五・2　歩みはじめる↑歩み／はじめる＝折り返しとみなした。

六六五・5　子午線の移動↑子午線／の移動＝折り返しとみなした。

六六五・9　わたしから最後の緑を↑わたしの最後の／緑を＝原稿によって校訂、また折り返しとみなした。

〈太陰の歌〉

六六七・7　想ひ起さねば↑想ひ起さ／ねば＝折り返しとみなした。

〈むしろ遠い禍ひを願ひ〉

六六八・11　生きつづけてゐる↑生きつづける＝原稿によって校訂。

〈晩光の時に〉

六七二・6　いつもは↑いつも＝原稿によって校訂。

〈忘却の歌〉

六七四・7　未来↑本来＝原稿によって校訂。

〈風が睡る歌〉

『固有時との対話』九・1－12の初期形にあたる。

六七六・2　睡るときとおなじ↑睡るときと／おなじ＝折り返しとみなした。

六七六・3　継続されたとき↑継続された／とき＝折り返しとみなした。

六七六・9　空洞のなかを↑空洞のなか／を＝折り返しとみなした。

〈建築の歌〉

『固有時との対話』九・13－一〇・5の初期形にあたる。

六七八・3　素原↑索原＝原稿によって校訂。

六七八・6　形成してゐる↑形成して／ゐる＝折り返しとみなした。

六七八・12　石工の掌を↑石上の／掌を＝原稿によって校

訂、また折り返しとみなした。

六七八・13　たしかに感ずる↑たしかに／感ずる＝折り返しとみなした。

〈神のない真昼の歌〉

『固有時との対話』一〇・7－一一・4の初期形にあたる。

六八〇・2　ふり落してしまつた↑ふり落して／しまつた＝折り返しとみなした。

六八〇・4　時間のまへで↑時間／のまへで＝折り返しとみなした。

六八〇・6　余念なかつた↑余念／なかつた＝折り返しとみなした。

六八〇・9　高貴なものと考へ↑高貴なものと／考へ＝折り返しとみなした。

六八〇・13　空洞を容れる↑空洞を／容れる＝折り返しとみなした。

六八〇・14　うしろがはに↑うしろ／がはに＝折り返しとみなした。

〈雲が眠入る間の歌〉

『固有時との対話』一三・1－9の初期形にあたる。

〈午後〉

『固有時との対話』一四・8－14の初期形にあたる。

〈酸えた日差のしたで〉

『固有時との対話』一四・15－一五・8の初期形にあたる。

〈死霊のうた〉

『固有時との対話』一五・9－13の初期形にあたる。

〈鎮魂歌〉

『固有時との対話』一九・13－二〇・8の初期形にあたる。冒頭に「Ⅱ」の表示があるが、「Ⅰ」に該当するものはない。

六八九・3　むしろすべての↑むしろ／すべての＝折り返しとみなした。

六八九・4　喪つてしまひ、それに↑喪つてしまひ、／それに＝折り返しとみなした。

六八九・8　与へられなかつた↑与へられ／なかつた＝折り返しとみなした。

六八九・9　感ぜずには居られ↑感ぜずには／居られ＝折り返しとみなした。

六八九・11　自らによつて↑自ら／によつて＝折り返しとみなした。

六八九・12　わたしは何の↑わたしは／何の＝折り返しとみなした。

六八九・13　ことを訂正する↑ことを／訂正する＝折り返しとみなした。

六九〇・1　わたしの影も↑わたしの／影も＝折り返しとみなした。

六九〇・3　過ぎるにすぎない↑過ぎるに／すぎない＝折り返しとみなした。

〈蒼馬のやうな雲〉

『固有時との対話』二七・9－15の初期形を含む。

六九一・6－7の間、8－9の間、9－10の間、六九二・3－4の間、4－5の間を、原稿に行アキありとみなした。

〈B館附近〉

六九三・2　扉に沿つてB↑扉に沿つ／てB＝折り返しとみなした。

六九三・3　すべてはいままで↑すべては／いままで＝折り返しとみなした。

六九三・8　類似の点があつた↑類似の点が／あつた＝折り返しとみなした。

六九三・9　冷たい圧力↑冷たい／圧力＝折り返しとみなした。

〈睡りの歌〉

六九四・3　どんな↑どんなに＝原稿によって校訂。

〈地の果て〉

六九八・9　考へることの出来ない↑考へること／の出来ない＝折り返しとみなした。

六九九・2　後から生れて↑後か／ら生れて＝折り返しとみなした。

〈斜光の時に〉

七〇〇・2　何かしら充ち足りて↑何かしら／充ち足りて＝折り返しとみなした。

七〇〇・3　差しこんでゆく↑差しこんで／ゆく＝折り返しとみなした。

七〇〇・4　以前といふこと、何か↑以前といふこと、／何か＝折り返しとみなした。

七〇〇・5　それが何か↑それが／何か＝折り返しとみなした。

七〇〇・11　慾しなかつた↑慾しな／かつた＝折り返しとみなした。

〈時間の頌歌〉

冒頭に「Ⅰ」とあるが「Ⅱ」はない。末尾に「〈一九五〇・十二・〇五〉」とある。

七一三・3　わたし↑わたしたち＝原稿によって校訂。

〈わたしたちの囁きの歌〉

七一九・7　形態か↑形態が＝原稿によって校訂。

七二〇・4　歩みさる↑　《ママ》さる＝原稿によって校訂。

〈風のある風景〉

七二六・4　物象↑物＝原稿によって校訂。

〈わたしたちが葬ふときの歌〉

七二七・2　何より↑なにより＝原稿によって校訂。

〈薄明の歌〉

七三四・6　風が↑国が＝原稿によって校訂。

〈逝く者のための歌〉

七三六・3－4の間を原稿に行アキありとみなした。

七三六・8　はじめられるだらう↑はじめられる／だらう＝折り返しとみなした。

〈冬の時代〉

七三八・2　すらない地点↑すらない／地点＝折り返しとみなした。

七三八・3　予感してゐる↑予感／してゐる＝折り返しとみなした。

七三八・4　わたしたちは風の↑わたしたちは／風の＝折り返しとみなした。

七三八・4－5　わたしたちの↑わたし／たち＝折り返しとみなした。

七三八・10　圧因↑原因＝原稿によって校訂。

〈メリイ・クリスマス〉

七四一・2　きらきらするし　変質↑きらきらするし／変質＝折り返しとみなした。

七四一・3　ごろごろ寝ついて↑ごろごろ／寝ついて＝折り返しとみなした。

七四一・4　変るのである↑変る／のである＝折り返しとみなした。

七四一・6　愚かなことだらう↑愚かなこと／だらう＝折り返しとみなした。

七四一・7　信と愛との音に↑信と愛との／音に＝折り返しとみなした。

七四一・9　こんな手あひに↑こんな手あひ／に＝折り返しとみなした。

〈夕雲とひととの歌〉

七四五・3　わたしたちは↑わたした／ちは＝折り返しとみなした。

七四五・6　歩みさるだらう↑歩みさる／だらう＝折り返しとみなした。

〈冬の日差しの歌〉

表題をはじめ「〈幼年時〉」としたのを抹消し、「〈隷奴の歌〉」としたのをさらに抹消して書かれている。表題の上に○印が付されている。

〈冬風のなかの建築の歌〉

七五九・2　風の触手の濃淡↑風の触手の／濃淡＝折り返しとみなした。

七五九・3　月の影を↑月の影／を＝折り返しとみなした。

七五九・4　わたしたちを飼ひ鳥↑わたしたちを／飼ひ鳥＝折り返しとみなした。

七五九・5　古びてしまつた↑古びてしまつ／た＝折り返しとみなした。

七五九・6　反照してゐるのを↑反照してゐる／のを＝折り返しとみなした。

七五九・13　寂かであつた↑寂かで／あつた＝折り返しとみなした。

七六〇・1　思ひ深かさうに↑思ひ深かさう／に＝折り返しとみなした。

七六〇・3　覚↑はづ＝原稿によって校訂。

〈夕べは暗い〉

七六一・2　かたい夜の↑かたい／夜の＝折り返しとみな

した。
七六一・3　しまつた時、おまへの↑しまつた時、／おまへの＝折り返しとみなした。
七六一・4　眼をそらして↑眼をそらし／て＝折り返しとみなした。
七六一・6　皮衣をつけて　祈りを↑皮衣をつけて／祈りを＝折り返しとみなした。
七六一・7　海の円味の向ふ側↑海の円味の／向ふ側＝折り返しとみなした。
七六一・8　空洞をくぐり↑空洞を／くぐり＝折り返しとみなした。
七六一・9　符諜で↑符諜／で＝折り返しとみなした。

〈落日の歌〉

七六三・3　三角形↑三色形＝原稿によって校訂。
七六三・9－10　やつてくるまい／そうして↑やつて／くるまい　そうして＝折り返しとみなした。また原稿によって追い込みを校訂。
七六三・13　逸楽の日がやつて↑逸楽の日が／やつて＝折り返しとみなした。
七六三・16　やつてくるもの↑やつてくる／もの＝折り返しとみなした。

〈ひとつあるわたしの在処の歌〉

七六五・9　隔絶された↑隔絶され／た＝折り返しとみなした。
七六五・12　幾何学のやうな孤独↑幾何学のやうな／孤独＝折り返しとみなした。
七六六・1　くるのだらう↑くる／のだらう＝折り返しとみなした。
七六六・2　壁のやうな　ひろい↑壁のやうな／ひろい＝折り返しとみなした。

〈死にいたる歌〉

末尾に「〈一九五〇・十二・廿二〉」とある。
七六七・9　Y字型鉄骨の工場や↑Y字型鉄骨の／工場や＝折り返しとみなした。
七六七・10　烟煤のつもつた↑烟煤の／つもつた＝折り返しとみなした。
七六七・12　かわらず在る↑かわらず／在る＝折り返しとみなした。
七六七・15　淫びに狃れた↑淫びに／狃れた＝折り返しとみなした。
七六八・1　其処にいりびたる↑其処に／いりびたる＝折り返しとみなした。

（間宮幹彦）

吉本隆明全集《よしもとたかあきぜんしゅう》 2　一九四八―一九五〇

二〇一六年九月三〇日　初版

著　者　吉本隆明

発行者　株式会社晶文社
東京都千代田区神田神保町一-一一
郵便番号一〇一-〇〇五一
電話番号〇三-三五一八-四九四〇（代表）
〇三-三五一八-四九四二（編集）
URL http://www.shobunsha.co.jp

印刷・製本　中央精版印刷株式会社

ISBN978-4-7949-7102-9　printed in japan